约瑟夫·弗兰克

THROUGH

THE

RUSSIAN PRISM

Essays on Literature and Culture

Joseph Frank

透过俄罗斯棱镜

文学与文化随笔

广西师范大学出版社

· 桂林 ·

（美）约瑟夫·弗兰克 著 戴大洪 译

本书献给波莱特

祝贺她的九十岁生日

This book is dedicated to Paulette
For her ninetieth birthday

请注意，先生们，所有那些高明的欧洲老师，我们的光明和希望——所有穆勒、达尔文、施特劳斯之流——有时以令人非常惊讶的方式看待现代人的道德责任。……您也许会发笑而且会问：我怎么想到提起的恰恰是这些人的名字？因为，谈到我们聪明、热情、好学的青年，难以想象他们在刚刚踏上人生的舞台时竟然没有注意到这些人的名字。试想一下，俄国青年可能不受这些人以及类似的欧洲进步思想领军人物的影响吗？可能对他们的学说，尤其是其中的俄罗斯因素漠不关心吗？"他们学说中的俄罗斯因素"是一种可笑的说法；让我们原谅人们这样说吧；我采用这种说法只是因为俄罗斯因素确实存在于他们的学说中。它由那些根据他们的学说得出的推论构成，这些以不可动摇的公理形式呈现的推论只有在俄罗斯才会产生，可是据说在欧洲，人们甚至不相信存在着得出这些推论的可能性。

费·米·陀思妥耶夫斯基，《作家日记》(1873)

Please note, gentlemen, that all those high European teachers, our light and our hope—all those Mills, Darwins and Strausses— sometimes consider the moral obligations of modern man in a most astonishing manner.... You will start laughing and you will ask: why did it occur to you to start talking precisely about those names?—For the reason that it is even difficult to conceive— speaking of our intelligent, enthusiastic and studious youth—that these names, for instance, would escape them during the initial stages of their lives. Is it possible to conceive that a Russian youth would remain indifferent to the influence of these and similar leaders of European progressive thought, especially to the Russian aspect of their doctrines?—this is a funny expression: "Russian aspect of their doctrines"; let people excuse it; I am using it solely because this Russian aspect does actually exist in those doctrines. It consists of those inferences from these doctrines which, in the form of unshakable axioms, are drawn only in Russia, whereas in Europe, it is said, the possibility of such deductions is not even being suspected.

F. M. Dostoevsky, *Diary of a Writer* (1873)

感谢下列报刊允许本书集录重刊首次发表于它们版面上的文章。

《文汇》，一九七三年三月号首次发表《陀思妥耶夫斯基的现实主义》，
　　第31-38页

《党派评论》，一九六二年第二期首次发表《俄罗斯式社会主义的诞生》

《新共和》，一九八三年二月二十一日首次发表《极端的理想主义者》

《西旺尼评论》，分别于一九六五年秋季和一九七六年春季首次发表《反对
　　父辈的子辈》和《从果戈理到索尔仁尼琴》

《新标准》，分别在一九八三年九月号和一九八五年九月号上首次发表
　　《拉尔夫·埃利森与陀思妥耶夫斯基》和《亚历山大·赫尔岑》

《南方评论》，一九六七年一月首次发表《尼·加·车尔尼雪夫斯基：俄国
　　的乌托邦》

《纽约书评》，允许重刊《罗曼·雅各布森：语言大师》和《米哈伊尔·巴赫
　　金的声音》

《泰晤士报文学增刊》，分别于一九七五年七月十八日、一九七六年二月二
　　十日、一九七六年九月十七日和一九八一年十一月十三日首次分别发表
　　《弗洛伊德的陀思妥耶夫斯基病历》、《陀思妥耶夫斯基与欧洲浪漫主
　　义》、《寻求正面英雄人物》和《走向革命之路》

《斯拉夫评论》，一九六一年十二月号首次发表《俄国民粹派运动》

《美国学者》，（一九七八至一九七九年冬季）首次发表《论列斯科夫》

目 录

第三部分　　陀思妥耶夫斯基

第四部分　　激进主义的困境

序　言

本书收集的文章和评论都与俄罗斯文化、文学和历史问题有
关，是我那部关于陀思妥耶夫斯基的专著的副产品。其中有些文章
直接讨论陀思妥耶夫斯基本人的作品，或者涉及对他的评价；另一
些文章则讨论了他的存在方式以及他的作品提出的问题，对于现当
代俄罗斯文学来说，他提出的仍然是一些核心问题；还有几篇文章
的灵感由俄罗斯文化史的普遍魅力激发产生，俄罗斯文化的历史演
变对当代世界格局的形成起了决定性的作用。这就是本书标题的
双重含义，"透过俄罗斯棱镜"意味着，不仅要强调西方思想对俄罗
斯的深远影响，陀思妥耶夫斯基令人难忘地非常关注这种影响；而
且要强调这些思想在俄国发生蜕变之后以同样深远的方式反过来
影响了它们的源头，尽管人们还没有充分认识到这一点。本书各章
的内容基本按照原稿排印，不过，我进行了一些编辑以使它们体现
最新的见解，另外，为了把特定的评论转变成对相关主题更全面的

看法，我还随处补充了新的资料。

在沃尔特·H.利平科特对我说他很乐意把这本文集添加到普林斯顿大学出版社的出版目录中以后，本书就不再只是一个想法了。这为我提供了开始认真编辑的动力，因此，我非常感谢他的表态给予我的激励。我在斯坦福大学斯拉夫语言文学系的朋友和同事——爱德华·J.布朗、格里戈里·弗列金、拉扎尔·弗莱什曼、威廉·米尔斯·托德三世（现任教于哈佛大学）、理查德·J.舒普巴赫——也为我提供了重要的学术支持和个人鼓励。能够与他们共事是我的荣幸。我还要给这个名单加上维多利亚·邦内尔（格里戈里·弗列金夫人）的名字，在旧金山海滨牧场的一次（令我）难忘的散步过程中，她以俄罗斯历史学家的身份极力劝说我结集出版我顺带撰写的与俄罗斯主题有关的文章。

斯坦福大学的研究基金帮助支付了编辑书稿的费用，卡伦·雷森德斯则以令人愉快的效率打出了大部分书稿。审阅书稿的休·麦克莱恩对书稿的评价及其为改善书稿提出的许多有用的建议使我受益匪浅。我的文字编辑洛伊丝·克里格非常努力地工作，梳理统一了因为文章在不同刊物上首次发表而出现的混乱的拼写和音译，同时全面纠正了我那些不合学术规范的习惯。我对他们的帮助致以最衷心的感谢。

最后，我要再次感谢我的妻子玛格丽特，多年来，她坚持要我不怕麻烦地收集我零散发表的各种文章，这使我产生了编辑出版这本文集的最初念头并且为之提供了持续的动力。

约瑟夫·弗兰克

加州斯坦福，一九八九年七月

第一部分　当代学者文人

第一章　罗曼·雅各布森：语言大师

　　对于振兴"人类科学"①的研究——尤其是语言学的研究——贡献最大的当代学者恐怕非罗曼·雅各布森莫属；他与自己以前的学生、后来的妻子克里斯蒂娜·波莫尔斯卡以问-答对话的形式出色地总结了他的职业生涯。这场对话是一九八〇年进行的，雅各布森于两年后去世。《对话》（1983）首次以法语发表，现在可以找到英语版本——一九四一年来到美国以后，雅各布森的大部分著作都是用英文撰写的。[1]

　　当然，雅各布森是一个令人敬佩的通晓多种语言的人，他最初用自己的母语俄语发表作品，而且能够根据需要轻松地改用法语、德语和捷克语等多种语言。后来对他非常了解的茨维坦·托多罗夫第一次听他讲课时，他用的是保加利亚语，托多罗夫估计他能熟练地运用大约二十种语言：斯拉夫和罗曼语族的所有语言以及日耳

---

　　①　与人类活动有关的人类学、社会学、语言学、文学、心理学、宗教等学科逐渐被统称为"人类科学"。（本书脚注均为译注）

曼语族的大部分语言。[2]实际上,他写作采用的语种分布很广,他的著作以多种语言面世,覆盖的读者人数众多,因此,总结概述其生平的《对话》受到广泛的欢迎。

尽管如此,由于某种完全可以理解并且很容易被人忽略的原因,这些对话并没有产生它们也许应当产生的启示作用。著名思想代表人物的对话录是法国人非常喜欢的一种书籍,他们乐于看到唇枪舌剑的激烈交锋;无论什么思想和主张一旦暴露出弱点被问话者抓住不放刨根问底,就会有此类书籍的佳作问世。在这种对话的主体必须扩展或者捍卫自己观点的对话中,成功的例子是列维-斯特劳斯与乔治·沙博尼耶的对话,还有雷蒙·阿隆与两名参加过一九六八年巴黎狂热的春季暴乱的青年的对话。[3]

当然,雅各布森的妻子在对话中没有向他提出类似的挑战;令人感动的是,发生的情况恰恰相反。因为,当偶尔感到雅各布森由于某种原因没有显示出足够的自信时,她会主动补充他的陈述。结果,这成了一次赞美而不是交谈或对话。不过,谈话的重点始终完全停留在有充分的理由赞美的雅各布森的成就上,所以,她的语气并不显得过于迎合奉承。另外,由于雅各布森可以不受干扰地详细讲述他不同时期的工作情况和兴趣爱好,这本书附带提供了他对自己毕生关注的一些问题的最后思考,这些问题已经对当代文化产生了重大影响。

如果我们非得按照常规把雅各布森归类的话,那么,他的职业是语言学家。但是,他有一个想法大胆而且兴趣广泛的善于思辨的头脑,不断寻求扩大他的语言学研究范围并且探索语言学与其他文化领域的关系。他绝不是一个目光狭隘的专家,他把追求科学的严谨、思想的缜密和清晰的热情与对斯拉夫文学、历史和民间传说、先锋派绘画和诗歌以及电影技术的爱好结合起来，达到了某种不同寻常的程度。他的著作涉及范围之广总是令读者感到意外，他还具有令人吃惊的聪明才智，经常能够出人意料地发现以前人们认为根本不存在的各种关系。毫不奇怪的是，在涉足许多领域（甚至创建了神经语言学这一新的学科）之后，雅各布森的名字逐渐广为人知，远远超出他所从事的主要职业的范围。

当然，雅各布森的某些名气也许可以归因于历史的偶然。偶然但令人愉快的事情发生在第二次世界大战期间，当时他在纽约一所由法国和比利时流亡者创办的自由高等教育学校任教，列维-斯特劳斯也在同一所学校讲授人类学课程。两人都去听过对方的讲座，结果，列维-斯特劳斯逐渐发现雅各布森的语言学观点能够帮助他解决一些当时他正在努力解决的人类学问题。[4]正是两人的偶然相遇孕育了法国结构主义。

不久，结构语言学引人注目地成为当代科学的重要学科，它的假设为文化研究提供了一个新的基础，与达尔文的进化论在十九世纪后半叶所起的作用相似。然而，如果不是雅各布森已经在哲学层面上阐述了他的语言学理论，使它们的一般含义显而易见，那就几乎不可能产生这种影响。而且，除了研究语言学之外，作为一名文化散文作家和文学批评家，雅各布森本人一生都在稳定地写作，对于非专业人士读者来说，他的文章通俗易懂，他的评论提出的则是美学和文学批评的基本问题。实际上，在其人生的最后几年，他投入大量精力把语言学应用于诗歌的解读；与他的其他特征鲜明的学术行为相比，这种尝试也许引起了更广泛的争议。

使雅各布森具有令人印象深刻的广阔视野和对最激进的文化观念持开放态度的主要原因之一想必是他早年与二十世纪初期爆

发的俄国先锋派艺术的接触。让他那些比较稳重的科学界同事感到特别惊讶——也许还觉得非常有趣——的是,成熟的雅各布森始终认为年轻时沉浸在这种波希米亚式的环境中是他最重要的人生经历;他在与波莫尔斯卡的对话中也依然这样认为。他刚刚成年就是神秘的未来主义流浪诗人韦利米尔·赫列布尼科夫的好友(他经常说赫列布尼科夫是"我们这个世纪最伟大的俄罗斯诗人"),这位诗人不仅通过创造新词寻找彻底更新斯拉夫语词汇的"魔法石",而且梦想发现"一统天下的世界语"。[5]雅各布森的另一个更著名的好友是弗拉基米尔·马雅可夫斯基,他在自杀之前有一段时间几乎被认为是布尔什维克革命的吟游诗人。雅各布森与至上主义画家卡济米尔·马列维奇以及另一些当时刚刚开始他们杰出的艺术生涯的年轻实验派画家同样关系密切,比如说米哈伊尔·拉里奥诺夫和纳塔利娅·贡恰罗娃。

此外,雅各布森始终忠实于这些年轻时的志同道合者;在为《对话》所写的信息丰富的后记中,波莫尔斯卡描述了他在一九五六年苏联解冻之后作为国际名人重回故土前去看望未来派的最后一位幸存者阿列克谢·克鲁乔内赫的感人情景,二十岁时雅各布森曾经用笔名和一个一语双关的标题与克鲁乔内赫共同出版过一本诗集。克鲁乔内赫当时在莫斯科过着一贫如洗的生活,直到去世都是一名无怨无悔的未来主义者,他始终体现着某种诙谐有趣、不敬权威、活泼愉快但同时富有第一次世界大战之前的时代气息的热情奉献精神。

雅各布森回忆说,那是"俄国未来主义诗歌……开始流行"的时代;这朵"俄国现代诗歌的鲜花随着现代绘画的蓬勃发展,尤其是法国后印象派绘画的欣欣向荣进而以立体主义绘画登峰造极而绽放"。雅各布森正确地指出,当时的俄罗斯文化已经"具有某种真正的世界意义";它不是仅仅跟随西方文化的发展亦步亦趋,而是沿着最初的路线独辟蹊径引领西方文化前进。因为,与他们的欧洲同行相比,俄罗斯人开始更深入地从理论上思考这些问题,并将其纳入广泛的科学-哲学体系。在一九七八年与一名法国提问者进行的交谈中,雅各布森明确强调了这一点。他说,二十年代的法国先锋派一直在寻找与俄国艺术家大致相同的艺术道路;但是,当法国人"把自己局限在艺术和文学的范围之内"时,俄国先锋派的追求还"进入了科学领域"。[6]

　　雅各布森这时很可能想到了自己,想到了他不同寻常的职业生涯,然而,他的话不仅仅是回顾性幻觉的又一个实例。因为,如果回过头去看他的文章《未来主义》(1919)——这是一份具有好斗的未来主义论辩风格的朝气蓬勃的挑战书,我们会发现,他通过大量引用两个俄国人对爱因斯坦相对论的阐释为立体主义辩护。[7]由于时间和空间不再具有确定性,物质范畴因而完全失去了意义,人们只能像立体主义者所展示的那样,同时从多个角度描述真实存在的事物。回忆那些激动人心的日子,雅各布森在这篇文章里评论道:"非写实的抽象绘画和'**未来派玄妙的**'(заумный)①语言艺术这些重要的实验分别通过消解具象或指定的客体引人注目地提出了在空间图像和语言中行使语义学功能的那些元素的本质和意义这个问题。"(《对话》,第7页)

　　正是在这种文化氛围中,雅各布森开始了他的学术生涯,他的

---

　　①　俄语的"заумный"一词经常被专门用来形容二十世纪初期俄国未来派诗人所写的诗歌,有"玄妙的""不可理解的"之意。

第一篇重要文章是一篇研究赫列布尼科夫的语言创新的论文,相当于早期俄国形式主义的一份誓不妥协的宣言。他宣称,"诗歌是具有审美功能的语言",这意味着它"就是为了清晰地表达",完全为自身的内在规律所控制。在诗歌中,语言的交流功能被降至最低限度,因为诗歌"并不关心表达的客体"。从语言学的角度看,这些话表明雅各布森是要改变至少始于马拉美(雅各布森熟悉而且喜欢马拉美的作品,他在这篇文章中引用过两次)的大部分现代实验诗歌对于语言的普遍态度。稍微夸张点说,某种意义上他试图使现代主义的形式主义美学具有受人尊重的科学地位,他把他那令人钦佩的聪明才智大量运用在这个方面。

一九二〇年,雅各布森作为苏维埃派往红十字会的官方代表团成员去了捷克斯洛伐克,在成为著名的布拉格语言学派的主要发起人之一以后,他最终决定不再返回祖国。他在这几年逐渐形成了自己独特的语言学理论,它们的发展方向显然沿袭了他以前的诗学取向。除了费迪南·德·索绪尔和在俄国任教的波兰语言学家博杜恩·德·库尔特内等少数几个语言学先驱的著作之外,传统语言学这时已经开始追踪语言变化形式的历史轨迹,或者忙于分析发音的生理基础(语音学研究)。"他们研究语言,"雅各布森在《关于语音和语义的六次演讲》中写道,"但从不腾出时间研究语言如何满足文化的需要。"身为昔日的俄国未来主义者,雅各布森也对语言的语音问题很感兴趣——当然,他是从完全不同的角度。在他看来,语音对于形成语言的诗意至关重要。

因此,他在下一部重要著作——这是一部研究捷克诗歌与俄国诗歌的韵律区别的专著——中"阐述了由长元音与短元音对位等重要因素形成的韵律变化在捷克诗歌中所起的作用。这促使我整理建立语言的语音体系"。(《对话》,第 23 页)于是,雅各布森开始把注意力集中在语音的最小单位音素上,尽管本身没有意义,音素却可以让人把每个字词的含义与同一种语言的所有其他字词区分开。当然,语言学以前也注意到音素,但是,没有人真正集中精力研究它们,也没有人充分认识到它们在理论上的意义。正是雅各布森——与他小时候的好友、当时在维也纳大学任教的尼古拉·特鲁别茨科伊一起——坚定地创建了音系学这个取代过时的语音学(雅各布森称之为"前语言学")的新学科,即,"对语音的语言学研究,根据语音在语言中的作用研究语音"。

分析梳理语音关系最初只对元音进行。不过,雅各布森很快就转向了辅音,辅音对他来说格外重要,因为,针对(俄国国内外)象征主义者对元音韵律的偏爱,俄国未来主义特别强调辅音是诗歌语言的主干。波莫尔斯卡提醒雅各布森,"你年轻时用最奇特的辅音组合写过诗"。(《对话》,第 4 页)

尽管特鲁别茨科伊对整理建立辅音体系的可能性表示怀疑,因为已经积累的大量关于辅音的生理学数据五花八门,但是,雅各布森坚持不懈,借助"发音的 X 光片和检测数据",他使"概括性地描述发音在辅音模式中产生最独特的语音差异的主要前提成为可能"。(《对话》,第 31 页)

在此基础上,同时根据对各类音素的性质差异所进行的严谨的逻辑分析,雅各布森成功地列出了十二个二元对立音素(尽管其他流派的语言学家不以为然,至少他自己感到满意),它们足以分析所有已知的语言,因此可以被认为具有语言学共性。[8]这些对立音素具体是,元音对非元音,紧元音对松元音,钝音对尖音,都是根据它们发音的声学关联性确定的。就这样,雅各布森找到了创造一种世界通用语言的基础,尽管他本人从未作过类似的比拟,但他实现了曾经萦绕在赫列布尼科夫心头的富有诗意的梦想。

一九三九年被迫逃离捷克斯洛伐克以后,雅各布森首先去了丹麦和挪威。他不知疲倦地与两国语言学家合作,计划动手绘制世界音系地图,这将澄清他的理论所提出的许多问题;可是,德国侵占挪威使这个计划夭折了,雅各布森前往瑞典寻求庇护。在那里,由于瑞典语言学家对音系学不感兴趣,而且由于可以利用斯德哥尔摩丰富的医学文献,他开始对失语症——失去正确使用词语的能力——及其与儿童获得语言表达能力的过程的关系进行开创性的语言学研究。

雅各布森只是说,这是"我多年来悉心考虑的一项计划";但是,我们可以再次观察到他早年的未来主义热情的持续影响。因为,未来主义者决心把艺术和文学从传统的规范中解放出来,他们组织儿童艺术展览,出版儿童所写的诗歌和故事集,甚至还在他们自己的诗歌中模仿儿童语言的失语变形。[9]雅各布森发现或者证实了他的猜测,"失语症中的音系缺失与儿童知道特殊的对立音素的顺序之间"存在着"某种镜像关系"。雅各布森晚年与神经病学家密切合作研究失语问题,他发现了他的失语症候语言类型学与神经病学对大脑损伤的解剖发现之间的显著关联;因此,他的研究成果对于证实这种神经病学-语言学合作的必要性具有至关重要的说服力。[10]

一九四一年来到美国后,雅各布森经亚历山大·科瓦雷(科瓦雷也是俄罗斯血统,入了法国籍,他是一位伟大的哲学史学家,后来成为更伟大的科学史学家)介绍认识了列维-斯特劳斯,后者以前没有听说过雅各布森,但他希望对语言学有所了解。三十年后,在为《关于语音和语义的六次演讲》所写的序言中,列维-斯特劳斯回忆说，雅各布森给他留下了强烈的印象。"雅各布森的创新思想越来越令人信服，"列维-斯特劳斯写道，"因为他以无与伦比的艺术方式对这些思想进行阐述，这使他成为我有幸聆听的最令人倾倒的老师和演讲者。"（《关于语音和语义的六次演讲》，第 xiv 页）

更重要的是，列维-斯特劳斯当时正在讲授亲属制度，并且正在努力把人种志学者通过实地考察积累的材料中"数量惊人的变异"整理排序。雅各布森论证了如何利用数量有限的音素——根据它们相互之间的对立或"二元"关系确定这些音素——把多种多样的语音数据编排组织成一个逻辑条理清晰的语言体系，这为人类学家列维-斯特劳斯提供了他一直在摸索的思路：

> 尽管音素的概念与禁止乱伦的概念看上去可能风马牛不相及，而我却是在语言学家使前者所起的作用启发下形成了后者的概念。音素本身虽然没有意义，可它成为发现意义的一种手段，如同音素一样，禁止乱伦在我看来似乎就是连接迄今为止被认为互不相关的两个领域的纽带。因此，语音与语义的关联在另一个层面上对应了自然与文化的关联。就像音素这种形式是所有语言普遍赖以建立语言交流的手段一样，我们发现乱伦也被普遍禁止，如果我们局限于负面表述这种形式，它也只是徒有其表，但是，如果生物学群体可能而且必须连接成一个他们赖以进行沟通的交流网络的话，那么，这种形式不可或缺。（《关于语音和语义的六次演讲》，第 xviii 页）

列维-斯特劳斯后来遵循同样的思路进行神话学研究，根据音素这个词类推，他创造了新词"神话素"，用以表示神话语义中的最小元素。"这些元素是构成神话话语的基本成分,它们也是独立存在同时具有对立、相关和否定性的实体;采用雅各布森应用于音素的模式,它们'纯粹是没有意义的特殊符号'。"(《关于语音和语义的六次演讲》,第 xxi 页)当然,能否像区分音素一样相对精确地区分这些神话素是一个备受争议的问题,毕竟,我们用音素构成了已知的语言;但无论如何,雅各布森为这一揭示人类文化的神秘起源的大胆尝试铺平了道路。

在美国站稳脚跟以后,雅各布森继续沿着语言学概念在文学上的应用等主要方向进行他已经开始的应用语言学研究。他说,自从小时候上学时与朋友们去莫斯科近郊向民众采集民间歌曲和故事以来,他一直对民间传说感兴趣。民间传说同样深受未来主义者的欢迎,他们发现俄国某些宗教派别教徒的无声嗫嚅预示了他们对语言的"超意识"运用。早在一九一五年,雅各布森就与莫斯科语言学派的成员一起研究过俄罗斯口述史诗的一些范例,并在随后几年继续进行这种研究。一九二九年,他写了一篇题为《民间传说是一种特殊的创作形式》的文章,反对使用来自书面文学传统的分类分析研究口述文学。六卷本的《雅各布森选集》有一卷是"斯拉夫史诗研究"专集;在来到美国的头几年,他致力于整理《伊戈尔远征记》的新版本,这是一部真实性受到质疑的十二世纪俄罗斯史诗,但是,雅各布森整理出了一个附有大量旁征博引的历史评注的复原版。[11]

对于雅各布森非凡的职业生涯的许多方面,我们显然不可能追根究底,其中任何一方面都足以消耗一个普通人的毕生精力。但是,法国结构主义主要作为一场**文学**运动的兴起,尽管最初是由人类学家列维-斯特劳斯推动的,却使人们逐渐把注意力集中在雅各布森更为严谨的文学思想上。此外,他还把越来越多的精力用在文学批评和诗歌阐释上。这在某种意义上是对自己初衷的回归；但他现在早已不是那个年轻气盛的形式主义者了，当年他把诗歌仅仅视为一种语言技巧并坚持认为，"对诗人［在其作品中表达］的思想感情横加指责就像中世纪那些殴打扮演犹大的演员的观众的行为一样荒谬"（《诗歌问题》，第16页）——这样说想必是希望激怒文学界的前辈。

雅各布森在一九二八年已经拓宽了自己的视野，我们从他与正在布拉格访问的尤里·特尼亚诺夫合写的那些著名论文中可以清楚地看出这一点。雅各布森当时忙于研究音系变化这个问题，同时他也研究与文学有关的音系变化问题。当然，这些论文认为必须阐明所谓"文学系列"的内在规律；但是，现在看来这些规律"与其他历史系列密切相关"，例如政治、经济、哲学、宗教以及文化的各个方面，因此，语言或文学的共时性（静态的）研究与历时性（动态或基于历史的）研究并不是截然对立的关系。"每个共时系统都包含它的过去和未来，这是内在的结构元素。"尽管仍然强调文学是一个系统，然而，关键在于他认识到，"虽然发现文学史（或语言）的内在规律使我们可以描述每一次具体的文学演变的特征……但这不可能使演变的规律清晰明了，也没有说明这种演变在现有的几种理论上可能发生演变的途径中所选择的途径"。（《诗歌问题》，第56–57页）换句话说，只有文学系列与文化其他方面的依存关系才能解释历史的演变。

在撰写三十年代那些精彩的文学批评文章时，雅各布森是一位有力地摆脱了理论偏见束缚的创造性思想家。老朋友马雅可夫斯基的自杀使他极度悲伤，而喉舌们愚蠢的口诛笔伐让他感到非常愤怒，他很快写出了《论挥霍了它那些诗人的一代》，这是为他过去曾经熟悉了解并被俄国历史上这个黄钟毁弃的时代糟蹋滥用的财富所写的一篇热情感人的连祷长文。雅各布森在《对话》中提到这篇文章,但只引用了下面这一段发人深省的内容:"我们过于热情急切地奔向未来,以致无法留住过去。时间的联系断裂了。我们过于向往未来,过多考虑未来,过分相信未来,我们不再有足以自慰的现实存在感,我们对现实失去了感觉。"(《对话》,第138页;《诗歌问题》,第101页)

12   五十年后,在总结他描述的马雅可夫斯基的"个人神话"时,雅各布森谈到"诗人的整体神话,他是灵魂革命的狂热代表,是受到残酷无情、充满敌意的不理解和拒绝的殉道者"。他还记得马雅可夫斯基本人写道:"大屠杀结束了。……诗人的碎片孤独地在克里姆林宫上空像一面红旗一样随风飘扬。"(《对话》,第139页)文章本身有一段篇幅更长的权威描述,记录了自杀这一主题在马雅可夫斯基的诗歌中反复出现的情况。在马雅可夫斯基的诗歌中,无限膨胀的个人欲望与对平淡无奇的日常生活的深恶痛绝结合在一起,前者甚至发展到了不可遏制地追求某种字面意义上的个人不朽的程度,而雅各布森则认为,后者是俄国社会特有的,就连马雅可夫斯基越来越认同的那个从布尔什维克革命中诞生的社会也不能免俗。在这种情况下,艺术与生活无法分离,老资格的形式主义者雅各布森以可以察觉的同情语气谈到,"当艺术的幽灵就像马雅可夫斯基过去的电影剧本中一个疯狂的画师从电影中绑架了年轻女郎一样越过边界进入生活时",人们"非常痛苦"地突然发现,"隐晦[的诗意]变得清晰透明"。(《诗歌问题》,第94页)

雅各布森在这几年间还写了另外一些论文(其中一篇专门讨论捷克浪漫主义诗人马哈,另一篇讨论普希金诗歌中的邪恶塑像的象征意义,还有一篇讨论帕斯捷尔纳克的作品对于转喻的普遍使用),这些论文均致力于阐明艺术与生活的关系的错综复杂性。他在每一篇论文中都要抨击"把富有诗意的小说视为机械反映现实的上层建筑的庸俗观念以及……同样庸俗的被我称为'反传记主义'——即,拒绝承认艺术与其个人和社会背景有任何关系——的教条"。(《诗歌问题》,第154页)在雅各布森看来,诗人生活的变化不可能不对他的艺术产生影响。两者的混合交融非常复杂而且微妙,以致不可避免地达到难分难解的程度,即使仔细观察也模糊不清。

雅各布森认为,就像关于邪恶塑像的神话不仅出现在普希金的三首诗歌里而且出现在他的书信和他自己的生活经历中一样,很难说马哈的日记和书信是否比他的诗歌"更真实"。类似地,雅各布森认为,无疑可以把帕斯捷尔纳克使用转喻与他性格中被动顺从的一面以及他对所处社会环境的无能为力联系起来,在他的作品中,诗人的个性似乎溶解在他密切接触的周围那个世界中。不过,雅各布森同时坚持把帕斯捷尔纳克放在他那个时代的文学传统中进行讨论,这一传统要求所有诗人必须具有独立的意志。雅各布森想要保证艺术与生活的复杂关系以及它们多种多样的相互影响不被破坏;机械呆板的并置、根据实证主义建立的"经济基础"与"上层建筑"模式都无法充分描述这种关系。雅各布森的这种尝试具有极大的启发性,可是,他对文学传记理论所做的这些杰出的贡献并没有得到应有的重视。

由于时刻关注语言学的最新进展,雅各布森与"二战"之后出现的传播理论保持同步。他在五十年代开始调整他的概念,撰文解释这些概念与代码以及信息接收和发送过程的关系。在他的经典文章《语言学与诗学》(1960)中,雅各布森从这个新的角度重新系统地阐述了他的一些基本原则。他写道:

发送者向接收者发送信息。为了使对方收到,首先,信息需要有它所涉及的上下文(人们用一个含义有点模糊的术语称之为"词语所指的对象"),接收者理解的上下文,或者是口头的,或者可以用词语表达;其次,信息需要一种代码,全部或部分代码对于发送者和接收者(或者换句话说,对于编码者和解码者)是通用的;最后,信息需要某种交流方式,发送者与接收者之间的某种使他们可以建立并保持沟通的物理途径和心理联系。(《普通语言学文集》,第 213-214 页)

这六个特征中的每一个都产生了不同的语言学功能;尽管这些功能可以从理论上加以区别,但是,在实际的信息中难以找到完美的例证。"信息的差异并不取决于某种功能的优势,而是取决于它们不同的等级。"

雅各布森这篇文章——它是作为一次由语言学家、人类学家、心理学家和文学批评家参加的跨学科会议的总结发言发表的——的目的之一是使他的听众相信研究语言的诗意功能非常重要。他把这定义为"为了信息本身强调信息",或者用他过去的术语说就是强调"语言的审美功能",完全符合他早期的观念。但是,雅各布森不再坚持把诗歌与普通语言截然分开;他反而强调诗意功能在其他各种信息中的降格应用。他以当时的一个政治口号("我喜欢捣毁偶像")为例,通过生动有趣地分析语音模式说明它是如何传达被喜欢的客体覆盖了喜欢的行为主体("我")这种意象的(元音和辅音顺次重复立即把"我"包含在"捣毁偶像"中)。就这样,语言的诗意功能强化了这个政治口号的效果。

不过,诗意功能以其纯粹的状态使语言本身的表达因素凸显出来,雅各布森用他经常使用的隐喻与转喻的区别定义这一过程:前者基于相似或者对等关系,例如,"整个世界是一个舞台";后者基于邻近关系,例如,我们用"白宫"指代总统。他写道,"诗意功能把对等原则从选择轴投射到组合轴"。选择轴是可供特定信息选择的词语的选择范围;组合轴是任何用以连贯地传达信息的语言所需要的符合语法的词语组合。因此,在富有诗意的语言中,词语的选择受到对称与不对称的关系或隐喻联系的影响,这种关联优先于最清晰、最有效地传达信息含义所需要的句法结构。民间诗歌采用对仗结构以相同的韵律但全新的具象多次重复相同的基本思想就是对称关系影响组合轴的实例。

这逐渐被称为"投射理论",它提供了对于诗歌尤其是现代诗歌的基本认知,而且必将成为未来诗学的基础之一。但是,在人们立即承认雅各布森的论点阐明了诗歌创作的语言学基础的同时,他将其应用于特定诗歌的尝试却引起许多人的反对。他断言,其中有些人只是出于守旧的人文主义者的狭隘和偏见,他们对一个"科学工作者"闯入他们享有特权的领地愤愤不平;不过,由于另一些持怀疑态度的批评者显然也支持他进行尝试,因此,并不能把所有批评一概斥为偏见。《对话》中他似乎严阵以待的唯一一章专门论述了他所谓"语法的诗歌与诗歌的语法"(这也是《雅各布森选集》其中一卷的书名)。雅各布森通常以优越高雅、和蔼可亲的**贵族气派**对待反对他的理论的人,但是,这一次他的态度变得尖刻了。看来,在职业生涯的晚期无法使别人赞同自己的观点也许特别令人恼火。

他向我们讲述了《语言学与诗学》发表以后的情况:"我集中精力研究一首首诗歌作品中不同语法类别的分布和艺术功能,于是,我从一开始就吃惊地注意到,在每个时期和每种语言的那些风格迥异的诗人中,语法的对立具有对称性和规律性。"(《对话》,第112页)这里没有说明这种情况与"投射理论"有什么关系;不过,雅各布森在一篇同样发表于一九六〇年的文章里清晰地阐述了这种关系:"有人可能会提出,在诗歌中,相似关系被置于邻近关系之上,所以,'对等被提升到词语组合构成原则的级别'。在这种情况下,重复使用能够引起注意的相同的语法概念成为一种有效的诗歌技巧。"(《诗歌问题》,第225页)因此,在多种多样的变化中,不仅对于词语选择,而且对于语法结构,对等具有主导作用。[12]

我们对雅各布森的方法难以简要说明,因为它有赖于对细节详尽精细的描述;不过,为了提供一点概念,我们可以从他对莎士比亚第一百二十九首十四行诗《精神消耗在耻辱的荒漠中》的分析中选取下面这一段内容:

> 世界文学中的许多四节诗表明,外围诗节的句法等级高于中心诗节。中心诗节没有限定词,仅由十(6+4)个分词组成。另一方面,外围诗节没有分词,但是,每个诗节包括一个限定词,它在由连接词连接的并列分句中出现两次:**I_-1 精神消耗 *** / _-2 是贪婪 *** 还是贪婪 *** / _-3 是背信弃义;IV_-1 世人知其然但不知其所以然**。在每一个诗节里,分句都显示了音位变换:**I_-1 从是贪婪行径变换到还是贪婪行径 / 是;IV_-1 从知其然变换到不知其所以然**。在第一个诗节中,**贪婪**以两种不同的句法功能出现。[13]

就这样,雅各布森运用其无限的创造力和渊博的语言学知识,通过分析来自各种——据他自己计算多达十六种——语言的实例,展示了"一首首诗歌作品中不同语法类别的分布和艺术功能"。

虽然雅各布森喜欢引述波德莱尔、埃德加·爱伦·坡和杰拉德·曼利·霍普金斯①等人的言论,这些言论预示了他自己的尝试,但是,以前从来没有人如此严肃地关注过诗歌形式的这一方面。毫无疑问,雅各布森成功地证实了在他讨论的诗歌作品中存在着对等词语的密集交汇;然而,对于诗歌文本的阐释,这些交汇的**重要性**完全是另外一个问题。雅各布森喜欢说,这种模式的运行方式类似音乐,对于音乐,作曲经验可以在无意识或者缺乏基础理论知识的情况下传达;不过,这种对比暴露了他的观点的一个薄弱环节。因为,除了形式结构之外,音乐不具备通过词语传达的语义学意义上的复杂性。

直到最后,雅各布森仍然无法使他的许多批评者相信,他集中精力研究的语法关系对于理解诗歌至关重要并且包含了阐释诗歌的秘诀。维克托·埃尔利赫是美国最杰出的研究俄国形式主义的学者,他最近谈到雅各布森对于诗歌的阐释:"一般来说,对诗歌细致入微的语言学描述都会伴随着某种合理深刻的全面阐释。但是,通常只能证明后者的某些方面依赖于前者或从中导出。"[14]雅各布森在《对话》中指名道姓地谈到曾就敏感问题与乔纳森·卡勒②发生过争论,卡勒提出了基本观点,他说:"因为事实上是被当作诗歌解读的,所以诗歌包含了与语法结构不同的结构,而由此产生的相互影响

①　杰拉德·曼利·霍普金斯(Gerard Manley Hopkins, 1844-1889),英国维多利亚时代风格最为独特的作家之一,在诗歌韵律和修辞方面进行了大量复杂的试验。

②　乔纳森·卡勒(Jonathan Culler, 1944-　),美国当代重要的文学批评家之一,著有《结构主义诗学》(1975)。

则可能使语法结构具有某种完全出乎语言学家预料的功能。"[15]

猛一看,雅各布森对这个棘手问题的最后评论只是在为自己的观点进行有力的辩护;但是,更加仔细的解读表明,他可能已经开始后退。"如果批评者把分析研究诗歌语法理解成分析者密谋把诗歌降格成语法的话,那么,"雅各布森接着说,"他这是在胡思乱想。在研究诗韵时,没有人是要证明诗歌等于诗韵,就像绝不可能把诗歌降格成一套隐喻方法或是一系列诗节组合,也不可能把诗歌简单等同于其他任何语言形式及其使人产生各种特定印象的事物一样。"他在几句话之后为研究语法变异进行辩护,他说这是"一项有趣而且有益的工作,与深入探讨这些变异对于诗歌作品总体'效果'所起的作用没有关系"。(《对话》,第118页)人们几乎不可能不同意这种看法。

尽管《论挥霍了它那些诗人的一代》进行了沉痛的反思,雅各布森从来没有抛弃俄国未来主义的初衷,也没有失去满怀希望的热情,他说这是他那一代人的特征之一。[16]典型的是,他在讨论查尔斯·桑德斯·皮尔斯——他认为皮尔斯是最重要的美国哲学家——的思想时特别强调了皮尔斯关于字词是语言符号的概念,因为这与不确定的未来有关。"字词与未来不可分割地联系在一起,"他写道,他还认为这是"文学创作语言研究尤其是诗歌语言研究的本质"。雅各布森本人总是着眼于未来,与这种看法特别相符的是,他的许多工作都是在为探索未来开辟新的道路,而不是阻碍、限制对未来的探索。波莫尔斯卡在《对话》的后记中引用了马雅可夫斯基的著名诗作《致内特同志——轮船与人》,这首诗描写了诗人与苏联外交信使内特坐在内特的列车专用包厢里一起旅行的情景。为了打发时间,他们谈到一位共同的朋友:

眼睛

　　扫着密封的信件

　　你彻夜都在聊罗姆卡①·

　　雅各布森。……

　　许多人将继续这样谈论生命已逝但思想永存的罗曼·雅各布森,他生前取得的巨大成就未来将会长期为他人提供启示。

注释

[1] 罗曼·雅各布森和克里斯蒂娜·波莫尔斯卡,《对话》(马萨诸塞州剑桥,1983)。

[2] 茨维坦·托多罗夫,《形式主义的遗产》,见罗贝尔·若尔然等,《雅各布森》丛刊,第五卷(洛桑,1978),第 51 页。

[3] 乔治·沙博尼耶,《与克洛德·列维-斯特劳斯对话》(初版,1961;再版,巴黎,1969);雷蒙·阿隆,《观众参与:与让-路易·米西卡和多米尼克·沃尔通对话》(巴黎,1981)。

[4] 雅各布森的讲义曾被译成英文出版:罗曼·雅各布森,《关于语音和语义的六次演讲》(约翰·梅珀姆英译;马萨诸塞州剑桥,1978)。

[5] 转引自瓦罕·D. 巴鲁希扬,《俄国的立体-未来主义,1910–1930》(海牙,1974),第 11–12 页。

[6] 罗贝尔·若尔然等,《与罗曼·雅各布森对话》,见若尔然等,《雅各布森》丛刊,第五卷,第 11–12 页。

---

① 罗姆卡(Ромка)是罗曼的昵称。

[7] 海牙的羊皮书出版社曾经用原创语言出版过厚厚的六卷《雅各布森选集》，但价格太贵，普通读者买不起。他的小型著作选集出版过多种语言的译本。我使用的是茨维坦·托多罗夫编辑的由多人翻译的法文版《诗歌问题》（巴黎，1973）以及尼古拉斯·鲁伊特翻译的法文版《普通语言学文集》（巴黎，1963）。

这篇文章最初包括对美国出版商特别是一些大学出版社的抗议，抗议它们没有像外国出版社那样以合理的价格出版专业性不太强的雅各布森文集。从那以后，我高兴地告诉大家，已有几部这样的文集出版了。见罗曼·雅各布森，《语言艺术，语言符号，语言时效》（明尼苏达州明尼阿波利斯，1985）和《文学语言》（马萨诸塞州剑桥，1987）。

[8] 见朱利奥·C.莱普希，《结构语言学概论》（伦敦，1970），第98-99页。

[9] A. A. 汉森-勒韦，《俄国形式主义》（维也纳，1978），第67页。这部极其精彩的纪念碑式的著作是关于与形式主义者的活动及其与未来主义的关系有关的各种俄国文化因素的信息资料宝库；令人遗憾的是，它是用一种读起来非常吃力的德语写成的。

[10] 请参阅罗曼·雅各布森所著《儿童语言和失语症研究》（海牙，1971）一书中的论文；关于失语与大脑损伤的关联，见第93页。

[11] 雅各布森当时的学生爱德华·J.布朗后来任教于斯坦福大学，是美国最杰出的斯拉夫学者和苏联文学专家，他在一篇悼念文章里引人入胜地描述了雅各布森："一九四六年我刚刚认识他时他正满怀热情地对这部被误读或曲解的十二世纪史诗的许多章节进行正确的阐释。复原这些章节需要具有程度非同一般的语言学、文学和民俗学学识。在私下交谈时，在讲座和研讨会上，在博士考试的过程中，雅各布森经常会突然讲述正确阐释某一疑难章节的见解，结果使他的朋友和学生成了他的研究的目瞪口呆的被动听众。在他醒着的时候，这项研究占用了他的全部时间，肯定也占用了他的

睡眠时间。"爱德华·J. 布朗,《罗曼·奥西波维奇·雅各布森：1896-1982》,载《俄罗斯评论》(一九八三年一月号),第 91–99 页;引文见第 98 页。

[12] 在这里,经过后期语言学充实的雅各布森也在向早期的未来主义和形式主义诗学原则回归。汉森-勒韦指出,重复的概念对于"别雷以及奥·布里克、雅各布森、什克洛夫斯基等形式主义者"的诗学理论具有重要的意义,他们在重复中看到了"使隐喻层面的视觉形象感与半谐音等'原始听觉效果'产生紧密联系的'力量'。语音的重复导致词句的重复,接着导致所有其他形式和形象的重复[**修辞格重复**],在结构上使主题合理有序"。汉森-勒韦,《俄国形式主义》,第 128 页。

[13] 罗曼·雅各布森和劳伦斯·G. 琼斯,《莎士比亚的〈精神消耗在耻辱的荒漠中〉的语言艺术》(海牙,1970),第 23 页。

[14] 这是维克托·埃尔利赫为他的《俄国形式主义》一书的第三版(康涅狄格州纽黑文,1981)新写的序言中的一段话,见第 14 页。

[15] 乔纳森·卡勒,《结构主义诗学》(纽约州伊萨卡,1975)。

[16] 在已经引述过的罗贝尔·若尔然等人的访谈中,雅各布森说："年轻人再次开始扮演创新者的角色,尽管存在着本质上的区别。您想知道是什么区别吗？我们比较乐观也更加自信。如今,怀疑和悲观失望占据了主导地位。"若尔然等,《与罗曼·雅各布森对话》,见若尔然等,《雅各布森》丛刊,第五卷,第 12 页。

第二章　米哈伊尔·巴赫金的声音

一

二十年前，除了斯拉夫学者，米哈伊尔·巴赫金的名字在俄国国外鲜为人知，甚至只有那些对陀思妥耶夫斯基特别感兴趣的人才知道他。可是如今，不仅在巴赫金的祖国，而且也在欧洲和美国，他的著作正在对文学批评家和文化史学家产生巨大的影响。巴赫金是人们可以想到的其著作传播之广泛远远超出国界的唯一一位苏联学者；另外，这种现象之所以令人倍感惊奇，原因是尽管巴赫金不是一名传统的马克思-列宁主义者，但是，他在坚持独立思考的同时尽量避免与政府发生冲突。

因此，他的著作在西方享有盛誉与公开表明不同政见或反对当局无关。这纯粹是他的思想富有感染力并且对钦佩他的西方人所关注的那些问题提出了真知灼见的结果。苏联的情况有所不同，他至少部分是因为努力摆脱官方思想的束缚并使二十世纪初期和革命后不久俄罗斯启示录式的千禧年文化——这种文化遭到镇压——保持某种活力而在苏联获得了迟来的声望。但是,如果我们可以认为巴赫金对文化体制的狭隘偏执和教条主义不满的话,那就没有任何理由相信他从来没有怀疑过。

然而,巴赫金并不是俄国革命本身的产物;他产生于这场剧变发生之前的那个动荡年代。直到最近,人们对他个人的情况仍知之甚少;但是,多亏凯特琳娜·克拉克和迈克尔·霍尔奎斯特夫妇的合作研究,读者现在从他们那本充满热情、富有开创性的评传中了解的信息比俄国人自己知道的还要多(至少比公开披露的信息要多)。[1]克拉克和霍尔奎斯特的著作以他们对晦涩难解的苏联档案的研究和他们在苏联对认识巴赫金本人或者有机会得到他的消息的各界人士的私人采访为根据,实际上使人们看到了在整个二十世纪二十年代继续存在的俄国文化生活的一个隐秘的角落。除了巴赫金本人,他所处的环境也将对所有研究俄国文化的人产生极大的吸引力;这部著作对环境的描述使我们对(可能为数众多的)秘密团体中的一个有了某种难得的了解,这些秘密团体并不反对政权,它们只是不愿改变自己的精神追求以适应令人窒息的道德-哲学禁锢而已。相比之下,茨维坦·托多罗夫的著作《米哈伊尔·巴赫金:对话理论》进行了一点更加可贵的认真尝试,力图以某种比较系统的方式详细研究巴赫金的思想;因此,两部著作互为参照,相得益彰。

巴赫金一八九五年出生于一个古老的贵族家庭,这个家庭已经纡尊降贵涉足商业;他的祖父创办了一家银行,他的父亲则在各个分行担任过经理。巴赫金的父母很有教养,思想开明,因此,他们家的孩子(米哈伊尔有三个姐妹和一个哥哥,哥哥尼古拉流亡国外,最后作为伯明翰大学的语言学系主任在英国去世)[2]都接受了家长精心安排的优质教育。米哈伊尔很小就跟一位家庭女教师学习德语，后者还教导巴赫金兄弟敬畏古典文化。兄弟两人最终都成为第一流的学者，而米哈伊尔广博的古希腊和拉丁文学知识在他的著作中到处显现。克拉克和霍尔奎斯特还特别提到尼采和俄国象征主义的影响（尤其是诗人兼学者维亚切斯拉夫·伊万诺夫的影响，伊万诺夫评论陀思妥耶夫斯基的文章预示了巴赫金本人的观点）。另外，米哈伊尔十五岁时开始阅读马丁·布伯和克尔凯郭尔，后者的著作深深触动了他，于是，他尝试学习丹麦语。[3]

20　　一九一四至一九一八年间，巴赫金在圣彼得堡大学学习，他在那里遇到了"教过我的最无愧于老师称号的人"。他说的是享有国际声誉的波兰裔俄国古典学者法·弗·泽林斯基，在某种意义上可以说，巴赫金毕生受益于泽林斯基的思想，尽管他扩展了这些思想使其远远超出历史研究的范畴。泽林斯基推测，"所有文学类型早在古代已经出现"，巴赫金则认为，现代小说（特别是从陀思妥耶夫斯基开始）其实是可以追溯到公元前三世纪的梅尼普斯式讽刺文学①的现代形式。在泽林斯基看来，对话是"自由这一哲学观念的文学表达"形式，巴赫金则把对话的概念提升为包含形而上学自由理论的世界观的基础。泽林斯基还强调了民间元素在古代文化中的重要性，尤其是萨梯②对正统文化暗中产生的破坏作用——巴赫金

---

① 关于"梅尼普斯式讽刺文学"（Menippean satire），M. H. 艾布拉姆斯和杰弗里·高尔特·哈珀姆编著的《文学术语词典》（吴松江等编译；北京大学出版社，2014）写道："梅尼普斯式讽刺是间接讽刺的一种。这种间接讽刺类型以古希腊犬儒主义哲学家梅尼普斯建立的模式为基础。"（第354页）
② 萨梯（satyr）是希腊神话中性好欢娱、耽于淫欲的森林之神。

将同样看待戏仿嘲笑文艺复兴时期高雅文化的拉伯雷作品中的民间元素。

　　一九一八年从大学毕业以后，巴赫金在外省小城涅韦尔生活了两年，然后搬到邻近的维捷布斯克，当时那里已经成为先锋派艺术的中心。出生于此地的夏加尔返回故乡建立了一座博物馆并且创办了艺术学院，这所学院后来被马列维奇接管，成为至上主义艺术的摇篮。一九二〇年路过维捷布斯克的谢尔盖·爱森斯坦吃惊地注意到，房屋的墙壁被刷成白色，上面画满了"绿色的圆形、橙色的正方形和蓝色的长方形图案"。巴赫金和一些朋友聚在一起（这是将在他周围组成的诸多小组中的第一个）阅读康德和黑格尔、圣奥古斯丁和弗拉基米尔·索洛维约夫的著作，还阅读了维亚切斯拉夫·伊万诺夫关于不可思议地与垂死的基督教之神非常相似的希腊宗教中的酒神元素的书籍。为了维持生计，巴赫金在一所中学教书，他教许多课程，而且从事簿记员和经济咨询的工作。因为从小就患上了骨髓炎，他还得到一笔微薄的伤残补助金，多年来这是他唯一的固定收入。幸运的是，他忠实的妻子叶连娜·亚历山德罗芙娜——她的形象出现在他们婚后不久拍摄的一张令人触景生情 21 的照片上——管理财务并且奇迹般地设法维持了收支平衡。

　　四年后，巴赫金迁居列宁格勒，他原来那个小组的大多数成员已经来到这里生活。克拉克和霍尔奎斯特的著作关于列宁格勒时期的章节更加详细地描述了列宁格勒的巴赫金小组，现在这个小组包括音乐家、作家、自然科学家和各种学科的学者，一些小组成员具有非凡的天赋并且取得了相当可观的成就。一名成员后来成为列宁格勒爱乐乐团的艺术指导；另一名成员是一位著名的钢琴家（如果传闻可信的话，她的才能得到斯大林的赏识），她在政治环境几乎不允许的情况下演奏肖斯塔科维奇、欣德米特和巴托克①等人的作品;还有一名成员把施本格勒和沃尔夫林②的著作译成俄文;另外,一名石油地质学家、一名生物学家以及一名研究佛教和古印度-孟加拉文学的专家也是这个小组的成员。除了友谊,把这些人聚集在一起的是某种强烈的精神需求和求知欲望,主流文化环境无法满足这种需求和欲望;因此,他们通过自己的努力弥补缺失的东西。

下面是克拉克和霍尔奎斯特描述这个小组的活动的一段内容:

> 巴赫金小组在任何意义上都不是一个稳定的组织。他们只是一群喜欢聚在一起交流思想的朋友,而且都对哲学感兴趣。……通常是由一名小组成员就某一部哲学著作准备一份简短的提要或评论向大家宣读,以此作为讨论的基础。讨论的主题范围广泛,包括普鲁斯特、柏格森和弗洛伊德,最重要的是一些神学问题。偶尔会有某个成员为其他成员开设系列讲座,其中最著名的是一九二五年初巴赫金为大家讲授康德的《判断力批判》,整个讲座一共八讲。(《米哈伊尔·巴赫金》,第 103 页)

这些讲座都不符合当局所推崇的思想,而对神学的浓厚兴趣当然也会特别引起当局怀疑。实际上,正是巴赫金热衷于神学的态度很快使他与国家权力发生了给他带来灾难的冲突。

---

① 保罗·欣德米特(Paul Hindemith, 1895-1963),德国作曲家和音乐理论家。巴托克·贝拉(Bartók Béla, 1881-1945),匈牙利作曲家和钢琴家。

② 奥斯瓦尔德·施本格勒(Oswald Spengler, 1880-1936),德国哲学家,著有《西方的没落》(两卷;1918-1922)。海因里希·沃尔夫林(Heinrich Wölfflin, 1864-1945),瑞士美学家,著有《艺术史原理》(1915)。

尽管克拉克和霍尔奎斯特通过值得称赞的努力为我们提供了大量关于二十年代小型宗教团体的令人很感兴趣的信息，但是，他们没有找到非常可靠的与巴赫金的宗教信仰有关的资料。除了他是一个广为人知的"传统意义上的东正教信徒"这一不争的事实之外，几乎无法明确陈述他的宗教信仰的教义性质。不过，巴赫金参加过**复活**（这个词有"复兴"之意）小组，这个小组的积极分子之一是格奥尔吉·P. 费多托夫，他后来成为美国圣弗拉基米尔东正教神学院的教授，所著《俄罗斯宗教思想》无疑是用现代思想分析俄罗斯文化的一部重要著作（令人遗憾的是，一九五一年他去世时这部著作尚未完成）。这部著作首先不是一部神学专著，而是如今被称为**思想史**的那一类著作的光辉范例。

费多托夫当时认为，"革命的马克思主义［是］犹太教和基督教的启示录派"，它受到某种"蕴藏着东正教潜力"的"宗教思想"的启发，特别是在俄国。巴赫金或许也有大致相同的看法，尽管这只能是推论；他还很可能像费多托夫一样，"在共产主义中看到了优越的社会制度的萌芽"。巴赫金小组的另一些成员也参加了同一个**复活**小组的聚会，这个小组的社会纲领是"设想某种符合早期教会作家的共产主义理想的社会"，它建立在俄国东正教的**聚合性**（соборность）观念的基础上——这是一种"真正意义上的公社"，最初的鼓吹者是斯拉夫派，令人遗憾的是，克拉克和霍尔奎斯特没有提到这一点。参加这种聚会最终使巴赫金卷入一九二八年的约瑟夫分裂教派案，这个教派拒绝接受东正教牧首承认国家对教会拥有世俗权力的决定。十月革命使教会摆脱了沙皇政权统治下的国家控制，约瑟夫分裂教派不想看到这种控制重新恢复。

被捕之后巴赫金被判处在北极圈内的索洛韦茨基群岛服刑，这

22

将意味着迅速死亡,接着,连续发生的一系列事情拯救了巴赫金。一些认识阿列克谢·托尔斯泰和马克西姆·高尔基的朋友请求这两个人出手相助;一篇赞扬巴赫金关于陀思妥耶夫斯基的著作的评论文章恰好也在这时发表,除了当时担任教育人民委员的阿纳托利·卢那察尔斯基之外,作者不会是别人。卢那察尔斯基本人也是一个文人,克拉克和霍尔奎斯特可以提供更多一点他的信息,他在阅读巴赫金的著作以后能够正确评价其文学质量并且立即意识到,巴赫金不是一个一般的学者。由于卢那察尔斯基曾经在他所写的卷帙浩繁的专著《宗教与社会主义》(1908)中认为马克思主义体现了真正的基督教教义,他特别赞同巴赫金的观点所隐含的道德-宗教意义以及巴赫金努力使陀思妥耶夫斯基的作品与苏维埃政权显然无法接受的那些特定意识形态元素分离的尝试。

结果,巴赫金被改判流放哈萨克斯坦四年,在那里,他又一次利用簿记员的技能活了下来,而且还为忙于执行斯大林灾难性的农业政策的集体农庄干部讲授这门课程。一九三六年,他在俄罗斯欧洲部分偏僻外省的一所默默无闻的初级教育学院得到一个教职,由于害怕遭到清洗,一年后他自愿离开了那里。他曾经被捕的经历总是使他成为怀疑的对象,因此,尽管他在莫斯科的高尔基世界文学研究所撰写了最终使他获得博士学位的关于拉伯雷的论文,但是,第二次世界大战期间只允许他在中学教外语。战后他回到那所教育学院,后来学院变成了大学,他在一九六一年退休之前尽职尽责地担任这所大学的俄罗斯与外国文学系主任。

巴赫金几乎过着完全无声无息的生活,直到五十年代后期他那部关于陀思妥耶夫斯基的著作在国外和苏联国内开始被人提及为止。高尔基世界文学研究所的一些毕业生发现巴赫金还活着,于是便为重新出版他的（作了实质性修订的）陀思妥耶夫斯基研究专著到处活动，他们还成功地使一直静静地躺在母校档案室里的那部关于拉伯雷的书稿出版面世。巴赫金在不同时期所写的另一些论文也陆续发表；一部文集在他去世的一九七五年出版，而另一部主要收入其早期作品的文集于一九七九年出版。在人生后期的这些年，巴赫金在年轻的苏联知识分子中享有非同一般的声望，按照克拉克和霍尔奎斯特的说法，他"已经……成为"青年知识分子的"精神领袖"。除了由衷地对他的著作感兴趣之外，在年轻一代的眼里，他还是一段近乎传奇的历史的幸存者；他们在他的话语中还能听到革命前那个逝去的世界的声音，他们希望重新与那个世界的价值观念建立联系。

二

只要讨论巴赫金的著作就会立即产生一个问题：这些著作的作者是谁。巴赫金有生之年只以自己的名义出版了三本书：关于陀思妥耶夫斯基的论著，拉伯雷的研究专著和他去世那一年出版的他审阅过的文集。不过，与巴赫金关系密切的苏联著名符号学家维·弗·伊万诺夫一九七一年明确宣称，巴赫金也是由巴赫金小组的两名成员瓦·尼·沃洛希诺夫和帕维尔·梅德韦杰夫署名的另外三本书和几篇论文的作者。[4]这些著述在多大程度上是巴赫金自己所写还是与他人合作的成果仍然是个有争议的问题。克拉克和霍尔奎斯特倾向于认为它们完全是巴赫金的著作；托多罗夫则比较慎重。但几乎可以肯定的是,只要我们像人们普遍承认的那样设想巴赫金是小组里的"哲学家"并为小组其他成员同样可能采纳和应用的观点提供了具有决定性的认知启示,那就可以认为这些著述的主要思想是他贡献的。

24　　更有助于说明这种看法的是一九七九年出版的巴赫金文集《话语创作美学》,其中包括他在二十年代初期勉力撰写的一部没有完成的哲学著作。克拉克和霍尔奎斯特以及托多罗夫一致认为,这部没有留下标题也没有英文版的著作包含了贯穿巴赫金一生的核心思想。巴赫金未完成的文本是一部同时涉及美学和道德-宗教哲学的著作——这将成为一种典型的组合继续保持下去,因为,无论巴赫金的语言学和文学思想看上去多么中性,它们始终具有道德意义。他这部手稿主要讨论作为自我的个人与由他人组成的世界的关系。巴赫金对这种人际关系的分析预示了海德格尔和萨特的分析,尽管他不大可能通过同样严谨的哲学分析厘清它们;我觉得,就严格意义上的哲学思想而言,克拉克和霍尔奎斯特似乎夸大了巴赫金思想的重要性。他们的其他评论与托多罗夫更有说服力的观点一致,即,巴赫金的成就在于,他能够用心理学、语言哲学、文学批评和文化史术语表达自己敏锐的哲学直觉。

巴赫金思想的核心是基督范式,我们可以认为这是基督教存在主义的变种。"为了分担人类普遍的苦难,"克拉克和霍尔奎斯特解释说,"基督放弃了他独享的神的特权,这树立了优先考虑共同命运而不是个人价值的榜样。"但是,与此同时,基督还极大地深化了人类的自我意识。巴赫金写道:"我们在基督身上发现了一种深度绝无仅有的综合……第一次出现了非常深刻的自为的我[个人的自我意识],不过,这不是冷漠自私的自我,而是无限关爱他人的自我。"

于是,基督为人际关系提供了理想的模式,再次引用巴赫金的话说就是,"我必须为他[人]做上帝为我[我的自为的我]做的事情"。(《话语创作美学》,第51-52页)

因此,巴赫金认为自我与他人不可分割地联系在一起,联系的媒介就是语言。正是通过语言,自我意识得以表达;语言确定了自我与他人的关系,按照想象,这应当反映了人类与上帝对话的形式。对这种对话的任何阻止或妨碍必然受到谴责;对这种对话的任何支持或促进自然受到赞许。这是巴赫金的思想倾向,在巴赫金的其他看似不受价值判断影响的描述性研究领域,这种倾向无处不在。

巴赫金小组成员出版的前三部著作(注释4列出了它们的书名)都是应用这些思想的结果。在心理学领域,弗洛伊德的精神分析学说因为把意识简化成一种由血缘关系导致的情结并且忽视它所涉及的社会因素——这既体现在意识赖以形成的语言中,也体现在病人与精神分析师之间的语言交流中——而受到批判。关于马克思主义与语言哲学的那部著作提出同样的观点,与所有现代语言学流派发生了矛盾。这种观点与费迪南·德·索绪尔那一类语言学家的看法相左,后者只是把语言当作意义的形成机制来研究,并不考虑它的具体使用;但是,它也批判了卡尔·福斯勒和莱奥·施皮策①之类"浪漫的主观主义者",相当专横地指责他们**只**关心语言的使用和个人的语言创造。[5]对于巴赫金及其志同道合者来说,语言是与自我与他人之间的关系直接有关的"表达方式";它是活着的人们进行交流的有生命力的话语,只有在包含非常广泛和丰富的道德-社会意义的情况

① 卡尔·福斯勒(Karl Vossler, 1872-1949),德国语言学家。莱奥·施皮策(Leo Spitzer, 1887-1960),奥地利语言学家和哲学家,一九三六年移居美国。

下才能够被正确理解。

巴赫金小组成员的第二部著作从语言学转向文学批评,他们那本关于俄国形式主义的书在出版之后引起了一阵小小的轰动,人们现在承认它是(根据一种极其灵活而不固守教条的马克思主义观点所写的)当代最有力的批评早期形式主义的论著。巴赫金和梅德韦杰夫富有说服力地批评形式主义者把艺术与具体内容分开,全神贯注于技巧手法和"素材[就文学作品而言,纯粹是语言的音质和感性特征]审美"。他们坚持认为,艺术作品不仅是一件人工制品,而且是一种交流媒介——就像语言本身一样,它是一种与(艺术的)自我与他人之间的关系直接有关的"表达方式",所以必须放在当时的意识形态背景之下去理解。不过,巴赫金和梅德韦杰夫同样批评庸俗马克思主义认为思想内容应当直接反映社会现实而不是关心如何通过整个艺术作品传播思想内容;他们认为艺术作品应当以其整体而不是抽象地通过它的某一方面反映时代。正如托多罗夫所说,巴赫金的"重大选择"之一是系统地拒绝形式与内容分离;而他关于陀思妥耶夫斯基的论著本质上就是运用这一原则的尝试。

在批评的过程中,巴赫金和梅德韦杰夫把俄国形式主义者与他们所认为的欧洲形式主义者进行了对比。他们指出,尽管俄国形式主义者在否定学院派和实证主义的各种学术成就和批评方法时干脆闭口不谈语义或思想内容这个问题,但是,欧洲形式主义者(他们主要列举了一些艺术史专家,例如康拉德·费德勒①和海因里希·沃尔夫林,尤

①　康拉德·费德勒(Konrad Fiedler, 1841-1895),德国哲学家,极力主张将美学与艺术学分开,因此被称为"艺术学之父"。

其是威廉·沃林格①)认为形式本身包含思想意义。正是由于这个原因,欧洲形式主义者并没有为了形式排斥语义。受到这种实例的启发,巴赫金成为少数几个雄心勃勃地试图证明完全形式化的**文学**风格或技巧具有重要思想意义的文学批评家之一;而这正是他在陀思妥耶夫斯基的论著中努力争取达到的目的。因为巴赫金断言,陀思妥耶夫斯基创造了一种新的小说形式(他称之为"复调小说"),这种小说以其富有特色的技巧使作品内容变调,同时表现各种道德-宗教价值观念。而这些道德-宗教价值观念正是巴赫金以前提到的那些伴随着基督降临出现在世界上的价值观念——这是一种意识到人具有无限人格的观念,于是人就承担了以无限善良而不是冷漠、敷衍的态度对待这种无限人格的道德责任。[6]

三

　　巴赫金关于陀思妥耶夫斯基诗学的论著现在可以找到出色的英译本,这是一部内容非常丰富的著作,它提出了许多问题,这些问题不仅与对陀思妥耶夫斯基作品的阐释有关,而且涉及文学体裁和叙事理论的一些基本问题,所以,本文这些主要讨论其中心论题的简短评述只是尽可能地对它进行公正的评价。[7]第一章概述了巴赫金认为值得考虑的以前的几位评论家(主要是俄国评论家)的观点,批评他们全都

27

---

　　① 　威廉·沃林格(Wilhelm Worringer, 1881-1965),德国艺术史家和美学家,著有《抽象与移情》(1907)。

犯了他早先已经指出的庸俗马克思主义那样的错误。就像马克思主义者把某些元素与作品的艺术背景剥离并且认为它们直接反映了社会现实一样，这些评论家也认为陀思妥耶夫斯基笔下的这个或者那个人物直接反映了作者的思想。巴赫金理由相当充分地认为这种方式——他称之为"哲理性独白的方式"——不是一种足以阐释陀思妥耶夫斯基作品的方式，不过，应当补充说明的是，它已经引导产生了一些关于陀思妥耶夫斯基的主题的敏锐见解。实际上，巴赫金甚至还承认，他在维亚切斯拉夫·伊万诺夫的"探索"中发现了对他创立自己的理论有益的启示。

巴赫金引述并且解释了伊万诺夫的观点，他写道：

> 确认另一个人的"我"不是一个客体而是另一个主体——这是陀思妥耶夫斯基观察世界的一个决定性原则。根据伊万诺夫的观点，只要陀思妥耶夫斯基笔下的人物想……把另一个人从影子变成真实的存在，确认另一个人的"我"——"你是谁"——就是他必须完成的任务。（《陀思妥耶夫斯基诗学问题》，第10页）

巴赫金关于陀思妥耶夫斯基的小说"道德-宗教前提决定**内容**"的概念与此完全相同，只是更加强调人格；但是，巴赫金认为伊万诺夫的不足之处在于他没有把内容与表现形式适当地联系起来。伊万诺夫把陀思妥耶夫斯基的作品称为"悲剧小说"（就是他发明了这个被广泛使用的术语），巴赫金则认为，这个通用的混合术语没有领会陀思妥耶夫斯基所创造的小说形式的实质。在我看来，伊万诺夫发明的术语比巴赫金用来取代它的术语（"复调小说"）更可取，而巴赫金在这个问题上对伊万诺夫的异议并没有充分的说服力。他自己认为陀思妥耶夫斯基小说的内容涉及某种意识——这种落落寡合的意识始终把自己封闭在"与世隔绝的个人天地"中——的"悲剧性灾变";而且他还正确地指出,陀思妥耶夫斯基"主要是根据空间而不是时间看待和构想他的世界的。因此,他非常喜欢戏剧形式"。那么,巴赫金为什么拒绝接受一个彰显这些艺术品质的术语呢?

　　显然,巴赫金拒绝接受这个名称是因为他不希望人们认为陀思妥耶夫斯基小说的形式与小说情节的核心冲突(悲剧性灾变)或者小说对时间序列的极度压缩有关。更确切地说,巴赫金把重点放在作者与人物的关系上,在他的阐释中,这种关系与伊万诺夫所认定的基本主题(确认"另一个人的'我'不是一个客体而是另一个主体")相对应。按照巴赫金的说法,这正是作为作者的陀思妥耶夫斯基与他所塑造的人物的关系。"因此,在陀思妥耶夫斯基的复调小说中,作者对主人公新的艺术安排是使其处于**一种完全实现并且始终如一的对话地位**,这种地位肯定了主人公的独立性、内心自主性、可塑性和不确定性。"(《陀思妥耶夫斯基诗学问题》,第 63 页)在这一段内容的前几页,巴赫金写道:"只有以**对话**洞察人格['人格'是他使用的一个有别于文学'人物'的术语,'人物'缺少内心自主性这一维度]才能发现人格的真谛,在这一过程中,人格自由地展示自己并相互映照。"(《陀思妥耶夫斯基诗学问题》,第 59 页)于是,作者陀思妥耶夫斯基被赋予以前在巴赫金的思想中由基督所承担的功能;作为文学作品的创作者,这种"以对话洞察"的姿态把他与他人(他笔下的人物)的自为的我联系在一起。[8]

　　因此,巴赫金认为陀思妥耶夫斯基小说的结构是多种独立的声音组成的复调(他的术语由此产生),要从他或她的世界观中理解每一种声音,不要武断地将其归并成作者单一的主导看法(独白)。

28

巴赫金断言,"陀思妥耶夫斯基创造了一种全新的小说体裁";以前的小说家写的都是独白或者主调(尽管只有托尔斯泰提供了这种类型的范例)小说,而在陀思妥耶夫斯基的小说中,"出现了一种主人公,他的声音……的分量与作者的声音通常的分量完全相同"。实际上"可以说,它听起来与作者的话**不相上下轻重难分**,而且**以某种特殊的方式**与作者的话和其他人物同样有意义的清晰声音混为一体"。(《陀思妥耶夫斯基诗学问题》,第7页;着重体为本文作者所加)

巴赫金非常有力地提出了他的历史见解,尽管他在经过修订的《陀思妥耶夫斯基诗学问题》第二版中没有改变这种见解,但极大地减弱了它的力度。在新增加的第四章里,他试图把复调小说的起源追溯到苏格拉底对话和梅尼普斯式讽刺文学。对于这种文学谱系说所带来的问题,读者可以查阅托多罗夫的著作,他对巴赫金的理论进行了比多少缺乏批判态度的克拉克和霍尔奎斯特更仔细的研究。托多罗夫指出,巴赫金通过一些"通常与小说体裁[并不]相关"的作品定义小说形式的本质。他对小说形式特性的解释其实是"不加批判地大量"借用"歌德、弗里德里希·施莱格尔①和黑格尔[尤其是名气不大但影响深远的施莱格尔]等人重要的浪漫主义美学理论,没有任何明显的改动"。不过,评价巴赫金极具启发性而且令人感兴趣的小说理论将使我们离题太远;我们在本文关注的主要是陀思妥耶夫斯基的小说。

自从第一版《陀思妥耶夫斯基诗学问题》出版以来,在至今仍然受到的广泛批评中,人们经常提出的一个问题是作者在其构思中的

① 弗里德里希·冯·施莱格尔(Freidrich von Schlegel, 1772–1829),德国作家和批评家,他提出了许多对早期德国浪漫主义运动具有启发意义的哲学思想。

地位。如果作者像巴赫金所断言的那样并不坚持对笔下的人物具有决定性的控制权或影响力，那么，他或她变成了什么角色？巴赫金的观点貌似合理，因为众所周知，陀思妥耶夫斯基笔下的一些最有影响力的人物（地下人，拉斯柯尔尼科夫，伊万·卡拉马佐夫）代表的是他希望争论和颠覆的观点。在这个意义上，巴赫金正确地断言他们具有相对的独立性并且强调陀思妥耶夫斯基从他们自己的世界观出发对他们表示了明显的同情。但是，由于他那些批评术语（对话，独白）在根本上是以他的哲学的神-人基督范式为依据的，他总是忍不住暗示他们具有某种其实不可能存在的绝对独立性（除了可能是随手所写的东西之外，陀思妥耶夫斯基的小说肯定不会证明这种暗示）。

巴赫金当然像别人一样明白这一点，因此，他试图通过含糊其辞——我已突出标示了这种措辞（即，陀思妥耶夫斯基"以某种特殊的方式"把自己的声音与笔下人物的声音混为一体）回避这个问题。在经过增订的《陀思妥耶夫斯基诗学问题》第二版的注释中，他特别针对这种批评写道："作者非常**活跃**，但是，他的活动是一种特殊的**对话**形式。"巴赫金始终不能超越这种意义含混的解释，这显然说明不了任何问题。卡里尔·埃默森正确地指出，巴赫金在《陀思妥耶夫斯基诗学问题》第二版序言中坦率地承认，他这部著作没有对"复调小说**整体**的复杂性问题"作任何论述。这种缺失给巴赫金的理论留下了一个漏洞，也使他阐释形式与内容在陀思妥耶夫斯基小说中的统一性的雄心壮志落空。

实际上，如果我们在巴赫金所宣称的绝对意义上使用"复调小说"这个术语，那它根本就没有定义什么新的小说形式，因为，巴赫金无法说明虚构人物的绝对独立性怎样才能与艺术作品的整体结合。然而,在某种相对的意义上,它确实彰显了陀思妥耶夫斯基能够在作者不介入(尽管这种介入比巴赫金愿意承认的更多地存在于其小说中)的情况下戏剧性地表现他的主题,特别是通过每个人物表达自己的世界观的能力。不过,陀思妥耶夫斯基创作技巧的这些特点早已得到英美批评界的公认,英美批评界认为陀思妥耶夫斯基是后来的意识流小说的先驱,而传统的叙述者在意识流小说中完全消失不见了。[9]实际上,巴赫金的概念之所以成功地被人们接受正是因为它似乎使陀思妥耶夫斯基的小说变成了现代文学作品。但是,仅仅把巴赫金放在这种纯粹形式的层面上考察将会歪曲他本人和陀思妥耶夫斯基的追求。因为,巴赫金非常想说明的是,陀思妥耶夫斯基的技巧创新应当被认为源于并且承载了他的主题的全部道德-宗教意义。同样令人遗憾的是,托多罗夫最近指出,正是巴赫金的含糊其辞为某种认为陀思妥耶夫斯基是一名道德相对主义者的错误观点开了绿灯,同时忽视了陀思妥耶夫斯基在一个日益世俗化的世界里为维护基督教良知的道德价值观念而进行的斗争的悲剧特征。[10]

不过,至少在我看来,即使巴赫金关于复调小说的论点最终缺乏说服力,这也并不意味着他这部著作不重要;恰恰相反,它是而且仍将继续是一部经典的陀思妥耶夫斯基批评论著。但是,使它成为经典的并非复调小说理论,而是巴赫金对陀思妥耶夫斯基笔下人物自我与异己之间的关系的详细论述,没有人如此用心地深入探讨过这种关系。巴赫金指出,从第一部小说《穷人》开始,陀思妥耶夫斯基笔下的人物就被一种极其痛苦的自我意识所折磨;他们总是以别人看待他们的目光看待自己,但又始终不愿被自己在别人眼中的形象所禁锢。他们一直奋力抗拒这种形象,而巴赫金敏锐地追踪这种抗拒的各种形式,展示它如何从最初对果戈理塑造的刻板形象表示反感发展到与**所有**以"各种表面化的最终定义"(巴赫金深知却不能或不愿说明的是,陀思妥耶夫斯基那个时代的激进知识分子的意识形态提供了这些定义)把他们固化的企图进行斗争。

　　巴赫金在第五章里用一系列实例阐明了这一点,这一章还包括对各种话语的很有价值的类型研究。它特别关注巴赫金所说的"双重话语",即,被他人的话语意识影响和歪曲的语言用法(实例可以是对话中的交流,也可以是以对样板的戏仿写成的作品)。这一章具有极大的体系价值和理论价值,一直避免了人们对复调小说理论提出的那种批评;另外,因为它讨论的是小说文本中人物之间的关系而不是作者与人物的关系,其合理性也不依赖这种理论。巴赫金在这一章里感兴趣的主要是说明陀思妥耶夫斯基小说的核心人物用来对抗所有限制、扼杀他们的个性自由的企图的各种手段并且分析他们使用的各种类型的双重话语,他们用双重话语同化他人的话语并以受到这种同化强烈影响的方式回应他人的话语。例如,地下人的修辞是考虑到怀敌意的读者预计作出的反应并将其驳倒而设计的,尽管地下人谎称他只是为自己在写作。不过,在进行这些分析而且没有直接提出自己的观点的情况下,巴赫金仍然设法阐明了作为小说家的陀思妥耶夫斯基的一个最显著的艺术特点。

　　读过陀思妥耶夫斯基小说的人不可能没有这样的印象,即,他以某种不同于常人的方式把笔下的人物联系在一起;他们似乎不仅以现实主义小说标准的一般社会互动的状态存在,而且还以某种隐秘的方式密切关联,这使陀思妥耶夫斯基的叙事具有了某种可以产生催眠效果的特殊力量。众所周知,哥特小说和浪漫小说都会产生这种效果,在那些类型小说中,超自然现象可以被用来激发人物之间这种神秘的"磁性"关系。但是,尽管陀思妥耶夫斯基非常熟悉而且特别欣赏 E. T. A. 霍夫曼这样的作家,他仍然尽力保持十九世纪小说的写实风格(只有《双重人格》是个例外)。不过,他设法以另外一些方式取得了同样的效果;巴赫金比其他评论家更有助于我们准确理解的正是陀思妥耶夫斯基如何做到了这一点。

通过聚焦陀思妥耶夫斯基笔下的各种人物表现出来的对他人的敏锐感觉并且探究各种人物如何与他人产生心理互动和共鸣,巴赫金发现了陀思妥耶夫斯基明显不同于以同样的传统写作的其他小说家的秘密。"陀思妥耶夫斯基总是引出两个人物,"巴赫金敏锐地评论道,

> 每个人物与另一个人物内心的声音密切相连。……因此,在他们对话时,一个人物的话语触及另一个人物内心对话的话语甚至部分吻合。一个人物采用的话语与另一个人物内心隐秘的话语具有深刻的本质联系或者某种程度的一致性——这是陀思妥耶夫斯基小说中的所有重要对话必不可少的因素。(《陀思妥耶夫斯基诗学问题》,第 254–255 页)

32 正如巴赫金深入讨论拉斯柯尔尼科夫时所说:"出现在他视野中的某个人足以立即成为他自己的个人问题的一种具体解决方案,一种与他自行解决问题不同的解决方案;因此,每个人都触到他的一个痛处,都在他的内心话语中扮演一种确定的角色。"(《陀思妥耶夫斯基诗学问题》,第 238 页)这些话是对陀思妥耶夫斯基创作方法的一个非常重要的方面的本质性的透彻了解,出色地使陀思妥耶夫斯基小说严谨细密的结构清晰可见——在这种结构中,人物不断反映彼

此的方方面面而不是作为内心封闭的自我存在。尽管这不是巴赫金的目的，但是，只有他使我们得以明白陀思妥耶夫斯基如何制造了无法仿制的潜意识心理交错的印象，这种潜意识中的心理交错又一次预示了意识流小说的一个特征。

四

现在应当非常清楚，巴赫金的著作远远超出了文学批评的有限范围。我们完全可以理解五十年代中期刚刚摆脱斯大林主义的高尔基世界文学研究所的毕业生为什么会对巴赫金坚持认为人享有无限的人格自由的观点及其把人类当作目的而不是当作以当局同意的方式"最终确定"的工具来对待的康德主义要求做出如此热烈的反应。[11]另外，因为赞扬了反对当时的各种神圣禁忌的不敬神明而且淫秽下流的民间文化，巴赫金关于拉伯雷的那本书也可以被——而且肯定被——解读成一种对文化体制令人窒息的禁锢的控诉。

《拉伯雷与他的世界》正是在巴黎等地发生学生骚乱的一九六八年被译成英文的，那是一个街头剧场和狂欢喧闹的摇滚音乐会盛行而且纵欲"事件"层出不穷的时期。巴赫金对所谓"狂欢节人生观"——这种人生观颠覆了正常的世界，参与狂欢的那些人不仅是在表演，而且是在**生活**——的礼赞最符合当时的时代潮流；因此，他立即被奉为这些可能改变现代人情感的革命文化运动的温和的先锋。同样，他的《陀思妥耶夫斯基诗学问题》在法国**新小说**继萨特之

33

后宣判所有全知叙述者和俯视一切的观点死刑时被译成法文。由于断言深入人物的主观世界是小说创作唯一真正的源泉,巴赫金立即再次成为当代关注的焦点。巴赫金小组的早期著作开始出版之后,西方马克思主义者同样迫不及待地阅读,他们正在努力创建一种超越过去的信条所规定的界限的文化社会学。

于是,巴赫金的思想很快成为西方文化内部的一种催化剂,而克拉克和霍尔奎斯特在追寻这些思想的俄罗斯根源方面做出了极其宝贵的贡献。无论对巴赫金的这个或者那个特定论点可能有什么保留意见,人们在审视他的人生时都会对他的成就不禁产生由衷钦佩和肃然起敬的心情。在那么令人沮丧的条件下,生活艰难、社会漠视而且身受骨髓炎的折磨,他竟然写出了这些价值连城的巨著;尽管受到黑铁时代的压迫,他竟然保持了俄国白银时代知识分子炽热的精神并且使其光彩照人——这只能被认为是个人勇气和谦逊正直的胜利。

我们在巴赫金身上依稀看到帕斯捷尔纳克在《日瓦戈医生》中重塑的同一种文化,而他则以不太明显的方式把这种文化的一些遗产传留后世。事实上,两人通过共同的朋友偶尔有一些私人交往,他们在认为俄国革命是一种现世天启以及致力于用基督教信仰激发并鼓励人们崇敬人格的无限价值方面也有极其明显和具体的相似之处。不过,最重要的是,像尤里·日瓦戈一样,巴赫金始终忠实于他的最高价值观念,从不允许他的思想感情客观化、概念化和封闭僵化。不倾听他的声音,不友好地与他进行他所认为的由全人类的生活构成的"重要对话",就会使他不屈不挠地努力与其斗争的那些企图耗竭进而毁灭人类精神的力量变得更加强大。

注释

[1] 凯特琳娜·克拉克和迈克尔·霍尔奎斯特，《米哈伊尔·巴赫金》（马萨诸塞州剑桥，1984）；茨维坦·托多罗夫，《米哈伊尔·巴赫金：对话理论》（弗拉德·戈德齐希英译；明尼苏达州明尼阿波利斯，1984）。

[2] 我们饶有兴趣地得知，尼古拉·巴赫金是哲学家路德维希·维特根斯坦的朋友，二十世纪三十年代他们是剑桥大学的同学。据克拉克和霍尔奎斯特说，尼古拉·巴赫金"与维特根斯坦的交谈影响了这位哲学家，是使后者的思想从《逻辑哲学论》的逻辑实证主义向思路更加开阔的《哲学研究》发生转变的因素之一"。

牛津大学的布赖恩·麦吉尼斯是研究维特根斯坦生平的权威，他非常友好地告诉我，关于尼古拉·巴赫金对维特根斯坦产生过很大影响的说法具有可靠的事实依据。

[3] 在克拉克和霍尔奎斯特的著作出版的同时，一份俄国流亡者主办的刊物发表文章指出，巴赫金直到人生的尽头始终保持着对马丁·布伯的敬佩。文章作者在一九六九至一九七一年间的某一天探访了住院的巴赫金（因为巴赫金的妻子仍然陪伴在他的床边，所以可以确定是这一段时间），他记得另一位探访者问生病的学者对布伯的看法。提出这个问题是因为，一位共同的朋友在被问到巴赫金对这位思想家的看法时奇怪地保持了沉默。

巴赫金不耐烦地回答道，这位共同的朋友是个反犹主义者，不愿细论这种关系。不过，他随后说出了自己的看法："关于布伯，米哈伊尔·米哈伊洛维奇认为他——布伯——是二十世纪最伟大的哲学家，在这个就哲学而言或许微不足道的世纪，他可能是唯一一位上得了台面的哲学家。"接着，巴赫金继续解释说，尽管尼古拉·别尔嘉耶夫、列夫·舍斯托夫和让-保罗·萨特都是杰出的思想家，但他们与哲学家有区别。"而布伯则是一位哲学家。他使我受益匪浅，尤其是关于对话的理论。当然，对于任何读过布伯的人，这是显而易见的。"

见玛丽娅·卡甘斯卡雅，《滑稽舞蹈》，载《句法》，第一百二十一期（1984），第 141 页。我非常感谢斯坦福大学的同事格里戈里·弗列金友好地提醒我注意这篇文章并且给了我一份复印件。

[4] 这三本书都已有了英译本。见瓦·尼·沃洛希诺夫，《弗洛伊德主义：马克思主义的批判》（I. R. 蒂图尼克英译；纽约，1973）；帕·尼·梅德韦杰夫和米·米·巴赫金，《文学研究的形式方法：社会学诗学批判导论》（艾伯特·C. 韦尔利英译；马里兰州巴尔的摩，1978）；瓦·尼·沃洛希诺夫，《马克思主义与语言哲学》（拉迪斯拉夫·马泰卡和 I. R. 蒂图尼克英译；纽约，1973）。

[5] 对于福斯勒的主要著作来说，这种指责几乎不可能是公正的，无论是他那部涵盖了直到但丁时期的整个西方文化发展史的关于但丁的权威论著《神曲》（两卷；海德堡，1907–1910），还是他那本论述作为法国文化发展史的组成部分的法国语言演变过程的《法国语言的演变所反映的法国文化》（海德堡，1921）。福斯勒关于但丁的论著已被译成英文出版，书名是《中世纪文化》（威廉·克兰斯顿·劳顿英译；两卷；纽约，1929），这个书名更直接地说明了该书讨论的范围。

施皮策对分析个人在诗歌中的语言创造更感兴趣，但是，就连他也总是把每个文本放在渊博的学识使他了解的更广阔的文学-文化背景之下进行分析。最近又可以在《代表性论文丛刊》（奥尔本·K. 福尔乔恩、赫伯特·林登伯格和玛德琳·萨瑟兰编辑；加州斯坦福，1988）中看到适当收集的施皮策出色的论文。

巴赫金的读者和热衷于巴赫金学说的人应当非常谨慎，不要轻易接受他的著作对其他批评家和语言学家流于表面的评价，时刻牢记它们的说法存在争议而非讲述事实。

[6] 据我所知，似乎没有人意识到，巴赫金认为某种纯粹的文学形式（作者与人物之间具有特定形式的关系）赋予作品思想意义（在这里是道德

-宗教观念)是在追随沃林格。我强调这一点肯定是出于个人原因,我忍不住想在这里谈一谈这个原因。

多年前,同样是通过阅读威廉·沃林格的著作受到启发,我自己也做过类似的尝试——不是因为某个作家,而是因为一种整体风格,即,现代诗歌和散文作品中的语言实验风格。这是我的"空间形式"概念的起源,这个概念指的是现代主义作家消除或者规避语言的线性时间性质的倾向,我认为这表达了对历史的某种否定,是对神话创意的一种回归。见收入《扩展的旋涡》(新泽西州新不伦瑞克,1963)一书中的《现代文学中的空间形式》。关于我和其他人对这个问题的进一步看法,请参阅《叙事文学中的空间形式》(杰弗里·R.斯米滕和安·达吉斯塔尼编辑;纽约州伊萨卡,1981)。

[7] 米哈伊尔·巴赫金,《陀思妥耶夫斯基诗学问题》(卡里尔·埃默森编辑并英译,韦恩·C.布思作序;明尼苏达州明尼阿波利斯,1984)。

[8] 鉴于费多托夫与巴赫金在二十年代的密切关系,人们难免会说,很容易把巴赫金的著作中所包含的基督的概念与后来出现在费多托夫那部经典著作中的对俄国基督教的阐释相提并论。按照费多托夫的阐释,非神化倾向——对受辱、受难的榜样基督的崇敬——特别重要,这是俄国基督教的本质特征。对于追求非神化理想的人来说,谦卑、宽容、博爱和怜悯是主要的美德。

当然,这种理想不许人们继续以严格的标准评判他人,而是要追随基督,甚至为作恶者受苦受难。这种态度并不是要"最终决定"人性,而是一种无限的宽容,很可能相当于"以对话洞察"人性。见格奥尔吉·P.费多托夫,《俄罗斯宗教思想》(两卷;马萨诸塞州剑桥,1946-1966)。

[9] 见梅尔文·弗里德曼,《意识流:文学创作方法研究》(康涅狄格州纽黑文,1955),第64-69页。

[10] 见茨维坦·托多罗夫,《批评的批评》(巴黎,1984)。对巴赫金精辟的论述见"人与人际关系"一章,第83-103页。这部著作现在已有英译

本:《文学和文学理论家》(凯瑟琳·波特英译;纽约州伊萨卡,1987)。

[11] 卡甘斯卡雅的《滑稽舞蹈》包括一段发人深省的简要描述苏联人如何接受和阅读巴赫金的著作的内容。"的确,"她写道,"我们对巴赫金并非漠不关心;他的著作已经经过严实的包装,被塞满了大量隐语,我们认为他对艺术表达的独白形式的批评是对铁板一块的整体意识形态的否定,尤其是对占据着我们头脑的(或者更确切地说,独占我们头脑的)意识形态的否定;我们阅读《陀思妥耶夫斯基诗学问题》好像是读一本小说:比如说,我们觉得在列·尼·托尔斯泰的小说中看到了一个关于苏联政权的寓言(老实说,只要想着一个其基本范畴——不是政治范畴而是美学范畴——是'人民'、'单一'和'道德利益'的体系,这就不是一种牵强的解释)。陀思妥耶夫斯基是我们的正面人物(一个精神自由的象征),是一个象征着'多元文化'和'民主政治'的名叫'复调'的人物。荒谬?——好吧,荒谬可笑。痛苦?——是的,非常痛苦。"(《句法》,第一百二十一期,第 152 页)

第三章　拉尔夫·埃利森与陀思妥耶夫斯基

不久前，当我受邀为一本向拉尔夫·埃利森的成就致敬的文集撰稿时，我很想为这本颂扬一位老朋友和具有重要地位的作家的文集献上我的赞美之词。但我最初犹豫不决，因为在《看不见的人》出版以后这些年，我与埃利森很快成为其重要人物的美国黑人文学新浪潮没有什么联系。不过，随后我想起他非常热爱并且熟悉陀思妥耶夫斯基的作品，这使我意识到，也许我可以把我对这位俄罗斯作家的了解与公开表达我无限钦佩埃利森的成就的愿望结合起来。带着这种想法，我开始重读埃利森的作品，结果，我高兴地发现（或者再次发现了可能已被遗忘的东西），我对主题的选择并不像我担心的那样主观随意，因为，我把注意力集中在两位作家之间的关系上以后，只须跟着埃利森本人提供的线索前行即可。

拉尔夫·埃利森在《世界与瓦罐》一文里对他所谓的他的"亲戚"和"祖先"做了重要的区分。欧文·豪曾经批评他不是一个彻头彻尾的"抗议作家"，不符合自己心目中的黑人作家形象，当时欧文·豪心目中理想的黑人作家形象是高度政治化的理查德·赖特。在解释尽管他非常尊重赖特的成就而后者却没有对他产生什么重大影响时,埃利森区分了各种不同类型的影响。"亲戚"指的是那些由于偶然的血统关系天生与他们联系在一起的人。像赖特和兰斯顿·休斯那样的作家,更不用说许多别的作家,他们是埃利森的"亲戚"。然而,他说,"尽管一个人不能选择自己的亲戚,但是,作为艺术家,他可以选择自己的祖先"。在这些"祖先"里,在真正激发了他的艺术冲动和抱负的人当中,他列举了 T. S. 艾略特、马尔罗、海明威、福克纳——和陀思妥耶夫斯基。[1]

人们经常指出,埃利森与陀思妥耶夫斯基最明显的联系是《看不见的人》与《地下室手记》之间的关系。的确,尽管不应过分夸大两部作品的相似之处,但它们的相似之处不言而喻。两部小说都是以第一人称自白的形式写成的;小说的叙述者都因为不得不忍受羞辱而满腔愤怒;他们都对应当为他们受到羞辱负责的人恶语相向;两个人物最终都躲到了"地下"。地下人是象征性地躲避,他退回他居住的那个肮脏的角落;看不见的人是真的躲避,他先是躲在哈莱姆种族骚乱期间他突然掉进去的那个煤窖里,然后躲进小说序曲中他避寒和冥想的那个被废弃的地下室。(应当指出的是,"地下铁道"这个关于地下的隐喻具有某种美国本土的含义,我们可以发现它比十九世纪俄国的任何隐喻内容都要丰富得多,因此,拉尔夫·埃利森不必阅读《地下室手记》就能意识到它的象征意义从而与陀思妥耶夫斯基产生共鸣;但是,阅读陀思妥耶夫斯基的作品肯定使他对这个隐喻的文学价值有了更深刻的认识。)

然而,在我看来最重要的并不完全是两部作品的"地下"意象,也不是地下人与看不见的人拒绝融入他们各自生活的社会的诸多相似之处。更重要的是埃利森对陀思妥耶夫斯基的《地下室手记》

的思想启示的深刻领会以及他对这部作品与他自己的创作目的的关系的认识——他认识到,可以利用陀思妥耶夫斯基与当时俄国文化的关系表达作为美国黑人作家的他对占统治地位的白人文化的看法。尽管两人的处境有巨大区别,拉尔夫·埃利森仍然能够透过明显的表面差异发现潜藏在下面的相似的结构性因素。

究竟是什么促使陀思妥耶夫斯基的地下人反抗他那个社会的?他感到不可能在把人分门别类的环境中像人一样生活,即使他知道如何接受自己被别人强行划归的种类。陀思妥耶夫斯基认为对人的这种归类是通过欧洲文化传入俄国的。(陀思妥耶夫斯基绝不是唯一一位持有这种看法的俄国名人;至少,革命者亚历山大·赫尔岑的看法完全相同。)结果,地下人发现这样归类与他的道德本质有深刻的矛盾。地下人的反抗是拒绝接受对他的定义,拒绝接受按照外来的欧洲文化强行对他的本性的定义。与此同时,像所有受过教育的俄国人一样,他吸收并且接受了这种外来文化的思想和价值观念(也就是说,通过人格中的理性和自觉意识接受了它们),因为它们具有更大的权威性和影响力。

在埃利森的小说中,看不见的人发现自己始终处于的正是这种境况。看不见的人与白人文化及**其**思想和价值观念的关系就像陀思妥耶夫斯基的地下人与西欧文化的关系一样。因为看不见的人发现,白人文化对他的定义以及希望他这个黑人在白人文化体系中所处的地位均在某种程度上侵犯了他完整的人格。他像地下人一样不愿被动地接受这种状况;所以,在认识到这个体系的方方面面的真正意义之后,他一一予以拒绝。

作为一部思想小说,《看不见的人》的形式与《地下室手记》的形式基本相同,尽管埃利森这部作品的构思涉及更广泛的领域。小说

36

的每个主要片段都戏剧性地表现了看不见的人与某种社会或文化陷阱的对抗：一条道路在他面前打开，尽头却是一个死胡同；获得自由的可能性诱惑着他，接着却是把他再次囚禁。同样，陀思妥耶夫斯基《地下室手记》的两个部分均揭露，由于欧洲思想对俄国人心灵的影响，两种主流意识形态在道德方面所产生的有害后果已使俄国知识分子掉进了陷阱。(《地下室手记》的第一部分以戏仿的手法描写了十九世纪六十年代的唯物主义和道德功利主义；十九世纪四十年代的"人道主义"和鼓吹"博爱"的空想社会主义则是第二部分嘲讽的对象。)

看不见的人也是美国黑人知识分子的一员，至少是被挑选出来接受教育的黑人之一；因此，他的异乎寻常的经历显示了黑人知识分子迄今为止从白人那里接受的所有信条的破产。这些信条包括：看不见的人就读的经过精心设计和装点的黑人学院具有同化作用；规劝者拉斯鼓吹的对黑人文化的忠诚，尽管它源于黑人的尊严和纯洁的激情，但最终只是白人种族主义的翻版；还有兄弟会所体现的激进的政治主张。当兄弟会煽动种族骚乱时，采用的正是陀思妥耶夫斯基非常了解并在《群魔》中戏剧性描写的越乱越好的策略——除了其他内容之外，《群魔》是一本极端主义政治手册。

因此，《地下室手记》和《看不见的人》本质上承担着相同的任务，而且都出色地完成了任务。然而，我们不应过分强调这种对比。埃利森从陀思妥耶夫斯基那里得到了他需要的东西，却以自己的方式加以运用。实际上，与其说《看不见的人》模仿了《地下室手记》，不如说它是对后者的一种推衍。埃利森描写了看不见的人所经历的以前的幻想逐渐破灭的**过程**，而陀思妥耶夫斯基则认为经历这一过程几乎是理所当然的。我们其实并没有一步步追踪地下人的成长经历；我们从来没有看到他处在看不见的人那种天真地相信幻想的典型状态。《看不见的人》结束在《地下室手记》开始的地方；《看不见的人》只是在框架上以及序曲和尾声中与《地下室手记》重叠。在这里，埃利森的叙述者直接陈述了发生在自己身上的冲突，一方面，他不愿**完全**放弃迄今为止他所接受的理想（希望适应某种与白人社会共存的生活方式）；另一方面，他抵制这种生活方式展现在他面前的各种形式。陀思妥耶夫斯基的地下人陷入的正是同样的冲突：他接受的欧洲思想与他的道德本能发生了抵触。"尽管我的调门比较低，谁知道我不是在为你说话？"看不见的人提醒他的（白人）读者，尽管后者看不见他的真实状况，却像他一样陷入了悲惨的困境。在《地下室手记》的最后，地下人向那些轻蔑地嘲笑**他**的读者发表了自己的看法。"我们厌倦做人——做一个有**自己的**血肉之躯的真正的人——甚至到了引以为耻的程度；"他说，"我们认为这是一种耻辱，所以渴望化为某种根本不存在的抽象的人。"他没有把自己排除在这一指责的对象之外，同时也为所有那些嘲笑他的言论的人说话。

　　陀思妥耶夫斯基这部小说的主要内容是从思想和心理两个角度表达的关于内心冲突的长篇内心独白。《看不见的人》是一部反主人公成长小说，在这部小说中，身为主人公的叙述者认识到，各种各样的导师教给他的信条其实就是圆滑伪善和背信弃义。因此，他的经历可以被认为是一个黑人憨第德①的经历。当然，地下人身上几乎没有憨第德的影子，但是，即使在与陀思妥耶夫斯基有所偏离时，埃利森仍然本能地向陀思妥耶夫斯基自己打算选择的方向靠

37

---

① 憨第德（Candide）是伏尔泰的讽刺小说《老实人》（1759）的主人公，即老实人。

近。因为陀思妥耶夫斯基心中的文学创作计划之一是写"一本俄国的《老实人》",他把这个计划记在笔记本中,但始终没有抽出时间实现它。

陀思妥耶夫斯基的《死屋手记》是一部关于西伯利亚苦役营——他在那里服了四年苦役——生活的素描,这部作品与埃利森的《看不见的人》没有特别清晰的联系。两部作品肯定没有明显的文学相似性;但是,埃利森本人指出了它们之间的某种联系,他在《影子与行动》中谈到,"陀思妥耶夫斯基对俄国罪犯的人性进行了深刻的研究"。我相信,《死屋手记》对敏感的埃利森的影响比人们料想的更深刻,它强烈地冲击了埃利森个人的情感,为他与从小就哺育他的黑人民间文化建立某种积极的关系提供了一个具有说服力的先例。

《看不见的人》的显著特点之一是对黑人民间文化的运用,埃利森不是把黑人民间文化当作离奇的异国情调和"低俗"的地方色彩的来源,而是当作与吸引叙述者的各种思想观念形成对照的某一范围的价值观念的象征。这些价值观念体现在埃利森对"布鲁斯音乐"的著名定义上:"一种把残酷经历的惨痛细节和片断真切地保留在痛苦的意识中的冲动,一种触摸伤痕累累的痛处的冲动,一种超越痛苦的冲动——不是向哲学寻求安慰,而是竭力从痛苦中挤压出一首亦悲亦喜的抒情诗。"(《影子与行动》,第 78 页)埃利森在彼得·惠特斯特劳这个人物身上体现的正是美国黑人民间情感的这种特性,他使仍然天真的看不见的人感到敬佩,尽管后者所受的教育是,应当按照有教养的白人社会的标准蔑视惠特斯特劳喜欢使用双关语的说话风格并且认为给成语押韵是降低身份的粗俗行为。"该死的,我想,他们是个一言难尽的民族!"看不见的人在偶遇惠特斯特劳之后说,"我不知道突然在我心头掠过的是骄傲还是反感。"

叙述者的不确定表明,对于体现了坚忍乐观精神的本民族文化的原生态表达方式,他的本能反应与所受教育灌输给他的反应在他的内心发生了冲突:"我从小就知道这些东西,但是已经忘记了;**上学之前**就知道。"通过小说中的经历,他发现了所受的教育要他抛弃的某些东西的价值。

正是这一点使人想起《死屋手记》。因为,虽然想象拉尔夫·埃利森需要陀思妥耶夫斯基帮助他认识到黑人民间文化的丰富深厚有点荒谬,但是,陀思妥耶夫斯基可以(而且确实)作为一位无与伦比、德高望重的文学"前辈",他曾经不得不为了他那个时代的俄国农民文化进行同样的斗争。

美国读者难以想象,就像白人(以及希望符合白人文化标准的黑人)看不起在美国南方的奴隶社会中发展起来的黑人民间文化一样,俄国人曾经看不起本国农民的文化。但是,由于狂热的欧洲化倾向,由于把本国历史遗留的一切当作"野蛮愚昧"和"倒行逆施"而予以排斥,同样的偏见在俄国盛行。任何不符合欧洲标准的东西均遭到鄙视和嘲笑。这种状况达到了自我否定的程度,以致俄国上层社会几乎不再说本国语言。(我们应当记得,在《战争与和平》的开头,贵族们在一次聚会上用法语而不是俄语谈论拿破仑的威胁。)打破这种偏见的最重要的作品之一是《死屋手记》。在这部作品中,陀思妥耶夫斯基不仅第一次描写了"罪犯"(他笔下的人物从严格的法律意义上讲是罪犯,但许多人只是因为对他们这个阶层普遍遭受的不公和虐待做出了激烈的反应而被送到西伯利亚服刑)的"人性",而且发掘出隐藏的俄国农民文化的宝藏。

陀思妥耶夫斯基在苦役营里设法保留了一个笔记本,他在上面记下了农民的词语方言、俗话谚语、歌曲民谣和趣闻轶事。这些东西向他展示了一种人格独立、意志坚强、讲求实际的人生观,他逐渐开始钦佩这种人生观,甚至认为它在道德层面上比他曾经接受的一些先进的"进步"观念更优越。《死屋手记》实际上记录的是他以这种方式接受再教育的经历,这使他最终认识到俄国民众生活方式的丰富内涵。难道不能说这也是《看不见的人》的主题的主要目的之一吗?人们只能猜测阅读《死屋手记》对年轻的拉尔夫·埃利森——当时他正在深思如何把上学学到的东西与"上学之前"就知道的东西结合统一起来这个问题(毕竟,他最初的志向是成为一名**古典音乐**作曲家)——产生了什么影响。我们知道他后来成了一名作家,在用现代文学大师的最高标准衡量自己的同时,他不愿看到自己崇高的文学志向与他所崇尚的远离古典世界的美国黑人民间音乐和民间生活有任何矛盾。

因此,陀思妥耶夫斯基的书肯定有助于埃利森找到自己的道路。如果我们从这个角度阅读《死屋手记》的话,那就不难发现对他来说可能特别重要的内容。例如,陀思妥耶夫斯基关于俄国受过教育的阶层实际上对俄国农民**视而不见**的说法不会给他留下深刻的印象吗?"你也许不得不与农民相处一辈子,"陀思妥耶夫斯基对受过教育的读者说,

你也许四十年来每天都与他们打交道,比如说,在正常的行政管理中公事公办地打交道,甚至作为恩人、作为某种意义上的父辈直接与他们友好交往——但你永远不会真正了解他们。一切都是**眼中的幻觉**,仅此而已。我知道,所有读了这段话的人都会认为我夸大其词。但是,我确信我所说的是事实。我已

经有了这种信念,它不是来自书本,不是来自抽象的理论,而是来自现实生活,我也有大量时间验证它。[2]

我们可以用这种方式通读全书,然后挑出一段又一段可能深深触动年轻的埃利森的内容,因为它们与他自己的创作问题直接相关。陀思妥耶夫斯基以前认为迟钝的乡巴佬是笨拙无能的劳动者,因为现在成了被押解着去苦役营外面干活儿的劳动队的一员,有一次他突然发现,他们看上去的"笨拙无能"其实是一种消极怠工的策略。在得到他们想要得到的交换条件后,农民囚犯的"懒散不见了,无能不见了。……活儿干得飞快。每个人好像都莫名其妙地一下子变得聪明了"。(《死屋手记》,第85页)使他意想不到的还有那个"弹奏着简单的农民乐器"——其中有些是自制的——的农民囚犯管弦乐队。"乐曲的声音和谐交融,最重要的是,在本质上对乐曲的精神、创作和演奏特点的表现简直令人惊叹。我第一次感觉到了华丽欢快的俄罗斯舞曲的大胆奔放。"(《死屋手记》,第143页)民众展现了他们的精神风貌,这可以从他们自己的音乐中感觉到,以前是一名执着的音乐会爱好者的陀思妥耶夫斯基第一次判断出了农民音乐的真正价值。这一段内容肯定会加强拉尔夫·埃利森为本民族的民间音乐(爵士乐,布鲁斯,圣歌)赢得其应当得到的重视的决心,这种音乐以艺术形式有效地表达了美国黑人复杂的生活感受。

当陀思妥耶夫斯基经历认同农民囚犯并且有违受过教育的俄国社会的"进步""文明"标准的价值观念转变——看不见的人也经历了同样的转变——时,我们还可以摘引许多类似的内容。受过教育的俄国社会的代表人物经常谈论"正义",却认为他们有权在社会上占据优越的地位。在苦役营的剧场里看戏的农民囚犯完全不同,他们为陀思妥耶夫斯基提供了一个前排座位，因为他们认为这样做"理所当然"。陀思妥耶夫斯基是个戏剧行家，他能精确地鉴别演出的优劣，所以"理应"得到一个比较好的座位。"我国民众最高尚、最引人注目的特征是他们的正义感和对正义的渴望。"陀思妥耶夫斯基在描述这件事情时写道，"普通老百姓一点也不想在任何场合不惜任何代价称王称霸，无论他们值得不值得这样做。……我们的哲人教不了他们多少东西。相反，我认为，哲人应当向民众学习。"（《死屋手记》，第141页）

　　然而，最重要的是，陀思妥耶夫斯基能够以犀利的目光勇敢地直视摆在面前的关于俄国农民的事实；他没有感情用事地遮掩粉饰他们的愚昧、落后以及有时表现出来的可怕的残忍。与此同时，他也能理解他们生活中的这些令人憎恶的因素是他们为了生存不得不忍受长期压迫的结果。他能够看出在这种生存条件下不断闪现的人性的火花，而且相信这种火花**肯定**存在于他们内心深处的某个地方，无论表面现象如何暗示它可能已经熄灭了。拉尔夫·埃利森的下述看法凝聚着同样的观察力："南方的黑人父母对子女的肉体惩罚和心理伤害在程度上堪与十九世纪俄国作家所描写的沙皇统治下的典型的农民生活相比。可怕的是，残忍也是关心和爱的一种表达方式。"（《影子与行动》，第91页）这种看法只能源于埃利森对陀思妥耶夫斯基描写俄国农民生活的态度的根本认同，而且因为他充分意识到，这有助于他与他自己的世界建立某种真正具有创造性的关系。

　　与陀思妥耶夫斯基的其他作品相比，《死屋手记》因其讲述的内容和没有情节的特点而别具一格。它是聚焦于一种环境和一个群体的一系列素描特写，所以更像一篇报告文学而不是一部小说。人们难以想象它是以非常热烈紧张的描写戏剧性地为我们呈现了俄国知识分子的哲学和意识形态困境的同一位作家所写的。他对拉尔夫·埃利森的影响主要体现在创作态度和思想感情而不是艺术技巧上。然而,《看不见的人》与《死屋手记》的主题在某一点上以异乎寻常的方式产生了交集,由此也许可以推断出某种直接的艺术影响。即使没有,这种相似之处也非常值得一提,因为它显示了两位作家对人类生存状况的把握多么接近。

《看不见的人》的一个高潮是吉姆·特鲁布拉德与女儿乱伦的故事,他在半睡半梦的状态下无意中强奸了女儿。与这个故事相似的是《死屋手记》中的那个题为"阿库莉卡的丈夫"的故事。两个故事均以俄国评论家的所谓"**民间传说**"的形式写成,也就是说,讲述者的讲述风格明显渲染或者歪曲了以第一人称口述的故事。在埃利森的小说中,讲述者是一个美国南方的黑人佃户;在陀思妥耶夫斯基的作品中,讲述者是一个俄国农民。实际上,两个故事讲述的都是违反上帝和人类的法规的罪恶行为:前者是乱伦,后者是一个怯懦、愤懑、施虐成性的丈夫蓄意杀害了已经被他打得半死的无辜的妻子。

两个故事——其中陀思妥耶夫斯基的故事更可怕——的共同点在于它们都毫不留情地描述了不可原谅和无法挽回的事情,而在这样做的时候又都尽量采取肯定而不是否定当事人具有人性的态度。吉姆·特鲁布拉德的行为不是出于欲望或者兽性,而是因为贫穷所以不得不与妻子和成人的女儿睡在同一张床上导致的意外。他讲述了随后发生的事情,身为一个具有强烈的道德观念的男人,他为自己违背道德的行为感到迷茫和不安,甚至宁愿让愤怒的妻子用斧头砍掉他的脑袋(尽管她最终实在下不了这个手)。他一度羞耻得无地自容（"我什么也不吃，晚上也不睡觉"）。一天夜里，他仰望星空开始唱歌，"**最后**唱起了"布鲁斯。然后他回到家人身边，他要重新开始生活并且为他做过的事情承担责任——尽管**实际**上他承担不了。

在陀思妥耶夫斯基的故事中，以这种方式显示出无法泯灭的人性的不是叙述者，而是被害的妻子和她所爱的男人菲利卡·莫罗佐夫，他们突然流露出谁也不会怀疑的深情。但是，叙述者讲述的故事使我们意识到，他杀人是因为不能忍受个人受到的羞辱——这至少使人没有把他仅仅当作一个残忍的虐待狂。这件事情发生之前，妻子只是一个可怜的受害者；菲利卡则是一个由着性子胡来的浑小子，在与阿库莉卡专横的父亲发生争执以后，为了报复，他无情地诽谤了姑娘。应当对阿库莉卡不得不忍受的所有痛苦负责的正是菲利卡，包括被迫嫁给她那意志薄弱的丈夫。但是后来，就在被带走服兵役（这意味着可能永远也回不来了）之前，菲利卡向全村人宣布她是清白的，并且当众向她下跪；阿库莉卡原谅了他，她也向他深深地鞠躬并用富有诗意的语言表明了她的爱。故事突然被最纯洁的感情和最温柔的人类情感的闪光照亮，而杀人使其再次陷入黑暗。但是我们不要忽视，因为出现了这种闪光，故事中的角色是**人**而不是非人的怪物；我们从吉姆·特鲁布拉德的讲述中得到的也是同样的认识。埃利森向我们这些美国人阐明的是一百年前陀思妥耶夫斯基向他的俄国读者阐明的同样的道理。

拉尔夫·埃利森与陀思妥耶夫斯基之间还有另一种应当讨论的重要关系：两位作家在捍卫艺术的完整性和艺术家的独立性使其不受集体道德观念的卫道士（两人面对的都是非官方的卫道士，但在陀思妥耶夫斯基的祖国现在已经不是了）所强加的意识形态的支配和限制时的共同点。

陀思妥耶夫斯基在报刊上发表的捍卫自己观点的文章大部分根本没有人翻译过，只是最近才有一些被译成英文。但是，不必阅读陀思妥耶夫斯基的文章，拉尔夫·埃利森就会发现自己面对同样的问题。由于共产主义在俄国取得了胜利并且产生了世界范围的影响，十九世纪六十年代初期陀思妥耶夫斯基反对的那种对待艺术的态度如今已经成为自动地强加给世界各地参与激进政治活动的艺术家的教条。像许多人（而且也像十九世纪四十年代的陀思妥耶夫斯基本人）一样，拉尔夫·埃利森也经历过一个这样的阶段。在发现自己受到文化政治委员的审查和指责之后，他做出的反应与陀思妥耶夫斯基当年的反应一模一样。

陀思妥耶夫斯基刚刚开始文学生涯就遇到有人试图左右他的文学作品的性质。他参加的激进小组聚会的主人米哈伊尔·彼得拉舍夫斯基批评他没有创作将对社会进步事业起到促进作用的具有明显宣传意义的作品。当时最重要的批评家维·格·别林斯基称赞陀思妥耶夫斯基的第一部小说《穷人》是一部杰作，他还认为陀思妥耶夫斯基四十年代后期的作品缺乏社会含义。但是，陀思妥耶夫斯基拒绝接受这两个人的批评。他甚至指责别林斯基，认为这位有影响的批评家"总是竭力赋予文学一些与其不相称的意义，试图把文学完全降低到——如果可以这么说的话——**单纯描写新闻事实**或社会丑闻的水平"。[3]

陀思妥耶夫斯基反对这种观点的重要意义在于，他**不是**按照后来的所谓"为艺术而艺术"的逻辑捍卫艺术的自主性。他并没有坚称，既然艺术是其自身的最高价值，作家就可以正当合理地在追求完美的过程中无视社会。陀思妥耶夫斯基接受激进派评论家为艺术设定的前提条件,即,艺术具有重要的道德-社会功能。但是,正是由于这个原因,艺术家肩负着决不为社会效果牺牲艺术准则的责任。因为陀思妥耶夫斯基坚持认为,即使从社会效果来看,"一部没有艺术价值的作品无论如何也绝不可能达到目的;实际上,它对事业弊大于利。结果,功利主义者在忽略艺术价值的时候首先损害的是他们自己的事业。"

因此,在陀思妥耶夫斯基看来,相信艺术肩负着崇高的道德-社会使命与坚决不把艺术变成一种宣传手段并不矛盾。这正是严阵以待的拉尔夫·埃利森在他的评论文章里以富有说服力的论述坚定捍卫的立场。没有哪一位当代美国作家像拉尔夫·埃利森在《二十世纪的小说与人性的黑色面具》和《斯蒂芬·克莱恩与美国小说》等文章里那样为艺术的道德功能提供了最有力的论据。这些评论文章指出,像马克·吐温和梅尔维尔这些作家的伟大之处在于他们对美国社会生活中基本的不公(尤其是奴隶制和更加普遍的种族问题)给予持续的道德关注。埃利森钦佩他们为解决这些社会不公所做的努力不是出于政治原因,而是出于道德原因。埃利森认为,在自己的同时代作家中,只有福克纳承担起了这项任务,他笔下的黑人角色吸收进而超越了南方人的刻板印象,他的作品探讨了历史遗留下来的与黑人盘根错节的关系给南方白人的心灵造成的深深的创伤。

在从艺术角度论述这些主题的同时,拉尔夫·埃利森坚决反对一切企图把作品的艺术功能与社会宣传鼓动功能混为一谈的尝试。在与欧文·豪进行的一场重要论战中,埃利森在作家所承担的艺术责任与其参加社会活动的义务之间划了一条清晰的界线。[4] "在试图使赖特复活时,"埃利森指出,"欧文·豪将比南方的政客更苛刻

地为黑人作家选定他们应当扮演的角色——他还会说明充分的理
由。我们必须表达'黑人'的愤怒并且表现出'跃跃欲试的好斗性';
我们尤其不应显得对文学的艺术问题太感兴趣,尽管我们寻找自己
的个人身份就是利用的这些问题。另外,在用心写作与成为意识形
态斗士之间,我们必须选择后者。"(《影子与行动》,第 120 页)对此
埃利森反驳道:"我认为,在我们所从事的这样一场不仅涉及黑人而
且涉及所有美国人的广泛而持久的斗争中,作家最好是发挥其身为
作家的作用来履行他的职责。因此,如果他选择停止写作并且登上
政治舞台,那么,这应当是出于个人选择而不是迫于某些想要管控
社会的人所施加的压力。"(《影子与行动》,第 132 页)

　　当这场论战刚刚开始进行时,我阅读了刊登在一九六三年的
《异见》和《新领袖》杂志上的有关文章,我还在一篇受《党派评论》
之托所写的《影子与行动》的书评中谈到了这场论战,表示支持埃利
森的观点。《党派评论》接受了这篇文章,但不知何故却从未发表。
我猜测,它的消失可能与埃利森在反驳欧文·豪的文章里引述的那
句马尔罗的名言所表达的思想多少有点关系:"在革命的历史中,违
反革命常规惯例的东西比私人回忆录中令人尴尬的内容受到更蛮横
的压制。"(《影子与行动》,第 107 页)[5]无论如何,现在阅读埃利森的
文章不能不让我想到陀思妥耶夫斯基当年对激进派评论家尼·亚·
杜勃罗留波夫向俄国诗人伊·萨·尼基京提出的建议的评论。

　　尼基京出身于下层社会的一个商人家庭,他是普希金的崇拜
者,也是其抒情风格的模仿者。杜勃罗留波夫认为这种品位非常可
悲,尤其是考虑到尼基京的阶级背景;陀思妥耶夫斯基用下面这一
段文字总结了杜勃罗留波夫的评论的要点:

"写您自己的需求吧，"尼基京得到的建议是，"描写您那种生存状况下的需要和必需，抛开普希金，不要狂热地迷恋他，而是热情地谈谈这个，说说这个，只描写这个，不要写别的"——"可是普希金是我的旗帜，我的灯塔，我的导师，"尼基京先生（或者是我为尼基京先生）大声疾呼。"我是一个平民百姓，普希金从光明中向我伸出了双手，他那里有精神启蒙，没有令人窒息的蛮不讲理的偏见，至少不像我生活的环境；他是我的精神食粮"——"您错了，这太可悲了！写您自己那个阶级的需求吧。"

欧文·豪含蓄地向拉尔夫·埃利森提出的正是这种建议：忘掉T. S. 艾略特、马尔罗、海明威、福克纳和陀思妥耶夫斯基；描写黑人为获得公民权而进行的斗争，只关注与这场至关重要的斗争有关的黑人生活。[6]

这不仅仅涉及关于艺术的作用和功能的争论；其实还涉及关于人类经验的广度和深度的意见分歧。对这个问题的理解谁也没有陀思妥耶夫斯基深刻，他坚决反对贬低艺术的潜在价值并且缩小人类关注的范围，而这正是俄国激进派艺术信条的基础。"如果幻想家不仅没有舒适的住宅，"车尔尼雪夫斯基在一篇美学专论中以辛辣的讽刺笔调写道，"而且就连赖以栖身的小屋也没有，那么，想象力建造的就是空中楼阁。"因此，必须把对任何超出直接物质需求的关心思考视为应当受到谴责的虚妄幻想予以摒弃，或者说，顶多只能关心思考当前具体的社会问题。陀思妥耶夫斯基用一篇讽刺小品回应了这种观点，他在小品中描写一份激进派杂志的一名新的撰稿人收到杂志编辑的指示，要求他贯彻执行党派方针。这位撰稿人被告知:"如果有人对您说:我想思考,我为至今仍未解决的某些古老的问题而苦恼;或者对您说,我要生活,我渴望找到一种信仰,我寻求一种道德理想,我热爱艺术之类的东西,那就一概毫不犹豫地立即给予明确的回答,这全都是愚蠢和不切实际的,这完全是一种奢侈、幼稚的梦想,毫无意义。"

拉尔夫·埃利森在这个问题上再次与陀思妥耶夫斯基不谋而合,当然,他只是从他身为美国黑人作家的特殊境遇出发的。白人文化界——特别是那些深受马克思-列宁主义影响的黑人的"朋友"——倾向于认为,黑人的经验尤其应当被继续纳入俄国激进派思想为整个人性设定的那个范畴。但是,在俄克拉荷马成长时就令人感动地描写过他和他的一些朋友心中怀有的"文艺复兴巨匠"那种理想的拉尔夫·埃利森早已拒绝接受任何这样的限制;因此,当某些人试图把这种限制强加于人时,甚至更糟糕的是,当另一些人自愿接受这种限制时,他一次又一次表示抗议。实际上,正是在理查德·赖特迎合这种模式进行文学创作之后,埃利森对他这位好友和昔日的文学战友提出了批评。埃利森有一次在接受采访时说,赖特"热衷于意识形态——虽然我也关心意识形态,但我还想为我们的民族争取许多同样的东西"。他接着说,他在个人理念上与赖特存在根本差异。"例如,我不安地发现,[赖特《土生子》中的]比格·托马斯没有理查德·赖特的优秀品质,没有想象力,没有诗意,没有快乐。因此,我更喜欢理查德·赖特而不是比格·托马斯。"(《影子与行动》,第 16 页)

埃利森在一篇评论赖特的《黑孩子》的文章里提出了同样的论点,他在这篇文章里直接向那些公开质疑赖特的评论家开火,这些评论家觉得不可思议的是,在《黑孩子》所描述的可怕的生活环境中竟然能够因为个人痛苦的成长经历而形成赖特那样的思想感情。他们认为没有对这种反常现象做出解释是《黑孩子》的一个缺点。埃利森反驳道：

> 美国批评界的主流完全排斥黑人，以致不承认西方民主思想的某些最基本的原则适用于黑人。他们忘记了人的生命具有与生俱来的尊严，人类具有天生的高贵感；忘记了所有人都喜欢做梦，都有把梦想变成现实的冲动；忘记了永不满足的需要和寻求满足的永恒欲望隐含在人的机体中；忘记了所有人都是被称为心灵——瓦莱里说心灵是"用无穷无尽的问题武装起来的"——的主观过程的刺激、折磨、指使和认知功能的受害者和受益者。（《影子与行动》，第80-81页）

我想指出的拉尔夫·埃利森与陀思妥耶夫斯基之间的最后联系是他们的作品的社会地位及其与读者的关系具有某种相似性。陀思妥耶夫斯基长期以来被公认为是对世界文学产生了决定性影响的人物之一，所以，当人们了解到他生前受到那么多人的敌视后大都感到有些震惊。他那几部重要的长篇小说在俄国发表时正值自由主义和激进派观点在知识分子当中占据主导地位之际；因此，他的每一部伟大作品都遭到了猛烈攻击。（不那么伟大的《少年》因为发表在左派刊物上而免于遭受这种攻击，《地下室手记》却被完全忽视了。）对于不想招惹麻烦、只想不惜一切代价保住现存政权的保守派来说，陀思妥耶夫斯基的作品也难以给他们带来安慰；这些作品的探讨过于深入，提出了太多基本问题。陀思妥耶夫斯基的小说确实无法满足任何派别的政治诉求；但是，由于充满纯粹的艺术力量并且富有远见卓识,人们不得不重视它们。

今天,十九世纪六十年代俄国激进派思想的继承人形成了陀思妥耶夫斯基祖国的统治阶层。他反对的那些思想正是这个统治阶层强加于人的社会-文化意识形态的核心。他们非常清楚地意识到,人生后期的陀思妥耶夫斯基破坏了他们最珍视的教条。他们很想摆脱他,而且在斯大林主义盛行时期甚至试图这样做。可是,陀思妥耶夫斯基为俄罗斯文学增添了太多荣耀,以致无法轻易抛弃。苏联人马上就要完成豪华的三十卷本陀思妥耶夫斯基全集的编辑出版工作,这项文化工程的竣工将成为苏联学术界的非凡成就。不过,印刷出来的陀思妥耶夫斯基全集大部分都被立即发往国外销售,而苏联普通公民也很难买到留在国内的那一部分全集。直到不久以前,尽管陀思妥耶夫斯基(受到社会主义思想影响)的早期作品已经出版了几十万个版本,他后期的小说却很少再版。然而,最近我在逛了一家俄文书店之后发现,陀思妥耶夫斯基后期的几部小说现在也以平装版本重新出版了几十万册。陀思妥耶夫斯基仍然是苏联现存体制的眼中钉,但是,不能简单地把他拔除抛弃,而且很难无视或者封杀他的作品。

令人高兴的是,拉尔夫·埃利森在美国的地位完全不同,然而,某些相似之处仍然存在。《看不见的人》出版之后立即就被誉为杰作,拉尔夫·埃利森也连续多年享有很高的声望。但是,正如他与欧文·豪的论战所显示的那样,埃利森受到攻击的原因与陀思妥耶夫斯基受到攻击的原因有点相同。在动荡的二十世纪六十年代,随着黑人民族主义出现新一轮高潮,左派代言人更加频繁和猛烈地发动这种攻击。拉尔夫·埃利森成为新一代黑人民族主义文人痛恨的敌人,他们感到必须向他发泄长期压抑在他们心中的怨恨和怒火。面对狂风暴雨般的攻击,尽管埃利森始终平静地保持着尊严,甚至设法在交谈中用俏皮话化解,但是,无论是发表在报刊上还是向站在讲台上的他当面提出的那些对他毫无公正可言而且肆无忌惮的指责仍然深深地伤害了他。

不过,如果根据约翰·赖特(一九八〇年冬天)在《卡尔顿杂志》上发表的一篇资料丰富、颇有见地的专论埃利森作品的文章判断的话,那么,在我看来,这场风暴已经减弱而且风向也有所转变。与陀思妥耶夫斯基的情况完全相同,尽管遭到意识形态对手的猛烈攻击,但是,他们不得不重视他的艺术的强大力量和深刻含义。甚至有些——当然不是所有——曾经最凶猛地抨击埃利森的人现在似乎开始认识到,他的作品已经为他们正在寻求的新的美国黑人文化奠定了基础。约翰·赖特在一段精彩的阐述中谈到,埃利森"通过幸存者的心理超脱而不是心理压抑接近美国黑人的生活"。他指出,就连以前反对埃利森的人现在也承认,埃利森"为新一代激进的黑人文学家"提供了"一种关于黑人生活方式的正面看法,认为这种生活方式具有深厚的人性基础和坚强的精神支柱"。(《卡尔顿杂志》,一九八〇年冬季刊,第 148 页)

人们欣喜地看到,至少有一些"汤姆叔叔的孩子"(借用理查德·赖特的说法)——他们比理查德·赖特所能想象的倔强、叛逆得多——已经开始意识到,他们可以根据埃利森以敏锐的目光和鲜明的态度高度评价美国黑人生活和文化的看法认识自己。与陀思妥耶夫斯基的际遇一样,事实证明这种看法给人留下非常深刻的印象,所以根本无法置之不理或视而不见;对它只能接纳吸收,而重新评价的过程似乎正在快速进行。因此,埃利森以前提出的一种可能性如今即将成为现实。"如果我写出足够精彩的杰作,"他在与欧文·豪论战时说，"今天黑人的孩子们也许就会以我的作品为自豪，而欧文·豪的孩子们可能也会以我的作品为自豪。"（《影子与行动》，第139页）《看不见的人》如今获得世所公认的经典文学作品的地位，这表明，他豪迈的愿望实现了。

注释

[1] 拉尔夫·埃利森的文集《影子与行动》（纽约，1972）再次发表了这篇文章，见第107-143页。我提到的其他文章和所引述的对埃利森的采访均包括在这本文集里。

[2] 费奥多尔·陀思妥耶夫斯基，《死屋手记》（康斯坦丝·加尼特英译；纽约，1954），第236页。

[3] 关于这方面的更详细的情况，请参阅约瑟夫·弗兰克，《陀思妥耶夫斯基：反叛的种子，1821-1849》（新泽西州普林斯顿，1976），第十三章和第十七章。后来，到了十九世纪六十年代，关于文学在为建立更美好的社会而进行的斗争中只应是一种辅助手段的观点被尼古拉·车尔尼雪夫斯基汇集整理成一种美学理论。请参阅本书对车尔尼雪夫斯基的观点的讨论，特别是收入鲁弗斯·马修森的《俄国文学作品中的正面英雄人物》一书中的我的文章（本书第六章），另请参阅我对安杰伊·瓦利茨基的《俄罗斯思想史》的评论（本书第五章）。

[4] 这场论战是由欧文·豪的文章《黑孩子与土生子》引起的，这篇文章重刊于他的《新一代的衰落》（纽约，1970），见第167-189页。埃利森的反驳文章收入《影子与行动》中，见第107-143页。

[5] 《党派评论》的编辑威廉·菲利普斯回忆录中的一段话可能是——也可能不是——因为受到我这篇文章的观点的刺激而写的。我把它抄录在此，因为它与我们讨论的问题有关。《看不见的人》的部分内容最初是在《党派评论》上发表的，"但是，"菲利普斯写道，"在一九六四年，我们不

能发表埃利森的文集《影子与行动》的一些文章,因为我们在该书出版之前无法确定发表的时间;后来我们还要求约瑟夫·弗兰克修改一下他为这本书写的书评,包括对埃利森提出的那些问题的评论,我们的要求被曲解了,因此,这篇书评没有发表。"见威廉·菲利普斯,《〈党派评论〉》(纽约,1983),第 117 页。

我记得《党派评论》只是要求我把文章缩短,我照办了,后来杂志告诉我这不再是热门话题,所以就不采用了。我不记得曾被要求对埃利森进行更严厉的评论,尽管过了二十年后我不那么确定了。但是,菲利普斯的这一段话证实了我的印象,即,《党派评论》的编辑们不同意我对埃利森的观点的坚定支持。

[6] 以其一贯的聪明才智和道德上的谨慎,欧文·豪在他的自传中回顾过去这场论战时发表了一番非常值得引述的评论。在内容涉及包括他自己在内的许多激进左翼人士重新发现他们的"犹太人身份"的一章里,欧文·豪回忆了哈罗德·罗森堡对萨特的《关于犹太人问题的思考》一书的反应。萨特把犹太人定义为这样一个群体:外人眼中他们的"处境"构成了他们的身份,而他们自己并没有真正的历史身份。欧文·豪自认为他同意哈罗德·罗森堡的观点,即,萨特的定义完全不了解犹太人内心真实存在的自觉意识;多年以后他意识到,在与埃利森的论战中,他"采取了就连自己也感到震惊的萨特那样的立场"。欧文·豪继续写道:"就像罗森堡为犹太人发声一样,埃利森为黑人发声是一种无法通过'抗议'的视角完全理解的自主文化。埃利森的论点确实有一定的道理,但我仍然忍不住想到,黑人的'处境'已经造成了比他愿意承认的更严重的精神创伤。不过,与犹太人受到的伤害相比,也许我更容易发现黑人受到的伤害。"见欧文·豪,《一线希望》(纽约,1982),第 257 页。

第四章　普宁教授的讲座

在韦尔斯利学院和康奈尔大学听弗拉基米尔·纳博科夫讲俄罗斯文学课一定非常有趣，然而，可怜的学生必须通过按照传统的教学要求进行的这门课的专业考试，真是悲哀！因为纳博科夫肯定不是一个专业教书匠，他关心的是传授知识从而使他的听众对某个"领域"——在这里是俄罗斯文学，他是该领域仍然在世的最杰出的代表人物之——有所了解。所以，"勤勤恳恳的大量三流教师"中的某些被纳博科夫亲切地称为"国家脊梁"的人也许会对纳博科夫教授随心所欲的讲授方式有点反感。但是，大多数人可能觉得他像他笔下的普宁教授一样可爱。他为那些具有文学感受力因而能够领会欣赏他那智慧闪烁的妙语、辛辣幽默的表述和对文学艺术的真知灼见的人提供了一种多么令人愉悦的享受啊！

《俄罗斯文学讲稿》是根据纳博科夫私人文件中的笔记和手稿精心地进行了重新编辑后出版的纳博科夫的俄罗斯文学课程讲稿。[1]整理这些讲稿是一项艰巨的任务，所以我们要向编辑弗雷德森·鲍尔斯表示祝贺，因为它们读起来原汁原味。不过，有意阅读这本书的读者应当清楚,它的许多内容是引述,因为纳博科夫在课堂上用大量时间朗读作品的片断(当然是译成英文的),同时不断对译文发表轻蔑的评论并且给予适当的纠正。纳博科夫有了足够的空间展示他惯有的古怪念头和奇思妙想。他煞费苦心地计算出《安娜·卡列宁》(请不要加上"娜"字)的故事情节开始的确切时间,尽管托尔斯泰认为这不重要所以不必提及。另外,纳博科夫最喜欢扮演的一种角色——眼中闪烁着狂热光芒的走火入魔的学究——在他为《安娜·卡列宁》的一个(从未出版的)版本撰写的三十页评注中得到充分的表现。例如,在"白菜汤和荞麦粥"的条目下,我们看到,"[小说过去]四十年后,在我那个时代,咂咂有声地喝白菜汤就像潇洒地吃法国大餐一样时髦"。

50 　　然而,这本书包含的不只是这些古怪离奇的内容。它的开头是纳博科夫一九五八年发表的一篇精彩生动的演讲,他认为俄国文学在十九世纪一直受到两种审查:一种是沙皇政权的审查,另一种是激进派评论家的审查。第一种审查坚决要求作家效忠国家,第二种审查则坚持为民众谋幸福。"最终,在我们这个时代,当一种新型政权、一个黑格尔三一式的综合政体把民众与国家的概念混为一谈时,这两种思想路线势必殊途同归、齐心协力。"(《俄罗斯文学讲稿》,第 5 页)纳博科夫无与伦比地描述了说教式文学产生的环境,他用几段精选的引文揭露了这种非常可怕的文学的荒诞之处。我们还应注意到,他也不接受下述流行的伪善说法,即,自由国家的市场对作家施加的间接压力相当于警察国家对作家施加的直接压力。

　　然后,《俄罗斯文学讲稿》用一些独立的章节专门讨论果戈理、屠格涅夫、陀思妥耶夫斯基、托尔斯泰、契诃夫和高尔基。通常讨论一两部作品,不过也会简要地传达一下总体印象,在介绍了一些背景事实之后,纳博科夫开始详细地讨论文本。因为他说,"我们不要在俄国小说中寻找俄罗斯的灵魂:我们要寻找个人天才。关注杰作而不是背景——不要盯着背景看那些人脸"。(《俄罗斯文学讲稿》,第11页)这是纳博科夫对过去的激进派评论家和现在的政府御用评论家对俄国作家提出的压倒一切的要求的回应,这两类评论家都要求作家进行某种"道德说教"并且写出(他称之为)"专门宣传"这种说教的作品。纳博科夫和与他同时代的俄国形式主义批评家的反应都是希望把艺术从这种意识形态的束缚之下解放出来,根据一系列艺术"手法"评价艺术作品。我们可以理解并且赞成这种反应,并不认为有必要把这么严厉的观念引进我们比较自由宽松的思想文化环境,也不认为它产生的文学品位必定令人信服或是具有权威性。

　　果戈理肯定是纳博科夫最喜欢的作家之一,在热情地探讨《死魂灵》和《外套》的滑稽风格的同时,他对果戈理作品的译者和认为果戈理是一个"现实主义作家"的常规看法提出异议。[2]他的注意力主要集中在果戈理的句法——他称之为"生机勃勃的句法"——上,果戈理采用这种句法,"通过具有不同的隐喻、比较作用和突然产生抒情效果的从句塑造了他的小说[《死魂灵》]的那些边缘人物"。但是,与俄国象征主义批评家以前的观点一样,纳博科夫也认为小说的主人公乞乞科夫是"魔鬼廉价雇用的一个跑腿儿,一个来自地狱的旅行推销员",他的工作是利用"人类**平庸陈腐**[пошлость]本质上的愚蠢"扩大撒旦联合公司的影响。纳博科夫在结束对《外套》的评论时同样说道,这篇小说"关注的是人类灵魂隐秘的深处,在那里,地狱冥府的幽灵像无名航船的影子一样无声无息地飘过"。魔鬼和"地狱冥府的幽灵"也许不是"俄罗斯的灵魂",然而,我们似乎仍在危险地向其靠近。

接着,纳博科夫转向屠格涅夫,他认为屠格涅夫"虽然是一位令人愉悦的作家,却不是一位伟大作家",他有点屈尊俯就地对屠格涅夫笔下优美的风景及其作品的质感和色彩表示欣赏,但是认为屠格涅夫文笔的水准参差不齐,作品中的一些段落过于雕饰,而且由于缺乏"文学想象力",始终没有找到"与其具有独创性的描述相当的讲故事的方法"。这些评论敏锐而有力,不过,尽管存在这些弱点,纳博科夫仍然认为《父与子》是"十九世纪最精彩的小说之一",并对其进行了富有洞察力的解读。屠格涅夫还给他以灵感,使他通过准确的戏仿式综述作出了一段最令人愉快也最有生命力的文学批评:

> 那个时代的俄国是一个广袤的梦乡:民众沉睡不醒——这是比喻性的;知识分子用一个个——实实在在的——不眠之夜坐而论道或者只是苦思梦想直到凌晨五点,然后出去散散步。许多人不脱衣服就倒在床上陷入昏睡,另一些人则起床穿衣。在屠格涅夫的作品里,未婚的年轻女子通常起床比较早,她们迅速套上裙子,用凉水匆匆洗一把脸,然后出门跑进花园,鲜艳得像绽放的玫瑰花,在花园的凉亭或树荫下,不可避免地会发生艳遇。(《俄罗斯文学讲稿》,第65-66页)

读过这一段描述后,几乎很少有人还能像以前那样严肃地看待屠格涅夫作品中的某些场景。

纳博科夫一贯敌视陀思妥耶夫斯基的言论总是引起许多人的好奇和反对,因此,他当然不会放过在课堂上大肆贬损他的常年出气筒的机会。他不喜欢陀思妥耶夫斯基由来已久,这似乎可以追查到两个原因。其中一个原因是,在世纪之交的俄国文化中,陀思妥耶夫斯基的作品被极端保守势力用来加强他们的力量,而像纳博科夫家族这样高雅的俄国自由派,当然会对利用一位如此伟大的作家为一种如此卑劣的目的服务深恶痛绝。因此,解决这个问题的一个办法就是破坏他的文学地位。但是,与此同时,身为作家的纳博科夫无法躲避陀思妥耶夫斯基巨大的影响力,他的作品的某些内涵肯定也受益于陀思妥耶夫斯基。这只能使他更加敏感并且进一步加剧他对陀思妥耶夫斯基的怨恨,于是,他更加急不可耐地嘲笑诋毁陀思妥耶夫斯基那些他很不喜欢而且无法利用的特点。

　　然而,他用来嘲笑诋毁陀思妥耶夫斯基的措辞在俄国批评界并不让人感到陌生,可是,它们早已过时了。陀思妥耶夫斯基平生受 52 到许多评论家的猛烈抨击,因为他设计的杀人情节粗暴残忍、耸人听闻,因为他使用高尚的妓女和圣徒似的白痴这些令人想起多愁善感的情节剧的类型人物,因为他普遍描写了人类生活卑鄙龌龊的方方面面。这些特点与自普希金以降由屠格涅夫、托尔斯泰、冈察洛夫等许多作家传承的描写优雅、高贵的庄园生活的俄国小说传统形成鲜明的对照。基于一位精致的作家对他所认定的陀思妥耶夫斯基粗糙的小说艺术的厌恶,纳博科夫只是重复了这种吹毛求疵的批评而已,除了来自粗俗的平民社会的小说素材及其不适当地表现出某种歇斯底里的宗教狂热之外,他对陀思妥耶夫斯基作品的其他特点视而不见。当然,陀思妥耶夫斯基的天才恰恰体现在他能使用这种粗俗的素材并将其提升到悲剧的高度。但是,如果有人认为《罪与罚》中的拉斯柯尔尼科夫的杀人动机"极其混乱",而《卡拉马佐夫兄弟》只是"一部典型的侦探小说,一部杂乱无章、进展缓慢的侦探小说",那么,我们对此有什么可说的呢?根本没有,我们只能说,就像纳博科夫承认他没有长"听音乐的耳朵"一样,他也缺少欣赏陀思妥耶夫斯基所必需的某种器官。

或者说,至少是缺少欣赏陀思妥耶夫斯基的主要艺术成就所必需的器官。纳博科夫认为陀思妥耶夫斯基相对简单的早期作品《双重人格》是其最杰出的成就,这无疑是因为纳博科夫笔下的许多人物也受到现实与想象的双重困扰。他还赞扬了陀思妥耶夫斯基作品中狂暴场景一触即发的怪诞风格,称赞其具有描写某种"总是处在歇斯底里发作边缘的情绪和人们在激烈的对骂中相互伤害"的"令人惊奇的才能"。怪诞喜剧也是纳博科夫的特长,只不过他的基调通常比较克制而已。可是,他对陀思妥耶夫斯基的反感过于强烈,以致在讨论陀思妥耶夫斯基的作品时甚至失去了他常有的幽默感——至少看起来是这样,除非他又是在跟我们开玩笑。因为他郑重其事地说,陀思妥耶夫斯基小说的主人公都是那种"可怜、病态、心灵扭曲的人",他们的反应不是人类所能接受的反应。接着,他列举了他能分出类别的各种精神疾病,尽管讨厌弗洛伊德,他采用的却是从发表在《精神分析评论》上的一篇文章里挑选出来的疾病类型!是奇谈怪论从不会消失,还是我们正在听那位为《洛丽塔》作序的博学的精神病医生小约翰·雷博士说话?毕竟,纳博科夫自己塑造了什么样的人物?是心理健康的社会栋梁吗?

纳博科夫当然更欣赏托尔斯泰,他说托尔斯泰是"俄国最伟大的小说家"。由于不喜欢进行"道德说教"的作家,他在这里调整自己的偏见以符合自己的喜好时遇到了一点问题;但他认定托尔斯泰的小说艺术"生动有力、正大光明,而且具有原创性和普世意义,所以大大超越了他的说教"。无论如何,他只讨论了《安娜·卡列宁》和《伊万·伊里奇之死》;毕竟,《战争与和平》是一部讨论起来比较棘手的作品。他提出了一个关于托尔斯泰对时间的运用的十分有趣但相当晦涩的理论,深入分析了许多预示着安娜将会卧轨自杀的细节,而且非常油滑地把小说的主题阐释为形而上的爱情与肉欲之爱的对比。第一种爱情"以心甘情愿的自我牺牲或相互尊重为基础",体现在基蒂与列文的关系中;"安娜与沃伦斯基的关系建立在肉欲之爱的基础上,而这注定了它的厄运"。

契诃夫的两篇短篇小说和关于《海鸥》的长篇笔记使纳博科夫展现了他那温婉动人、令人回味的散文才华。他欣赏契诃夫小说艺术的轻松优雅,欣赏契诃夫善于使用信手拈来的细节营造气氛,他最欣赏的是,契诃夫对纯粹的人而不是意识形态更感兴趣,不愿在当时激烈的政治斗争中支持任何一方。契诃夫还具有异想天开与忧郁悲伤交织在一起的混合气质,这对敏感的纳博科夫很有吸引力;另外,契诃夫本人(尽管个人成就斐然仍然)是一个典型的俄国自由主义者,他记录了与纳博科夫志同道合的那些人的奋斗、幻想和失败。纳博科夫对这一类人("知识分子,俄国的理想主义者……做不成好事的好人")的赞美之词过于冗长以致无法完整引述;但是,这充分揭示了他自己的价值观念。他同样赞扬了契诃夫描写的"所有可怜的暧昧、可爱的软弱以及契诃夫笔下这个完全呈现出鸽灰色的世界","在极权政府的崇拜者向我们炫耀那些强大、自信的国家时",这一切都"值得铭记"。

《俄罗斯文学讲稿》最后用简短的一章轻蔑地评价了作为作家的高尔基,但尊敬地概述了他的人生,接着又用几页篇幅对**平庸陈腐**再次进行了有趣的评论,结尾是一些人们熟悉的关于翻译艺术的想法。总体来看,与其说它是一系列讲座的讲稿,不如说是一本俄罗斯文学名著的选集;但被纳博科夫作了评注,所以阅读时绝不会感到单调乏味,也看不到什么老生常谈。读者可能同意或者不同意他的观点,但是,在这种迷人高雅的读物陪伴下,从来不会没有乐趣。对于所有俄罗斯文学爱好者来说,对于所有渴望成为俄罗斯文学爱好者的人来说,纳博科夫的这本书是一座令人赏心悦目的花园。

注释

[1] 弗拉基米尔·纳博科夫,《俄罗斯文学讲稿》(弗雷德森·鲍尔斯编辑并作序;纽约,1980)。

[2] 这一部分内容选自纳博科夫用英文撰写的生动有趣的批评杰作《尼古拉·果戈理》(康涅狄格州诺福克,1944)。

第二部分　概述

第五章　俄罗斯思想：走向革命之路

一

　　只要是对俄罗斯文化史感兴趣的人都知道，在最近十五年左右
的时间里，一位名叫安杰伊·瓦利茨基的波兰学者撰写了这一研究
领域的几部最佳专著。他的第一部著作《个性与历史》（1960）对斯
拉夫派、别林斯基、屠格涅夫和陀思妥耶夫斯基进行了一系列研究，
目前还没有英译本；不过，他后来的两部著作《斯拉夫主义论争》
（1975）和《关于资本主义的争论》（1969）已经使他为广大国际读者
所熟知。瓦利茨基的《俄罗斯思想史》（1973）将会而且肯定应当受
到俄罗斯文化的研究者以及所有那些希望得到某种启发帮助他们
了解他们所阅读的十九世纪俄国文学作品从中产生的社会-文化背
景的读者的广泛欢迎。[1]

　　当然，无论研究哪个国家的文学，相应的文化史知识都是不可
或缺的；但是，可能有人坚持认为，与研究同一时期其他主要欧洲国
家的文学相比，对于研究十九世纪俄国文学来说，这一点更是确定

无疑。由于难以在公开发行的出版物上直接表达有争议的观点（尽管许多这样的观点因为沙皇政权书报审查机构的愚钝——不过有时也是容忍——而令人惊异地发表在一些报刊上），文学多少起到了安全阀的作用，通过文学作品可以表现，至少可以暗示政府禁止谈论的某些话题。所以，俄国最优秀的文学作品往往以意识形态色彩**浓厚**而著称，这一特点至今仍然使俄国作家——无论是小说家还是诗人——有别于他们的西方同行，西方作家有时羡慕俄国人对文学作品的热烈反应，但并不完全清楚这种热情的原因。很简单，文学不是日常生活的装饰品或附属品；只有通过文学作品，俄国人才能看到讨论一些真正的问题，他们关心这些问题，而他们的统治者始终认为最好使他们对这些问题一无所知。

　　如果说俄国文学作品的创作与俄罗斯思想存在着非常紧密的联系，那也是因为俄罗斯思想本身的重点主要集中在每一个喜欢思考的俄国人所关心的那些政治和社会-文化问题上；对于塑造有意识地关心这些看似抽象的"哲学"问题的人物并无妨碍。瓦利茨基的思考主要就是围绕着这一类"思想"进行的（他的波兰文原著的标题更清楚地表明了这一点，那就是，《俄罗斯哲学和社会思想：从启蒙运动到马克思主义》）。他还很有道理地认为，用其他方式撰写俄罗斯哲学史是"一项特别吃力不讨好的工作"。

　　直到十九世纪的最后二十几年，在俄国专业从事哲学研究的往往是认真地提出他们年轻时学到的某种哲学"体系"的二三流德国哲学家，或者是在神学院任教并对困扰现实社会的各种争论不闻不问的东正教神学家。当然也有一些例外，瓦利茨基简要地提到了帕姆菲尔·尤尔克维奇，即使只是因为尤尔克维奇对车尔尼雪夫斯基的唯物主义的抨击很少受到认真的对待，也应当更深

入地讨论他们两人之间的论战。[2]但是，他正确地断言，展示这种
人物并且评论他们的著述反而会使人们看到，俄国官方知识分子
的职业生涯单调乏味得令人震惊。只有当人们把目光从学校和神
学院转向独立报刊去阅读那些在西方被宽泛地称为社会-文化随
笔作家和时事评论员的文章时，俄罗斯思想的真正趣味才开始显
现。这就是瓦利茨基为什么主张最好首先把它当作**社会**思想史来
研究的原因，也是他为什么坚定不移地将其置于社会-政治历史的
背景之下的原因。

　　从这个角度来看，就"当时受过教育的俄国人最关心的问题"而
言，俄罗斯思想史具有全新的丰富内涵和重要意义，即使缺乏真正
出类拔萃的地位重要的哲学家。（唯一可能的例外是十九世纪末的
弗拉基米尔·索洛维约夫，尽管赫尔岑也有权要求得到这种地位。）
因为就像瓦利茨基指出的那样，我们在俄罗斯思想中看到，"各种观
念和影响以最独特的方式相互交融取长补短；一个大国疾速的现代
化进程被压缩在很短的一段时间内；在社会结构和思维方式中，古
老元素与现代元素奇异地共存；外来影响在迅速涌入的同时也遭到
抵制；一方面，知识精英受到西欧的社会现实和思想观念的影响，另
一方面，他们不断重新发现本国的传统观念和社会现实的价值"。
（《俄罗斯哲学和社会思想：从启蒙运动到马克思主义》，第 xiv 页）
出自《俄罗斯思想史》波兰文版序言的这一段话明确认定，俄国思想
家在思考他们那个时代的问题时具有更广阔的视野。因此，我们可
以同意瓦利茨基的说法："所有这些因素都有助于使俄罗斯思想
史……比许多具有深厚哲学传统的先进国家的思想史更值得关注，
更激动人心。"我们还可以补充说，考虑到许多开始进入现代化阶段
的第三世界农业国家面临着完全相同的问题，即，如何在接受吸收

59

外来思想的同时维护坚持自己的文化特性,这些因素也使俄罗斯思想在当代具有了某种特殊的国际意义。

当然,瓦利茨基是一名马克思主义者,同时也是波兰科学院的一位杰出成员;但是,东欧的马克思主义——至少波兰的马克思主义——绝不是苏联那种马克思主义。[3]值得注意的是,他在《斯拉夫主义论争》的序言中承认自己受益于费迪南德·滕尼斯、马克斯·韦伯和卡尔·曼海姆①这一类思想家(还有随心所欲断章取义的马克思主义者卢西安·戈尔德曼)而没有按照常规向更正统的马克思主义权威致敬。他的著作的确大量引用了马克思、恩格斯和列宁的观点;不过,他总是恰当地利用这些观点所包含的真知灼见,从不把它们当作给问题下结论的金科玉律。此外,瓦利茨基在讨论问题时还谨慎地拒绝接受任何"简单化"的观点,他(在《俄罗斯思想史》中)甚至大胆地批评了列宁,因为后者在评论民粹派理论家尼·康·米哈伊洛夫斯基时失于简单化。

提出这种批评是因为瓦利茨基敏锐地意识到,想当然地认为"一个人(往往是非常偶然地)参与的各种社会活动在总体上直接决定了他的思想"是危险的,他在《斯拉夫主义论争》中表达了这种担忧;因此,他解释说,他更愿意探索"思想和智力结构与社会结构之间的关联以及由社会结构所决定的人际关系的类型"。有人说瓦利茨基的观点"间接"产生于"历史唯物主义的基本论点",可是,他选择称之为"人类中心主义"——他以此表达的意思是,"在每一种世界观的核心都有一种对人类和社会的特定见解"。不过,

---

① 费迪南德·滕尼斯(Ferdinand Tönnies, 1855-1936)、马克斯·韦伯(Max Weber, 1864-1920)和卡尔·曼海姆(Karl Mannheim, 1893-1947)均为德国社会学家。

他再次急忙补充说，"这并不意味着人类充满想象力的好奇心仅限于关注历史和社会问题；这只是人属于人类世界以及他们的理性判断反映了支配着这个世界的某种规律这一基本事实的结果之一"。即使不是马克思主义者的人也能欣然接受这个"基本事实"；正是这种摆脱了盲目教条的自由思想加上敏锐地发现具有启发性的"关联"的能力使瓦利茨基关于俄罗斯文化史的论著具有特殊的价值。

二

《俄罗斯思想史》是一部综述性著作，它的任务主要是传递信息而不是与任何具体的论点论辩。所以，为这本书撰写书评相当困难，它涵盖了范围非常广泛的一系列问题，而且大部分问题已经激烈争论了一个多世纪，因此，充分讨论它提出的所有问题就需要对每一章进行延伸评述。不过，前面引述的该书序言中的那一段话已经说明了瓦利茨基的观点，显然，他发现了俄罗斯思想的令人关注之处，甚至可以说是令人同情之处，即，它一方面要努力应对"西欧的社会现实和思想观念"，另一方面还要努力应对"[其]本国的传统观念和社会现实"。尽管瓦利茨基确定自己的任务首先是讲述其次才是阐释，而且他这部思想史还有许多并不能直接被认为与他的观点对立的内容，但是，从这个角度快速研读这部著作不会歪曲他的基本观点，同时也使我们可以对个别主题进行不只是一系列简单批注的深入解读。

在主要论述叶卡捷琳娜大帝统治下的俄罗斯思想的前两章,没有多少抵制欧洲影响的迹象。叶卡捷琳娜本人迷恋启蒙思想而且大力鼓励它的传播,直到它对政权稳定形成了威胁。这一时期的两个重要人物尼·伊·诺维科夫和亚历山大·拉季舍夫都与叶卡捷琳娜发生了冲突,不是被投入监狱,就是被流放到西伯利亚。诺维科夫是一位为报刊撰稿的讽刺作家,后来成为一位对俄国社会产生了重要影响的出版人;拉季舍夫的《从圣彼得堡到莫斯科旅行记》含有激烈抨击农奴制的内容。瓦利茨基还认为,拉季舍夫(在西伯利亚撰写的)关于灵魂不朽的专著是"俄罗斯启蒙思想在纯粹哲学思辨的领域所取得的最高成就"。另外,瓦利茨基讨论了几个(最近被苏联学者发掘出来的)坚定不移地继承启蒙运动传统的小人物。

61

在论述叶卡捷琳娜大帝统治时期那一部分内容的后半段,可以看到俄国人在普加乔夫农民暴动暂时动摇了沙皇帝国的根基之后对启蒙运动价值观念的某种反应。不过,这主要采取的是共济会的方式,瓦利茨基专门对共济会进行了一段有益的论述。《战争与和平》的读者都熟悉共济会的影响,它被说成是对普加乔夫农民暴动在开明贵族当中引起的恐惧的反应。这产生了"某种放弃开明思想的诱因",但是,不可能使这些人完全回到"过去平静地接受剥削农民的现实。……留待他们去做的是进入个人自我完善的'内心世界',或者换句话说,加入共济会地方分会"。(《俄罗斯思想史》,第20页)就连那些自认为代表了古老的波雅尔①传统的反对叶卡捷

---

① 波雅尔(боярин)为中世纪的俄国贵族,地位仅次于王公。十二世纪初,王公的扈从和地方贵族逐渐形成波雅尔阶层,在俄国随后几百年的历史上,波雅尔发挥了重要作用。十八世纪初,彼得大帝废除了波雅尔的等级和称号。

琳娜大帝的贵族也对俄国的过去不感兴趣，他们只是希望建立西方那种君主立宪制。唯一的例外是米哈伊尔·谢尔巴托夫公爵，他（生前没有出版）的《论俄国的道德败坏》哀叹彼得大帝的改革导致了礼崩乐坏。赫尔岑在多年以后出版了这本书，认为它预示了斯拉夫派；不过，瓦利茨基在谢尔巴托夫的书中发现了许多启蒙思想，所以他不同意赫尔岑的类比，但他没有认真地提出异议，只是说这种类比"在很大程度上是肤浅的，以致无法使人信服"。

随着亚历山大一世继位，瓦利茨基的著作进入十九世纪，而余下的论述也将止于这个世纪。贵族保守派与贵族革命者在十九世纪对立斗争，前者的代表人物是尼古拉·卡拉姆津，后者则以十二月党人为代表——十二月党人举行暴动试图阻止尼古拉一世继承皇位，但只坚持了不到一天，最终难逃失败的命运。卡拉姆津是俄国第一位重要的历史学家，也是一位重要文人；他年轻时加入过共济会，却被法国大革命吓坏了，他目睹了这场革命并在那本至今读起来仍然趣味盎然的《一名俄国旅行者的书简》中进行了描述，当然，这本书还描写了许多其他事情。瓦利茨基认为，关于卡拉姆津"对社会问题完全不感兴趣"的说法并不正确；也许更应当强调他为推动欧洲化进程所做的努力与他向同胞发出的不要走灾难性的欧洲政治道路的警告之间的抵触关系。尽管他在《论古代俄国和现代俄国》一书中为沙皇专制统治辩护，但是，他心中存留的过去那些自由主义思想足以使他坚持认为，私人生活领域不在政权管辖的范围内，即使是沙皇政权也管不着。我们还应当注意到他对诺夫哥罗德和普斯科夫这两个俄罗斯古老的"商业共和国"的深厚感情，他"以哀挽伤感的情调"描述了它们吸纳采用的这种政体。

十二月党人组织了俄国上层社会反对沙皇的第一次暴动，这不

62 仅仅是一次宫廷谋反。瓦利茨基在讨论了这场运动的不同团体秘密制订的各种计划之后得出结论,尽管有些计划求助于基本属于臆想的过去(古老的"商业共和国"和十二世纪的贵族杜马),"十二月党人的意识形态在本质上是现代自由主义的一个实例"。不过,他们当中最有独到见解的南方秘密团体领导人帕维尔·佩斯捷利上校是第一个关注俄国农民**村社**(община)的人;他的计划呼吁保留村社,用来保证每个人最低限度的生存。另一名十二月党人"把**通过村民会议**[мир]实行自治的农民村社称为'微型共和国',是古老的俄罗斯自由的活化石"。(《俄罗斯思想史》,第67页)发现村社可以被认为是俄国人努力重新审视他们本国的社会现实的有效开端;因此,瓦利茨基评论说,"农民村社蕴含着俄国未来社会制度的种子这一观点必将成为俄罗斯思想史上一个令人惊奇的里程碑"(《俄罗斯思想史》,第63页)。

然而,十二月党人并没有真正认识到**村社**的重要意义,他们的目光紧紧盯住欧洲社会-政治的进程,把这当作他们的榜样。实际上,瓦利茨基认为,尽管历代受到社会主义和共产主义思想激励的俄国革命者把十二月党人称为前辈(列宁说他们是"最优秀的贵族子弟"),他们却是出现在俄国社会舞台上的唯一一个体现了古典自由主义的群体,而且寿命非常短暂。瓦利茨基评论道:"十二月党人的意识形态在后来的俄国革命思想中没有得到延续。俄国的激进运动从来不会提出自由主义——哪怕是贵族主张的那种自由主义——的自由观念,也不支持经济自由主义。"(《俄罗斯思想史》,第69页)俄国与西欧社会-政治进程之间最明显的差异之一其实就是俄国的激进运动缺乏自由观念造成的。

三

十二月党人起义悲壮地失败以后，贵族知识分子在尼古拉一世政权军事-官僚体制的严厉管控下向德国唯心主义和浪漫主义文学寻求慰藉。背离启蒙思想立即成为社会风气，秘密的"哲学爱好者小组"（他们选择的"哲学"一词是共济会的术语"любомудрие"而不是法语"philosophie"）使谢林的哲学思想开始在俄国流行。这个小组的召集人弗·费·奥多耶夫斯基是一个兴趣广泛的业余哲学爱好者，涉猎领域包括神智学和神秘主义，他还是青年陀思妥耶夫斯基钦佩的一位优秀作家。他的《俄罗斯之夜》汇集了一系列描写理性主义、工业主义和功利主义的共同作用导致欧洲文明衰落的故事、对话和寓言。作为一名具有浪漫情怀的民族主义者，奥多耶夫斯基认为俄罗斯的使命是利用其尚未开发的精神资源复兴穷途末路的欧洲文明。

不过，第一个提出瓦利茨基的所谓"后发优势"经典构想的是这个时期最重要的思想家彼得·恰达耶夫，这一构想的要点是，没有沿着西方的道路发展实际上使俄国获得了巨大的优势。恰达耶夫是一个风度翩翩的贵族子弟，他是莫斯科知识分子沙龙的宠儿和普希金的好友，人们认为恰达耶夫年轻时是一名自由主义者。但是，他的哲学著作显示，他受到坚持天主教传统的法国思想家（德·博纳尔、德·迈斯特以及早期的拉梅内）的影响；最初他对俄国不抱任何希望，认为俄国就好比掌控人类历史的上帝的继子。他在第一篇

"哲学书简"（他的《哲学书简》在他生前只发表过这一篇）中指出，这是一个没有"道德人格"的国家，因为它与罗马天主教所体现并保持的西方文明的本原隔绝。被激怒的尼古拉一世立即宣布恰达耶夫精神错乱，于是，他被软禁在家中（这种管制方式后来有所宽松，不再随意强行采取医疗措施）。

几年后，恰达耶夫出版了书名具有讽刺意味的《疯人颂》，这是他进一步思考并与一些斯拉夫派朋友讨论的成果。他原封不动地保留了过去的大部分思想，只是通过辩证思维得出了完全相反的结论，我们发现许多人很快就追随他完成了这种大转变。他现在认为，如果俄罗斯是一个没有自己真正的历史也没有参与欧洲文明进程的国家，那么，这其实是一个重大的历史机遇。因为这意味着，瓦利茨基扼要地说，"在构建未来的过程中，俄国人民可以利用欧洲各国的经验同时避免它们的错误：引导俄国人民前进的只能是'摆脱了偏见的理性的声音和民众共同的意志'"。因此，恰达耶夫得出结论，俄国定将"解决大部分社会问题，完善在旧社会流行的大部分思想"。（《俄罗斯思想史》，第89页）当然，俄国以前就有人提出过这种观念，但是，恰达耶夫对它们进行了令人印象最深刻的阐述并且为俄罗斯的救世情结提供了最现代的哲学基础（迈克尔·切尔尼亚夫斯基在《沙皇与民众》一书中对这一情结早期的宗教起源进行了精彩的分析）。[4]

《俄罗斯思想史》接着进入十九世纪四十年代这一至关重要的时期，随后的四章分别讨论了斯拉夫派、西方派和彼得拉舍夫斯基小组。这是瓦利茨基熟悉的领域，他只须简要地处理他在《斯拉夫主义论争》中详细论述的大量材料。他对斯拉夫派的讨论不仅设定在"回应恰达耶夫"的局部语境中，而且扩展到对已经在比较发达的西方国家显现出来的资本主义现代化的弊端做出反应的更广阔的背景下。如果说斯拉夫派非常热衷于借鉴德国保守的浪漫派思想，那是因为俄国和德国在工业发展方面都相对落后，而"新的社会-政治制度已开始暴露其负面特征并已遭到左右两派的抨击"。这两种情况都使保守派思想家更容易"把在他们的国家显示出顽强生命力的父权制传统和古老的社会结构理想化"。

对于恰达耶夫最初对欧洲文明的赞美，斯拉夫派的回应是把欧洲文明目前面临困境的原因追溯到古罗马的一段历史，而俄罗斯则幸运地被排除在这一段历史之外。伊万·基列耶夫斯基认为，罗马国家建立在"司法理性主义"的基础上，它预先假定个人之间的竞争将导致冲突，因此，只有罗马天主教那样的专制才能迫使人们和睦相处。按照阿列克谢·霍米亚科夫的说法，欧洲精神进化的最终结果是"启蒙思想，它为法国大革命和德国唯心主义铺平了道路，而且最后导致了费尔巴哈对人的神化和施蒂纳对利己主义的推崇"。（《俄罗斯思想史》，第 95 页）斯拉夫派人士——尤其是基列耶夫斯基——还指出，西方文化中过度的理性主义破坏了自我的"完整性"，这使人格发生了深刻的内在分裂，只有信仰才能愈合这种分裂。（当然，戏剧性地表现这种分裂和竭力恢复"完整的自我"是十九世纪俄国文学的重要主题之一。）

与这一切对立的是神圣的俄罗斯，至少是俄罗斯的"民众"，他们坚守的东正教信仰使他们免遭这些思想的毒害，他们过着一种以统治者与被统治者之间的相互信任为基础的生活，在他们的生活中，不承担社会责任的"导致人格分裂的私有利己主义"闻所未闻。俄国民众生活的基本社群是**村社**，它建立在土地共有的基础上，并且按照古老的传统和一致同意的原则进行管理；同样的精神还体现在东正教关于**聚合性**的规定中,这一规定"既不接受固执任性的个人主义,也不允许强行对其予以约束"。这种社会运行方式可能在彼得大帝之前的俄罗斯就已存在并在农民中保留下来,不过,自从彼得大帝统治俄国以后,上层社会受到西方思想和价值观念的侵蚀,已经失去了以俄罗斯为本的意识。

四

斯拉夫派通常总是引起不同流派的俄罗斯文化史学家之间的激烈争论,但是,瓦利茨基没有参与这种争论。他感兴趣的是分析斯拉夫派的思想根源并从社会学的角度揭示它的影响而不是揭露其明显的谬误和缺陷。他认为斯拉夫主义是一种"保守的乌托邦"(这个概念包含在他关于斯拉夫主义的波兰文原著的标题中)幻想或神话,它提供了"一种全面而详细的理想社会的前景,与现实社会形成鲜明的对照";尽管只能认为这是对一个从不存在的被理想化的昔日社会的怀恋,但是,它也包含了一些具有更持久的价值的元素。瓦利茨基指出了斯拉夫派的思想与滕尼斯关于"社区与社会"的观点的相似性;而且他还特别提到,马克斯·韦伯也认为罗马法的影响是西方社会制度和西方国家"逐步理性化"的原因。此外,尽管原汁原味的斯拉夫派思想从来没有被广泛接受,这些思想仍然对俄罗斯思想第一次为西欧社会-文化模式提供另一种选择的大规模尝试起到了不同寻常的推动作用。而且,如果我们根据目前关于斯拉夫派思想在不甘沉寂的苏联知识分子当中复苏的报道判断的话,那么,它们的影响一直持续到现在。其实这也并不让人感到意外,只有求助于斯拉夫派思想,俄国人才能确定自己的文化身份。

当然,西方派选择了完全相反的方针,因此,两个阵营之间的论战充斥当时的报纸杂志。西方派思想家的名声更加显赫(最重要的是巴枯宁、别林斯基和赫尔岑),而且他们全都经历过大致相同的思想演变。他们最初接受的是某种形式的浪漫主义社会或哲学思想,从黑格尔的著作中吸取养分,遵循其教诲关注"现实",到了最后,他们在黑格尔左派特别是费尔巴哈的启发下转向政治行动哲学,以便按照理性观念改造世界。与青年马克思一样,他们的理想是把德国哲学思想的成果与法国的政治行动主义结合起来。巴枯宁一直停留在这种辩证法的消极阶段,他杜撰了著名的口号:**破坏的激情也是一种创造激情**(Die Lust der Zerstörung ist auch eine schaffende Lust)——一九六八年这句口号赫然出现在巴黎大学文理学院的墙头。别林斯基其实不是哲学家而是一位杰出的文学评论家,他在写给瓦·彼·博特金的那封著名的信中以遭受苦难的个人的名义痛斥黑格尔的哲学观念(这很可能是伊万·卡拉马佐夫反抗上帝的世界的灵感来源之一)。赫尔岑在《科学中的一知半解》和《自然研究书简》中为我们这里所说的哲学观念做出了最重要的贡献,这些著作期待经验主义(唯物主义)与唯心主义——也就是赫尔岑称为"革命的代数"的黑格尔辩证法——相结合。

瓦利茨基认为使西方派与斯拉夫派势不两立的主要问题是"关于个人的概念",因为西方派认为把个人从传统的社会桎梏下解放出来至关重要,而斯拉夫派则强调坚持完整地继承传统以使俄国社会避免出现西方社会那种动荡的重要性。但是,尽管西方派希望解放个人并把彼得大帝奉为俄国个人解放运动的开创者,西方采取的

66

发展资本主义这种形式的个人主义却完全不合他们的口味。西方派人士都在某种程度上受到空想社会主义的影响,对于这一阶段瓦利茨基也许没有给予足够的重视(尤其是就别林斯基而言);但无论如何,他们面临的问题都是如何使他们关于"西方"的理论符合西方社会的实际形态。结果,十九世纪四十年代后期在他们中间爆发了一场关于资本主义的论战,赫尔岑和巴枯宁坚持认为,俄国只应依靠农民和知识分子塑造未来,而另一些人则像后来的某些马克思主义者那样认为,由资产阶级主导的经济发展的资本主义阶段必不可少。经过一番摇摆之后,别林斯基最终重新站在后面这些人的立场上,因此,普列汉诺夫称赞他具有敏锐的社会学"直觉",而瓦利茨基赞扬了他的"辩证历史观"。

实际上,俄罗斯思想在很长一段时间里主要沿着一条方向完全不同的路线发展。彼得拉舍夫斯基小组已经预示了它所要走的这条道路,这个小组的成员包括陀思妥耶夫斯基和一些最著名的傅立叶的追随者。但是,我们发现他们当中有人认为**村社**与傅立叶主义的"法伦斯泰尔"非常相似,因此,前者似乎可以在适当的指导下演变成后者。不过,只是在彼得拉舍夫斯基小组的聚会上被提出来的社会主义与**村社**之间的联系在十九世纪五十年代发展成为亚历山大·赫尔岑著作中的一整套学说。赫尔岑一向比其他西方派人士更加同情斯拉夫派,而在移居欧洲以后,他对欧洲资产阶级庸俗的生活也产生了某种"并非一点不带贵族优越感"的道德反感和审美鄙视。一八四八年革命的失败使他确信,资产阶级在可以预见的未来不可战胜,而西方社会主义本身也变成了资产阶级的社会主义。

他把唯一的希望寄托在将会拯救世界的"俄罗斯式社会主义"

上，**村社**似乎也表明，不需要人为地创造这种社会主义，因为它早已存在，成为俄国民众的一种生活方式。俄国民众"没有被罗马法的传统以及与之相关的关于产权关系的个人主义观点所腐蚀"；正如恰达耶夫所说，他们脱离现代社会的历史进程是冥冥中得到的上帝的赐福。赫尔岑把恰达耶夫的救世情结与斯拉夫派对西方历史和**村社**的看法整合成一种综合观念，他为俄国知识分子安排的任务是把这种综合观念与他以前的西方派思想结合起来。俄国知识分子是彼得大帝改革的产物，正是他们将为俄国民众带来"个人的概念"并把这种概念与"平民百姓的共产主义"融为一体。这是赫尔岑对未来的展望，他在《彼岸书》《论俄国革命思想的发展》等著作以及写给赫尔韦格、马志尼和米什莱等人的公开信中对其进行了阐述。

　　赫尔岑非常富有而且人生经历错综复杂，他在一代伟大的俄罗斯人当中也许是最有人性魅力的人物（他的朋友屠格涅夫紧随其后），他的思想也没有因其明显的政治意义而索然无趣。瓦利茨基评论了他在《彼岸书》中对历史必然性思想的重要驳斥；评论了他在《终结与开端》中对群众和资产阶级文化的批判以及他的《自由意志书简》。在《自由意志书简》中，赫尔岑在保持他对自然科学的尊重的同时坚持认为，"自由意识是人类意识的一种必要属性"。瓦利茨基解释说，这"驳斥了所有那些打着生理、历史或者经济'客观规律'的旗号建议激进派与无法回避的事实达成和解并且放弃为实现他们的'乌托邦'目标而进行的斗争的理论"。（《俄罗斯思想史》，第 174 页）不过，赫尔岑后来在（致巴枯宁的）《写给一位老同志的信》中对这种"自由"加以限制，他否定了革命小组夺取政权并将其革命意志强加于大众的企图；他说，这只能导致"共产主义农奴制"。实际上，尽管仍然要求对社会进行革命性改造，但他逐渐开始赞成渐进式改革,因为,"在外部条件超出**内心**自由所允许的范围的情况下,不可能进一步解放民众"。(《俄罗斯思想史》,第 179 页)

五

在十九世纪五十年代中期和六十年代初期,赫尔岑对俄国文化产生了决定性的影响;但他很快就被新一代的代表人物所取代。六十年代一代俄国激进"知识分子"的代言人是尼古拉·车尔尼雪夫斯基和尼古拉·杜勃罗留波夫,他们是西方派的继承者,并且把别林斯基奉为偶像;但是,他们的视野更狭隘,个人观点更偏激,革命意志也更坚定。他们两个都是勤奋的报刊撰稿人,写了大量评论文章,可是几乎从不花时间深入思考他们所论及的问题。车尔尼雪夫斯基在监狱里转向文学创作,写出了大获成功的道德说教小说《怎么办?》。杜勃罗留波夫是一个尖酸刻薄的小册子作者,他蛮横无理地把文学作品当作抨击社会制度的材料,对未来的俄国文学批评产生了可悲的影响。他们两人以前都是神学院的学生,都出身于神职人员家庭,而且都是那种头脑最简单的无神论者和唯物主义者。车尔尼雪夫斯基的哲学观念几乎就是把爱尔维修①和霍尔巴赫②的哲

---

①　克洛德-阿德里安·爱尔维修(Claude-Adrien Helvétius, 1715–1771),启蒙运动时期的法国哲学家,因其哲学著作《论精神》(1758)攻击以宗教为基础的一切形式的道德而声名狼藉。

②　保罗·亨利·迪特里希·霍尔巴赫(Paul Henri Dietrich Holbach, 1723–1789),百科全书撰稿人和哲学家,无神论和唯物主义的著名阐述者。

学与少许费尔巴哈的哲学掺和在一起,另外他还受到边沁①功利主义赤裸裸的影响。瓦利茨基当然有责任阐述他们的观点,他也做得非常认真;在我看来可能过于认真了,因为他严重夸大了他们的智力水平。

这一点在瓦利茨基对车尔尼雪夫斯基的论著《艺术对现实的审美关系》的讨论中特别明显,他认为这部论著"接近以歌德、席勒和黑格尔为代表的德国伟大的人文主义传统"。把一个宣称艺术只有作为现实的"代用品"才有价值的人与这些人物相提并论近乎荒唐;而车尔尼雪夫斯基的话正是他说的那个意思。就像马克思从费尔巴哈那里学会了说宗教是民众的鸦片一样,车尔尼雪夫斯基对艺术也得出了同样的结论:只有把艺术当作代用品才能容忍其存在,直到可以在现实中实现艺术所表现的事物为止。尽管车尔尼雪夫斯基具有令人钦佩的勇气和为政治理想献身的精神,他的鉴赏力却令人讨厌地低级平庸;因此,当时最好的作家(屠格涅夫,托尔斯泰,陀思妥耶夫斯基)根据经验都认为,他的观点蛮横无礼,是对艺术的含蓄攻击,甚至否定艺术存在的权利。他(显然是根据费尔巴哈的哲学思想撰写)的《哲学中的人本主义原理》相信科学(特别是心理学)的最新发现可以解决人类的所有问题,这天真得未免令人感动,但很难被认为是什么值得认真对待的"思想"。

尽管车尔尼雪夫斯基具有西方派思想,但是他在一八六一年解放农奴以后为**村社**辩护,反对解散**村社**的企图;他还写了一篇文章试图证明俄国可以"跳过"资本主义发展阶段,因为"土地的村社所　69

---

① 　杰里米·边沁(Jeremy Bentham, 1748-1832),英国哲学家,经济学家,法学家,功利主义哲学的创立者。

有制可以为发展农业社会主义奠定基础"。德米特里·皮萨列夫是六十年代一代俄国激进"知识分子"的另一名代言人,他更是始终不渝地宣扬"美学的毁灭"有利于养活饥饿的大众,同时呼吁在俄国发展资本主义(当然是在具有进步思想的开明资本家的领导下)。

但是,皮萨列夫在这个问题上自始至终完全孤立,十九世纪七十年代的民粹派继续沿着斯拉夫派、赫尔岑和车尔尼雪夫斯基开辟的道路前进。这时,资本主义已经开始大举入侵俄国,因此,民粹派全力反对进一步发展资本主义的观点既不可避免,也反映了许多人的意愿。拉夫罗夫的《历史书简》严厉抨击了"进步必须付出代价"的观点并使良心不安的知识分子相信,因为古往今来千百万人以非常痛苦的代价使他们获得了优越的地位,所以他们只能通过尽力减轻进一步的痛苦偿还这笔债务。(这是激发一八七三至一八七四年间令人震惊的"走向人民"运动的原因之一,在这场"民粹派的十字军东征"中,成千上万的年轻人涌入乡村,既是为了在实践中学习俄罗斯式社会主义,也是为了保护它不受侵蚀。)米哈伊洛夫斯基写了他的颇有影响的《什么是进步?》,他在这篇文章里坚持认为,尽管俄国的经济发展与欧洲相比处在较低的"水平"上,但它实际上具有"更高级"的社会形态,因为俄国农民没有因劳动分工而人格分裂,他们在日常工作中发挥了自己的全部本领和能力。真正的"进步"是保护**村社**;而这是"一个保持传统的问题,因为解决办法在于把生产资料保留在生产者手中,即,保护农民所有者的生产资料不被没收"。(《俄罗斯思想史》,第 260 页)民粹派人士熟悉马克思主义(拉夫罗夫甚至是马克思的私人朋友),但是,阅读《资本论》只是使他们确信,必须不惜一切代价避免可怕的"原始积累"。

民粹派没有明确的政治纲领,他们反对争取政治权利的斗争,认为这与资产阶级鼓吹的资本主义有关而且只对受过教育的阶层有利。但是，民粹派运动中奉行"雅各宾主义"的"布朗基分子"的代言人彼得·特卡乔夫坚持认为，只有通过夺取政权才能遏制资本主义的进一步破坏；他宣称，为了按照民粹派的理想全面改造社会，必须实行革命专政。民粹派的理想之一是建立"平等"的统治；因此，他以令人敬佩的严谨态度郑重说明，只有"通过同样的教育和完全相同的生活条件"创造某种"本质上的生理学平等"才能实现这一理想。（在简要地讲述《群魔》中那位瘸子教师希加廖夫①——他为不能发表其关于完美社会的系列演讲感到遗憾——的思想时，陀思妥耶夫斯基辛辣地讽刺了这种创造"生物学"平等的雄心壮志。）不过，特卡乔夫无情的逻辑确实暴露了民粹派思想无法摆脱的某种两难处境。在他们设想的理想社会中，"具有批判性思维的个人"将置身何处？因为只有这种人才会在理想和道德良知的驱使下保卫乡村；然而，他们的理想显然是民粹派誓言要竭尽全力反对的西方化的产物。

70

在十九世纪最后二十几年盛行的"极端保守的思想观念"中没有发现这种问题；但是，人们吃惊地注意到，关于如何定义俄国相对于欧洲的社会-文化"独特性"的探索在俄国政治光谱的两端同时进行。尼古拉·丹尼列夫斯基曾经是一名狂热的傅立叶主义者，他提出的泛斯拉夫主义学说所依据的文化类型理论预示了施本格勒和汤因比的学说。历史演进没有普遍的规律，因此，俄罗斯将会创造一种独立的斯拉夫文明，它"可能最接近'全人类'的理想"。康斯坦丁·波别多诺斯采夫后半生是俄国东正教最高会议阴险的总监，他

---

① 原文"Shigalev, the lame schoolteacher in *The Devils*"）如此，"瘸子教师"其实是《群魔》中解释希加廖夫思想的另一个人物。

也认为每个国家都有自己不应受到干涉的基本发展规律;君主专制是俄国的天然形态,因此,他将用手中掌握的所有武器捍卫它。

在这一类思想家当中,最有创见也最令人感兴趣的是"俄国的尼采"康斯坦丁·列昂季耶夫,他对资产阶级文明深恶痛绝,以致更喜欢奥斯曼帝国或中国而不是俄国,他认为俄国本身已经不可救药地感染了可怕的"自由平等主义"的病毒。尽管如此,他最初还是设想俄国仍然可以在攻占君士坦丁堡之后创造一种以东正教和专制统治为基础的新型拜占庭文明;但是,他后来逐渐相信,未来属于社会主义。他推测,也许"将有一位俄国沙皇站在社会主义运动的潮头组织并且控制它";他相信,无论如何,他憎恨的自由主义者将首先蒙难。因为,他说,那些当权的社会主义者"需要纪律;谦卑的传统、服从的习惯对他们有用"。(《俄罗斯思想史》,第304-305页)特立独行、决不妥协的列昂季耶夫在奥普塔小修道院出家修行结束了一生,他肯定不缺乏先知般的洞察力。

当然,陀思妥耶夫斯基和托尔斯泰也不缺乏这种洞察力,题为"两位先知作家"的独立的一章把这两个人联系在一起。他们之间的对比长期以来已经成为文学批评的固定内容,而瓦利茨基的严肃讨论绝非某些华而不实的论述可以相比。这一章确实很有价值,因为它极其冷静,因为它有助于把两位作家与产生了那些为他们的作品提供养分和素材的俄罗斯思想和问题的背景非常清晰地联系起来。瓦利茨基强调陀思妥耶夫斯基像斯拉夫派一样认为"欧洲资本主义社会的理性利己主义……与保留在东正教信仰和俄罗斯民间传统中的真正的社群互助理想背道而驰";他解释说,陀思妥耶夫斯基后期的小说是对费尔巴哈和施蒂纳废黜神-人基督的反应。(《俄罗斯思想史》,第312页)他这些观点都是恰当和正确的,不过应当稍加限定。

因为瓦利茨基没有充分说明陀思妥耶夫斯基认为六十年代一代"知识分子"在俄国代表了"欧洲资本主义社会的理性利己主义"。所以，尽管陀思妥耶夫斯基因为曾在彼得拉舍夫斯基小组中偶然接触而非常熟悉费尔巴哈和施蒂纳的思想，但是，当他看到这些思想在不同派别的激进知识分子的意识形态中表现出来时，他主要关心的是如何揭露它们所产生的有害影响。

对托尔斯泰的论述更多地集中在他后期的政论作品而不是他的小说上，所以没有引起普遍关注。瓦利茨基显然对陀思妥耶夫斯基更感兴趣，他认为陀思妥耶夫斯基的思想仍然"具有显而易见的新鲜活力"，尽管他在托尔斯泰身上感受到"某种真正的而不仅仅是表面上的古老思维模式"，其道德热情感人至深，但是与现代人关注的问题无关。有趣的是，陀思妥耶夫斯基在《少年》的结尾用非常相似的描述阐明了他与托尔斯泰的关系，不过，瓦利茨基没有论及这一点。

六

十九世纪末期，人们在弗拉基米尔·索洛维约夫的著作中看到了形而上学唯心主义复兴的迹象，而俄国革命爆发之前所发生的民粹派运动与马克思主义的冲突也标志着这种复兴。瓦利茨基对索洛维约夫这样一位神秘主义思想家表现出异乎寻常的同情，并且为这个复杂的人物画了一幅迷人的素描，《索菲亚》①的神秘幻觉（神的智慧）启发

---

① 《索菲亚》（Sophia）应当指的是索洛维约夫的长诗《三次约会》。

了索洛维约夫,这使他的思想受到神的智慧的显著影响;索洛维约夫的思想不仅造就了整整一代唯心主义神学家和哲学家,而且在诗意奔放的俄国象征派文学中起了重要的作用。可是,形而上学唯心主义的"发展脱离了社会思想的主流"(尽管它使人类的智慧不只是关心社会问题从而间接影响了社会思想),而我们在这里主要关注的是社会思想。此时此刻,民粹派与马克思主义者的冲突正在决定俄国的未来,后者是一支刚刚登场的羽毛未丰的社会政治力量。说来奇怪,尽管马克思主义者在意识形态斗争中取得了胜利,最终在实践中占上风的却是民粹派的信念,即,俄国不必跟在西方后面亦步亦趋。

到了十九世纪八十年代,大规模的工业化显然已经难以避免,一群被称为"合法民粹主义者"的经济学家逐渐愿意承认工业化的无法避免;但他们仍然坚持认为,俄国的资本主义没有能力与经济更发达的国家竞争,将不可避免地败下阵来。另一种选择是非资本主义工业化,这将利用并且激励俄国现有的各种"社会化"的劳动形式,进而帮助它们向更高级的发展生产的形式过渡。这样一来,俄国就仍然可以引领世界走向社会主义工业化,同时避免资本主义的弊端;他们还老调重弹再次抒发救世情结,断言"俄国将在[西方工人]改造社会制度的奋斗中成为他们的榜样"。列宁在《俄国资本主义的发展》一书中驳斥了这种观点,他试图说明,资本主义制度在西方已经完善地建立起来,因此再也无法回避。

这场争论中的一个关键人物是格奥尔基·普列汉诺夫,这是一位转变成马克思主义者的前民粹派人士,创建了俄国的第一个马克思主义政党,他是一位取得了显著成就的研究俄罗斯和西方思想的历史学家,也是一位很有造诣的文学艺术评论家和作家,令人遗憾的是,我们将不得不忽略后者。普列汉诺夫坚信马克思主义的社会-经济发展规律具有"确定无疑的必然性"，他以高超的辩才和渊博的学识反对任何可能"无视"或者破坏这些规律的思想。（实际上，马克思本人并不认为这些规律具有"确定无疑的必然性"，瓦利茨基在这里简要地论证了这一点，他还在《关于资本主义的争论》一书中用较长的篇幅进行了论证；但是，马克思的观点被了解得太晚了，因而无法影响俄国的马克思主义者所采取的立场。）普列汉诺夫是一名坚定的西方派，他认为工人阶级应当承担由彼得大帝首先开始履行的现代化的使命；只有在资本主义经济发展阶段完成这一使命并且实现政治民主以后，才可能建立真正的社会主义政权。否则的话，他断言，那些试图从上层建筑开始建立社会主义制度的人将不得不"求助于父权制和专制共产主义的理想；唯一的改变是秘鲁的'太阳之子'及其官吏被社会主义者所取代"。于是，普列汉诺夫发现自己陷入了社会主义者"为在本国发展资本主义进行辩护"的"可悲困境"；瓦利茨基还着重讨论了普列汉诺夫思想中的那些把必然这一概念解释成宇宙本质固有的本体论原则的因素（例如他热衷于斯宾诺莎和黑格尔的学说）。

列宁年轻时是普列汉诺夫的追随者和盟友，但在某些基本方面已经与他意见不同。列宁在气质上始终更接近民粹派，尽管他不接受他们"对经济的浪漫主义看法"，他还认为农民是一支革命力量，而不是像普列汉诺夫那样认为他们是"亚洲专制统治"的主要支柱。在列宁看来，马克思主义主要不是一种经济发展理论，而是一种阶级斗争理论；瓦利茨基还举了列宁在革命成功以后所写的一篇文章为例，列宁在这篇文章里嘲笑了马克思主义教科书可以预见"未来世界历史发展的所有形式"的观点。在同一篇文章里，列宁赞许地引用了拿破仑的名言："首先投入战斗，然后……才见分晓。"普列汉诺夫赞成与资产阶级自由派结盟以促进俄国的西方化，而列宁则希望马克思主义者与

"小资产阶级的民主派别和农民结盟"。列宁清楚地知道他受益于民粹派运动,而且他在一九一二年说过,布尔什维克吸收了民粹派乌托邦思想"宝贵的民主内核"。当然,剩下的就是书写历史——瓦利茨基把这一段历史描述成列宁实现了"民粹派的梦想",即,"从推翻沙皇专制统治直接过渡到建设社会主义"。(《俄罗斯思想史》,第 448 页)

普列汉诺夫在革命爆发时反对革命,他指责布尔什维克像民粹派"激进"分子一直想做的那样"为了夺取政权而不顾'时间、地点'这些具体条件"。"具有讽刺意味(并且部分反映了他的悲剧)的是,"瓦利茨基评论道,"承认历史必然性——他认为这会使他摆脱'乌托邦思想'——原来恰恰是他自己的乌托邦思想的本质。"(《俄罗斯思想史》,第 423 页)我们至少可以说,瓦利茨基的评论言不由衷。普列汉诺夫预言革命必将导致"专制共产主义"是什么意义上的"乌托邦思想"? 毕竟,他并没有断言不可能夺取政权;只是认为在这种条件下发动革命不可能实现其公开宣称的民主目标和抱负。在这个意义上,谁的思想更"乌托邦",普列汉诺夫还是列宁? 而事实总是证明普列汉诺夫的预言是正确的。[5]

74　　　如果一个共产主义政权在一个非常发达而且具有民主传统的西方国家合法地上台执政的话,那么,它的表现是否会有所不同还有待观察。但是,这种问题的出现从根本上证明了俄国这个先例的作用。

注释

[1] 安杰伊·瓦利茨基,《俄罗斯思想史》(希尔达·安德鲁斯-鲁谢斯卡英译;加州斯坦福,1979)。

[2] 尤尔克维奇是基辅神学院的教授,一八六一年被任命为莫斯科大学的哲学教授。瓦利茨基认为他是十九世纪六十年代激进派的主要思想家

"车尔尼雪夫斯基最严肃的批评者"，但同时认为他的"柏拉图式的理想主义……很容易使人联想到为基督教教义进行的传统辩护，所以无法对世俗社会产生更广泛的影响"。（《俄罗斯思想史》，第215页）

这些看法肯定都是正确的，但是并没有说明尤尔克维奇的批评本身的价值。如果我们根据格·瓦·普列汉诺夫在二十世纪初期仍然觉得有必要回应这些批评并在其研究车尔尼雪夫斯基的专著（1909）中专门用了整整一章主要讨论他们两人之间的论战这一事实判断的话，那么，尤尔克维奇的批评显然有效地击中了要害并且留下了一些创伤。在一本现在几乎被人遗忘但仍然很有价值的关于十九世纪俄国批评史的书——这是寥寥可数的几部不是根据激进派的唯物主义观点或者（后来的）马克思列宁主义观点撰写的有关著作之一——中，（用阿·沃伦斯基的笔名写作的）新唯心主义批评家海·弗莱克瑟提出了认真对待尤尔克维奇的充分理由并且描述了激进派报刊对他发起的下流无耻的谩骂攻击的一些令人心情压抑的细节。重新评价这些因为没有人为他们主持公道而被忽视的人似乎将成为一项很可能要由西方斯拉夫文化研究者承担的任务。见《普列汉诺夫哲学著作选集》（五卷；莫斯科，1956-1958），第四卷，第246-255页；阿·沃伦斯基，《俄国批评家》（圣彼得堡，1896），第261-368页。

［3］瓦利茨基近年来长期待在波兰国外，他曾在澳大利亚和美国任教，最近任教于圣母大学。至少就我所知，不清楚他是否已经进入流亡状态。

［4］切尔尼亚夫斯基这本书的副标题是"俄罗斯神话研究"，它是我阅读过的最深入地分析俄罗斯文化的著作之一。他关注的神话源于俄罗斯君主被赋予的神圣品质，这使他们与西方的统治者有根本的区别。"在西方，紧张关系源于［体现在统治者个人身上的］两种本性之间的冲突，一种是君权之上的神性，一种是君权之下的人性。在俄罗斯，紧张关系源于君权的上帝性与君主个人的圣徒性之间的冲突。"（《沙皇与民众》，第29页）这使俄罗斯的君权完全等同于基督教。"在俄罗斯，没有世俗国家的概念，没有任

何概念超出基督教及其宗旨的范围"(《沙皇与民众》,第 33 页),因为统治者从来都不是仅仅作为一个人而是以与宗教无关的身份行事的。

在一统俄罗斯"天下"成为一个大国后,俄国君主与上帝旨意的这种浑然一体就成了俄罗斯救世情结的根源;尽管俄罗斯的统治者不再是神圣的王公而是威严的沙皇,他们始终享有"最仁慈"的圣人称号。(《沙皇与民众》,第 44 页)当彼得大帝成为一位世俗皇帝而不再是凌驾于万物之上的沙皇时,他使俄罗斯的自我意识发生了一场可怕的危机。以前依附于统治者个人的救世主宗教情结立即转变成"神圣的俄罗斯"这一概念,而"民众"最终成为"神圣的俄罗斯"的化身。切尔尼亚夫斯基对这一过程引人入胜的考察研究用一道强烈的历史之光照亮了人们通常所说的"俄罗斯灵魂"的某个朦胧昏暗的角落。见迈克尔·切尔尼亚夫斯基,《沙皇与民众》(纽约,1961)。

[5] 就在本书行将付印之际,我偶然看到一篇文章,它再次证实普列汉诺夫具有先见之明。见《纽约书评》,第二十一至二十二期(一九八九年一月十九日出版),第 31 页。

第六章　寻求正面英雄人物

在一八七三年为自己当时主编的《公民》周刊撰写的一篇文章里，陀思妥耶夫斯基对每当约翰·斯图尔特·穆勒、达尔文和 D. F. 施特劳斯之类重要的欧洲思想家的影响东渐时总会赋予他们的学说的所谓"俄罗斯特色"发表了评论。这些人和另一些人被介绍到俄国以后，他们的思想从来没有像在他们的祖国或者欧洲其他国家那样被简单地接受和讨论。这些思想移植的"俄罗斯特色"或迟或早总会出现——陀思妥耶夫斯基写道，这包括"以不容置疑的公理形式呈现的他们的学说只在俄国产生的后果；在欧洲，据说人们甚至不会料到可能产生这样的后果"。

因此，陀思妥耶夫斯基敏锐地意识到，经过俄国人的头脑并被用来解决俄国问题的那些欧洲思想通常已经发生了巨变。它们将不可避免地产生最极端的后果；人们将以宗教热情相信并且接受它们；而且它们立即就会得到实际应用。陀思妥耶夫斯基评论道，穆勒、达尔文和施特劳斯肯定都是热爱人类的人，但是，他们的思想在俄国直接导致了涅恰耶夫事件，在这一事件中，一名希望脱离秘密革命组织的年轻大学生被残忍地杀害,因为革命组织想用恐惧束缚其他成员。某些思想在欧洲只会引起学术争论,或者顶多只是在不安的良心深处引起严肃的反思,但在俄国就很可能造成巨大的混乱和破坏。

当时没有人特别注意陀思妥耶夫斯基的这篇文章,即使在今天,人们可能仍然倾向于认为它只不过在某种程度上反映了陀思妥耶夫斯基把反对沙皇政权的斗争归因于外国思想的恶劣影响的极端保守观点。但是,陀思妥耶夫斯基深刻了解同胞的心理和俄罗斯文化;因此,尽管我们可以认为这是他对自己的论点的具体应用,但他实际上仍然触及某种越来越强烈地影响着西方社会思想观念的东西。

自从布尔什维克在俄国夺取政权进而成为世界革命的领导者以后,欧洲的共产党人不得不努力解决如何使自己适应在实践中产生的苏联概念的马克思主义这个问题。不久以前,在欧洲共产主义的全盛时期,欧洲各国的共产党(特别是意大利共产党)开始抵制苏联模式,因为这种模式过于**俄罗斯化**,以致并不适合具有不同民族历史的其他国家。所以,现在几乎没有必要为是否赞成陀思妥耶夫斯基的观点进行辩论,应当承认欧洲思想的"俄罗斯特色"不容忽视。事实证明这种"俄罗斯特色"具有非常强大的影响力,以致当欧洲人接受苏联以马列主义的形式反哺的他们自己的马克思主义理论时,面对向他们展示的未来在全球实现共产主义的光辉景象,他们越来越不愿意承认自己的价值观念。

因此,当俄国人在米哈伊尔·戈尔巴乔夫的领导下似乎开始进行一场深刻的自我反省时,可能没有什么比立即着手研究这种偏移——或者使用另一种说法,这种折射——的根源更重要:看看西方思想在透过俄罗斯棱镜的过程中究竟发生了什么变化。不计其数的探索德国马克思主义社会-政治思想如何演变成苏联共产主义社会-政治思想的著作包含了大量关于这一主题的信息资料。一九五八年首次出版、经过增订的鲁弗斯·马修森《俄国文学作品中的正面英雄人物》的第二版是一部很有价值的著作，它完成了更为棘手的任务：探索发生在文学领域里的同样的演变。[1]可以肯定的是，西方的艺术家和文学家在他们的领域始终难以接受马列主义的正统学说，即使是那些公开赞成共产主义和对共产党表示同情的文学艺术家（在这些人当中，我们会想到法国的超现实主义者、毕加索和最近的萨特）。但是，人们普遍不清楚这种抵触在多大程度上是俄国人对待文学艺术的特定态度造成的，由于布尔什维克革命在俄国取得了胜利，这种态度（直到最近仍然）被唯苏共马首是瞻的西方各国共产党及其知识分子同路人所接受。

　　马修森这本书在首次出版之后即被认为是到那时为止用英语（就我所知也是用各种语言）写成的关于马列主义文艺理论在俄国背景下的起因和后果的态度最严肃、资料最丰富、分析最深刻的研究专著。马修森似乎对俄国文学的未来不抱任何希望。但是，他接着写道："如果允许一系列优秀的文学作品面世，就可能迅速淘汰整个……文学体系，为磨难和奴役竖起又一座纪念碑。"（《俄国文学作品中的正面英雄人物》，第 x 页）帕斯捷尔纳克、索尔仁尼琴和西尼亚夫斯基等人的作品出版以后已使这一预言得到应验。因此，马修森可以轻而易举地为初版增补一些关于这些作家的新的内容使他的著作更加完善，这说明他非常出色地把握了最终反映其特征的苏联文化的内在张力和重点。[2]

　　就像马修森充分证明的那样，马列主义文艺思想实际上与十九世纪四十年代至六十年代在俄国刻意形成的一套理论密切相关。托洛茨基曾经说过,在他的祖国,"文学批评代替了政治评论,是为政治活动鸣锣开道";而这种情况其实早已存在于维·格·别林斯基的著述中,不过,别林斯基是一位具有国际地位的真正的文学批评家,他的著述因其真知灼见仍然应当受到尊重。但是,在十九世纪四十年代初期转变成为空想社会主义的信徒之后,他越来越直接地根据是否有助于推动他所认为的道德-社会进步事业来判断文学作品的价值。后来,在十九世纪六十年代,自称是其门徒的激进派评论家尼古拉·杜勃罗留波夫和尼古拉·车尔尼雪夫斯基特别强调别林斯基著述的这一特点,他们认为,除了为启蒙大众进行社会宣传之外,文学(和艺术)没有任何其他作用。在边沁功利主义的影响——说来奇怪,俄国的激进分子竟然受到功利主义的影响——下,他们把严格的功利主义学说应用于艺术,与边沁本人所做的一模一样。不过,那位古怪的英国人只是认为诗歌与拼图游戏大同小异,而被剥夺了在公开出版物上传播革命思想的其他手段的俄国人则是把文学作品和文学评论当作宝贵的斗争工具。

我们非常清楚俄国的文化发展具有这种特性,而且经常描述这一点;但是,通过分析从激进分子的理论中产生的对人类经验的独特看法,马修森的讨论比一般的描述深刻得多。杜勃罗留波夫的著名文章《什么是奥勃洛摩夫性格?》重点讨论了俄罗斯文学中的"多余人",这是异化的拥有土地的贵族知识分子形象,从普希金到赫尔岑、屠格涅夫和冈察洛夫,他们的作品都描写过这种类型人物;这位年轻气盛的评论家猛烈抨击了这种受人尊敬的类型人物所表现出来的意志麻痹,他们在内心深处出于良知拒绝接受俄国社会生活中流行的野蛮习俗,却无力把他们珍视的价值观念转化成坚决果断的社会行动。杜勃罗留波夫呼吁塑造俄罗斯"新人",他们要像屠格涅夫《前夜》中的保加利亚民族主义者英沙罗夫那样具有道德力量和完全无私地投身于社会事业的奉献精神。车尔尼雪夫斯基责无旁贷地在他那部荒谬可笑却大获成功的小说《怎么办?》(列宁最喜欢的书籍之一)中塑造了这样一个无往不胜的"新人";于是,俄国激进分子心目中的理想人物预先确定了模范布尔什维克的形象。"他们的相似之处是,"马修森写道,"为了实现唯一的目标——永远都是公共目标——全面调动个人资源,毫不犹豫地放弃平庸的一己追求,并且愿意做出任何牺牲。"(《俄国文学作品中的正面英雄人物》,第55页)车尔尼雪夫斯基在《艺术对现实的审美关系》中还认为,诗歌的"重要意义"在于"向读者大众散布大量信息";他认定悲剧已经完全过时,因为人们不可能再把古希腊人对命运的看法当回事。

对于这种企图把文学艺术关注人类(更不用说生活本身)的视野限制在狭隘范围内的尝试,那些铸就了俄罗斯文学辉煌的作家感到莫名惊诧一点也不令人意外,他们立即做出反应。因为《塞瓦斯托波尔故事》大获成功而崭露头角的托尔斯泰一八五八年公开发表评论;屠格涅夫也以他的著名文章《哈姆雷特与堂吉诃德》比较含蓄地回应了这些激进派评论家。(顺便提一下,尽管人们都知道屠格涅夫赞成激进派总的社会目标,他的作品仍然是后者的主要攻击对象;这对《父与子》的创作起了一定的作用。)屠格涅夫认为,狂热地采取行动的人(堂吉诃德)和因为优柔寡断失去行动能力的"多余人"(哈姆雷特)同样值得同情,同属悲剧人物,每一种人都代表着超越其所处环境的人类的某种价值观念。但是,激进分子当然不会这么认为;他们拒绝考虑革命的悲剧人物,因为说到底,革命者必须胜利;他们也不认为不应简单地鄙视意志薄弱的哈姆雷特。令人遗憾

79

的是,马修森没有把陀思妥耶夫斯基在十九世纪六十年代撰写的一篇直接针对杜勃罗留波夫的文章同样列为对这场争论做出的贡献。这篇文章在当时也许是对激进派观点最尖锐、最有效的批驳,而且至今不失其捍卫艺术的自主性,捍卫艺术不逃避"生活"但可以完全自由地表现"生活"的权利的重要意义。

经典马克思主义如何与这种形象吻合?马修森专门回答这个问题的几个章节是他这本书最重要的一部分内容,应当要求所有关心马克思主义美学问题的人阅读这些章节。首先,人们没有发现马克思和恩格斯曾经希望文学成为一种专门为一项具有明显的俄国传统特征的社会使命服务的工具。其次,经典马克思主义的终极目标是创造这样一个世界,在这个世界里,过去那些伟大的艺术作品所表现的人类潜能将被解放出来,并且成为所有人的日常生活的组成部分。无论这种雄心壮志看起来多么异想天开和不切实际,但毫无疑问,德国马克思主义中人的形象确实具有丰富的美学内涵。实际上,正如赫伯特·马尔库塞在《爱欲与文明》中所指出的那样,这在很大程度上应当归功于席勒的《审美教育书简》。不过,尽管如此,他们假定的像天堂一般美好的未来世界中的"共产主义社会的人"与目前这个过渡阶段的人——马修森称为"过渡时期的人"——仍然有相当大的区别。按照恩格斯的说法,历史规律决定"过渡时期的人"必须参加阶级斗争,只有认识到参加阶级斗争的"必然性","过渡时期的人"才是真正"自由"的人。正是马克思主义的这一从未在其经典著作中明确阐述的观点后来被十九世纪六十年代的俄国激进分子与俄罗斯思想结合起来首次发展成为革命"新人"的概念。

就像列宁把马克思主义关于掀起大规模群众运动消灭一小撮

资本家的原始思想与俄国的谋反传统结合起来(他在一本与车尔尼雪夫斯基那部小说同名的小册子《怎么办?》中就是这样做的)一样,他也没有采用经典马克思主义仍然表现出来的对文学的相对宽容态度和人文主义尊重。由于在俄国的传统中人类生活的方方面面都不能(或不应)脱离政治,列宁在他的著名文章《党的组织和党的出版物》里宣称,艺术家的责任是服从党的需要。当然,这篇文章写于一九〇五年,涉及的只是那些自愿选择支持共产党的艺术家;列宁还只能听任其他艺术家独立从事艺术活动。不过,在革命成功后,列宁的文章制定的规矩自然而然就成了国家的法律。

80

　　赢得革命胜利后,并没有立即提出控制文学的要求;它有更重要的问题需要处理。二十世纪二十年代初期,文学创作仍相对自由,因此,像康斯坦丁·费定、韦尼阿明·卡维林和尤里·奥列沙这样的作家还能写出具有相当艺术水准的作品,他们的作品对适应新的革命环境这种人类的难题进行了真诚的探索。然而,马修森重点关注的是另一些小说(它们大多数艺术价值稍逊,但其中包括巴别尔的《红色骑兵军》和肖洛霍夫的《静静的顿河》),这些小说表现了人物的共产主义理想与根深蒂固的人性常犯的错误之间不同程度的矛盾状态。无论是在当时的文学评论中,还是在正在创作的作品中,艺术家偏离布尔什维克理想的道德标准——俄国的激进传统最终导致了这种标准——的自由度越来越小。例如,尽管才华横溢的列昂诺夫在《通向海洋之路》(1935)中还能表现某种近乎悲剧的主题,但是,他的《俄罗斯森林》(1953)已经堕落成庸俗爱国主义作品。自从日丹诺夫在一九三四年召开的苏联第一次作家代表大会上发表了首次宣布社会主义现实主义文艺方针的讲话以后,俄国文学就处在严厉控制之下,必须符合官方的规范。在一九四六年发表的重申这一方针并使控制更加严厉的讲话中，同一位日丹诺夫十九次提到别林斯基、车尔尼雪夫斯基和杜勃罗留波夫，七次提到列宁，六次提到斯大林——而对马克思却一次不提。

　　一九五三年斯大林的去世开启了俄国历史上的一个新时期，铁腕统治的稍微放松再次为真正的文学作品透过各种缝隙与读者见面提供了条件，尽管主要是通过**地下出版物**或是从国外偷偷带回国内。马修森用他这本书的最后一部分内容专门描述了这种"持不同政见景象"，把大部分注意力集中在帕斯捷尔纳克和索尔仁尼琴身上。现成的视角使他能够对《日瓦戈医生》进行感性的解读，虽然不像某些更深奥的阐释那样雄心勃勃，却因其忠实于小说人物的人生经历和历史经验而更有说服力。日瓦戈的一生是为摆脱意识形态迷狂并且保留一块与大自然和永恒的人类命运交融的私人领地而进行的一场绝望的奋斗。帕斯捷尔纳克的"基督教信仰"就是坚守这一块精神领地，它使个人对抗社会潮流具有难以估量的价值，并且证明个人拥有不可侵犯的权利。在其他现代文学作品中，我们找不到这样一首关于简单快乐的个人生活的赞美诗；马修森尖锐地评论道，"日瓦戈怨诉的核心是对人类朴素的体面生活的渴望，而这种渴望深深地蕴含在这种持不同政见作家的文学作品中"。然而，不可思议的是，马修森没有注意到日瓦戈复活并且赞美了十九世纪那种不合时宜的"多余人"，因此，他没有理解帕斯捷尔纳克召唤哈姆雷特在这方面的意义。

　　帕斯捷尔纳克仍然是布尔什维克革命前俄国象征主义白银时代的幸存者，他能怀着极其复杂的文学情感沉浸在十九世纪后期丰富多彩的俄罗斯文化中描写眼前的世界。索尔仁尼琴完全是在苏联时期出生长大，他的作品具有他成长于其中的那个社会的某些粗犷有力的基本元素。马修森评论《第一圈》、《癌病房》和《一九一四年八月》的有关章节有助于深入探索发现这些作品表面的政治主题之下的潜在主题,这些潜在的主题使每一部充斥着过多素材的作品具有了各自的统一性。特别精彩的是,他分析了索尔仁尼琴在《第一圈》中如何不断变换方式嘲讽关于人的存在决定意识的教条;这一主题的作用"与《卡拉马佐夫兄弟》中伊万理性的傲慢和理智的怀疑所起的作用非常相似,它隐秘地散布在小说的细节中,激发戏剧性冲突,引起各种争论,一次又一次呈现小说内容的纪实风格"。在《癌病房》——这可能是索尔仁尼琴最令人满意的长篇小说——中,最重要的问题是恶:任何社会制度也无法减轻的疾病与死亡之恶,毫无意义地弄瞎动物园里的一只猴子所证明的人类本身具有的无缘无故的恶。只有传统意义上的"道德观念"才能对付恶的力量;因此,索尔仁尼琴的作品充满激情地断言,必须为社会建立(或者重建)某种可以破除那些使荒谬变态的斯大林主义得以横行并且为其辩护的伪科学学说的道德基础。

最后,马修森评论了许多西方读者在阅读苏联持不同政见作家的作品时所产生的"过时"感。大多数评论家把这种普遍的反应归因于苏联的持不同政见作家没有改进他们的写作技巧,他们忽视了与亨利·詹姆斯、普鲁斯特和乔伊斯这些名字联系在一起的小说形式的实验。然而,马修森认为这是由"斯大林第四罗马"时期苏俄文化的孤立状态造成的,他写道:

> 这些作家正在进行一场始于十九世纪的不合时宜的斗争,[82] 他们反对把科学研究的方法用于不易被科学归纳所概括的经验领域,反对围绕着人类知识或经验的未知领域建立封闭的体

系。……似乎只有俄国作家仍然需要与"健全的人类"的这些
受人尊敬的敌人作斗争。(《俄国文学作品中的正面英雄人
物》,第 354 页)

在我看来,这些话本身无可指摘;但是,它们提出了一个值得进
一步讨论的问题。俄国作家的看法也许流露出一点西方文化的现
状很难为其提供依据的自负;不过,尽管这种充满斗争气氛的持不
同政见文学对我们来说早已成为尘封的历史,我们仍然可以从中学
到一些有用的东西。

首先,这场斗争其实并没有取得不言而喻的胜利。谁能言之凿
凿地说,伪科学的理性主义——无论是什么主义——已经失去了吸
引力,不再在西方起作用? 更重要的是,这种由国家强制推行的意
识形态并不是威胁"健全的人类"的唯一方式。无政府主义的新原
始主义也能毁灭"健全的人类",它使人被冲动的欲望、复杂的情绪
和感官反应所控制。在这个意义上,苏联持不同政见文学为在尊重
人的尊严和人主要是一种**道德**存在的基础上建立某种道德观念而
发出的清晰甚至刺耳的呼吁与我们自己的关切并非毫不相干。当
西方的先锋派在最新潮的法国后存在主义思想的影响下忙着把**人
道主义**这个词变成一个贬义词时,最好是提醒人们注意,在这个词
所代表的价值观念被非常轻率地贬低和否定之后,人类可能失去什
么。尽管缺乏形式上的复杂性,苏联持不同政见作家的文学作品仍
然在西方引起了某种共鸣,我们完全可以认为,这不仅应当归因于
其明显的政治意义,而且应当归因于它反映了我们自己的文学作品
已经无法满足的某种真正的精神需求。

注释

[1] 小鲁弗斯·W.马修森,《俄国文学作品中的正面英雄人物》(加州斯坦福,1975)。

[2] 一九七八年去世的鲁弗斯·马修森是第二次世界大战以后出现的一代美国斯拉夫文化研究者的杰出一员,值此关于俄罗斯文化的学识具有了新的国际意义之际,他对美国的斯拉夫文化研究起了极其重要的促进作用。他是一个活力四射、热情奔放的人,说起话来侃侃而谈,妙趣横生,他渊博的知识和开阔的思维使他生动的谈话丰富多彩而且具有启发性,他一针见血的冷嘲热讽是所有虚假伪善和装腔作势的无情的敌人。无论他走到哪里,人们无不为他的魅力所吸引兴高采烈地聚集在他的周围。

表现二十世纪二三十年代社会-文化动荡的那些当代文学作品——例如欧内斯特·海明威和安德烈·马尔罗的小说——培养了他的文学感受力,不过,他还因为感觉新鲜并以某种源于他对叶芝、艾略特、乔伊斯和华莱士·史蒂文斯这些伟大的现代派经典作家的无限热爱和深刻感悟的尖锐批判态度探讨了俄罗斯文学。在不忽视历史的情况下,他让哥伦比亚大学的学生(他为他们付出的也许比为自己的著作付出的更多)感受到了俄罗斯文学——作为他们眼前的存在而不是作为遥远的过去或者某个陌生的世界的产物——的活力;因此,他理所当然地受到了他帮助培养的所有年轻学者的尊敬和爱戴。身为这些年轻学者的一员,罗宾·福伊尔·米勒在马修森去世一年后写道:"他在身后留下了一代代学生,无论他们的道路多么不同,但是,就像一块石头落水使一圈圈涟漪扩散一样,总是以这种或者那种方式围绕着他运行。"对于他的英年早逝,他的朋友——我荣幸地忝列其中——无时无刻不感到痛心。请参阅罗宾·福伊尔·米勒,《回忆鲁弗斯·马修森,1918-1978》,载《乌尔班达斯评论》,(一九七九年)第一期,第5页。

第七章　俄国民粹派运动

　　佛朗哥·文图里的《革命的根源》一书的意大利文原著《俄国民粹派运动》一九五二年在意大利出版,世界各地的斯拉夫文化研究者肯定都很熟悉这本书。它出版之后立即成为经典著作,在俄国和西方同样受到高度评价;接着,只是为了使这部享有当之无愧的盛誉的著作得到更广泛的传播,它在一九六一年被译成英文。对于所有有兴趣了解十九世纪俄国历史和文化——这个世纪的动荡为俄国革命铺平了道路——的人来说,《革命的根源》不仅是一本推荐读物,而且是一本必读书。[1]

　　实际上,文图里撰写的不仅是一部俄国十九世纪中期的社会主义和民粹派运动史。他撰写的也是一部与这些运动有关的政治思想史,这是迄今为止史料最丰富、内容最详细的同类著作,综合了大量零碎散乱的俄国文献。研究这一课题的人都知道,俄国左派思想史几乎就是一部**简明俄国文化史**。这一点在一八四八至一八八一年间尤其明显,文图里的著作覆盖了这一段时间。激进民粹派运动的缘起与斯拉夫派思想密切相关;因此,文图里当然必须把斯拉夫派思想纳入自己的研究范围,尽管他没有用独立的一章论述它们。另外,他还充分利用苏联学者整理出版的沙皇时期的档案资料,不断引用官方文献,这些文献记录了几任沙皇与他们的顾问对农民骚乱和激进分子的宣传鼓动所造成的种种问题的讨论。结果,他出色而全面地论述了一场注定要对全世界的未来产生深远影响的社会运动的起源。

仅用一篇篇幅有限的短文不大可能使读者充分了解《革命的根源》内容之丰富多彩。首先,它讨论了赫尔岑和巴枯宁,把他们的思想演变与个人生平和社会-政治发展史巧妙地结合在一起。接着,文图里用内容更广泛的章节讨论了对俄国激进主义的形成起了促进作用的各种团体和思潮。他详细论述了十九世纪四十年代中期的彼得拉舍夫斯基小组、六十年代的车尔尼雪夫斯基、杜勃罗留波夫和“新人”,论述了受到皮萨列夫和扎伊采夫影响的虚无主义者以及涅恰耶夫和特卡乔夫之类形形色色的奉行“雅各宾主义”的俄国激进分子,还论述了七十年代初期的“走向人民”运动。文图里根据幸存者的回忆录精心描述了各种恐怖组织的来龙去脉及其活动的详细过程,最后以成功刺杀亚历山大二世达到高潮。大量引用参考资料使这部著作几乎成为关于其主题的百科全书。文图里不仅敏锐地意识到他描述的这些事件充满人类的激情,而且精准地觉察到俄国激进主义具有非常广泛的欧洲背景,流亡欧洲各国的俄国激进派代表人物直接受到各种各样激动人心的西方激进主义思潮的鼓舞。

文图里以一种无论怎么称赞都不过分的冷静客观的评价讨论他的主题,他做到了既对激进分子的英雄主义和自我牺牲的激情表示同情,又清醒地理解他们在对抗沙皇政权时所陷入的无法摆脱的困境。夹在维护自身经济利益的贵族阶层、生活在黑暗时代的农民阶层以及被相当荒谬地认为农民天生具有政治优点的狂热信念所激励的知识分子阶层之间，官方所有改革的努力从一开始就举步维艰。依靠腐败的官僚机构推行其政策的亚历山大二世就像卡夫卡小说中的中国皇帝一样，他的信使从来没有到达民间——即使到达，他们也不得不对着一群听不懂他们语言的人讲话。

俄国被分裂成比迪斯累里时期的英国更明显的"两个国家"：不是分裂成资产阶级和无产阶级，而是分裂成受过教育的阶层和农民阶层。尽管激进的知识分子总是以人民的名义发表意见，但是，就像那些只是年复一年地从乡下来的管家手里收取庄园收益的贵族一样，他们与农民实际上几乎没有什么关系。这个问题带来的痛苦既反映在陀思妥耶夫斯基和托尔斯泰身上，也反映在七十年代那些感到与农民格格不入的民粹派人士身上，这种疏离感驱使他们走上了从事有组织的恐怖活动的道路。列宁的政治天赋最重要的例证也许就是接受这一现实并且使其成为建立布尔什维克党组织的基础。

文图里这部民粹派运动史给人留下的一个鲜明的印象是，俄国各个派别的政治主张在貌似严重对立的表面分歧之下具有本质上的矛盾同一性。民粹派运动的根源原本也是斯拉夫派的根源，甚至还是极端保守派的根源。被民粹派人士视为俄国未来的社会主义制度雏形的**村民会议**和**村社**首先引起斯拉夫派人士和普鲁士的哈克斯特豪森男爵的注意并且受到他们的赞扬，他们认为这些乡约民俗可以保证俄国不会发生一无所有的无产阶级革命骚乱。斯拉夫派人士和民粹派社会主义者一致反对少数主张自由贸易的自由主义者的各种企图贬低农民村社的言行，后者希望鼓励工业发展进而产生大量的流动性劳动力。斯拉夫派认为村社具有独特的道德和宗教价值,是原始基督教信仰的体现;民粹派社会主义者则认为,村社是未来理想社会的核心;两派人士都相信,村社使俄罗斯占据了对西方利己的个人主义的道德优势。

由于这个原因,通常应用于俄国的政治派别划分——西方派或斯拉夫派,激进派或革命派——与俄国的政治拼图不太相符。这些派别根据与西方的空想社会主义思想或保守民族主义思想的类比而划分;然而,俄国的政治拼图包含了根本没有西方对应元素的版块。斯拉夫派既支持君主的专制统治,也赞成实行民主管理的农民村社的完全自治;早期的斯拉夫派人士并没有把国家捧上天,反而将其视为一种必要的恶。民粹派人士赞成开明政治并且支持个人自由,在某种程度上接近无政府主义;但是,他们把宗法制度下的农民村社理想化,认为(西方意义上的)个人主义思想在那里甚至尚未开始萌生。文图里耐心细致的最大功劳之一是帮助我们把握"社会主义"之类西方思想在移植到俄罗斯土壤的过程中所经历的特殊的基因变异和序列更动。只有通过认真研究这种变异更动,我们才有希望解开某些通常被称为"俄罗斯灵魂"的谜团。

以赛亚·伯林爵士对斯拉夫文化学术研究的贡献广为人知,他以滔滔不绝的雄辩、令人钦佩的博学和入木三分的真知灼见为《革命的根源》撰写了长篇序言,这篇序言不仅是对文图里这本书的内容介绍,更是对它的极其宝贵的补充。以赛亚·伯林似乎觉得这本书尽管精彩纷呈但仍然存在某种不足,即,对以非常丰富的学识介绍的各种思想和历史事件缺乏**批判性**论述;因此,以赛亚·伯林实际上不是要写一篇序言而是要发表某种结论性的看法,他的看法出色地解释了民粹派人士为什么面临致命的两难处境,同时证明他们的经验与二十世纪的一些问题仍然具有令人吃惊的重要关系。

文图里的著作本身没有考虑到这些问题,因为(就像他在一九七二年为意大利文第二版撰写的富有启发性的序言中所解释的那样)他是在一九四七至一九五〇年任职意大利驻莫斯科大使馆期间开始动手写这本书的;激励和引导他写作的是一种使整个俄国革命传统重新焕发生机的愿望,即使人们没有遗忘这种传统,那也对它明显缺乏热情或理解。十九世纪后期的民粹派人士是马克思主义者最坚定的对手,他们与马克思主义者竞相争取知识分子的支持,争夺愿意倾听他们的革命宣传的那一部分民众。人们对这一场列宁曾经亲身参与的自相残杀的斗争记忆犹新;因此,"一九四六年,即使是在最正常的情况下",只要谈到民粹派人士,"热烈的讨论就变成了严肃的学术发言,[民粹派运动的]遗产也被归纳成列宁的几句话,总是没完没了地重复,而对**民意党**(Народная Воля)人那样的革命者完全闭口不谈,与其他人相比,这些革命者以更大的热情努力把思想与行动结合起来"。[2]由于这种情况,文图里觉得有必要尽可能充分地重现历史,他引用了大量好不容易找到的文献资料,并以分析的手法辅助阐述那些大都被人遗忘的思潮和事件。

也许正是由于这个原因,以赛亚·伯林的序言清晰地勾勒出这部革命斗争史诗的意识形态轮廓,而那些引人入胜的细节则使读者容易忽略整体。当然,这个"整体"只是一种松散、无形的存在,正如以赛亚·伯林所说,由民粹派人士组成的那些团体"往往各有不同的目的和手段"。实际上,人们对是否真有俄国"民粹派"运动这一回事也有一定程度的怀疑,而理查德·派普斯则指出,**民粹派运动**(народничество)这个术语只是在十九世纪七十年代中期才开始被用来指称那些"走向人民"去发现农民的真正需要和愿望的青年男女。[3]是否应当用这个名称涵盖从十九世纪二十年代到成功刺杀亚历山大二世的整个激进知识分子运动史仍然是一个有争议的问题；但是，以赛亚·伯林同意文图里的观点，即，这些团体全都"具有某种共同的基本信念和足以使它们有资格被纳入一种运动的道德-政治一致性"。无论如何，所有民粹派人士一致认为"俄国政府和社会制度是一头腐朽、野蛮、愚蠢、丑恶的道德-政治怪物并且全都投身于彻底消灭这头怪物的事业"。（《革命的根源》，第 viii 页）

以赛亚·伯林正确强调了亚历山大·赫尔岑对于民粹派意识形态的产生所起的主导作用，赫尔岑坚信，农民的**村民会议**和**村社**为真正公平和民主的社会制度提供了基础。但是，尽管深深地受到道德-伦理信念和迫切要求实现社会正义的愿望的激励，在试图把自己的理念付诸实践时，民粹派人士面对的社会-经济和政治形势却使他们陷入令人痛苦的两难境地。他们究竟是应当不论付出什么代价或者产生什么后果而去鼓动农民立即发动一场革命呢，还是应当等到民众能够理解自己的处境从而可以最有效地利用自己的自由之后再行动呢？第一种选择可能导致知识分子对于无知的农民的新的专制，这种专制也许比旧的专制更加恶劣；第二种选择可能听任对资本主义的恐惧继续蔓延并且产生支持旧政权的资产阶级和职业中产阶级，或者可能更糟糕：产生开明得足以通过容忍和妥协彻底防止革命发生的议会民主。另外，国家怎么办？被民粹派人士欣喜若狂地捧上了天的村社式政府怎么与国家相结合？就像斯拉夫派人士一样，民粹派人士认为国家作为政权具有"本质上的恶"（只不过斯拉夫派人士出于基督教信仰愿意接受它而已）。革命者应当彻底废除国家，还是应当为了民众未来的幸福不惜违背自己的意愿把国家当作改造民众的工具？

因此，俄国民粹派运动实际上分裂成为两大派别，奉行雅各宾主义打算不惜任何代价建立统治的激进派与主张循序渐进并对胁迫无知的民众感到不安的温和派之间不断发生激烈的争论。以赛亚·伯林正确地指出，这种两难处境在现代社会依然普遍存在，尤其是在那些像十九世纪的俄国一样人口大部分是面临工业发展威胁的农民的第三世界国家。民粹派人士争论的主要问题是，在获得资本主义带来的明显的经济利益的同时，能否避免它所造成的有害的社会后果。这绝不是一个容易解决的问题；它提出的挑战赋予一场乍看起来并不成功而且早已消亡的运动的历史某种新的相关意义。因为俄国的范例将表明，即使改善了卡尔·马克思冷嘲热讽的一些社会不公，也会随之带来就连长期受苦受难的俄国民众最终都难以忍受的其他后果（如今，多亏戈尔巴乔夫，他们终于可以在一定程度上表达不满了）。当然，有人以历史的名义声称这种专政具有正当性；不过，除了许多民粹派人士表现出来的个人英雄主义之外，以赛亚·伯林对他们明显的同情肯定是基于他们从来不试图通过归咎于自身不可避免的先天之**恶**来为他们的行为辩护。"无论是［车尔尼雪夫斯基］还是拉夫罗夫，甚至是恐怖活动和暴力行为的支持者中的那些最冷酷无情的激进分子，他们从来都不以历史的必然趋势为借口为显然属于不公或残忍的行为辩护。"（《革命的根源》，第 xxv 页）

按照以赛亚·伯林的说法，保持某种道德观念是重要区别。其他人也做了同样的区分，令人印象最深刻的是阿尔贝·加缪，他的剧作《正义者》戏剧性地表现的正是就连十九世纪后期的民粹派恐怖分子都具有的道德情操。只要将这部作品与萨特那部描写半个世纪以后一名东欧官员的所作所为的剧作《肮脏的手》一起阅读,这种反差就再明显不过了。但是,在阐述自己的观点时,以赛亚·伯林也许在两者之间划了一条黑白过于分明的界线,同时他也不愿意像陀思妥耶夫斯基早已预见到的那样承认民粹派思想中的许多元素——尤其是民粹派在十九世纪六十年代奉行的彻头彻尾的功利主义——为形成布尔什维克逐渐为人们所熟知的毫不宽容的特征打下了基础而且后来还被别有用心的人随意利用。以赛亚·伯林写道:"民粹派人士实际上首创了一个概念,即,党派集中了一群没有个人私生活的职业阴谋家,他们遵守绝对的纪律——党派的核心是'冷酷无情'的职业阴谋家而不是仅仅表示同情的同路人。"(《革命的根源》,第 xxv 页)毕竟,列宁在他的小册子《怎么办?》中首次确定了这样一个职业革命党的任务,这绝不是一件无关紧要的事情。另外,列宁这份小册子借用了车尔尼雪夫斯基著名小说的标题,这部小说一直被奉为俄国激进主义的圣经,它塑造了历经千锤百炼献身革命事业的拉赫梅托夫的光辉形象,这是第一个理想的革命者形象。

尽管马克思主义者赢得了与民粹派人士进行的意识形态战争并在世纪之交成为俄国激进左派的领导力量,但是,最终在紧要关头占上风的仍然是俄国民粹派激进分子的观点,当他们有机会夺取政权时,他们践行了激进分子的主张,即,可以而且应当在资本主义全面落地生根**之前**在俄国发动一场共产主义革命,这是现代俄国历史上诸多进程之一。列宁还把"富有献身精神的革命者——这也许是民粹派运动对革命实践最原始的贡献——的组织结构改变成民粹派人士坚定地予以谴责的中央政治集权体系"。就这样,布尔什维克"借用对手的策略并对其进行了引人注目的成功修改,以便达到与制定这些策略想要达到的目的恰恰相反的目的"。(《革命的根源》,第 xxx 页)但是,如果两种目的之间真的存在以赛亚·伯林想让我们相信的天壤之别,他说的情况可能这么容易发生吗?他也愿意毫不怀疑地相信自己说的话吗?陀思妥耶夫斯基能够非常明确地预见到民粹派人士的道德渴望可能转变成恐怖统治;这不是因为他具有想象邪恶的特异功能或者超人的预言天赋。这是因为他可以感觉到,俄国激进分子的信条未来很有可能被某个大政治阴谋家狡猾地利用。

注释

[1] 佛朗哥·文图里,《革命的根源》(弗朗西斯·哈斯克尔英译;纽约,1961)。

[2] 佛朗哥·文图里,《俄国民粹派运动》(三卷本;都灵,1972),第一卷,第 ix 页。这篇序言本身很有价值,它全面描述了该书第一版面世以后苏联和其他国家考察研究俄国民粹派运动的概况,所以应当翻译介绍。

[3] 理查德·派普斯,《民粹派运动的语义研究》,载《斯拉夫评论》,第二十三卷第三期(一九六四年九月出版),第 441 页。

第八章　从果戈理到索尔仁尼琴

一

由于我正在考虑编辑的这本文集中没有关于普希金的文章,以亨利·特罗亚所写的果戈理传记[1]开始评述俄罗斯文学作品也就恰如其分。因为,果戈理与普希金同为现代俄罗斯文学的奠基人,他开创了俄罗斯文学的两大传统之一。十九世纪的俄国文学批评按照普希金传统和果戈理传统区分文学作品是一种惯例;六十年代的激进派评论家利用这种区分进行历史分期。四十年代出现的果戈理时期取代居于统治地位的普希金对俄罗斯文学产生影响,按照尼古拉·车尔尼雪夫斯基的说法,这意味着无病呻吟的唯美诗歌可喜地被面向社会现实问题的散文作品所取代。不过,这些术语的应用范围逐渐扩大;人们把屠格涅夫、冈察洛夫和托尔斯泰与普希金的传统联系起来,这些作家在某种程度上以普希金描写个人平凡的日常生活的那种冷静客观而且富有诗意的风格(其最卓绝的范例是《叶夫根尼·奥涅金》)描写上层社会的生活。另一方面,像萨尔蒂科夫-谢德林、列斯科夫以及——最伟大的——陀思妥耶夫斯基这些被归为果戈理传统的作家则使用夸张、讽刺、情节剧和幻想的手法，深入社会底层，重点描写离奇古怪的人物而不是一般的普通人。

亨利·特罗亚撰写的果戈理传记具有这位俄国血统的多产法国小说家所写的其他传记作品的优点和缺点。特罗亚在法国是一位颇受读者欢迎的作家，他写了一些描写庸常之辈的**长河小说**，这为他赢得了法兰西学院院士的席位。他还持续不断地全面涉足俄罗斯文学，继普希金、莱蒙托夫、陀思妥耶夫斯基和托尔斯泰之后，现在轮到了果戈理。特罗亚的俄罗斯作家传记作品通常的特征是，对俄国的资料来源有透彻的了解，对精彩的细节有小说家的洞察力而且善于使用阐述的技巧。这些技巧娴熟的写实作品非常接近史实并在常识允许的范围内演绎，读起来总是令人轻松愉快。但是，它们一般不太深刻，因此，很可能使那些对作家的个性人格而不只是其文学创作感兴趣的读者大失所望。

特罗亚为果戈理绘制的画像恰如其分地表现了这个令人非常惊讶和迷惑的人物。果戈理是一个来自乌克兰的外省人，他在彼得堡从来没有在家的感觉；他从小就走火入魔地相信自己是上帝派来完成一项伟大的道德使命的人；他是一个无耻地榨取他那些富有的崇拜者的寄生虫，可是，每当他的母亲和姐妹向**他**要钱时，他就对她们宣讲贫穷的好处；他是一个贪图口腹享受的饕餮之徒，显然从来不沾女色；他是一个宣称只有在实行农奴制的俄国才能使民众具有最高尚的基督教美德的道德家；他是一位成功的作家，但是，由于他的作品被认为是对俄国畸形的道德-社会生活的揭露而没有被认为是对个人道德重生的呼吁，他的成功使他深感绝望。

他似乎不是死于某种致命的疾病而是死于一场宗教信仰危机，这场危机的根源是他无力续写《死魂灵》，他在小说的续集中想使臭名昭著的无赖乞乞科夫得到救赎并且成为一个道德高尚的"正面"人物。特罗亚中规中矩地介绍了果戈理作品的类型特征和情节概要，他的介绍可以用来作为果戈理作品的序言；但是，从他的果戈理传记中我们无法理解这样一个荒唐、任性、虚伪、自负而且完全不负责任的人怎么会改变了俄罗斯文学的整个进程并且继续激励着米哈伊尔·布尔加科夫和安德烈·西尼亚夫斯基（阿布拉姆·捷尔茨）这些作家。

　　果戈理的最佳作品以独特地体现人性永恒的荒谬和愚蠢的十九世纪初期的俄国人形象把夸张的幻想与怪诞的描写完美地结合起来。果戈理是一位出类拔萃的喜剧天才，他对单调、平凡、普通、寻常的事物和自鸣得意的因循守旧——对福楼拜用**愚蠢**这个词概括的一切，对俄国人称之为**平庸陈腐**的一切——独具慧眼。弗拉基米尔·纳博科夫在他那本对于果戈理研究不可或缺的短小精悍的专著中用一系列事例解释了**平庸陈腐**，其中之一以美国人容易理解的方式准确地说明了它的含义：

　　　　翻开手边的第一本杂志，你肯定会发现下面这一类东西：一台收音机（或是一辆汽车，一台冰箱，一套银餐具）——可能是家里刚刚添置的任何东西。妈妈喜出望外地紧紧攥着双手，孩子们围在旁边满怀期待。大儿子和他的狗紧张地趴在桌子边上，桌子上摆着他朝思暮想的东西；就连满脸皱纹的老奶奶也微笑着从后面探出头来（我们猜测，她已经忘记了当天早晨与儿媳妇的激烈争吵）；稍远一点站着踌躇满志的爸爸，这位自豪的一家之主得意扬扬地把拇指插在西装马甲的腋窝处,双腿叉开,两眼放光。[2]

91   果戈理不仅以风俗喜剧的形式讽刺这种社会,而且以不可抗拒的力量表现它,可以说,他的描写达到了某种形而上的程度,具有悲喜剧的内涵,因为读者逐渐感觉到人类自身的存在陷入了无意义和荒谬的泥沼。这种效果就是著名的"含泪的笑声",它通常(十分贴切地)被用来形容果戈理的艺术特征,而且,为适应当代文学更加悲观和无情的基调稍加调整,它也可以被用来形容贝克特的艺术特征。

    对于果戈理作品的性质,俄国批评界一直争论不休。根据人们是强调他描写**平庸陈腐**的社会意义,还是关注在一个充满了令人舒适的习惯和琐事的险恶诱惑的社会里到处散发的存在的无聊,既可以认为他是一位"现实主义"作家,也可以认为他是一位风格怪异的荒诞作品的创作者。无论如何,从文学史的角度看,他对俄国人的生活——尤其是(在《涅瓦大街》和《外套》这一类短篇小说中)对彼得堡的生活——简洁生动的描写标志着一个被称为自然派的作家流派的诞生,这些作家最初写一些具有典型的彼得堡地方色彩的生理素描。屠格涅夫、陀思妥耶夫斯基和冈察洛夫等人都在这一文学潮流中经受历练,事实证明,自然派文学是使俄国现实主义小说蓬勃发展的肥沃土壤。如果果戈理的作品(或者更确切地说,是他那些"现实主义"作品)成为这一文学潮流的榜样的话,那不仅是因为俄罗斯文学已经发展到这一成熟期,而且是因为当时最有影响力的批评家维·格·别林斯基不停地敦促俄国年轻作家踏上的正是这条道路。

二

　　维克托·特拉斯关于别林斯基的书是一部第一流的研究专著，为我们理解这位在整个十九世纪对大部分俄国知识分子的人生产生了无论是正面还是负面的决定性影响而且后来成为苏维埃俄罗斯文化的支柱之一的批评家做出了重要贡献。[3]实际上，特拉斯这本书最大的优点之一是，他把对别林斯基思想的研究置于这位批评家的影响由于当局的强力推行持续至今的背景之下而且涉及他的前辈和直到二十世纪三十年代的继承人（及其反对派俄国形式主义者）。因此，这本书充分证明它的书名名副其实。

　　别林斯基成长于俄国文化完全被德国唯心主义所主导的时期，因此，他早期的文章显示出，他首先受到谢林，接着受到黑格尔的深刻影响。俄国关于别林斯基的"创见"的争论有点类似于英国关于柯尔律治的争论。他只是一个他人思想的二手传播者，或者更糟糕，甚至是一个剽窃者？反对别林斯基的人甚至在他活着的时候就已做出这种暗示；别林斯基本人也坦然承认（这与柯尔律治有点不同）来自德国的那些思想使他受益匪浅。但是，就像柯尔律治一样，他的重要性不在于他是一个具有创见的思想家；而在于他身为批评家的才能，用特拉斯的话说就是，他能"富有主见和创造性地巧妙运用从别人那里学到的东西"。别林斯基发现和评判具有天赋的俄国文学新人的成就斐然；在他那个时代，没有哪个重要作家的早期作品不曾受到他的点名称赞；他的文学鉴赏力足以弥补他作为理论家

92

的陈腐或是作为文学风格批评家的不足。(特拉斯没有提到,德·斯·米尔斯基曾经说过,别林斯基的语言"烦琐冗长,平庸粗俗,拖泥带水……总而言之,他这样一个重要的作家写出来的却是最糟糕的俄语"。[4])别林斯基的文风充满激情和活力,当然不会简练优雅;但是,他经常为了在即将到来的截稿日期之前交稿而赶写文章,因此,他总是耿耿于怀地诅咒迫使他像一匹疲惫不堪、步履蹒跚的驽马一样写作的贫穷。

特拉斯这本书不是按照时间顺序而是按照主题编排的,各个章节通过别林斯基的主要著述为我们展示了其思想观念的不同截面。这种展示过程难免会有一些重复,不过,它的优点是,突出最重要的主题并且非常明确清晰地阐述了别林斯基对于关键问题的看法。作为唯心主义的信徒,别林斯基的思想具有典型的浪漫主义和"顺乎自然"的特征。一件艺术作品是一个有生命的整体而不是没有生命的装置,是想象力和创造力的产物而不是因循一套早已制定的规则的想法和技巧的产物。作为一个微观世界,艺术作品不可或缺的整体性体现的是它所属的宏观世界——作为一个整体的宇宙——的浑然天成与和谐统一,至少也体现了对于和谐统一的渴望。作为赖以证明天主(或上帝)存在于时间和空间中的方式之一(另外两种方式是宗教和哲学),艺术被赋予崇高的地位;因此,真正的艺术总是最深刻地表现了它被创作出来的那个时期。但是,与此同时,艺术应当自由地服从自身的要求,不受任何审美或者道德层面的规则和规定的限制;它是人类精神的一项重要功能,不能随意进行干涉。

因此,德国唯心主义美学在把艺术视为人类最高境界的载体与必须保证艺术的自主性以使其能够自由发挥作用之间保持着某种微妙的平衡。别林斯基几乎毕生接受这种观点,直到最后仍然象征

性地表示认同。不过,特拉斯一次又一次回到四十年代他的思想发 93
生转变所带来的问题上,信奉空想社会主义逐渐使他只看重那些与
促进进步的人道主义社会改革直接有关的文学作品。在别林斯基
人生的这一最后阶段,以自然派文学响应其号召而兴起为标志,他
赋予文学某种明确的"功利主义"功能,这将在未来产生灾难性的后
果,尽管他本人并没有发表过什么极其过分的言论。正如特拉斯所
说,"别林斯基天生的美感和对艺术真正的爱挽救了他,使他不致对
俄罗斯文学作品做出遗臭万年的错误评价"。但是,他赋予艺术功
利性社会功能的倾向使得可以轻而易举地利用他的巨大声望及其
在文学批评方面的某些确有价值的见解支持一种观点,即,文学应
当受到控制。

　　特拉斯这本书的最后一章"别林斯基的遗产"特别重要,它追踪
俄国文学批评的发展轨迹一直到二十世纪三十年代。影响最大的
是激进派评论家车尔尼雪夫斯基、杜勃罗留波夫和皮萨列夫——这
些人从别林斯基的最后阶段结束的地方起步。他们完全以功利主
义的眼光看待艺术,拒不认为艺术还有其他重要意义;皮萨列夫呼
吁彻底消灭艺术,因为艺术浪费时间并且把可以用来实现更重要的
社会目标的资源用于娱乐消遣。别林斯基浪漫地推崇艺术的另一
方面被陀思妥耶夫斯基及其重要的朋友阿波隆·格里戈里耶夫(十
九世纪中期俄国最优秀的文学批评家)所保持并在九十年代初期被
俄国象征派文学家复兴。这些文学家均以宗教或者首先来自别林
斯基及其唯心主义思想根源的形而上学的非理性主义的名义反对
关于艺术的社会功利主义观念。因此,别林斯基"顺乎自然"的观
点——这种观点总是把艺术与"生活"或者社会联系起来——从那
时起就以这样或者那样的变异形式主导着俄国的文学批评。只有

俄国形式主义者抨击这种德国唯心主义的所谓"浑然天成"并且试图通过强调形式高于内容将其逆转。

对于俄国形式主义者来说,艺术不再是表现"生活"的方式,维克托·什克洛夫斯基写道,"关于文学形式的本体论决定了作家的意识"。形式主义者看待艺术的这种态度对俄国文学批评单纯强调"意义"(无论是社会意义还是哲学意义)的典型做法进行了必要的纠正;它难能可贵地提醒人们,艺术并非直接表现"生活",而是通过某种有其本身内在要求和规律的载体表现"生活"。毫无疑问,形式主义者对文学形式的一般演变,尤其是俄国文学作品的形式演变提出了极其宝贵的独到见解;不过,他们试图把创作欲望一概简单地解释成对形式的关注,这有悖常理也不符合文学发展史。他们以当代文学的某种主要发展潮流(特别是俄国的未来主义)为例并且想当然地认为放之艺术史而皆准。

94

特拉斯非常公正地指出,过去半个世纪俄国文学批评中的"大部分新颖独到、激动人心的见解"都来自别林斯基传统的反对派(也就是俄国形式主义者)。尽管我们当然要同情形式主义者的反抗,但也应当记住,他们的极端见解是特殊条件下的产物。俄国的文学批评从来都不是西方意义上的纯粹的"文学"批评,因为它总是被当作一种以隐晦的语言进行社会-政治论争的手段。这肯定是形式主义者为什么认为必须把他们关注的问题与"生活"截然分开的原因;但是,如果他们的观点——其本身就是他们的文化"生活"的产物——有局限性,那么,他们在西方国家的那些崇拜者和追随者真诚地把这些观点当作教条就会让人感到可悲。既不能放弃在审美领域所享有的相对自主的权利,也没有必要牺牲艺术与社会"生活"的关系。

三

　　即使没有其他名声,别林斯基也可以为他第一个发表重要评论赞扬陀思妥耶夫斯基的天赋而自豪。正是别林斯基向世界宣告,随着《穷人》在一八四五年发表,一颗文学新星从俄罗斯文学的地平线上升起。当然,别林斯基在几年之后改变了看法,因为陀思妥耶夫斯基的文学创作没有朝着他希望的方向发展;但是,人们几乎已经忘记了别林斯基的态度转变,反而对他最初的那些激动人心的赞美之词记忆犹新,因为他所赞美的陀思妥耶夫斯基的名声甚至超出了他能预见到的范围。目前出版的一系列关于陀思妥耶夫斯基的书籍准确无误地表明,他在世界各地持续不断地引起人们的兴趣,他的作品也从来没有失去魅力。因为阅读研究陀思妥耶夫斯基不是——至少不仅仅是——一种学术追求;他的小说仍然是一个天才对于至今继续困扰着现代人的思想观念的那些道德-社会问题的评论。列宁主义在俄国的胜利以及由同一种学说衍生的各种各样的变种在世界许多地方的传播使陀思妥耶夫斯基的小说在现代文化生活中不断发酵常读常新。如果陀思妥耶夫斯基的读者可以毫不费力地在今天的报纸上认出他笔下的人物和主题,那是因为陀思妥耶夫斯基在他那个时代的俄国就预见到了证明暴力行为和恐怖活动具有正当的道德理由——这始于当时的俄国激进分子并且持续不断地启发着我们这个时代的激进分子——最终意味着什么。

　　三卷本《陀思妥耶夫斯基没有发表的作品》的内容是译成英文

的陀思妥耶夫斯基的笔记本,时间跨度涵盖了他从西伯利亚归来的全部岁月(一八六〇至一八八一年)。[5]芝加哥大学出版社把这些笔记本中原有的部分资料——陀思妥耶夫斯基为他的五部主要长篇小说所作的笔记——汇编成书先后于几年前和最近出版了俄文本和英译本。目前这本《陀思妥耶夫斯基没有发表的作品》为我们提供了这部重要文献的其余部分,这些资料直到一九七一年才在苏联发表,在那之前西方学者无法得到它们。对于熟悉陀思妥耶夫斯基作品文本的人来说,这些资料并没有提供多少新的启示,然而,它们仍然是对陀思妥耶夫斯基全集的一种极有价值的补充。陀思妥耶夫斯基的笔记本中包括大量他在突发奇想时随手匆匆记下的乱七八糟的笔记;大约四分之一的内容记录的只是与他的个人私事或者刊物(《时代》《时世》杂志和《公民》周刊)编辑出版业务有关的数字、地址和人名。不过,这本书的第一卷确实提供了他坐在第一任妻子的灵前记下的一条重要笔记的原文,他在这一条笔记中非常清晰地陈述了他的宗教信仰,这也预示了他与信仰这个问题的关系的复杂性。我们还在这本书里看到了他为一篇没有完成的关于"社会主义与基督教信仰"的文章以及他为始终没有落实的修改《双重人格》的计划所作的笔记。

　　本文没有足够的篇幅详细讨论这本书中丰富的资料;但是,它们应当成功地纠正了某些仍然流行的错误概念,这些概念在西方对陀思妥耶夫斯基的批评中特别流行。西方批评界深受陀思妥耶夫斯基心理特征的吸引,以致倾向于把他的作品纯粹当作其本人内心情感冲突的反映来解读。要不然他们就会跟随别尔嘉耶夫和舍斯托夫这些从哲学悖论或者存在主义困境的角度讨论陀思妥耶夫斯基作品的俄国流亡哲学家的引导。然而,从陀思妥耶夫斯基的笔记本中可以清楚地看出他对当时喧嚣动荡的俄国文化生活的介入程度以及他的作品与他在整个人生后期通过办刊撰文持续进行的论战的紧密联系。如果说陀思妥耶夫斯基的小说是戏剧性地表现相互对立的道德-社会意识形态之间的冲突的最伟大的现代文学作品的话，那么，这不是因为他对自己的俄狄浦斯情结耿耿于怀，也不是因为他离群索居地思考自由意志与决定论或理性与信仰这一类难解之谜。这是因为他在十九世纪六七十年代满怀激情地投入了俄国无情的意识形态战争，而且能够根据自己的内心冲突以及对其更大意义的高超把握阐述意识形态问题。陀思妥耶夫斯基的天才使他能够把俄国内部的这些争论写成具有普遍意义的伟大的文学作品；但是，如果我们想要正确理解他的作品，那就必须回过头去研究产生这些作品的社会-文化背景并且努力把握为它们的产生创造了条件的社会-文化演变过程。否则的话，我们将永远不了解陀思妥耶夫斯基这个人，也不会明白他真正的目的是什么。

《陀思妥耶夫斯基没有发表的作品》由密歇根州的阿迪斯出版社出版，这是一家专门出版俄罗斯文学作品原著和译本的小型独立出版社。阿迪斯出版社为使读者可以在美国找到俄罗斯文学作品做了非常有益的工作，以致人们不忍批评它那些译本通常糟糕的翻译质量及其草率马虎得令人恼火的编辑和校对。但是，这些缺点仍然令人遗憾地增加了阅读研究它专门出版的那些人们不太熟悉的作品的难度，从而有违它使更广泛的读者能够阅读俄罗斯文学作品的初衷。尽管如此，阿迪斯出版社出版的俄罗斯文学作品如今已经变得不可或缺；它受到称赞不仅是因为它出版了诗歌、小说和像陀思妥耶夫斯基的笔记本这样的学术资料，而且是因为它出版了俄国文学批评的重要著作。这些著作中有两部分别为列昂尼德·格罗斯曼和米哈伊尔·巴赫金所著,它们是俄国陀思妥耶夫斯基批评史上的里程碑。

格罗斯曼是陀思妥耶夫斯基学术研究的先驱之一,他著有大量关于这一主题的书籍和文章,是最可靠翔实的陀思妥耶夫斯基人生大事记的编撰者。他在这个领域的代表作是早期的两篇论文,一篇发表于一九一三年,另一篇发表于一九一六年(译本应当注明了它们首次发表的日期),它们的结论在陀思妥耶夫斯基学术研究界早已被广泛接受和采用。[6]第一篇论文论述的是巴尔扎克与陀思妥耶夫斯基,对两位作家之间的关系进行了使人大开眼界的探讨。正是格罗斯曼首先分析了一直存在的这种关系,他指出了《欧也妮·葛朗台》在《普罗哈尔钦先生》和《白痴》中的痕迹;最重要的是,他还说《高老头》"是《罪与罚》研究的一篇非常重要的绪论"。他特别提到这两部作品在结构上有明显的相似之处并且指出,拉斯蒂涅被大盗伏脱冷竭力鼓吹的某种变相的超人哲学所吸引。想要帮助自己的家人(尤其是他的两个妹妹)的拉斯蒂涅同样提出了为此杀人是否正当这个问题;而他的朋友比安雄则告诉他,要想以这种方式取得成功,"您必须是亚历山大[大帝],否则您就得进监狱"。不过,格罗斯曼观察敏锐地指出,在陀思妥耶夫斯基的作品中,"个人意志的问题被利他主题复杂化,因而成为一个深刻的道德问题"。他还认为可以在巴尔扎克的作品中发现拉斯柯尔尼科夫的"哲学体系"的来源;但是,这种论点缺乏说服力,因为在巴尔扎克的作品中没有真正的利他主义,只有家族的私利和对冷酷无情的拿破仑式"伟人"的赞颂。确切地说,我们在拉斯柯尔尼科夫身上看到的利他主义与个人意志的冲突是十九世纪六十年代俄国激进分子的理论引起的。

格罗斯曼的另一篇论文《陀思妥耶夫斯基小说的创作》为后来

所有关于陀思妥耶夫斯基诗学的学术研究打下了基础。陀思妥耶夫斯基的小说与当时的欧洲传统以及更趋同于欧洲传统的屠格涅夫和托尔斯泰的作品非常不同，以致西方批评界最初认为它们是一个才华出众但有严重缺陷的没有受过教育的天才的作品。然而，格罗斯曼告诉人们，认为陀思妥耶夫斯基是一个没有受过教育的野蛮天才的观点荒谬绝伦。陀思妥耶夫斯基博览群书而且对文学手法特别感兴趣；但是，他我行我素，独辟蹊径地解决了创作技巧问题。他阅读深受人们喜爱的传统的"惊险小说"——英国的哥特小说，法国的**连载小说**，十九世纪三十年代仿效司各特的俄国历史小说——并且钦佩它们的作者，这些小说可读性很强，具有社会现实意义，充满惊心动魄、曲折离奇、神秘诡异的故事情节。格罗斯曼用实例说明，陀思妥耶夫斯基的主要小说具有这种类型文学的基本结构特征。当然，他用这种通俗文学的形式戏剧性地表现最深刻的道德-哲学主题，把惊险刺激但像情节剧一样肤浅的通俗小说提高到真正的悲剧水平。"陀思妥耶夫斯基的小说是演绎成一首激动人心的叙事诗的哲学对话；"格罗斯曼写道，"它使《斐多》成为《巴黎的秘密》的核心，把柏拉图与欧仁·苏融为一体。"就格罗斯曼的这一论述而言，圣奥古斯丁可能是比柏拉图更合适的名字；不过，他的论述仍然非常恰当。

对陀思妥耶夫斯基的这种看法在我看来无可争辩，毋庸置疑；然而，米哈伊尔·巴赫金的《陀思妥耶夫斯基诗学问题》对它提出了异议。[7]巴赫金这本书一九二九年首次出版，并且立即被认为是一部重要著作；但是，它的作者在二十世纪三十年代从人们的视野中消失了，直到六十年代才重新露面，他这部研究专著同时出版了一个新的增订版。一九七五年去世的巴赫金可能是当今苏联最重要的批评家,他的小说理论在某种程度上已经具有亨利·詹姆斯和珀西·卢伯克①的小说理论长期以来在英美批评界所享有的那种得到公认的地位。实际上,巴赫金与这些英语世界的前辈有许多相似之处——尽管巴赫金的著作在西方批评界被广泛阅读,但是他对西方的文学理论显然并不十分熟悉。无论如何,他的观点是针对俄罗斯文学发表的;所以,他的声望不仅来自他作为批评家的真才实学,而且是因为他在俄国发起了关于小说技巧的讨论,与詹姆斯和卢伯克在英语世界做过的事情多少有点相同。

巴赫金最著名的观点是,陀思妥耶夫斯基首创了一种与以前可以看到的任何小说类型完全不同的新型小说,他称之为"复调"小说。以前的小说都是"同声"小说,也就是说,总是由作者的主导意识或者某个充当作者代理人的主人公所掌控的小说。然而,在陀思妥耶夫斯基的小说中出现的却是由各种个体的"声音"合成的复调,每个人物完全按照自己的观点为自己说话,没有起支配作用的作者意志使他们异口同声形成统一的论调。更确切地说,巴赫金认为,"复调的本质其实就是各种声音保持独立,以此融合形成一种比同调更高级的统一"。巴赫金理论的主要问题是,他没有为他假定的这种更高级的复调统一提供任何令人信服的分析说明。因此,如果我们认真对待他关于每个个体的声音都保持着独立性的说法,实际上就难以理解怎么可能形成这种更高级的统一。

巴赫金对格罗斯曼关于陀思妥耶夫斯基小说的看法持批评态度,因为,在他看来,格罗斯曼的看法停留在表面,没有深入探讨

---

① 珀西·卢伯克(Percy Lubbock, 1879-1965),英国作家和批评家,著有《小说的技艺》(1921)。

陀思妥耶夫斯基技巧创新的深层原因。"如果格罗斯曼把陀思妥耶夫斯基的创作原则——把完全不同而且互不相容的素材融为一体——与并没有以某种共同特性一概而论的多重核心意识联系起来,他就会发现陀思妥耶夫斯基小说的艺术手法:复调。"我们看到,巴赫金并不排斥格罗斯曼的观点而是使其与自己的观点趋于一致;巴赫金甚至更进一步,他把关于陀思妥耶夫斯基复调小说的看法建立在某种更具普遍性的理论基础上。他认为,陀思妥耶夫斯基的复调小说本身首先是基于某种凭直觉把人当作自由、独特和不可预测的个体的人类学理论,因此,人不可能超越自己的观点理解事物,也不可能以任何固定不变的方式对事物进行分类和定义。巴赫金的许多阐述具有明确的存在主义意味,这在正统的马克思主义者听起来肯定是(而且可能仍将是)奇谈怪论和异端邪说。"对他人的意识不可能像对客观事物那样观察、分析和确定——人必须**通过对话理解他人**。""对于[复调小说的]作者来说,主人公不是'他',也不是'我',而是受到充分重视的'你',也就是另一个货真价实的'我'('自在的你')。"人们不禁想知道,巴赫金是否读过马丁·布伯的书,后者的一些主要著作在二十年代初期面世。有证据(例如引用格奥尔格·齐美尔的话)表明,巴赫金始终紧跟勇于创新的德国文化潮流。[8]

　　本文不是探讨巴赫金这部引人入胜的著作提出的所有问题的地方,尤其是那些使他在第二版中增加了篇幅很长的新的一章的问题,新增加的这一章所包含的一些观念只是在他的下一部著作《拉伯雷与他的世界》中才得到充分的阐述。[9]我的观点与许多批评家的观点(有大量关于巴赫金的文献资料,主要是俄语和捷克语资料)不谋而合,他们大都非常认同巴赫金对陀思妥耶夫斯基小说艺术本质的深刻有力的见解,但是无法接受他的复调小说理论。实际上,巴赫金本人似乎并不完全确定他对"作者掌控各种声音"这一关键问题的看法。因为,尽管他不断强调陀思妥耶夫斯基笔下的人物"不会受到"作者的干涉影响其诚实的表达,但他同时写道,陀思妥耶夫斯基笔下的人物并没有"完全脱离作者的创作意图,只是从独白型作者的视野中消失了,而消除这种视野正是陀思妥耶夫斯基创作意图的重要组成部分"。这使复调与同声的区别显得没有那么鲜明,似乎与詹姆斯反对干涉其视角处于叙事结构之外的叙述者的观点一致。陀思妥耶夫斯基**确实**倾向于排除任何具有明显的全知全能视角的叙述者,而且他像后来的意识流作家一样,把客观世界溶解内化成这个或者那个人物的意识。不过,这绝不是巴赫金试图使我们相信的具有划时代意义的决定性创新,也没有开创小说史上的全新时代。

巴赫金这本书最精彩的部分是最后一章"陀思妥耶夫斯基的语言",其内容与第一版保持不变。巴赫金在这一章里利用他对陀思妥耶夫斯基通过"对话"把握人物的深刻理解展示了陀思妥耶夫斯基的语言如何反映和表现其艺术世界的基本特征。陀思妥耶夫斯基的语言很少与其表达的意思有明确关系;表达者的观点总是因为受到与所表达的意思有关的其他观点的影响而扭曲。因此,陀思妥耶夫斯基的"语言"从来都不是"客观的",反而总是(或者经常)表达另一种意识,无论明确还是含蓄。巴赫金对陀思妥耶夫斯基作品中的这种"表达"详加分类,并以具有启发性的实例说明了他的分类;这使他得以阐明陀思妥耶夫斯基为什么频繁使用戏仿,也厘清了小说人物糅合交融并相互启发的方式。在巴赫金之前没有哪位批评家像他那样细致入微地分析陀思妥耶夫斯基的这一方面。如果仅就这一章而言,巴赫金完全配得上他在俄国享有的崇高声望（尽管有人认为他的著作强调个人自由不可侵犯的这种具有颠覆性的潜在含义也有助于提高他在苏联民间的声望）。

四

　　另一位因受到别林斯基赞扬而声名鹊起的作家是伊万·冈察洛夫,他的第一部小说《平凡的故事》发表于一八四七年;他的第二部小说《奥勃洛摩夫》是他最著名的作品,这部小说所创造的人物类型成为一个重要的文化象征。关于冈察洛夫的英语批评文献寥寥无几,因此,米尔顿·埃尔的著作满足了人们长期以来的需要。[10]埃尔撰写了一部态度严肃、学问扎实的研究专著,资料丰富,文笔优美,并且显示出一位对俄国形式主义文学理论和英美文学界关于小说这种艺术表现形式的思考兼容并蓄的批评家的技巧。

　　冈察洛夫是一个腼腆、孤僻而且相当胆小的人,他一生的大部分时间都在担任高级文官(多年担任文学作品审查官),有一段时间肯定患上了轻度多疑症。他曾经是屠格涅夫的密友,后来指控这位小说家同行把他的一些尚未发表的作品构思窃为己用,而且还泄露给福楼拜、乔治·桑和龚古尔兄弟等法国作家。埃尔目光犀利地把冈察洛夫描绘成一个人格分裂的人物,经常受到突如其来的感情冲动的困扰,他以冷嘲热讽和某种避重就轻的怀疑态度保护自己不受感情冲动的伤害。这种人格分裂在他的小说中一方面表现为浪漫主义与唯心主义的冲突,另一方面表现为某种平庸务实的"实用主义"。

《平凡的故事》讲述了一个具有浪漫情怀的外省青年来到彼得堡生活的故事,他在彼得堡的经历以及叔叔的劝告使他认清了现实,他叔叔是一个理想破灭、工作勤奋的官僚,管理一家政府的工厂。这部小说的大部分内容由这两个主要人物之间的对话组成,显得非常讲究修辞,正如埃尔特别提到的那样,它似乎更像一台风俗喜剧而不像一部小说。他指出,与巴尔扎克的《幻灭》相比,《平凡的故事》缺乏厚重的社会质感,小说的背景相对空虚,甚至没有场景描写。尽管如此,这部小说仍被认为是对别林斯基当时正在进行的清除浪漫主义最后残余的舆论造势的重要贡献,而且认为它赞成唯物主义,赞成以理性、科学的态度对待人类和社会面临的问题。虽然冈察洛夫经常因其看上去似乎非常欣赏自己笔下的两个"脚踏实地"的主人公而被人指责有**庸俗作风**(мещанство,这个词的含义类似于果戈理的 пошлость[**平庸陈腐**],只不过它强调的是社会风气而不是个人习气),但是,他的态度比乍看起来要暧昧得多。因为,当年轻的彼得·阿杜耶夫终于变成他那堪称模范的叔叔的完美复制品时,他突然意识到自己的生活多么狭隘,令人窒息,无法让人感到满意——这是一种没有感情或感觉的生活,一种为了获得物质上的荣华富贵而放弃了一切"更高尚的追求"的生活。

《奥勃洛摩夫》引人注目地体现了《平凡的故事》直到结尾才有所暗示的这一主题,在《奥勃洛摩夫》中,道德高尚和感情纯洁动人的美好愿景仍然令主人公——一个懒惰成性、暮气沉沉的怪物,他几乎不能起身下床——心驰神往。相比之下,他的朋友、德国血统的俄国人安德烈·斯托尔茨再次在更高的文化水平上体现了脚踏实地、讲求效率和欧洲"先进"等价值观念。小说讲述了奥勃洛摩夫努力接受"现实"——也就是说,娶妻成家承担生活中的个人责任并且承担一个大地主的社会责任——但没有成功的故事。不过,尽管奥勃洛摩夫不顾斯托尔茨的激励和引导失败了,他那堂吉诃德式的梦想仍然闪耀着光辉。与此同时,斯托尔茨虽然事事成功,甚至赢得了与奥勃洛摩夫相爱的姑娘的芳心,他完美有序的生活却被某种令人痛苦的空虚所破坏,他只能通过隐忍逃避这种空虚。奥勃洛摩夫的人生也许是失败的,然而,活在一个不接受他所体现的价值观念的世界里并没有什么意义。

埃尔对《奥勃洛摩夫》的长篇"解读"明察秋毫无微不至,但就我的兴趣而言,他的分析过多停留在心理概括和批评理论的层面上,与冈察洛夫这部作品特定的社会-文化意义离题太远。当然,俄国批评界已经从这个角度对冈察洛夫的作品进行了充分的阐释,而对此了如指掌的埃尔肯定想做一些不同的事情。但是,他的大多数读者可能并不了解俄国批评界的观点,因此,如果他能介绍一些俄国批评界的研究成果而不是只在脚注中提到它们,将会对他的读者有所帮助。不了解俄国社会-文化背景而且只知道埃尔告诉他们的事情的读者难以理解《奥勃洛摩夫》为什么会激动人心,这个名字为什么会成为一个象征——人们围绕着这个象征就俄国人生活的意义和价值展开了论战。实际上,这种论战没有停止仍在进行,冈察洛夫这部作品也没有失去相关的象征意义。索尔仁尼琴的《一九一四年八月》中的沃罗滕采夫上校希望对俄国军队进行德国军队那种效率教育,他只是俄罗斯文学的这一永恒主题的最新体现。

在我所列的关于十九世纪四十年代一代俄国作家的论著书单上,爱德华·克兰克肖的托尔斯泰研究专著是最后一本[11],至少从年龄上看,托尔斯泰属于这一代作家。然而,人们从不这么谈及

102

托尔斯泰,因为不可能以任何合适的方式把他归类。他确实是一位非常重要而且完全独立的人物,以致除了根据他的创作无法从任何角度定义他。身为一个富有的贵族,身为一个历史最悠久、地位最显赫的古老贵族世家的后裔,托尔斯泰的生活与各种流派、运动以及他的同时代作家为自我保护和相互支持聚集而成的小圈子完全绝缘。克兰克肖这本书插入了大量图片,与其说是一本传记或者批评专著,更像是一本茶余饭后的消遣读物。但是,作为一名对俄国社会和历史有深刻了解的报刊撰稿人和历史学家,克兰克肖撰写了一本新颖独特的佳作。他的论述以尖锐犀利的判断和简洁准确的描写对托尔斯泰作为一个人和一名作家的人生提出了一种具有挑衅性而且相当负面的看法。

几年前,流亡的俄国女作家尼娜·古芬凯尔在法国出版了一本小册子,书名是《违背托尔斯泰主义的托尔斯泰》。这本书意图使托尔斯泰摆脱他的崇拜者和追随者顶礼膜拜的那个圣徒形象并努力看清他实际上是个什么样的人。同样的念头给克兰克肖的描述带来灵感,从而产生了相似的打破偶像的结果。古芬凯尔和克兰克肖对任何哗众取宠的揭露和斯特雷奇式的嘲讽①都不感兴趣;但是,出于对托尔斯泰这位难以超越的天才作家应有的敬意,人们仍然有理由以他从来不忘应用于他人的同样严厉无情的道德目光审视他的生活和行为。按照这种标准衡量,托尔斯泰是一个充满矛盾的整体,他根本不能遵行自己的道德准则却总是试图把这些准则强加于

----

① 利顿·斯特雷奇(Lytton Strachey, 1880—1932)是英国传记作家和批评家,著有《维多利亚女王时代四名人传》(1918)等多部传记作品。他常被人物的个性和动机所吸引,喜欢戳穿伟人的虚伪,把他们描写得没有实际那么高大;不过,这种接近于漫画的写作手法难免失真。

人;他在家庭关系中是一个以自己为中心的怪物;他始终是极度傲慢自负的俄国**老爷**的化身,即使当他(或者说特别是当他)穿上农民的服装时,他拥有绝对权力而且习惯于立即得到别人服从。托尔斯泰的伟大之处在于他把这种姿态提升为一种无限挑战;但是,对他来说,在他与命运进行的英勇豪迈的决战中,他人只是无足轻重的炮灰。"不可能通过遵守清规戒律成为圣徒,"克兰克肖一针见血地写道,"尽管他的一些思想很高尚,他的行为却使它们变得毫无价值。一个人因为良好的行为成为好人,但托尔斯泰的行为总是非常恶劣。"

克兰克肖对托尔斯泰作品的评论像他的所有评论一样尖锐有趣;但是,他真正的主题是作为人而不是作为艺术家的托尔斯泰。因此,看到他的一句评论与巴赫金的评论不谋而合让人感到更加有趣。正是因为托尔斯泰不愿承认他不像上帝那样具有无限的力量,克兰克肖发现他所创造的虚构的世界缺乏"神秘"感。这种看法与巴赫金用以解释陀思妥耶夫斯基与托尔斯泰之间的区别的说法完全一致。"他与小说主人公的对话关系与托尔斯泰毫不相干。他没有(也根本不可能)把他对主人公的看法灌输到主人公自己的意识中。……[在托尔斯泰的短篇小说《三死》中]人物经历生与死的那个外部世界是**作者的世界**,对于人物的意识来说,这是一个客观世界。其中的一切均在作者一览无余的全知视野中被感觉、被描述。"就这样,克兰克肖和巴赫金很有启迪作用地相互补充;只有把他们这两种探讨方式结合起来,我们才能对托尔斯泰——或者就这一点而言,对任何一位作家——有一个真正的三维视角。

五

在这篇编年述评的最后一部分,我们转向证明俄罗斯文学具有持久生命力的当代作家。俄国再次发出强有力的声音——亚历山大·索尔仁尼琴的声音——向世界传递来自俄国人基督教信仰忍辱负重的灵魂的精神信息。像索尔仁尼琴一样,陀思妥耶夫斯基在苦役营里经受磨难净化心灵的过程中发现的正是这种道德-文化本质,而托尔斯泰在完全沉溺于感官享乐之后也在晚年以一种(至少在理论上)超过这两个人的狂热回归这种本质。对于本文的讨论,我们只有近年来从索尔仁尼琴笔下奔涌而出的大量作品的少量样本:剧作《风中的蜡烛》和《致苏联领导人的信》。另外,有一本精选的关于这个典范人物——像托尔斯泰一样,他再次成功地用笔杆子的力量对抗国家强权——的西方评论文集。这本文集还包括索尔仁尼琴(抨击俄国教会奴颜婢膝地屈从于政权)的《大斋节书简》以及他接受诺贝尔文学奖的演讲词。[12]

索尔仁尼琴主要是作为一种强大的道德力量具有世界性的重要意义,他是一个无情的见证人。但是,苏联国内对他在俄罗斯文学史上的地位态度暧昧。亚历山大·施米曼神父指出,他是从革命以后苦难深重的苏维埃俄国崭露头角的第一位重量级作家。其他重量级作家实际上都是遭受迫害的伟大的白银时代作家——这个群体从十九世纪九十年代开始人才辈出——中的幸存者,例如勃洛克、曼德尔施塔姆、帕斯捷尔纳克和阿赫玛托娃。所有人都在某种程度上被"革命的浪漫色彩"所迷惑（我们可以在《日瓦戈医生》中非常清楚地看到这种情况）。"……许多人认为混乱和血腥只是'初期的混乱'，他们相信，某些东西将从中产生、成长并开花结果。"索尔仁尼琴在后革命时代第一个发出已经完全成熟的有力呐喊，而且他不太了解现实存在的其他物质或精神文明。因此，他是"苏联时期俄罗斯文学的第一位**民族**作家"，一位完全被苏联的社会现实所浸没的作家，所以他"能够独一无二地从内部**揭露**这个社会，创造性地**解释**它从而最终**战胜**它"。

这种精辟的见解有助于确定索尔仁尼琴的作品的性质并且解释西方对其作品的某些反应。尽管他的作品引人入胜，给人留下深刻印象，但是，对于文学品位受到乔伊斯、普鲁斯特和卡夫卡培养熏陶的读者来说，它们不可避免地显得"过时"；流亡美国的波兰诗人兼作家切斯瓦夫·米沃什指出，这是因为"西方的读者生活在二十世纪后期，而索尔仁尼琴是一位十九世纪的作家"。不过，米沃什接着立即补充说，不应据此判断作品的价值，因为"坚持认为越是后来创作的作品越有价值是荒谬的"。

索尔仁尼琴在一个由"社会主义现实主义"理论（以十九世纪俄罗斯文学的成就为基础）主导的文学环境中逐渐发育成熟，因此，他仍然按照社会主义现实主义的规范进行创作。但是，索尔仁尼琴受到的教育是"现实主义"要求"真实"，于是，"真实"就成了他的作品的主角——托尔斯泰谈到他的《塞瓦斯托波尔故事》时曾经说过同样的话。正如欧文·豪所说，颇具讽刺意味的是，毕生都在为盲目服从旨意编造各种故弄玄虚的哲学依据的卢卡奇·格奥尔格最后竟然盛赞索尔仁尼琴的作品真正满足了"社会主义现实主义"文学的要求。与通常打着"社会主义现实主义"旗号的可怜下贱的文学作品最格格不入的非索尔仁尼琴的小说莫属;不过,索尔仁尼琴正是在社会主义现实主义文学自己预设的体系内揭露了这种作品及其创作者(例如,他在《第一圈》中轻蔑地描写了腐化堕落、趋炎附势的作家加拉霍夫,这是一位斯大林文学奖得主)。

　　然而,把索尔仁尼琴小说"过时"的风格仅仅归因于苏联的强制性文化封锁这一类外部因素将是错误的。这种观点隐含着假设:如果索尔仁尼琴有机会的话,他就会利用现代派的文学实验;但是,在我看来这非常值得怀疑。毕竟,当作家不只是为了赶时髦而随意采用技巧时,创作技巧往往表达了对世界的某种看法;而索尔仁尼琴的"看法"与现代派文学的大多数看法截然相反。在这个问题上,米沃什再次显示出使人受益的洞察力。他指出,因为现代派的文学实验建立在道德价值的相对主义观念基础上,人物"只是感知和反应的可移动载体"。然而,索尔仁尼琴的基本主题恰恰是**肯定人格**,在只有道德品质可以维护人的尊严和人本身具有宝贵价值这一概念的噩梦般的世界里,人格就是生存的力量。对于看到自身形象反映在贝克特笔下那些形而上的小丑和废物所渴求的虚无主义中的西方世界来说,索尔仁尼琴确实"过时"了;但是,文学作品毕竟不是(或者不应认为自己是)与流行时装竞争,而索尔仁尼琴的技巧表达了一种超越时尚的"愿望"。(具有启发性的是,当索尔仁尼琴在《一九一四年八月》中进行现代派文学实验——他在这部小说中使用了多斯·帕索斯在《美国》中使用的一些技巧——时,他就是想简要地描写虚妄的公众意识和迷惘、失败、绝望的感受。)

　　这本文集从许多具有启发性的角度探讨了索尔仁尼琴对人生的看法,但是,我认为,特伦斯·德普雷在他那篇给人留下深刻印象的文章《生存的英雄主义》中的探讨最为透彻。两种经历使索尔仁尼琴形成了他的价值观念,一种是前线军官的经历,一种是随后的囚犯经历,作为前者,他参加了一场他坚信其具有正义目的的战争,作为后者,他在集中营里受难多年。每一种情况都使他不可避免地面对人类生存的终极问题;结果,他认识到,在这样的条件下只是作为一个人——而没有沦为野兽——生存下来本身就是一种英雄主义壮举。不过,对于索尔仁尼琴来说,在这个意义上的生存还意味着对价值观念的重新评估,是一个心灵净化的过程,生命本身的意义在这一过程中发生了改变。"这种经历带来了某种特别完整、清晰的视野,"德普雷写道,"进而使人产生了一种接近我们所说的宗教体验的感受,即圣徒——那些经历了舍弃家庭、财富和个人欲望的痛苦,发现自己心平气和地直接面对生命本身的神秘力量的人——那种无与伦比的解放和彻底的满足。"正是这种改变使《第一圈》蒙冤入狱的主人公格列布·涅尔任大声感叹:"感谢上帝让我坐牢! 这使我有了思考的机会。"这是非神化传统的索尔仁尼琴新版本,正如格·P. 费多托夫所说明的那样,这一传统把俄国东正教与其他基督教区分开,认为蒙受羞辱的基督的苦难是东正教信仰的模式和理想。[13]托尔斯泰和陀思妥耶夫斯基都对同一传统有所借鉴,尽管索尔仁尼琴与他们有明显的相似之处,然而,与这些前辈不同的是,他强调了随着苦难的经历而来的对道德品质的磨炼。

　　因此,索尔仁尼琴作品中的"幸存者"总是感到自己与卑贱地屈从于权力而活着的"其他人"的那个单调无趣的世界格格不入。《风中的蜡烛》戏剧性地表现了这种格格不入,它不是一部特别优秀的剧作,但它所显示的作者的创作特色非常令人感兴趣。在这部剧作中,一名"幸存者"(他是获释归来的囚犯)发现自己生活在一个追求物质享乐的未来世界里,这个世界类似于《发条橙》中的那个世界

106

（只是没有施虐狂），人们由于疯狂地追逐享乐和争夺权力而丧失了道德价值观念。对于一个深知人们仅仅为了满足自己的肉体和物质需要就能堕落到什么程度的人来说，这个世界无法忍受。另外，在对唯物主义冷嘲热讽的同时，索尔仁尼琴还抨击了人们普遍相信的"科学"和技术进步造福于人类的概念，这种信念几乎已经在全世界范围内成为人类新的宗教信仰。索尔仁尼琴在《致苏联领导人的信》中敦促他们为了维护俄国所属的西方文明，特别是为了维护俄国自身的利益放弃这种信念。索尔仁尼琴的看法（即使不是在细节上至少也是在大意上）与俄国南方的农民过去经常提出的看法非常相似，自然被斥为"极端保守"；但是，由于世界各地许多激进的新左派都对没有思想的科学技术同样采取批判态度，人们很难弄清这种旧的标签现在意味着什么。

按照同为诺贝尔文学奖获得者的德国小说家海因里希·伯尔的说法，索尔仁尼琴的作品具有"托尔斯泰的视野和陀思妥耶夫斯基的精神，因而综合了在十九世纪和当今的文学批评界都被认为是相互对立的两种思想"。可以进行这种并不让人感到不恰当的比喻（其他国家的哪一位当代小说家能够承担他们的重负？）实际上说明了索尔仁尼琴的思想境界，爆炸性的《古拉格群岛》的出版只是使人进一步认识到他的境界。俄罗斯再次产生了一位真正满足别林斯基的要求的作家，即，文学**既是**心灵的自由创作，**也是**对社会生活的有力表现。

注释

　　[1] 亨利·特罗亚，《一个分裂的灵魂》（南希·安福斯英译；伦敦，1974）。

［2］弗拉基米尔·纳博科夫，《尼古拉·果戈理》（康涅狄格州诺福克，1944），第66页。

［3］维克托·特拉斯，《别林斯基与俄国文学批评》（威斯康星州麦迪逊，1974）。

［4］德·斯·米尔斯基，《普希金》（纽约，1963），第237页。

［5］《陀思妥耶夫斯基没有发表的作品》（卡尔·普罗弗编辑，多人英译；三卷；密歇根州安阿伯，1976）。

［6］列昂尼德·格罗斯曼，《巴尔扎克与陀思妥耶夫斯基》（密歇根州安阿伯，1973）。

［7］米哈伊尔·巴赫金，《陀思妥耶夫斯基诗学问题》（R.威廉·罗切尔英译；密歇根州安阿伯，1973），第7。现在绝版的罗切尔的译本几乎不堪卒读，它已经被卡里尔·埃默森的译本所取代。

［8］这些话是我在还不太了解巴赫金的背景时所写的，我把它们原样保留说明我的第一反应。当然，这些推测后来得到了充分证实。请参阅本书第19页，特别是第二章注释3。

［9］无论它有什么价值，而且因为巴赫金的学术活动年表仍然存在着许多问题，记述我在写作本文时听到的一则传闻也许是有益的。有一位对巴赫金很感兴趣的美国斯拉夫文化研究者最近刚刚访问苏联归来，我在与他交谈时提出了我对新增加的这一章的看法，我觉得它的内容好像不太平衡；他做出了下面的解释，这是他在访问苏联期间听说的。

巴赫金似乎迫切希望他在拉伯雷的研究专著中阐述的主要观念刊印成文与读者见面，但他根本不相信这部著作能够出版。当他的陀思妥耶夫斯基批评论著获准再版而他确信可以再次利用这本书以后，他决定增补一章（进行了必要调整的）新的内容，以使公众至少了解他最近的一些新观念。

［10］米尔顿·埃尔，《奥勃洛摩夫及其创造者》（新泽西州普林斯顿，1973）。

[11] 爱德华·克兰克肖,《托尔斯泰:成为一名小说家》(纽约,1974)。

[12] 亚历山大·索尔仁尼琴,《风中的蜡烛》(基思·阿姆斯和阿瑟·赫金斯英译;明尼苏达州明尼阿波利斯,1960);亚历山大·伊·索尔仁尼琴,《致苏联领导人的信》(希拉里·斯滕伯格英译;纽约,1974);《亚历山大·索尔仁尼琴评论文集》(约翰·B.邓洛普、理查德·霍和亚历克西斯·克利莫夫编辑;马萨诸塞州贝尔蒙德,1973)。我引述的评论家的评论都是这本评论文集的内容。

[13] 请参阅本书第二章注释 8 有关费多托夫的内容。

第三部分　陀思妥耶夫斯基

第九章　弗洛伊德的陀思妥耶夫斯基病历

一

众所周知，西欧发现陀思妥耶夫斯基作品的重大意义并且认为他的小说令人吃惊地预言了过去半个世纪困扰着西方文明的价值观念危机与精神分析学迅速发展及其影响不断扩大的时间大致吻合。由于其主要人物经常与自己被压抑的那部分人格作斗争，他们的心理在大多数情况下处于严重的感情矛盾状态，所以，陀思妥耶夫斯基的小说不可能不引起弗洛伊德本人及其越来越多的信徒的注意，他们非常乐意从这个最新的文化偶像身上选取例证，以说明或者粉饰他们的臆测。

事实证明，陀思妥耶夫斯基的作品对于精神分析学家来说是个金矿，弗洛伊德写道："没有精神分析就不可能理解他［陀思妥耶夫斯基］——也就是说，他不需要精神分析，因为他用每一个人物和每一个句子阐释了它。"这些话出自弗洛伊德一九二〇年写给斯蒂芬·茨威格的一封信[1]；它们表明，甚至还在相对较早的那时候，弗洛伊德就已经迷上了这位俄国小说家。在德国，精神分析与陀思妥耶夫斯基研究之间的相互影响因弗洛伊德的著名文章《陀思妥耶夫斯基与弑父者》而登峰造极，这篇文章首次发表于一九二八年，是弗洛伊德为著名的德文版——皮珀版——陀思妥耶夫斯基作品集中的一卷所写的序言，这一卷收入了陀思妥耶夫斯基的笔记本和书信中的一些与《卡拉马佐夫兄弟》有关的资料。

　　弗洛伊德这篇文章第二年被译成英文发表在一份名为《现实主义作家》的杂志上。[2]从那以后，在俄国国外发表的大量专门研究陀思妥耶夫斯基作品的论文著作中，《陀思妥耶夫斯基与弑父者》占据着引人注目的位置。当然，在这篇文章发表时，弗洛伊德的核心圈子内部出现过一些不同意见。特奥多尔·赖克①在《无意识意象》第二期上作出反应，不同意弗洛伊德对陀思妥耶夫斯基含蓄的评论，认为他的看法相当平庸。弗洛伊德批评陀思妥耶夫斯基与认为"经历过罪孽深渊磨难的人能够达到最崇高的道德境界"的固有"道德观念妥协"；赖克就此评论道，弗洛伊德似乎宁愿无条件赞成极其僵硬死板地遵奉社会道德准则的人也不赞成陀思妥耶夫斯基。弗洛伊德在一次私信交流中闪烁其词地表示，他不想认真争论这个问题。一方面他说，他同意赖克关于"道德准则是主观心理观念"的说法；但另一方面他坚称，"我不想拒不承认优秀的非利士人②具有良好的道德品行，尽管他们几乎没有道德自律"。他还说，他写的关于

---

　　① 特奥多尔·赖克(Theodore Reik，1888-1969)，奥地利精神分析学家，弗洛伊德最早的学生之一。

　　② 非利士人(Philistine)是起源于爱琴海的一个古代民族，后用来指没有文化修养的人。

陀思妥耶夫斯基的文章"微不足道",他认为不值得给予多大重视。[3]

赖克的文章并没有引起讨论弗洛伊德的观点的广泛兴趣;只有E. H. 卡尔在一九三〇年写了一篇文章,对弗洛伊德认可的一个事实提出质疑[4],而弗洛伊德在他的文章里几乎没有对这一事实进行严谨周密的论证——稍后我们将会回来讨论这个问题。菲利普·里夫①曾顺便谈到,弗洛伊德"轻率地认定"我们的小说家后来以子女对待父亲的态度支持沙皇的专制统治。[5]一九六五年,弗里茨·施米德尔查出弗洛伊德明显敌视陀思妥耶夫斯基的事实,在分析这位人类宗教信仰需要的伟大辩护者的同时,他还写了《一个幻觉的未来》。不过,在大多数情况下,人们把弗洛伊德的《陀思妥耶夫斯基与弑父者》奉为一篇经典之作,认为这是精神分析学的奠基人对一位重要的文学家进行的最广泛的精神分析探讨,并且成为在这一学派的理论影响下出现的心理-历史研究的一个范本。

非常凑巧,撰写我自己那部关于陀思妥耶夫斯基的专著使我查阅了所有可以找到的与陀思妥耶夫斯基的生平有关的原始资料,特别是与其早年生活有关的资料,后者自然是弗洛伊德关注的重点。尽管通过对资料进行精神分析得出的结论在很大程度上往往只能是猜想,但是,长期以来我始终认为弗洛伊德的描述所依据的资料是可靠的——然而,在查阅资料的过程中,我逐渐发现,这些原始资料与他所描述的陀思妥耶夫斯基的情况存在着令人不安的差异。于是,这激起了我的好奇心,我决定看一看我能否确切地说明弗洛

---

① 菲利普·里夫(Philip Rieff, 1922—2006),美国社会学家和文化评论家,二十世纪五十年代与年轻的苏珊·桑塔格有过八年婚姻生活。

伊德的文章使我担忧的是什么。就这篇文章而言，弗洛伊德的说法
在纯粹事实的层面上能够确定的可信度究竟有多大？他依据的是
哪些原始资料，他又是如何使用它们的？在我看来，为了还原历史
真相，值得努力寻找这些问题的答案。

二

111　　　我们已经引用过的弗洛伊德（一九二〇年十月十九日）写给斯
蒂芬·茨威格的那封信显示了他对陀思妥耶夫斯基的认知。他写
信是为了感谢这位朋友给他寄来自己的新书《三大师》。这本书包
括一篇陀思妥耶夫斯基的传记故事，还有另外两篇巴尔扎克和狄更
斯的传记故事（实际上，茨威格的长篇陀思妥耶夫斯基传记是一首
表现主义狂想曲，缺乏"事实"和资料，更多的是过于激扬的抒情描
写）。弗洛伊德表示，他对茨威格描述两位英美作家的内容相当满
意，但是，他接着写道，"讨厌的俄国人陀思妥耶夫斯基"是另一回
事。"在这一部分，"弗洛伊德评论说，"人们感到隔阂并且觉得有一
些未解之谜"；然后，他开始"列举材料"试图解开这些谜团，"因为它
唤起了我这个外行的记忆"。当然，弗洛伊德的意思是，作为文学批
评家或历史学家他是个"外行"；但他绝不是没有资格提出对陀思妥
耶夫斯基的看法，他认为，在这个问题上情况恰恰完全相反。"精神
病理学家在这方面也可能具有某种优势，陀思妥耶夫斯基肯定将不
可避免地作为精神病理学家的财富继续存在。"（有人怀疑，茨威格
的说法可能使弗洛伊德感到不快和挑战："尽管心理学家是科学家，

但是,揭示现代人灵魂深处奥秘的不是他们,而是超越一切领域的天才人物。")①[6]

　　茨威格把陀思妥耶夫斯基描绘成一个疯狂的俄国天才,好像文学界的拉斯普京,强调癫痫是其不可思议的性格的关键;但是,弗洛伊德不同意陀思妥耶夫斯基患有真正的癫痫的说法。"癫痫是一种与心理素质无关的器质性脑部疾病,"他写道,"通常与脑力状况的恶化和衰退有关。"在弗洛伊德看来,真正的癫痫总是导致脑力退化(或几乎总是导致脑力退化;他举出伟大的科学家黑尔姆霍尔茨②作为唯一一个著名的反例)。按照弗洛伊德的说法,一般认为天才人物所患的癫痫经常是"标准的歇斯底里病例"——他在这里利用当时颇有影响的切萨雷·隆布罗索③的理论进行论辩。所以,号称患有癫痫的天才人物属于精神病学而非医学研究的范畴,因为"歇斯底里源于**心理素质本身**[着重体为本文作者所加],是与产生艺术天才相同的基本素质能力的表现"。因此,弗洛伊德写道:"我认为,陀氏的病情可能完全是他的歇斯底里造成的。"

　　然而,弗洛伊德并不满足于仅仅把陀思妥耶夫斯基的天才归因于某种天生的歇斯底里心理素质。因为他明确告诉茨威格,虽然陀思妥耶夫斯基的"心理素质"也许是歇斯底里的一个重要原因,"不

---

　　① 括号中引用的这一段话见于一九二五年出版的茨威格的《与魔鬼作斗争》(英译本题为《建筑大师》)一书,因此,即使这种怀疑成立,那也应当是弗洛伊德写这封信以后的事情。

　　② 赫尔曼·冯·黑尔姆霍尔茨(Hermann von Helmholtz, 1821-1894,旧译亥姆霍兹),德国物理学家、医学家,十九世纪最伟大的科学家之一,对生理学、光学、电动力学、数学和气象学均做出过重大贡献,其最著名的成就是发现了能量守恒定律。黑尔姆霍尔茨患有癫痫。

　　③ 切萨雷·隆布罗索(Cesare Lombroso, 1835-1909),意大利精神病学教授,犯罪学家。

112　过,令人感兴趣的是,我们的[精神分析]理论认为具有重要意义的
另一个因素可能也在这个病例中得到了论证"。原来,这里所说的
"另一个因素"指的是因为童年犯错而受到的一次严厉惩罚。"在一
本陀氏传记的某个地方,"弗洛伊德写道,"我看到有一段内容把这
个男人后来的不幸归咎于他小时候曾经受到父亲非常严厉的惩
罚——我模糊地记得'可悲的'这个词,我的记忆准确吗? 当然,出
于'慎重',传记作者没有说这都是因为什么。"

　　不过,弗洛伊德非常清楚这"都是因为什么"——因为传统的导
致阉割情结的惩罚手淫的威胁。当然,他说得没有这么明白;他只
是说,茨威格这位描写少儿青春期性意识萌动的短篇小说集《最初
的经历》的作者肯定应当知道他在暗示什么。"正是这种童年情
景……使后来临刑前的情景具有了通过重演侵害造成心理创伤的
力量,而陀氏的整个人生都受到他对父亲-沙皇专制权力的双重态
度的决定性影响,一边因受虐快感而屈从,一边愤怒地进行反抗。
受虐心理包括某种急于'赎罪'的负罪感。"

　　这就是弗洛伊德对陀思妥耶夫斯基的分析的大致原貌;其中有
几个问题需要说明。第一个问题是,陀思妥耶夫斯基的癫痫究竟是
"器质性"的还是"心理性"的。我没有从医学角度对弗洛伊德的观
点正确与否发表意见的能力;但是,在陀思妥耶夫斯基的传记中,有
一个事实弗洛伊德当时或后来都没有提到,它与这个问题有重要的
关系。一八七八年五月,由于一次突如其来的癫痫严重发作,陀思
妥耶夫斯基三岁的儿子阿列克谢在持续抽搐了三小时十分钟后意
外夭亡。由此看来,陀思妥耶夫斯基家族应当有癫痫病史,这个孩
子的癫痫可能是从他父亲那里遗传的。这导致一个有力的推论,陀
思妥耶夫斯基的癫痫的病因是器质性的,根本不是歇斯底里引发

的。但是,正如我们所知,弗洛伊德是顽固不化的拉马克主义①信徒,在获得性遗传理论早已被普遍抛弃之后继续长期相信这种学说,所以,他很可能仍然坚持认为,癫痫的病因是作家本人。

第二个问题与弗洛伊德曾经在某本传记中看到的一段内容有关。这指的只能是奥列斯特·米勒与尼古拉·斯特拉霍夫合著的授权传记(1883)中的一条使人浮想联翩的脚注。[7]米勒在他撰写的那一部分中写道,根据可靠的消息来源,有"一份非常特别的关于费奥多尔·米哈伊洛维奇的疾病的证据,涉及他的童年并把他的疾病与他们[陀思妥耶夫斯基一家]家庭生活中的一起可悲的事件联系起来"。我们看到,弗洛伊德立即把这当作专制的父亲导致阉割情结的依据,尽管这一段话既没有提到"惩罚"也没有提到"父亲"。此外,研究陀思妥耶夫斯基的学者一致认为,这条脚注很可能暗示了一八三九年春天陀思妥耶夫斯基父亲的被害事件,当时陀思妥耶夫斯基十八岁,已是军事工程专科学校的学生,并不是弗洛伊德所想象的"儿童"。[8]当然,弗洛伊德写这封信时不可能知道陀思妥耶夫斯基的父亲是被杀害的;直到一九二一年陀思妥耶夫斯基的女儿柳鲍芙的回忆录发表后,这件事情才逐渐为公众所了解。

弗洛伊德不知道陀思妥耶夫斯基的父亲是被杀害的还有助于解释引自他这封信的最后结论。他这时只能假定陀思妥耶夫斯基五十年代在苦役营里服刑时第一次癫痫发作。弗洛伊德说的"后来

113

---

① 让·巴蒂斯特·德·拉马克(Jean Baptiste de Lamarck, 1744-1829),法国生物学家,进化论者,他提出的生物进化理论被称为拉马克主义。二十世纪三十年代以后,拉马克主义受到大多数遗传学家的怀疑,只有苏联仍然沿用这一学说的某些内容,与国家赞许但得不到学术界承认的米丘林、李森科等人的学说结合起来,严重阻碍了苏联遗传学的发展。

临刑前的情景"大概指的是尼古拉一世所安排的假处决。这使陀思妥耶夫斯基以为他和一八四九年一起被捕的彼得拉舍夫斯基小组成员马上就要被行刑队枪毙；但是，大约半个小时以后他们得知，他们实际上是被判处流放并服苦役。弗洛伊德把陀思妥耶夫斯基以前受到的父亲对孩子的惩罚与后来这种"情景"联系起来，他的意思似乎是，这种童年创伤的重演所造成的心理压力在陀思妥耶夫斯基到达西伯利亚之后不久引起了癫痫发作。就这样，他为陀思妥耶夫斯基的余生设定了在受虐屈从与愤怒反抗之间交替变换的心理模式。

我们现在看到了弗洛伊德炮制一份陀思妥耶夫斯基的病历的最初尝试；人们不得不赞叹他这样做时费尽了心机。尽管不知道其父是被杀害的，他仍然设法把陀思妥耶夫斯基的癫痫解释成一种由不可调和的屈从与反抗的冲突诱发的病症。

三

八年后，弗洛伊德知道了陀思妥耶夫斯基的父亲是被杀害的并且听说了与此有关的家庭传说。"根据家庭传说，"柳鲍芙·陀思妥耶夫斯基在回忆录中写道，"就在得知父亲的死讯后不久，陀思妥耶夫斯基第一次癫痫发作。"[9]这一新的信息立即成为弗洛伊德阐释的核心内容；面对行刑队的"情景"附带也会提到，但是，它对癫痫的**病因**不再具有决定性作用。

弗洛伊德的文章极大地扩充了他在写给茨威格的信中随意发

表的评论,对自己的观点作了更详尽的论述。本文不是讨论弗洛伊德的观点的各种含义的合适地方,这里所说的"含义"不仅是赖克指出的那些含义,而且还有批评陀思妥耶夫斯基"与道德观念妥协"是"一种典型的俄罗斯特征"——这种特征也可以在伊凡雷帝身上以及"大规模迁徙的野蛮人"的行为中看到,后者"杀人而且不会为此赎罪,除非赎罪成为一种使杀人得以继续进行的实用手段"——之类偏离主题涉及民族心理学的含义。我不想反驳弗洛伊德的见解或观念,只限于讨论他所列举的那些支持其论点的事实。像写给茨威格的那封信一样,他的论证首先以更长的篇幅讨论了陀思妥耶夫斯基的癫痫究竟是"器质性"疾病还是"情绪性"疾病。因为文章要发表,弗洛伊德写得要小心谨慎得多,他承认,"我们对这一情况知之甚少,所以无法做出有把握的判断"。不过,他仍然断定,陀思妥耶夫斯基的癫痫"极其可能"属于第二种类型。

弗洛伊德对陀思妥耶夫斯基心理素质的分析也更加详细,但他根本没有稍微特殊一点对待陀思妥耶夫斯基——或者说,只是像对待任何男人一样对待陀思妥耶夫斯基。因为,作为学术背景,弗洛伊德简要地介绍了他的俄狄浦斯情结理论并且概述了每个男孩因其对母亲的欲望而与父亲无法避免的"对立"关系;当这种欲望被阉割的威胁压抑时,它将导致产生某种无意识的负罪感。

然而,当所讨论的儿童的性格含有某种明显的双性恋因素时,这种精神成长的"正常过程"就会变得错综复杂。在这种情况下,男孩希望**取代**母亲成为父亲爱慕的对象;但是,这也涉及阉割(不然的话怎么变成女人呢?),所以,这种欲望同样受到压抑。按照弗洛伊德的说法,后一种压抑造成"严重的致病性",这是"神经官能症的先决条件或恶化因素之一"。弗洛伊德认为在陀思妥耶夫斯基身上可以发现这种具有潜在同性恋倾向的明显的女性气质,并且列举"与男性的友谊对其人生的重要影响……他对情敌不可思议的善意……他的小说中的许多情节所表明的那种只能用被压抑的同性恋倾向来解释的他对某些复杂情况的不同寻常的理解"作为证据。(《弗洛伊德全集》,第二十一卷,第184页)

115　　　这些陈述很不具体,以致难以确定它们指的是什么;不过,在我看来它们同样大有问题。弗洛伊德也许想到了陀思妥耶夫斯基与男性之间的几段热情洋溢的友谊:青春期后期与军事工程专科学校的同学伊万·别列热茨基;在人生的同一时期与年纪稍长的父兄一般的朋友伊万·希德洛夫斯基,可能还有几年后他对屠格涅夫热烈但短暂的倾慕。不过,这些友谊持续的时间都很短,根本没有典型意义。在持续时间和感情意义方面,陀思妥耶夫斯基一生与男性的友谊没有任何一段可以与弗洛伊德本人与威廉·弗利斯和约瑟夫·布罗伊尔①之类男性的友谊相提并论。在陀思妥耶夫斯基成熟的过程中,他与女性——他的两任妻子,他的情人阿波利纳里娅·苏斯洛娃以及另外几个他曾向其求爱或者与其调情的女人——的关系始终具有更重要的意义。就可以根据证据判断的而言,后来他与男人的友谊并不涉及任何深层次的情感关系(只有他与哥哥米哈伊尔的兄弟情谊例外),而是基于共同的知识兴趣或思想信仰。

　　　陀思妥耶夫斯基善意地对待情敌同样确有其事。弗洛伊德这

---

　　①　威廉·弗利斯(Wilhelm Fliess, 1858-1928),德国耳鼻喉科医生;约瑟夫·布罗伊尔(Josef Breuer, 1842-1925),奥地利医生。两人均为弗洛伊德的男性密友,在精神分析学的创建及发展过程中也都扮演过重要角色。

里指的可能是陀思妥耶夫斯基在西伯利亚努力帮助一个当时正与他争着要娶那个后来成为他的第一任妻子的寡妇的年轻人获得升迁的事。他这样做的理由是，如果伊萨耶夫夫人拒绝了他而与他的情敌结婚，他不希望她活得悲惨。不过，我们还应指出，他同时竭力劝说她不要陷入一场他认为将会非常不幸的婚姻，并且恳求她转而选择与他结婚。

另外，在陀思妥耶夫斯基的书信及其（比他年轻得多的）第二任妻子的回忆录中，有许多内容证明他对潜在的情敌怀有近乎病态的嫉妒心。因此，弗洛伊德选取了发生在西伯利亚的一件事并且将其无限夸大，与其他资料所反映的情况完全对不上号。的确，我们在陀思妥耶夫斯基的小说——尤其是《被侮辱与被损害的》——中可以看到对这种行为的具体描写；然而，这种"善意"只是当时文学-文化界流行的一种陈词滥调。在革命者尼古拉·车尔尼雪夫斯基的生活及其小说《怎么办?》（这部小说完全建立在把爱人让给情敌合乎理性这一主题的基础上）中，这种陈词滥调具有更重要的意义，远远超过我们在陀思妥耶夫斯基的作品中所看到的。

四

总之，弗洛伊德认为恋母的矛盾心理与强烈的双性恋倾向共同塑造了陀思妥耶夫斯基的性格模式，后来逐渐演变成施虐的超我（被压抑的对于父亲的憎恨）和受虐的自我（被压抑的变成母亲的愿望）。弗洛伊德说，两者冲突的严重程度取决于"父亲——无论如何

116

他都是令人恐惧的——在现实生活中是否也非常暴力"这个"偶然
因素","就陀思妥耶夫斯基而言,他的父亲确实非常暴力,而且我们
可以把事实上存在的他的异常强烈的负罪感及其生活中的受虐行
为归因于某种特别明显的女性气质"。(《弗洛伊德全集》,第二十一
卷,第185页)在弗洛伊德的语境中,"暴力"的含意不太明确;但是,
如果我们按照通常的含意把这个词理解为对肉体施暴的话,那么,
弗洛伊德的说法缺乏事实依据。我们仅有的证据是陀思妥耶夫斯
基的弟弟安德烈提供的,他在回忆录中把父亲描写成一个急躁、易
怒、专制的家长;但是,老陀思妥耶夫斯基不赞成体罚孩子而且从来
没有打过自己的子女。实际上,他把他们全都送到私立学校去念书
(尽管他几乎负担不起昂贵的学费),以免他们可能因为受到纪律惩
戒而挨打。

　　不过,弗洛伊德相信陀思妥耶夫斯基医生"在现实生活中非常
暴力"肯定让人想起他在写给茨威格的那封信中提出的说法:陀思
妥耶夫斯基小时候曾经受到某种"可悲的"惩罚。这种说法没有被
再次当作事实直接陈述;但是,在一条冗长的脚注中,弗洛伊德引述
了当初使他确定这种说法的一段话以及一些似乎可以佐证的附加
材料。"特别让人感兴趣的是,"他写道,"在小说家的童年,发生了
一件可以追查他的疾病的最初征兆的'令人难忘和痛苦的可怕的事
情'。"(《弗洛伊德全集》,第二十一卷,第181页)

　　弗洛伊德引述的这一段话来自阿列克谢·苏沃林在陀思妥耶
夫斯基去世后不久所写的一篇文章,研究陀思妥耶夫斯基的学者同
样认为它暗示了其父被杀害一事。在这一段话之后是已经举出的
引自米勒的那一段内容,现在,弗洛伊德终于明白了它的意思。于
是,他用与写给茨威格的那封信几乎相同的措辞说,米勒不愿详细

说明这一起"可悲的事件"的"慎重不可能使传记作者和科学研究工作者心情愉快表示感谢"。弗洛伊德断言陀思妥耶夫斯基疾病的最初症状早在其父被害之前的童年就已出现，然后附上了这条脚注；引述这些内容显然是为了用资料证明某件"事情"导致出现了这些最初的症状。也就是说，弗洛伊德执意要像他知道陀思妥耶夫斯基父亲是被杀害的之前那样对这份资料做出完全相同的解释。他可能只是没有把两次解释联系起来，或是被随手拈来的"童年"一词误导了；也可能，就像对待许多其他问题一样，他顽固坚持自己的观点而不考虑别人的意见。

可以肯定的是，放弃陀思妥耶夫斯基的人生存在着某种特别严重的童年"创伤"这一看法将对弗洛伊德的理论产生毁灭性的影响；只要不想看到自己炮制的整个病历分崩离析，他就不可能放弃它。因为他想证明，第一次癫痫发作在时间上与父亲被害大致吻合只是早已开始的心路历程达到了高潮，这是父亲以暴力惩戒陀思妥耶夫斯基明显的双性恋天性的结果。父亲的暴力导致陀思妥耶夫斯基小时候出现了预示着后来的疾病的征兆，但当时还不是癫痫的症状。而弗洛伊德还发现这些征兆被另一些材料所证实。

117

"我们有一个**可靠的**起点，"他写道（着重体为本文作者所加）；我们知道陀思妥耶夫斯基小时候早在"癫痫"发病之前所经历的最初几次疾病发作的意义。这几次发病有死亡的意味；它们以对死亡的恐惧为先兆，接着出现昏睡不醒的嗜睡状态。当他还是个孩子时，这种病症首先让他突然感到莫名其妙的忧郁，就像他后来告诉朋友索洛维约夫的那样，感觉自己仿佛马上就要死去。而随后出现的实际上正是一种类似于真正死亡的状态。他弟弟安德烈告诉我们，甚至还在很小的时候，费奥多尔总会在睡觉之前用小纸条留言，说他害怕自己夜间可能陷入这种像死去一样的昏睡，所以请求务必把埋葬他的日子推迟五天。弗洛伊德说，这些征兆表明了一种对他希望其死亡的某个人的心理认同；对于一个男孩来说，"这个人通常是他的父亲……所以……这种疾病发作是对自己希望可恨的父亲死亡所进行的自我惩罚"。（《弗洛伊德全集》，第二十一卷，第182-183页）

如果这些征兆真的是弗洛伊德对陀思妥耶夫斯基进行诊断的唯一"可靠的"起点的话，那么，我们只能说他的结论是以根本"不可靠的"前提为基础的。因为，只要查阅一下原始资料我们就会发现，没有任何证据证明这些征兆与陀思妥耶夫斯基的童年有关。他确实向朋友弗谢沃洛德·索洛维约夫谈到过对死亡的恐惧；但是，他非常明确地说，那是很久以后才出现的。"年轻时我就神经过敏。"他在一八七三年对索洛维约夫说，"在被流放到西伯利亚之前的那两年，也就是我的文学生涯面临种种困难和争议的那一段时间，一种奇怪的神经官能症令人难以忍受地折磨着我……我经常觉得自己好像快要死了，果然——死神真的来了，然后它又走了。"[10] 没有找到其他可以证明陀思妥耶夫斯基的生活在一八四六至一八四七年以前曾经受到这种神经官能症侵扰的资料；而且我们还发现，这种疾病的侵扰与他在当时的一些信件中说他出现严重的神经紊乱症状的时间吻合。

关于陀思妥耶夫斯基对昏睡不醒的担忧，弗洛伊德同样把年代弄错了。安德烈·陀思妥耶夫斯基在回忆录中描写自己和哥哥的童年时只字未提这种症状。他是在一八八一年为俄国的《新时代》所写的一篇文章里提到的它，这篇文章旨在否认陀思妥耶夫斯基小时候患过任何与癫痫类似的疾病。他在文章里写到，"从一八四三年到一八四九年四月"，他几乎每个星期都见到哥哥；他接着说，尽管他们经常谈论健康问题，但他从来没有听哥哥说小时候得过这种疾病。"的确，"他写道，"他［费奥多尔］**在那一段时间**（我现在记不清准确的年份了）非常烦躁，似乎得了某种神经官能症。"（着重体为本文作者所加）安德烈在这句话之后提到了昏睡不醒和用纸条留言，并且明白无误地说它们**只是**在那一段时间出现过；大概也是在一八四六至一八四七年间开始出现的。[11]

弗洛伊德所依据的二手德文资料来源很可能仅仅引用了俄文原始资料的部分内容，没有包括后者所提供的非常准确的时间信息；因此，他关于这些"最初征兆"的错误很可能不是故意犯下的。不过，有一个问题他清楚，那就是，他的看法与可以找到的大部分证据相矛盾，但是，他仍然继续坚持这些看法。问题也许很简单，如果陀思妥耶夫斯基是在一八三九年听到父亲的死讯后第一次癫痫发作的话，人们就有理由相信，在流放西伯利亚期间，他的癫痫不是没有发作，就是变得不那么严重了。对于弗洛伊德来说，这个问题意义重大，因为问题的答案是对他的理论的一次至关重要的检验。

如果陀思妥耶夫斯基真的是在得知父亲被害之后第一次癫痫发作的话，那就可以把这次急性发作解释成表达了一种特别强烈的自我惩罚的要求。他一直压抑着对父亲的憎恨，那些早期征兆可能暗示了这种憎恨；"如果现实满足了这种被压抑的愿望，那是一件危险的事情。幻想一旦成为现实，所有防范措施都会因此得到加强"（《弗洛伊德全集》，第二十一卷，第186页）。

结果，陀思妥耶夫斯基的自我惩罚"变得像父亲令人震惊的死亡本身一样可怕"。（《弗洛伊德全集》，第二十一卷，第186页）当这种内在的惩罚被外部惩罚——因为反对父亲般的沙皇而被判处流放和服苦役——取代时,内心冲突的压力应当得到一定缓解。这就是为什么说"问题的关键在于能否确定这种情况[他的癫痫发作]在他流放西伯利亚期间完全没有发生过;但是,其他记载否定了这一点"。(《弗洛伊德全集》,第二十一卷,第 181-182 页)弗洛伊德在几页之后再次重申:"如果事实证明陀思妥耶夫斯基在西伯利亚确实不曾癫痫发作,那只能说明,癫痫发作是他对自己的惩罚。"(《弗洛伊德全集》,第二十一卷,第 186 页)

不幸,如今对于弗洛伊德的整个论点来说令人尴尬的是,根据**除家庭传说之外**的**所有**证据,陀思妥耶夫斯基在西伯利亚才**开始**癫痫发作;因此,唯一可能证明弗洛伊德的论点的证据原来是个反证。为了避免陷入这种困境,他试图以不明确否定的方式削弱这个让他感到不自在的证据的可信性。他在一条脚注中写道:"大多数记载包括了陀思妥耶夫斯基本人的说法……即……他的疾病在西伯利亚流放期间才最终呈现出癫痫的特征。令人遗憾的是,我们有理由怀疑神经官能症患者对自己病情的陈述。经验表明,他们的记忆会发生扭曲,故意搅乱不合心意的因果关系。"(《弗洛伊德全集》,第二十一卷,第 182 页)

弗洛伊德在这里显然是把陀思妥耶夫斯基想象成自己的一个病人,当被要求讲述过去的经历时,自然会在心理压抑的影响下加以歪曲。但是,与陀思妥耶夫斯基在西伯利亚的病情有关的证据根本不像弗洛伊德所暗示的那样依赖于**对遥远的过去的记忆**。它来自五十年代中期陀思妥耶夫斯基从苦役营获释后不久所写的**几封信**,信中提到他只是在最初一两年得过急病,而且仍然不能确定是不是真正的癫痫发作。

几乎难以想象陀思妥耶夫斯基会在从苦役营获释后兴奋得急于向家人倾诉的这些信中谈论没有出现过的癫痫症状,或者提到他早就

患有的一种疾病成了令人痛苦的新病症,他写这些信是想把服苦役的
四年间发生在自己身上的所有重要事情告诉家人。此外,对陀思妥耶
夫斯基流放西伯利亚前后的情况均非常了解的人都说,他的癫痫是在
西伯利亚那几年新得的病。在各种各样的证据中,没有任何证据支持
弗洛伊德的论点。

　　不过,尽管陀思妥耶夫斯基可能是在西伯利亚开始癫痫发作的
(至少也是更严重了),他的健康状况确实在某些方面得到改善。四
十年代那些"神经官能症"的症状(对死亡的恐惧,幻觉,眩晕,多疑,
等等)都有所缓解,这大概是他在苦役营里被迫从事繁重的体力劳
动的结果。在后来的生活中,他经常提到这次身体状况的普遍改
善;然而,这种陈述与他对自己的癫痫的说法并不矛盾。实际上,两
种说法总是一起出现——例如,在他从苦役营获释后所写的那些
信中。

　　我们可以假设,弗洛伊德应当知道两类疾病之间的区别;然而,为
了证明自己的论点,他往往把它们混为一谈。因为,尽管一方面他承
认,"无法证明陀思妥耶夫斯基的癫痫症状在西伯利亚有所减轻"(当
然,这种说法是想暗示,某些不太"可靠"的证据导致他认为情况可能
是这样的),可是另一方面他又说,"似乎可以肯定的是,在西伯利亚苦
役营的监禁生活明显改变了陀思妥耶夫斯基的病理状况"。(《弗洛伊
德全集》,第二十一卷,第 182 页)就陀思妥耶夫斯基的"神经官能症"
而言,后一种说法确属实情;但是,这肯定会使不熟悉陀思妥耶夫斯基
生平的种种细节并被弗洛伊德告诫不要相信神经官能症患者的陈述
的读者推定:除了理论上的必然性之外,弗洛伊德有充分的理由认为
陀思妥耶夫斯基的**癫痫**症状在西伯利亚有所减轻。

120

五

还有另外一个问题需要讨论，不过，因为 E. H. 卡尔已经充分探讨了这个问题，我在这里可以非常简略地论述一下。我们知道，弗洛伊德接受了得知父亲被害导致陀思妥耶夫斯基第一次癫痫发作的家庭传说。那么，这个传说究竟有多大的可信度？

在写一九三〇年的那篇文章时，卡尔查阅了现有的全部资料（在那以后没有新的资料出现），他发现这个传说在本文曾经提到的三种资料来源中有所反映：苏沃林的文章，米勒的脚注，柳鲍芙·陀思妥耶夫斯基的明确说法。这些人没有掌握任何第一手信息；陀思妥耶夫斯基的第二任妻子安娜·格里戈里耶芙娜这个他们认定的原始资料来源也没有提供相关信息。尽管当时（一八三九年）认识陀思妥耶夫斯基的一些人在陀思妥耶夫斯基患有癫痫广为人知、透露他第一次癫痫发作的日期不再是一种轻率之举以后撰写了回忆录，但是，他们没有提供一点证据。

我可以为卡尔的文章作一些补充，在陀思妥耶夫斯基一八三九年八月为表达对父亲去世的悲伤写给哥哥米哈伊尔的信中，没有任何与癫痫发作有关的内容。我们还应当记得，陀思妥耶夫斯基当时与另外一百多名军事工程专科学校的学生一起住在集体宿舍里，所以，几乎不可能隐瞒一次严重的癫痫发作，即使他想这么做。由此看来，我们完全有理由接受卡尔得出的概括性结论："这个证据充其量只不过是个传闻；它与我们掌握的其他书面和口头资料有矛盾；所以，如果不是因为它与精神分析学家的假说正好契合，一个如此缺乏事实依据的传说不大可能受到认真的对待。"[12]

仍然存在的问题是,如果这个传说不真实,陀思妥耶夫斯基的第二任妻子为什么还要散布它。卡尔提供了一个我觉得没必要讨论的复杂答案;在我看来,这很可能只是一个误会。在陀思妥耶夫斯基医生被害的前一年,一八三八年春天,费奥多尔得知自己在军事工程专科学校不能升级,他写信回家把这个坏消息告诉了父亲。儿子的来信导致父亲中风,这位生病的医生不得不进行放血治疗以缓解病情。由于所有这些事情,费奥多尔自己生了病,为此还在学校医院住了一段时间。

我自己的看法是,在对妻子回忆这些往事时,陀思妥耶夫斯基也许谈到过他曾因为发生在父亲身上的某件事情生了病,结果,这件事情与他可能告诉妻子的大约发生在同一时期的父亲被害一事混淆在一起。由于总是为他的癫痫担惊受怕,妻子自然而然地把丈夫提到的这次生病当成了困扰着他们的生活的癫痫发作;另外,父亲被害造成的惊恐给那个遥远的年代在此前后发生的事情都蒙上了它的阴影。当这一无心之误成为弗洛伊德用残缺不全、十分可疑的资料建立的破解陀思妥耶夫斯基之谜的这份病历的重心时,它注定要经历一番令人惊奇的争论辨析。

121

注释

[1]《弗洛伊德书信集》(恩斯特·L.弗洛伊德选编,塔妮娅和詹姆斯·斯特恩英译;纽约,1960),第一百九十一封信,第331-333页。

[2] 这篇文章可以在英文版《弗洛伊德全集》第二十一卷(詹姆斯·斯特雷奇英译;1961)中看到,见第175-194页。我下面提到的弗洛伊德写给特奥多尔·赖克的那封信也被收入这一卷(第195-196页)。

[3] 弗里茨·施米德尔的文章《弗洛伊德与陀思妥耶夫斯基》详细讨

论了赖克的文章和弗洛伊德的回应,见《美国精神分析协会会刊》,第十三期(一九六五年七月),第518-532页。

[4] E. H. 卡尔,《陀思妥耶夫斯基是个癫痫病人吗?》,载《斯拉夫和东欧评论》,第九期(一九三〇年十二月),第424-431页。

[5] 菲利普·里夫,《弗洛伊德: 道德家思想》(纽约,1961),第152页。

[6] 斯蒂芬·茨威格,《建筑大师》(纽约,1939),第202-203页。

[7] 奥列斯特·米勒和尼古拉·斯特拉霍夫,《陀思妥耶夫斯基的传记,书信以及笔记本里的笔记》(圣彼得堡,1883),第141页。

[8] 直到不久以前,人们仍然毫不怀疑地认为陀思妥耶夫斯基的父亲其实是被他的农庄的农民杀害的。可是,进一步研究地方档案使研究者对陀思妥耶夫斯基医生是否真的是被杀害的产生了怀疑。以前人们不知道地方当局对陀思妥耶夫斯基医生的死亡进行过认真的调查,两名医生确定死因是陀思妥耶夫斯基医生早已患上的中风。一个想要购买陀思妥耶夫斯基家的庄园的邻居散布了医生是被杀害的谣言,不在当地的陀思妥耶夫斯基的家人可能相信了这个谣言。关于这方面的更多情况,请参阅弗兰克,《陀思妥耶夫斯基: 反叛的种子》,第86-87页。Г. 费奥多罗夫在《关于陀思妥耶夫斯基的生平》一文中讨论了地方档案资料,见《文学报》,第二十五期(一九七五年六月十八日),第7页。

[9] 转引自卡尔的《陀思妥耶夫斯基是个癫痫病人吗?》一文,见《斯拉夫和东欧评论》,第九期(一九三〇年十二月),第428页。

[10] 索洛维约夫的文章见《同时代人回忆陀思妥耶夫斯基》(阿·谢·多利宁编辑;两卷;莫斯科,1964),第二卷,第191页。

[11] 安德烈这篇文章的有关引文见《文学遗产》(莫斯科,1973),第八十六卷,第550页。

[12] 卡尔,《陀思妥耶夫斯基是个癫痫病人吗?》,载《斯拉夫和东欧评论》,第九期(一九三〇年十二月),第429页。

第十章　《罪与罚》的创作背景

意大利小说家阿尔贝托·莫拉维亚曾经在一篇题为《马克思与陀思妥耶夫斯基的决斗》的引起相当轰动的文章里说过,《罪与罚》"将作为理解最近五十年间在俄国和欧洲发生的事情的一种不可或缺的关键方法长期为人们所铭记"。为什么?因为,他解释说,"尽管[拉斯柯尔尼科夫]没有读过马克思的书并且认为自己是一个超越善恶的超人,但[他]已经初具人民委员的雏形;实际上,第一批人民委员出自拉斯柯尔尼科夫所属的同一个知识分子阶层,具有与他完全相同的思想观念——同样渴望社会正义,意识形态同样可怕地整齐划一,行动同样坚决果断。拉斯柯尔尼科夫的困境正是人民委员和斯大林所面临的同样困境:'为人类的利益杀死放高利贷的老太婆(读作:消灭资产阶级)是正当行为吗?'"——或者把莫拉维亚举的例子稍微变一变:消灭富农(кулак)是正当行为吗?[1]

对陀思妥耶夫斯基的伟大小说《罪与罚》的这种看法发表于赫鲁晓夫谴责斯大林的同一年(一九五六年)并且受到直接影响,乍看起来它似乎只是巧妙地利用文学作品例证某种政治论点,我们不应认真地把它当作对陀思妥耶夫斯基作品的严肃评论。毕竟,拉斯柯尔尼科夫与政治革命实际上有什么关系吗?小说描写的他的犯罪完全是一种个人行为,与任何大规模的社会政治运动毫不相干;尽管他非常熟悉他那个时代学生激进分子的社会主义理论,但是,他坚决与他们**划清界限**。此外,他也不是什么人民委员,所以,即使他真的"渴望社会正义",那也不能肯定地说他与他们的"意识形态整齐划一"(其实他总是摇摆不定)或者说他的"行动坚决果断"(他是在某种精神恍惚的状态下杀的人)。

虽然我们可以对莫拉维亚的评论提出这些具体的异议,但是,他的基本观点仍然被人们普遍接受。人民委员、斯大林与拉斯柯尔尼科夫之间存在着某种逻辑关系,而莫拉维亚以敏锐的洞察力触及了一些根本性的东西,尽管没有他说得那么明确直接。与其说拉斯柯尔尼科夫是个人民委员,不如说他体现了陀思妥耶夫斯基卓越非凡的预见性:这一类人终将产生,他们登上历史舞台对俄罗斯可能是一种不祥之兆——对世界意味着什么如今已经显而易见。《罪与罚》的用意是提醒人们警惕陀思妥耶夫斯基眼中的这种怪胎的诞生,如有可能务必使其胎死腹中;莫拉维亚评论的可贵之处在于指出了小说在这方面的意义,它经常被人们忽视,或者没有受到足够认真的对待。不过,我们将要看到,正是由于努力把握当时社会-文化现实的道德含义,陀思妥耶夫斯基创作了一部随着时代的发展越来越切中时弊而不是越来越不合时宜的作品,因此,自从一八六六年首次发表以来,《罪与罚》的艺术力量几乎无可匹敌。

一

　　《罪与罚》是陀思妥耶夫斯基第一部重要的长篇小说,人们或许可以感觉到,他的天赋在这部小说中以最纯粹、最清晰的形式表现出来。流放西伯利亚(一八五〇至一八六〇年,其间在苦役营里度过了四年)归来五年后,他开始创作这部小说,那时他与哥哥米哈伊尔在六十年代初期共同编辑出版的两份文学-时事评论杂志中的第二份刚刚倒闭不久。这部小说的创作正值一个个人极度痛苦的时期,当时陀思妥耶夫斯基的私生活突然遭遇灭顶之灾,他正竭尽全力寻找一个新的立足点进行重建。他患有肺结核的第一任妻子——曾经被他称为"红装骑士",某些性格特征在卡捷琳娜·伊万诺芙娜·马尔梅拉多娃身上表现出来——在长期病危、历尽令人心碎的病痛折磨之后于一八六四年四月病故。几个月后,与他合作默契共创事业的哥哥米哈伊尔突然去世。尽管陀思妥耶夫斯基在哥哥去世后就像古代的奴隶一样拼命工作竭力维持他们的《时世》杂志的运转,但事实证明他的努力是徒劳的,而且使他背上了巨额债务。

　　由于在圣彼得堡被债主逼债,他希望去欧洲旅行得到一些清静。以前在欧洲小住曾经使他的癫痫症状有所缓解,他还期待与过去的情人、年轻作家阿波利纳里娅·苏斯洛娃重聚。他对苏斯洛娃依旧怀有强烈的感情,一直与她保持通信,仍未放弃使她回心转意的希望。因此,陀思妥耶夫斯基在一八六五年春天忙于为这次旅行四处筹集必要的资金,并且设法从为帮助贫困知识分子和大学生而设立的文学基金会(陀思妥耶夫斯基在一八六三至一八六五年间担任该组织管理委员会的秘书)弄到了一笔贷款。他还与几家期刊接触,提出了创作一部新小说的想法。

124　　　在写给《祖国纪事》杂志主编安·亚·克拉耶夫斯基的一封信中,陀思妥耶夫斯基描述了新小说的构思:"我的小说题为《醉鬼》,与当前的酗酒问题有关。它不仅涉及这个问题,而且表现它衍生的所有问题,尤其是描写酗酒成风的情况下家庭以及儿童教育等一系列问题。"他还说,小说至少有三百页篇幅,可能更长;他要求预付三千卢布稿费,对于他这种地位的作家来说,这比通常的标准低得多。尽管由于急需放弃了作家的自尊心,他的要求仍然遭到拒绝。于是,陀思妥耶夫斯基不得不求助于一个名叫 Φ.T. 斯捷洛夫斯基的冷酷无情的出版商,后者向他支付他要求的稿费,作为交换,他允许后者出版他的三卷本作品集;另外,陀思妥耶夫斯基保证在一八六六年十一月一日以前向斯捷洛夫斯基提供一部新作,至少是一部中篇小说。如果作者没有履约,斯捷洛夫斯基就获得陀思妥耶夫斯基未来所有作品的出版权,为期九年,不必支付任何报酬。

我们无法确定《醉鬼》的创作计划是否比陀思妥耶夫斯基这封信中的寥寥数语有所进展;他敷衍的语气使人相信,他可能顶多只是草草记下了一些初步想法。此外,这些话表明他在构思一部典型的社会问题小说,可是,在其文学生涯的这个阶段,他对写作这种小说几乎没有什么兴趣。不过,这样谈论这部小说也许只是为了加强它可能产生的新闻时事效应对一位持怀疑态度的编辑的吸引力,也许还因为克拉耶夫斯基曾在二十年前发表过陀思妥耶夫斯基早期创作的此类作品,例如《穷人》和《诚实的小偷》,这些作品以深刻感人的同情笔触描写了无法自拔的醉鬼。然而,学术界一致认为,陀思妥耶夫斯基为《醉鬼》积累的所有素材最后都被用在《罪与罚》中与马尔梅拉多夫一家有关的辅助情节上。

与斯捷洛夫斯基签订的合同使陀思妥耶夫斯基能够在把大部分稿费分配给债主、继子帕沙和已故哥哥的一大家子人之后出国旅行。途中他在威斯巴登短暂停留,希望在那里通过赌博充实一下钱包,不料很快就把所剩不多的钱输光了。因为无力支付旅馆的账单,为了等待使他可以重新踏上旅程的钱汇来,他在这个德国温泉疗养地足足滞留了两个月。从他写给不久以前来到威斯巴登看望他后刚刚离开的阿波利纳里娅·苏斯洛娃的一封信中摘录出来的下面这一段内容可能在某种程度上集中反映了他的心情:

> 我的情况糟糕**透顶**;不可能比这更糟糕了。此外,肯定还有另一些我尚未得知的不幸和坏消息。……我在这里住着仍然没有饭吃,这已经是我第三天以早晚的茶点充饥了——让人不可思议的是:我其实并不想吃饭!最糟糕的是他们对我处处设限,晚上有时不给我蜡烛,[尤其是]在先前的蜡烛快燃尽时,就连最短的蜡烛头也不给。不过,我每天下午三点离开旅馆,直到六点才回来,以免别人觉得我根本没有吃饭。[2]

125

正是在个人受到羞辱因而内心极度愤怒的这个时候,我们第一次看到他想把一个故事最终写成小说的打算——当时他肯定能够感觉到某个拉斯柯尔尼科夫对一切社会不公的仇恨在自己心中奔涌。

陀思妥耶夫斯基写了一封信请求朋友亚·彼·米柳科夫向杂志推荐他的一篇小说并且争取弄到一笔预付的稿费。他没有具体谈到小说的内容，只是向米柳科夫保证："人们将会关注它，谈论它……我们当中还没有人写过这种类型的东西；我保证它有独创性，对了，我还保证它有抓住读者的力量。"可是，彼得堡的杂志都不感兴趣，结果，陀思妥耶夫斯基不得不在极不情愿的情况下给老对手米哈伊尔·卡特科夫写信。卡特科夫是近来转向保守的《俄国导报》杂志具有影响力的编辑，他也是屠格涅夫和托尔斯泰的出版商，不过，在这个特定时刻幸运的是，那两位作家最近都没有向他提供新作，于是，他接受了陀思妥耶夫斯基计划创作的小说。在陀思妥耶夫斯基的私人文件中找到的小说家这封信的草稿让我们看到了他这部新作最初的基本构思。

他把这篇小说称为"一起罪案的心理报告"，犯罪的是"一个被大学开除的年轻人，出身于小市民阶层，生活在极度贫困中"。他受到"周围环境中流行的'不成熟'的离奇思想"的影响，"决定"通过杀死一个靠典当放高利贷的老太婆"一举摆脱自己令人厌恶的处境"。

> [她]愚蠢而且病态，贪得无厌……凶狠邪恶，吞噬别人的生命，虐待妹妹，把妹妹当成佣人使唤。"她一无是处。""她为什么应当活着？""她对什么人有哪怕一点点好处吗？"这些问题使年轻人迷惑。为了使住在外省的母亲生活幸福，为了把受雇于一户地主人家做侍伴的妹妹从这家主人淫荡的勾引——这种勾引使她有失去贞操的危险——中解救出来，为了完成自己的学业、出国深造，以后终生做一个正直的人，坚定不移地履行"对人类的人道义务"，他决定杀死她。即使人们真的能把对一个耳聋、愚蠢、邪恶、病态的老太婆——她不知道自己为什么活

在世上并且可能在一个月之内自然死亡——采取这种行为称为犯罪,他所履行的"对人类的人道义务"最终也会"抵偿"他的罪行。

陀思妥耶夫斯基还说明了他打算如何安排故事情节。杀人之后一个月过去了,"没有人怀疑他,也不可能有人怀疑他",但是,"犯罪的整个心理过程就在这一段时间里逐渐展开,杀人凶手面对着无法解决的问题,突如其来的种种意想不到的情感折磨着他的心灵。天堂的真理、人间的法律产生了作用,结果,他最终**不得不投案自首**"。驱使他这样做的是"与人类疏离的孤独感",他在犯罪之后切身体验到的这种感觉一直折磨着他。最后,"罪犯决定承受苦难为自己赎罪"。陀思妥耶夫斯基还说,报纸最近刊登的与受过教育的年轻一代的各种犯罪行为有关的报道使他确信"我的**主题**一点也不离奇古怪",他还列举了两起大学生在冷静思考并精心计划之后所实施的谋杀为例。(《陀思妥耶夫斯基书信选》,第 221–223 页)

126

二

很有可能最初是陀思妥耶夫斯基一直密切关注的报刊上的此类报道激发了他的想象力,使他产生了创作一篇可以迅速完成并且能够畅销的小说的想法。但是,如果他是这样捕捉到最新的轰动一时的素材的话,那是因为他长期专注于犯罪与良心这个问题,而且还因为,由于六十年代一代俄国激进分子试图在更加"理性的"基础上建立新的道德规范,这种问题已经成为亟需解决的现实问题。

陀思妥耶夫斯基在苦役营服苦役那几年使他直接接触到人类经验的一个令人恐惧的广阔领域,他朦胧地感觉到可能存在着一个可怕的世界,在这个世界里,人的行为完全不是由善恶标准控制的。例如,他在苦役营回忆录《死屋手记》中写道,在几乎都是杀人犯的农民囚犯身上,没有任何明显的"内心痛苦"的迹象,这让他感到非常震惊。但他同时注意到,"几乎所有囚犯都在睡梦中胡言乱语",他们的梦话通常都与他们残暴的过去有关。也没有任何农民囚犯拒绝接受评判他们的道德规范;在复活节礼拜仪式上,他们全都下跪祈求基督的宽恕。

真正让陀思妥耶夫斯基感到可怕的根本不是哪个农民囚犯,而是一个聪明、英俊、受过良好教育的上流社会成员。陀思妥耶夫斯基写道,这个名叫帕维尔·阿里斯托夫的囚犯是个"典型的最令人憎恶的人,他证明一个人可以沉沦堕落直至坠入万丈深渊,可以毫不费力、毫无悔恨地泯灭自己的一切道德情感"。阿里斯托夫是个奸细和告密者,他被送进苦役营是因为诬告各色人等策划反政府的阴谋,然后用帮助秘密警察诱捕他人所骗取的赏金花天酒地。陀思妥耶夫斯基认为,当道德规范土崩瓦解或者遭到破坏时,这种堕落随时都有可能发生;在苦役营的所见所闻还使他相信,这种堕落发生在受过教育的精英当中的可能性比发生在民众当中的可能性要大得多。当斯维德里盖洛夫这个人物——他完全是拉斯柯尔尼科夫另一个玩世不恭的自我——第一次出现在陀思妥耶夫斯基早期为《罪与罚》所作的笔记中时,给他起的名字是:阿里斯托夫。

不过,陀思妥耶夫斯基在《死屋手记》中还提到另一类受过教育的人,但他并没有把这一类人与同营的任何其他囚犯相提并论;我们似乎可以合理地认为这是通过想象反映陀思妥耶夫斯基本人的情况,他默默地对自己年轻时的革命热情进行了反思。(我们应当记得,这种热情的产物包括煽动一场血流成河的农民革命的计划。)这一类人与农民罪犯截然不同,后者可以犯下野蛮的杀人罪,却"从不……反省自己所犯的罪行……甚至认为自己做得有理"。另一类犯罪者是"受过教育的有良知、有觉悟、有感情的人。在受到任何惩罚之前,内心的痛苦早就足以将其折磨至死。他因自己的罪行而产生的自责比最苛刻的法律还要严厉无情得多"。这就是陀思妥耶夫斯基即将交给卡特科夫发表的小说的主人公的人物原型。

陀思妥耶夫斯基被犯罪主题和良心问题深深吸引肯定是由这些直接印象和思考造成的,加之他热衷于阅读莎士比亚、席勒、普希金、雨果和狄更斯等作家的作品,他们的作品一次又一次有力地体现了这一类问题。但是,由于十九世纪六十年代俄国社会-文化思潮的动荡变幻,他的注意力特别集中。激进分子迫切要求发动革命并且坚信一场革命将在不久的未来爆发,他们同时忙于重塑构成道德规范的整体观念。受到杰里米·边沁和约翰·斯图尔特·穆勒的功利主义学说——卡尔·马克思认为这种学说是中产阶级为资本家的自私自利进行的辩护——的影响,俄国激进派最重要的思想家尼古拉·车尔尼雪夫斯基公开表示,"理性利己主义"比基督教信仰所宣扬的传统良心观念更为可取。人的本性是"自私的",因此,人们喜欢一切对自己有利的东西;自我牺牲的概念是有害的无稽之谈;不过,人们通过运用理性将认识到,他们的最大利益在于使他们的个人利益与绝大多数人的最大幸福达成一致。由于激进分子天真地相信理性思考的力量可以控制主宰人类精神的一切潜在冲动,所以,在从西伯利亚归来的陀思妥耶夫斯基看来,他们这些思想是最愚蠢、最危险的幻想。因此,他在六十年代初期创作的主要作品(《被侮辱与被损害的》《死屋手记》

《冬天记录的夏天印象》《地下室手记》)全都试图揭露这种功利主义信条的局限性和危害性。

实际上,如果寻找某种一般的模式来概括陀思妥耶夫斯基在历经流放的磨难后所创作的作品的特征的话,我们可以认为这些作品是一种辩证混合物:他把他在观察和自我审视的受难岁月所领悟的东西应用于归来之后所面对的激进知识分子的理论。在西伯利亚时期积累的印象——当然包括他对自己的过去的反思分析——显然包含在他后期的所有作品中。但是,他从来没有仅仅为了呈现这些印象本身而描述它们(即使是在以新闻特写的形式写成的《死屋手记》中);他的作品总是以激进知识分子哲学信条的道德含义为目标。这两种因素的结合以及它们之间的张力使陀思妥耶夫斯基的作品兼具显著的人性深度和哲学思想的高度。他估计了激进意识形态对人性必然包含的真实成分——在西伯利亚,这些真实成分的存在给他留下非常深刻的印象——可能产生的影响。他采取的做法是,富有想象力地预测这些激进理论的具体**行为**后果并以他在早期作品中已经显示出来的那种无与伦比的心理描写天赋戏剧性地表现它们。

三

只是打算写一篇与"一起罪案的心理报告"有关的中篇小说的最初计划没有存留多长时间。陀思妥耶夫斯基的笔记本里有一份按照这个最初计划写成的初稿,它集中表现了小说叙述者在犯罪之后所体验的绝望的痛苦和强烈的孤独,他感到完全与人类隔绝了。以第一人称叙事方式写成的这份初稿更像《地下室手记》那种自我揭露的忏悔录而不像我们熟悉的《罪与罚》。这份初稿在人物开始表达怨恨、反抗和愤怒的情绪并且经历沮丧和绝望时没有了下文，而这给人造成的印象是，人物本身的发展超出了陀思妥耶夫斯基最初设想的界限。认识到笔下的人物**既**性格叛逆**又**内心痛苦以后，陀思妥耶夫斯基不可能再将其限制在最初设想的狭隘范围之内了。

也许就是在创作的这个阶段，陀思妥耶夫斯基决定把这篇小说与先前计划创作的《醉鬼》合二为一，为出现导致拉斯柯尔尼科夫自愿投案的情节引进了马尔梅拉多夫一家，特别是索尼娅。就这样，"一起罪案的心理报告"扩展成为陀思妥耶夫斯基第一部描写思想悲剧的长篇小说，它以一个在当时流行的激进思想的影响下杀人犯罪的主人公为中心，展现了广阔的社会场景。然而，随着作品涉及的范围在陀思妥耶夫斯基笔下不断扩大，第一人称叙事方式所带来的技术问题越来越严重地困扰着他。第一人称叙事方式是他早期灵感的自然选择；但是，随着中篇小说变成长篇小说，实践证明这种叙事方式越来越难以为继。

例如，因为对自己的罪行感到震惊，拉斯柯尔尼科夫的精神状态必须呈现出持续的混乱和迷茫；有时他几乎不知道自己正在干什么，但是，初稿还要求他充当清醒可靠的叙述者，这说明他是在极不合理地转述其他人物的长篇大论，而且明显带有别人的语气和神态。由于一心想把重点始终放在拉斯柯尔尼科夫意识中进行的道德挣扎上，陀思妥耶夫斯基尝试了各种办法解决他的难题。一种办法是设想拉斯柯尔尼科夫在服刑期满之后开始坐下来写作，这样就能平静地思考一切往事；但是，陀思妥耶夫斯基最终决定改用第三人称叙事方式。（一八六六年二月）他给弗兰格尔男爵写信时提到了这件事，他在信中向朋友透露,虽然去年十一月底他已写完许多并已定稿,但是,"新的叙事方式、新的作品结构吸引了我,因此,我开始从头再写"。

不过,尽管选择了这种新的叙事方式,陀思妥耶夫斯基仍然不想舍弃像原计划那样主要通过拉斯柯尔尼科夫的情感视角看待世界所带来的好处;他的笔记本显示他认真考虑了如何保留这个优点。"从存在于无形之中一刻也没有离开他[小说主人公]的无所不知的作者的角度叙述,"他在笔记本里草草记下,"甚至说:'这一切完全是偶然发生的。'"因此,陀思妥耶夫斯基告诫自己尽量靠近拉斯柯尔尼科夫,即使在说明小说的情节时,也要把注意力继续集中在这个人物身上。这种手法当时极具独创性,它使陀思妥耶夫斯基能够在摆脱第一人称叙事方式的局限性的同时与人物保持心理上的近距离。它还使陀思妥耶夫斯基成为亨利·詹姆斯和约瑟夫·康拉德这些进行叙述角度实验的作家的先驱,尽管强烈的反俄倾向可能不允许康拉德承认他从陀思妥耶夫斯基那里学到了许多东西。(在《在西方的目光下》的读者看来,康拉德显然对《罪与罚》烂熟于心。)

130   这时,陀思妥耶夫斯基在写给卡特科夫的信中所描述的拉斯柯尔尼科夫最初的犯罪动机也值得关注地扩大了范围。帮助家人的愿望不再是拉斯柯尔尼科夫的主要动机,他把这种愿望与一种更加宏大的愿景联系起来,帮助家人只是其中的一部分。两年前,苏斯洛娃曾在笔记本中记下他们一起在都灵旅游时陀思妥耶夫斯基所发表的一通言论。"就在我们吃饭时,他看着一个正在上课的小姑娘说:'喂,想象一下,你知道那儿有一个像她一样与一个老人在一起的小姑娘,突然某个拿破仑说:"我想毁掉这座城市。"在这个世界上,事情往往就是这样。'"作为无情、暴虐的专制权力的化身,拿破仑长期以来像鬼魂一般出没于俄国人的想象中,而且,陀思妥耶夫斯基熟悉许多文学作品,包括他喜爱的普希金作品,在这些作品中,拿破仑的形象经常被当作不受任何道德因素约束的权力意志的象征。不过,俄罗斯文化的这种也许可以被称为拿破仑情结的特质最近再现浩大的声势,与之关联的不是欧洲浪漫主义赫然笼罩着其身影的这位令人敬畏的皇帝,而是俄国六十年代一代**平民知识分子**——他们是陀思妥耶夫斯基重点关注的新一代知识分子。

这是激进意识形态自身内部演变的结果。就在陀思妥耶夫斯基创作《罪与罚》的前一年,激进意识形态的一个新的变种开始对俄国社会-文化环境产生越来越大的影响。它在本质上是我们已经提到的"理性利己主义"学说的一个衍生物;但是,与车尔尼雪夫斯基的说教相比,它更强调个人的自我实现,强调立即享受使人快乐的生活而不是为了在相当不确定的未来实现公众的幸福而推迟这种享受。激进主义这一新的分支与德米特里·伊·皮萨列夫的名字联系在一起,通过对拉斯柯尔尼科夫与笨拙迟钝但本性善良的空想社会主义者列别贾特尼科夫形成鲜明对比的描写,陀思妥耶夫斯基戏剧性地表现了两种激进主义思潮。"拉祖米欣这个傻瓜为什么一直辱骂社会主义者?"拉斯柯尔尼科夫问自己,"他们是勤劳的生意人:他们关心的是'大家的幸福'。不,我只得到一次生命,永远不会再有第二次;……我想为自己活着,否则还不如干脆死去算了。"

这只是对陀思妥耶夫斯基塑造小说主人公产生影响的皮萨列夫的思想观念的一个方面。更重要的是皮萨列夫在一篇著名的评论屠格涅夫的《父与子》——这也是陀思妥耶夫斯基非常欣赏的一部作品——的文章里所发表的一些言论。在这篇文章里,针对自己所属的激进派阵营中批评贬低《父与子》的那些人,皮萨列夫为这部小说进行辩护。在皮萨列夫看来,小说人物巴扎罗夫是当代新型激进主义英雄的典范,因此,他对巴扎罗夫的赞美远远超出屠格涅夫对其持怀疑态度的既褒又贬的描写。实际上,皮萨列夫把巴扎罗夫这个出身卑微的俄国激进知识分子几乎提升到了超越善恶的尼采式超人的高度。"无论是在他之上,还是在他的身心内外,"皮萨列夫宣称,"[巴扎罗夫]不接受任何形式的监管,不承认任何道德戒律和准则。"另外,"除了个人修养,没有什么能够阻止他杀人越货……[或者]激励他在科学和社会生活领域探索发现"。于是,皮萨列夫断言,巴扎罗夫对一切道德禁忌具有心理免疫力;因此,他完全把普通犯罪与杰出的科学文化成就或社会生活的重大变革等量齐观。

　　思想认识的这种变换贯穿于拉斯柯尔尼科夫癫狂混乱的自言自语中;因此,如果我们寻找拉斯柯尔尼科夫那篇重要文章《论犯罪》的源头的话,那就必须再次转向皮萨列夫(尽管人们通常忽视了他与这篇文章的关系)。与拉斯柯尔尼科夫一样,皮萨列夫划出一条清晰的界线把人分为两类:过着"习以为常、睡梦一般平静的单调生活"的民众与极少数为自己的追求而生活和奋斗的"另类人士"。这些"另类人士永远[与民众]格格不入,永远蔑视民众,可又永远致力于改善民众的生活"。皮萨列夫写道,民众"不会去探索发现或犯罪";但是这些"另类人士"几乎总是以民众的名义并且为了民众的利益而果断行动,毫无疑问,他们同样拥有拉斯柯尔尼科夫要求赋予他的所谓"非凡人士"的那种违反道德准则的**权利**。

　　我认为,正如我们在小说中看到的那样,这种思想观念在塑造拉斯柯尔尼科夫这个人物时得到了体现。拉斯柯尔尼科夫"付诸实践"的"'不成熟'的离奇思想"不再只是十九世纪六十年代初期在俄国普遍流行的以前曾与天真的空想社会主义人道主义——陀思妥耶夫斯基通过列别贾特尼科夫这个人物冷嘲热讽了这种思想——结合在一起的功利主义。更确切地说,它是皮萨列夫大肆鼓吹的具有里程碑意义的原生态尼采式超人形象巴扎罗夫所最终体现的功利英雄主义;当陀思妥耶夫斯基兴奋地构思小说提纲时,他发现自己设想的正是这种后果。"皮萨列夫现在走得更远,"一八六二年他在笔记本中写道;另外,在小说的初稿中,打算娶拉斯柯尔尼科夫的妹妹为妻的狡诈律师兼资本家卢任发表的一番专门抨击慈善和悲悯的道德意义的言论明确提到皮萨列夫,陀思妥耶夫斯基后来删去了皮萨列夫的名字。意味深长的还有,拉斯柯尔尼科夫听得出来,卢任的言论再次系统阐述了导致自己杀人的同一种学说。[3]

四

因此,《罪与罚》是陀思妥耶夫斯基为了戏剧性地表现他觉察到的潜藏在俄国虚无主义意识形态中的道德风险所进行的努力的产物。这种风险对于整个社会的危害肯定存在但不是太大,它主要威胁的是年轻的虚无主义者自身。陀思妥耶夫斯基非常清楚,激励普通俄国激进分子的是慷慨助人和自我牺牲的冲动,无论是否认为自己奉行的"利己主义"具有无可辩驳的合理性,他们被同情、无私、博爱这些最高尚的情感所打动。当陀思妥耶夫斯基这部小说完成并且发表了大约一半时,第一次有人对沙皇行刺,行刺者是一名与拉斯柯尔尼科夫具有颇多相似之处的前大学生;尽管刺杀沙皇的行为让陀思妥耶夫斯基感到震惊,他还是给卡特科夫写了一封不同寻常的信,对随之而来的不分青红皂白地诬蔑辱骂年轻一代提出**异议**:

132

在我们俄国人当中,在我们可怜无助的男女青年身上,仍然
具有社会主义将赖以长期存在的我们自己永恒的**基本**特征,那就
是,他们乐于助人的热情和纯洁的心灵。他们当中有数不清的胡
作非为者和坏蛋恶棍。但是,各种各样的中学生和大学生——我
见过他们中的许多人——为了荣誉、为了真理、为了真正有益于
社会而非常真诚、非常无私地成为虚无主义者。您知道,他们抗
拒不了这些愚蠢的[激进]思想,误以为它们无比正确。(《陀思
妥耶夫斯基书信选》,第 228-230 页)

陀思妥耶夫斯基正是在这种思想格局中创作他这部小说的,如果
我们从他那个时代的角度解读《罪与罚》的话,那么,它的目的就是要
向激进分子群体本身揭示他们深信不疑的教条的**真正**含义并使他们
认识到,这些教条的道德情感来源与其明确证明正当合理的残忍行为
之间存在着根本的矛盾冲突。陀思妥耶夫斯基给自己设定的任务是,
以自我觉醒的形式表现这种矛盾冲突,让拉斯柯尔尼科夫**自己**逐渐发
现一些互不相容的思想观念混合起来在他的头脑中形成了邪恶可怕
的大杂烩。这就是为什么拉斯柯尔尼科夫好像最初有一种犯罪动机
(希望帮助家人然后致力于慈善事业),后来——当他向索尼娅进行著
名的忏悔时——又有另外一种犯罪动机(希望证明他"能否跨过障
碍……我是不是一个懦夫或者我是否有权杀人")。

许多批评家认为这种似是而非的双重动机是小说的一个缺点,是
陀思妥耶夫斯基没能塑造一个前后一致的人物的艺术败笔。然而,认
真阅读小说之后就会发现,为了使读者看到拉斯柯尔尼科夫最终将会
认清自己,陀思妥耶夫斯基用整个第一部分做了精心的铺垫。他暗
示,每当拉斯柯尔尼科夫被他那些"思想"所左右,其性格就会从具有

人的正常反应和┆┆心变成傲慢自大、蔑视一切并且对他人的痛苦漠 133
不关心。小说的┆┆点在于揭示这种内在的辩证逻辑,即,激励拉斯柯
尔尼科夫把自┆┆良成人类恩人的那些情感与要求他把可以随心所
欲地无视道德┆┆的思想付诸实践的那些观念不可能融合。拉斯柯
尔尼科夫实现┆┆其跻身"拿破仑"之列的野心恰恰是因为他无法彻
底压制自己的┆┆良知,尽管这种道德良知已经被六十年代一代的激
进意识形态┆┆谬地扭曲到可以证明杀人有理的程度。

　　米哈伊┆┆巴赫金是苏联最杰出的陀思妥耶夫斯基评论家之
一,关于拉┆┆尼科夫,巴赫金说过,"出现在他视野中的某个人
足以立即┆┆自己的个人问题的一种具体解决方案"[4];陀思妥
耶夫斯基┆┆他把这种隐含的意识形态结构与他将其内化的侦探
小说故事┆┆交织在一起。面对拉斯柯尔尼科夫时髦的功利主义
及其"┆┆万能的信条,喝醉了的马尔梅拉多夫表现出充满宗教色
彩的强┆┆感,正是因为这个无依无靠的上帝弃儿非常痛苦地意识
到自┆┆有资格得到宽恕,他希望基督宽恕众生的奇迹出现。陀
思┆┆斯基成功地使马尔梅拉多夫富有自我牺牲精神的妓女女
┆┆亚富有同情心的爱极大地超越了感伤小说陈腐情节的水平,
┆┆造了自己的艺术奇迹。**他们**赖以生存的价值观念与拉斯柯
┆┆科夫试图付诸实践的价值观念之间的巨大反差简直令人难以
┆┆象;两者并置构成了小说的核心。

　　应当强调指出的是,马尔梅拉多夫父女的价值观念并不是正统教
会虚伪的陈词滥调(在卡捷琳娜·伊万诺芙娜尖刻绝望地与前来为她
垂死的丈夫主持临终圣礼的神父对话中,陀思妥耶夫斯基刻薄地没有
给**这些陈词滥调**留一点情面)。更确切地说,他们的价值观念是基督
教原始的末世论伦理道德,主要强调宽恕一切和勇于自我牺牲的爱的

至关重要性,强调登山宝训①的信条,强调圣保罗知道把基督钉上十字架"在希腊人为愚拙"。陀思妥耶夫斯基热情地相信这种精神特质作为俄国农民生活的核心要素而存在,因此,他通过**分裂派教徒**(раскольники)尼古拉这个人物表现了这种民间风貌。尼古拉是那个被错误地指控杀人的房屋粉刷工,但他因为感觉自身有罪而愿意认罪,为的是以承受"苦难"作为一种赎罪的方式。民众中真正的**分裂派教徒**与新近从知识分子中产生的假**分裂派教徒**之间的这种强烈反差是陀思妥耶夫斯基的意识形态潜台词的一个重要内容。

　　在小说情节的层面下,另一些人物也与拉斯柯尔尼科夫有关

134　联。心地善良、热情奔放的拉祖米欣(他的姓氏 Разумихин 含有"разум"〔**理性**〕这个俄语词汇,似乎暗示了陀思妥耶夫斯基对应当如何体现这种素质的看法)是陀思妥耶夫斯基塑造的俄国青年的形象,他希望看到这样的俄国青年取代像拉斯柯尔尼科夫那样的消极而且满腹怨恨的激进分子。拉祖米欣具有俄罗斯人"开朗豁达"的天性;他跃入生活的海洋遨游而且——与朋友拉斯柯尔尼科夫正好相反——快乐地面对生活逆境,他在各个方面放任自己却从不忘记道德准则。卢任和斯维德里盖洛夫两人都体现了拉斯柯尔尼科夫信奉的功利"利己主义",这种利己主义不是沦为资产阶级唯利是图的依据,就是沦为贵族阶层厌世之后放荡纵欲的理由。我们也不应当忘记负责调查案件的那位出色的警探波尔菲里·彼得罗维奇,他对拉斯柯尔尼科夫内心深处扭曲的灵魂洞若观火,真的想把后者从疯狂和绝望中拯救出来。波尔菲里也许可以被认为是一个父辈的

---

① 登山宝训(Sermon on the Mount,又译山上宝训)指的是《新约全书·马太福音》所载耶稣在山上对其门徒和许多人发表的伦理演说。基督教的基本教义大多出自登山宝训。

形象,他代表历经磨难的陀思妥耶夫斯基以同情和悲哀的目光注视着自己年轻时的革命妄想和狂热转世再生。

正是在拉斯柯尔尼科夫意识到他的思想观念不可避免地将与功利利己主义的这两种替代品同样蜕化变质因而恐惧地退缩后,他最终求助于索尼娅。不过,他的退缩与其说是抛弃了自己的信念,不如说是承认了自身的脆弱。但是,当他在受到普遍批评和误解的小说尾声中突然做了一个梦之后,这些信念终于也站不住脚了。他梦见一个世界,在这个世界里,**每个人都感染了相信自己是"非凡人士"的病毒,他们超群的智力使他们拥有不受控制的绝对权力;结果是无休止的相互残杀和社会动乱,通过所有人对所有人的战争彻头彻尾地实现了霍布斯式的自然状态。**① 只是在拉斯柯尔尼科夫以这种方式富有想象力地"终结"了自己的信念后,他才允许自己设想同样接受索尼娅的信念,尽管全书始终显示,这些信念其实一直存在于他的内心深处和灵魂之中。

五

作为一篇导读,本文的兴趣主要在于提供与陀思妥耶夫斯基这部小说杰作的由来有关的信息并将其放在他那个时代的社会-文化

---

① 托马斯·霍布斯(Thomas Hobbes, 1588-1679),英国哲学家,现代政治哲学的奠基人之一。他不相信上帝,认为唯一能把社会团结起来的办法是强大的社会制度和强有力的统治者。他的著作《利维坦》(1651)阐述了这些观点。

背景之下讨论。但是,天才的真正标志是根据不分时代和地域的个人世界的矛盾和问题或个人经历开始创作的能力,而天才利用这些创作出来的作品也永远不会丧失告诫未来的品质,因为它们阐明了人类状况的某些永恒特征。正如威廉·布莱克所说,这种创造者具有"从一粒沙子里发现一个世界 / 在一朵野花中看见一座天堂"的能力。根据十九世纪六十年代俄国剧烈动荡的社会现实和(以广阔的哲学视野判断)相当空洞幼稚的激进派学说,陀思妥耶夫斯基成功地对在自己内心冲突中的良心发现进行了自《麦克白》以来最精彩的描述。只要"汝不可杀人"的诫命仍然是犹太教和基督教道德准则的一部分,拉斯柯尔尼科夫的痛苦就将直接引起每一个像索尼娅一样凭直觉认为人的生命是(或应当是)神圣的读者的情感共鸣。索尼娅与拉斯柯尔尼科夫之间的冲突以令人非常痛苦的壮美戏剧性地表现了正义与仁爱这两种理想之间的冲突,提出了西方文化在继承了希腊-罗马文明和基督教信仰双重传统之后出现的一些最深刻的问题。通过悲剧性地把握人类所面临的最严重的道德-哲学困境,这些内容达到了唯有埃斯库罗斯的《欧墨尼得斯》、索福克勒斯的《安提戈涅》和莎士比亚的《一报还一报》可以与之相提并论的高度。

不过,在提出了这些"永恒的"问题以后,陀思妥耶夫斯基的《罪与罚》还以一种既有独特的现代(用这个词表示法国大革命以后的历史进程)特征又有显著的时代意义的方式理解它们。正如目光敏锐的波尔菲里·彼得罗维奇对拉斯柯尔尼科夫所说,"这是一起荒诞不经、扑朔迷离的现代案件,在人心烦闷迷惘的当今才会发生。……我们现在胸怀各种充满书生气的幻想,形形色色的理论使人的内心躁动"。或者像另一名曾经的激进分子华兹华斯稍早一些在长诗《序曲》中评论法国大革命时所说:

> 这是一切事物迅速堕落的
>
> 时代,各种理论体系——
>
> 立即受到欢迎,它们保证人的愿望
>
> 与情感分离,今后将会
>
> 永远处于更纯洁的适宜环境。
>
> 那是一个吸引人的地方,
>
> 因为热忱能够进入其中恢复活力,
>
> 各种激情在那儿都有表现的权利,
>
> 而且绝不会听到有人叫它们原来的名字。
>
> (《序曲》,第十一卷)

华兹华斯的最后两行诗句鞭辟入里切中《罪与罚》的核心,并且提前准确地定义了拉斯柯尔尼科夫将在自己身上发现的事情。

　　陀思妥耶夫斯基的小说读起来让我们感到惊人的直观,特别是《罪与罚》,因为它们创作于其中的那个世界的各种问题仍然非常具体地摆在我们面前,陀思妥耶夫斯基在创作时设想(并且希望不会真的)发生在那个世界的事情如今已经成为司空见惯的现实。现在我们可以认识到莫拉维亚在多大程度上讲的是事实以及《罪与罚》与过去五十年的历史具有什么样的关联。因为,虽然拉斯柯尔尼科夫没有读过马克思,但他**确实**读过车尔尼雪夫斯基和皮萨列夫,人民委员接受的更多的是这两个人的思想而不是马克思主义教育。

　　历史上的所谓俄国虚无主义在十九世纪后期被其他国家轻蔑地认为是俄罗斯精神的一次特殊的失常。但是,由于某些引人探究的原因,如今它在世界范围内已经成为一种非常普遍的现象。以出于善意的暴力造福于人类并消除社会不公的概念从来没有如此广泛地被人们接受；不再只是针对特定的个体而是针对群体的恐怖主义行为已经成为日常生活中的一种现实，而且有人用最高尚的动机证明这种行为正当合理。对恐怖犯罪分子的冤仇怨恨持同情态度的人可能会像陀思妥耶夫斯基同时代的同一类人那样说，他的小说并没有为其以非常动人的描写表现的社会问题提供真正的解决方案。这是无可争辩的事实；但是，陀思妥耶夫斯基的目的并不是为已有的解决方案再增加一种。相反，他的目的是强调，如果对鼓舞激励着索尼娅的同情-博爱的价值观念——这种价值观念始终作为拉斯柯尔尼科夫情感世界的一部分而存在，才使索尼娅也有可能拯救他——视而不见，**任何**解决方案最终都将是不人道的，因而在道德上也是不可接受的。

注释

[1] 莫拉维亚这篇文章的有关内容可以非常方便地在 W. W. 诺顿版《罪与罚》中找到。（第 642-645 页）小说的这个版本是杰茜·库尔森翻译并由乔治·吉比安编辑的，附有大量有代表性的评论资料。

[2]《陀思妥耶夫斯基书信选》（约瑟夫·弗兰克和戴维·I. 戈尔茨坦编选，安德鲁·麦克安德鲁英译；新泽西州不伦瑞克，1987），第 219 页。

[3] 关于皮萨列夫这篇文章与《罪与罚》的关系，更多的情况请参阅约瑟夫·弗兰克，《陀思妥耶夫斯基：自由的苏醒，1860-1865》（新泽西州普林斯顿，1986），第十二章，特别是第 172-178 页。皮萨列夫这篇文章可以在三卷本《皮萨列夫文学批评文集》（列宁格勒，1981）中看到，见第一卷，第 235、233 页。

[4] 请参阅本书第二章《米哈伊尔·巴赫金的声音》的相关讨论，第 31-32 页。

第十一章 《群魔》与涅恰耶夫事件

一

历史著作与小说之间始终是一种复杂的关系,因此,通常很难清晰明确地区分两者。历史著作以力求真实的纪实方式讲述过去,无论是遥远的过去还是不久以前的过去;小说显然是虚构的作品。但是,对于小说作者来说,小说创作还有一个最古老的惯例,那就是,假想他的小说实际上是历史著作,是把偶然留存的一段过去写出来与后人分享,可能也是为了教育后人。人们发现了多少被丢弃在阁楼里的早已发霉或是被遗忘在古旧书桌抽屉里的积满灰尘的手稿!多少十八世纪的英国小说——无论写的是什么题材——自称记述了**真实的历史**!多少同时期的法国小说标题中包含**回忆录**这个词!亨利·詹姆斯敏锐地发现,甚至在小说家不再公然标榜作品的纪实效能以后,它仍然作为小说的一种不言自明的前提而存在。"所有风俗画家都是历史学家,"他写道,"只要我们想这么说,哪怕他们不贴统一的标签:菲尔丁,狄更斯,萨克雷,乔治·艾略特,霍桑,等等。"[1]无论是否愿意,小说家扮演的主要是"历史学家"的角色,即使是在他或她觉得不必再为提高他们多少有点令人怀疑的道德-美学地位披上克利俄①神圣庄严的外衣以后。

　　小说的这一方面只是突出了伊恩·瓦特在他那本经典的《小说的兴起》中通过深入分析确认其为小说体裁基础的"形式现实主义";而这总是引起关于小说家所创造的社会生活景象的合理性的争论。这种争论不再困扰现代文学批评,首先是因为我们越来越充分地意识到,**任何**对于过去或者现在的描述都会在一定程度上按照某种文学体裁的惯例自由发挥并且受到叙事技巧和选择性表述的影响。历史著作本身对于可以客观确证的"真实"的要求越来越暧昧含糊和相对化;因此,在缺乏人们普遍接受的关于这种"真实"的标准的情况下,不要用任何不考虑本人创作意图的标准评价那些描写过去或者现在的社会现实的小说家。为了理解导致形成他们的作品所表达的观点的各种因素,或是为了帮助厘清这些观点,只须根据他们所描写的世界对他们进行研究或分析。当然,这种探讨方式隐含着一个前提,即,他们创造的世界**在某种广泛的意义上**符合他们所描写的世界的实际特征;除此之外,不要再用任何判断他们的描写是否准确或合理的标准评价他们。

　　关于后面这个问题的争论更有可能出现在小说家的同时代人而不是那些把他或她的作品当作一种历史现象来研究的人当中。随着作品中的世界渐渐变成遥远的过去,由于小说家所提出的道德或者社会问题失去了当年的第一批读者自然而然地感受到的切身性,人们更容易冷静地从审美角度看待这些作品。然而,小说家有

---

　　① 克利俄(Clio)是希腊神话中的九位缪斯女神(文艺女神)之一,司掌历史。

时也会触及一些对于后世的读者来说仍然存在的问题；于是，根据非常可笑的"逼真"（感觉与"实际"事物相似）概念产生的同样论点往往长期存在，即使暂时消失，也会不断卷土重来。

一个典型的实例是围绕着狄更斯在《艰难时世》中对工会的描写而进行的无休止的争论。批评者至今仍在指责他对从伦敦赶到焦煤镇鼓动饥饿的煤矿工人罢工的工会组织者斯莱克布里奇的描写充满恶意；他们批评狄更斯完全不理解他那个时代工会运动的重要意义。没有人反对他以辛辣的讽刺笔法描写虐待少年儿童的教育体系、官僚碌碌无为的推诿应付办公室、冷酷无情地拖延审案的大法官法庭以及诸如此类的公共机构；对于二十世纪中期的英国读者或评论者来说，这些已经不再是现实生活中的问题。因此，他们可以细细品味狄更斯不吝笔墨地描写的这一类机构的荒诞不经；不过，工会运动是另一回事。

就陀思妥耶夫斯基和《群魔》（这部小说已被译成英文[2]）而言，出现了有点相同的问题。大家知道，为陀思妥耶夫斯基提供这部小说情节主线的是涅恰耶夫，或者更确切地说是涅恰耶夫事件：一八六八年在莫斯科，涅恰耶夫唆使他的革命小组的其他成员一起动手杀害了一个名叫伊万·伊万诺夫的大学生。《群魔》发表以后，陀思妥耶夫斯基立即受到某些人的攻击，指责他在这部"小册子小说"（他在创作初期所写的一封信中这样称呼《群魔》）中虚假描述并且歪曲俄国革命运动。当然，苏联批评界仍在不断重复这种指责；我们可以从一本相当高雅的著作——它在一九七一年再版——中摘录一段典型的实例。[3]"《群魔》是陀思妥耶夫斯基艺术上的失败之作，"M. 古斯写道，"……因为小说的主题思想是错误的，与真实的俄国社会发展史相矛盾。"就连像欧文·豪这样的《群魔》欣赏者也认为，它至少在一定程度上是带

139

有倾向性的攻击,因此只能被认为是一部滑稽夸张的讽刺之作,他还遗憾地对一段内容发表评论:"这一次,理论家陀思妥耶夫斯基使小说家陀思妥耶夫斯基栽了跟斗——这种情况并不常见。"[4]

这一类评论直截了当地提出了陀思妥耶夫斯基如何准确、忠实地使用他的原始素材的问题。他的小说虽然精彩,实际上却只是对俄国革命运动的英勇斗争的恶毒诽谤吗?这种在俄国和西方评论界普遍流行的观点有什么根据吗?这正是本文试图回答的问题。

二

现在可以肯定的是,《群魔》是一部艺术作品,它既不是纪实的历史著作,也不是(《死屋手记》那种)纪实文学;陀思妥耶夫斯基一直都说这是根据自己的想象力的创作,从来没有声称它讲述的是事实。

一些批评家评论说,我在我的小说中使用了著名的涅恰耶夫事件的情节。但他们接着马上又说,我的作品没有讲述任何事实,或者说,没有如实地再现涅恰耶夫事件的过程——利用某个事件时,我只是试图说明它对我们这个社会的潜在意义,所以明确地把它当作一个社会事件而不是当作奇闻轶事,也不是当作一个偶然发生在莫斯科的特殊事件来描述。我可以说,这是完全正确的。在我的小说中,我没有以任何针对著名的涅恰耶夫及其受害者伊万诺夫个人的方式处理这一事件。[5]

的确,陀思妥耶夫斯基在(一八七三年二月十日)写给皇储亚历
山大·亚历山德罗维奇的信——随信呈上了一本《群魔》——中说,
这部小说"近似一部历史专著"[6];但是,这种说法表明了他的谨慎。
此外,他的"历史"概念总是包含着富有想象力地推断历史的含义。
例如,他在写《地下室手记》时推断,"考虑到形成我们这个社会的总
体环境",小说的叙述者地下人"不仅可能而且肯定存在于我们的社
会中"。

　　根据陀思妥耶夫斯基承认的这些情况,我们可以发现,指控他
在《群魔》中虚假描述并且歪曲历史甚至诽谤革命运动相对来说非
常容易。此外,因为不可否认陀思妥耶夫斯基对俄国虚无主义学说
的深恶痛绝——他认为这种学说最终导致的可怕后果具体体现在
涅恰耶夫及其小组成员的行动中——促使他创作了《群魔》,所以,
同情当时的激进分子(更不用说他们的徒子徒孙)的各色人等总是
以此为由攻击这部小说几乎一点也不奇怪。如果有人以陀思妥耶
夫斯基从未打算写一部记述涅恰耶夫事件的历史文献的论点回应
这些攻击的话,那就可能遭到以下合理的反驳:他的小说叙事非常
广泛地利用了这一众所周知的历史事件,所以才使自己受到这种责
难。这无疑是一种有力的反驳;但它同时提出了一个更重要的问
题,即,小说作为一个整体与它用来作为原始素材的"生活现实"之
间的关系。

　　显然,鉴于任何艺术作品都无法避免创作的风格化,没有一部
小说能够免遭针对陀思妥耶夫斯基的这种批评。只要严格地与原
始素材相对比,所有小说都不可能不被指控在某种程度上进行了歪
曲或者虚假描述。实际上,正是因为确信艺术难免违背历史,亚历

140

山德罗·曼佐尼这样伟大的历史小说家决定不再写历史小说。[7]但是,如此极端的解决问题的办法并没有被普遍接受,批评家只要求历史小说与史实的轮廓大致相符,并不要求在阐述所有细节和描写每一个人物的特征时达到难以达到的准确性,他们对司各特和巴尔扎克这样的作家感到满意。只要小说家揭示了他所描述的历史时期或事件的本质而且没有突破史实逼真性和心理可能性的限度,准确性的问题严格说来就变得相对无关宏旨了。没有人因为《艾凡赫》不符合我们现在对中世纪各方面的了解或者因为《十字军英雄记》不符合关于十字军东征的最新研究成果而指责司各特。没有人因为《幻灭》中根据十九世纪法国文学界和文化界名流塑造的人物通过由巴尔扎克夸张的想象力铸成的哈哈镜反映出来而费尽心思地抨击巴尔扎克。没有人认为《战争与和平》把令人敬佩、非常强大的拿破仑描写成一个无足轻重的可怜、任性的傀儡是个大问题。

141 谈论这些只是为了表明,人们应当开始用对待司各特、巴尔扎克和托尔斯泰的正确态度同样对待陀思妥耶夫斯基。现在是不再纠缠记述历史与创作小说之间的差别并且提出广义上的"准确性"——这已是评论其他同类型作品的通用标准——这个问题的时候了。对比陀思妥耶夫斯基所使用的原始素材,《群魔》有什么内容不合情理地突破了史实逼真性和心理与道德可能性的限度吗?

三

乍一看,可以挑选出来的对陀思妥耶夫斯基最不利的证据非彼得·韦尔霍文斯基莫属。彼得在小说中扮演的正是涅恰耶夫在现实生活中所扮演的角色;我们还知道,陀思妥耶夫斯基以最大的自由度塑造了这个人物。他在(一八七〇年十月二十日)写给卡特科夫的信中说,除了公开报道的情况之外,他对涅恰耶夫事件并不特别了解,即使特别了解,也不会照搬使用。"就算知道详情,我也不会照葫芦画瓢。我想象的事情与实际发生的事情截然不同,我的彼得·韦尔霍文斯基与涅恰耶夫可能毫无相似之处,但是,我相信,我脑海中的印象将会形成与这种犯罪行为相对应的典型的人物形象。"[8]的确,陀思妥耶夫斯基的笔记显示,在《群魔》的创作过程中,彼得·韦尔霍文斯基的形象发生了变化,从一个莱蒙托夫式的富有激情的浪漫人物变成了一个至少看上去很像果戈理笔下的钦差大臣一样的花言巧语、曲意逢迎的江湖骗子。在这里,如果有什么问题的话,那就是,有人可能认为陀思妥耶夫斯基对激进分子的强烈敌意将会导致他越过可以容许的巧妙使用原始素材的界限。

对于如何判断这个问题,我们幸运地得到一幅现实生活中的涅恰耶夫的栩栩如生的画像,这幅画像由非常熟悉涅恰耶夫而且与其关系密切的见证人巴枯宁亲笔绘制,他的判断不会受任何先入为主的偏见影响。巴枯宁(一八七〇年七月二十四日)写信警告瑞士的一位朋友提防自己以前的门生。这封鲜为人知的信写得非常生动,读起来让人入迷,所以值得在此全文引用。[9]"亲爱的朋友,"巴枯宁写道,

我刚刚听说涅恰耶夫去找您了,而您当即就把我们的朋友(M夫妇)的住址告诉了他。我断定,奥[加廖夫]和我警告您并且恳求您躲开他的两封信送到得太晚了;因此毫不夸张地说,我

认为这次耽搁导致了一场真正的灾祸。我们建议您躲开一个我们曾以最热情的言辞给您写过介绍信的人也许让您感到不可思议。但是,那些推荐信是五月份写的,从那以后我们不得不承认出现了非常严重的问题,以致我们必须断绝与涅的一切关系。不避在您看来我们显得前后矛盾、冒失轻率之嫌,我们认为警告您要提防他是我们不可推卸的责任。现在我将简要地解释一下这种变化的原因。

涅受到俄国政府最严重的迫害仍然是千真万确的事情。俄国政府派出的密探像乌云一样密布欧洲大陆,在各个国家搜寻他;俄国政府已向德国和瑞士提出了引渡他的要求。同样千真万确的是,涅是我曾经见过的行动最积极、精力最旺盛的人之一。当事关为他的所谓革命事业效力时,他毫不犹豫;什么也不能阻止他,像对待所有人一样,他对自己也冷酷无情。这是他吸引我的主要品质,促使我一度寻求与他合作。有人断言他就是个骗子——但这是谎言! 他是一个忠诚的狂热分子,同时也是一个非常危险的狂热分子,与他合作只能使大家受害。这就是为什么:最初他是俄国确实存在的一个秘密委员会的成员。这个委员会已不复存在;它的所有成员都遭到逮捕。涅仍然是单枪匹马,他独自组成他的所谓委员会。他的组织在俄国已经被摧毁,他正试图在国外建立一个新的组织。这一切都自然而然,合乎逻辑,非常有用——但他所使用的方法可恨可恶。摧毁俄国国内秘密组织的那场灾难让他触目惊心,他逐渐成功地使自己确信,为了建立一个严密坚固、难以摧毁的组织,必须以马基雅维利的策略为基础并且完全采用耶稣会的方式——以暴力为体,以欺骗为魂。

事实真相、相互信任、紧密团结只存在于组成组织**核心机构**的少数人之间。其他人都必须成为盲目的工具，成为真正团结一致的少数人所掌握的可以利用的材料。允许甚至规定少数人欺骗其他人，使他们就范，掠夺他们，如有必要甚至除掉他们——他们是阴谋的牺牲品。例如：您根据我们写的介绍信接待了涅，您在某种程度上把他当作知心人，您把他介绍给您的朋友。……他来了，进入您的生活圈子——他首先会做些什么呢？首先他会告诉您一大堆谎言以增加您对他的同情和信任；但他不会到此为止。温情脉脉的人只把一部分身心投入革命事业，除了这一事业之外，他们还关心人类的其他利益，例如爱、友谊、家庭和社会关系——在他看来，这些关怀不足为训，因此，他总是企图以革命事业的名义在人们不知不觉的情况下完全控制他们。为了达到这个目的，他会暗中监视您，竭力掌握您的所有秘密；当您不在时，他会独自闯进您的房间，打开所有抽屉翻阅您的所有信件。如果某一封信引起了他的兴趣，也就是说，似乎可以从某一方面迫使您本人或者您的某个朋友就范，他就会把它偷走并且非常小心地保存起来用以作为对付您或者您的朋友的文件。他曾经对奥［加廖夫］、对塔塔、对另一些朋友这样做过，而且，当我们在一次例行会议上指责他的这种行为时，他竟然厚颜无耻地说，"噢，不错，这就是我们的手段。我们认为所有与我们不**完全**同心同德的人都是我们的敌人，因此，我们有责任欺骗他们并且迫使他们就范"。这意味着所有那些不认可他们的手段也不同意用这种手段对付自己的人都是他们的敌人。

如果您把他介绍给朋友，他首先想的是用流言蜚语和阴谋诡计对你们进行挑拨离间——简单地说，就是在您与您的朋友之间制造不和。如果您的朋友有妻子和女儿，他就会试图勾引她们，使她们怀孕，目的是使她们脱离正统的道德规范，被迫参加反社会的革命抗议活动。

所有私人关系，所有友谊，所有[原文缺]都被他们认为是他们有权消灭的恶习，因为这些恶习在秘密组织之外形成了一种力量，削弱了秘密组织独揽在手的控制力。不要说我夸大其词：这一切已经得到充分的揭示和证明。看到自己露了马脚，尽管行为方式反常，可怜的涅还是那么天真幼稚，以致认为能够改变我的看法——他甚至乞求我在他打算创办的一份俄文刊物上阐述他的理论。他辜负了我们大家的信任，偷走了我们的信件，以恐吓的方式逼我们妥协，总之，他表现得像一个流氓。他唯一的借口就是狂热！他野心勃勃却浑然不觉，因为他死板地认为革命事业就是他自己的事业——但他不是一个通常意义上的利己主义者，因为他冒着巨大的生命危险，这产生了一个过着赤贫生活却以不可思议的积极性行动的殉道者。

他是一个狂热分子，狂热使他成为一个老练的耶稣会士——有时他变得非常愚蠢。他的谎言大部分都是凭空编造的。当别人进行革命时他玩弄耶稣会那一套。尽管他相对天真幼稚，但是他非常危险，因为**每天**都有行动，他滥用别人的信任，背信弃义，而最困难的就是提防背信弃义，因为人们几乎不会怀疑可能发生这种事情。由于这一切，涅以其旺盛的精力成为一个有权势的人物。……他最近的计划其实就是在瑞士建立一个盗窃抢劫团伙，目的当然是弄到一些革命经费。我通过说服他离开瑞士解救了他，因为他和他的同伙肯定将在几周之

内被发现；他将会失败，我们大家也将由于他的原因而失
败……

告诉M，他一家的安全要求他完全断绝与他们的关系。他
必须使涅远离他的家人。他们的手段、他们的乐趣是勾引年轻
姑娘使其堕落；他们通过这种方式控制全家人。我对他们知道
了M的住址非常担心，因为**他们可能会告发他**。[着重体是原
有的]难道他们不敢当着证人的面向我公开承认告发一个参与
或者只是部分参与了他们的活动的人是他们认为完全合法而
且时常有效的可用手段之一吗？为了完全控制某个人或者他
的全家，掌握这个人或者他的家人的秘密是他们的主要手段。
他们知道了M的住址让我胆战心惊，因此，我请求他秘密搬家   144
改变住所，以免他们找到他。

认真阅读了这份文献之后，我们难以容忍诸多评论家信口开河
地指责陀思妥耶夫斯基蓄意诽谤和歪曲。的确，陀思妥耶夫斯基没
有表现彼得·韦尔霍文斯基成为"一个过着赤贫生活的殉道者"；不
过，我们马上就会发现，这是因为陀思妥耶夫斯基承认彼得有可能
实现涅恰耶夫梦想但无法亲自实现的某些阴谋。陀思妥耶夫斯基
也没有忘记像巴枯宁在另一封信（一八七二年十一月二日）中谈到
涅恰耶夫时所说的那样，说明彼得"对民众长期遭受的苦难有切肤
之痛"——当然，他没有特别突出地表现这一点。"'听着，'彼得对
斯塔夫罗金说，'我曾经见过一个六岁的孩子带着喝醉的母亲回家，
一路上母亲用脏话责骂他。您以为我看到这种情形很高兴？有朝
一日归我们管了，我们也许会使情况好转。'"（《群魔》，第428页）
但是，即使在大多数革命同志看来，涅恰耶夫对民众苦难的"切

肤之痛"也不能成为他犯罪的借口;而彼得·韦尔霍文斯基的所有
行动或者是涅恰耶夫采取过的,或者是他只要有机会就会采取的。

四

我认为,就像陀思妥耶夫斯基对彼得·韦尔霍文斯基的描写一
样,他对小说中整个政治阴谋的描写也没有越过逼真性的界限。当
然,他没有把自己局限在导致伊万诺夫被杀害的事态发展的实际规
模和范围内(这只会使他讲一个在少数大学生中进行徒劳煽动的乏
味故事),并不打算仅仅从纯粹个人的角度照相式地描写涅恰耶夫
的人性和品格。然而,陀思妥耶夫斯基把小说的政治情节建立在涅
恰耶夫小组的策略和目标戏剧性地成为现实的基础上,这与他的
"幻想现实主义"手法相符。

陀思妥耶夫斯基使用的"幻想现实主义"这个被严重误解的术
语指的是,他的想象力开始处理他在各种情况下感觉到的俄国社会
生活因为某些披着俄罗斯伪装的西欧"激进"——也就是进步——
思想和信念在受过教育的阶层中盛行而陷入的道德-精神困境。他
的小说是"现实主义"作品,因为他的小说从这种具有支配力的历史
-社会意识形态架构出发,并且用以引导他的艺术直觉发挥作用。
但是,他的小说也是某种意义上的"幻想"作品,即,允许小说本身完
全自由地戏剧性表现这些思想付诸行动之后将给人类带来的最极
端的终极后果,并以在别人的作品中极为罕见的将其非常鲜明地典
型化的方式强化这些后果。不过,《群魔》与陀思妥耶夫斯基其他作

145

品的区别在于,通常的许多想象工作好像已经有人提前为他完成了。

因为巴枯宁和涅恰耶夫在撰写宣传材料(他们两人对于制作这些宣传品所起的作用仍然是一个有争议的问题)方面所表现出来的想象力以其无情的逻辑性与陀思妥耶夫斯基的想象力相当,甚至超过陀思妥耶夫斯基;他们凭借想象冷酷地得出了陀思妥耶夫斯基在十九世纪六十年代初期所预言的那种令人毛骨悚然的结论,即,功利利己主义的道德观念最终将不可避免地与煽动一场暴力革命的意图结盟。因此,陀思妥耶夫斯基在《群魔》中只须赋予他发现涅恰耶夫小组已经表明的他们的目的和野心以艺术生命:不是在严格的意义上讲述关于涅恰耶夫小组的"事实",而是讲述关于涅恰耶夫小组本身的神话,也就是它试图为世界创造的新奇的自我形象。陀思妥耶夫斯基主要从两个来源搜集这种自我形象:一个是著名(或臭名昭著)的《革命者教义问答》,这是一本用密码写成并用拉丁文印刷的小册子,内容是巴枯宁所谓涅恰耶夫"方式"的清规戒律;另一个是一八六九年春天和夏天散发的巴枯宁-涅恰耶夫宣传品。让我们更详细地看一看陀思妥耶夫斯基如何使用这些材料。

《群魔》中的彼得·韦尔霍文斯基的权力建立在他宣称自己是一个秘密世界革命组织的代表的基础上,该组织的总部设在欧洲某地,他在瑞士与其建立了联系。事实上,涅恰耶夫随身带着介绍信,证明他是"世界革命联盟俄国支部"第二七七一号代表;这些由巴枯宁签署的介绍信还盖着"欧洲革命联盟中央委员会"的印章。除了在巴枯宁想象的阴谋诡计大行其道的幻景中,任何地方都没有这些组织。涅恰耶夫是否真的相信它们的力量或效能也值得怀疑,他向巴枯宁自称是一个同样子虚乌有的俄国学生革命委员会的代表。

不过,他完全满足于利用巴枯宁显赫的名声和这些无所不能的影子组织欺骗控制他在莫斯科的同伙。为了提高自己的威信,涅恰耶夫曾经带着一个陌生人(一名从彼得堡来访的不会坏事的大学生)参加他的小组的会议,他向同伙介绍说,这是"中央委员会"成员,而会议全程陌生人只是默默地坐着记笔记。《群魔》中参加维尔金斯基家那次会议的也有"一名年轻的炮兵军官,他……几乎不参与人们的谈话,不停地在笔记本上记着笔记"。(《群魔》,第 399 页)不过,彼得·韦尔霍文斯基用更有迷惑性的斯塔夫罗金作为补充,他要求后者出席会议并且打算向同伙介绍,斯塔夫罗金是"从国外来的组织创始成员之一,知道组织最重要的秘密——这就是您扮演的角色"。(《群魔》,第 393 页)

146　　　涅恰耶夫的革命生涯几乎从一开始就以系统地利用谎言进行欺骗为特征,不仅欺骗其事业的敌人,而且欺骗他的合作者和追随者。《革命者教义问答》清楚地确认这种策略是一项原则,它写道:"只能根据某个同志在摧毁整个旧世界的实际革命工作中所起的作用来决定……对其友好、忠诚以及承担其他义务到什么程度。"彼得·韦尔霍文斯基仅仅向其革命计划成败的关键人物斯塔夫罗金透露了他行动的"秘密",那就是,其实没有什么秘密,他始终完全是独自行动。他把自己的追随者全都当作"原材料",在他认为对革命事业有利时由他利用和操纵。《革命者教义问答》中专论"夸夸其谈的革命者"(这是对在维尔金斯基家聚会的那一群人的完美描述)的那一段内容预言了这种利用和操纵,"要不断地逼迫他们参与危险的政治活动,结果,在使其中的一些人成为真正的革命者的同时,大多数人将被消灭"。

　　　涅恰耶夫正是按照这种无情地运用功利原则的要求处置了伊

万诺夫;因此,陀思妥耶夫斯基对这一动机仍然不明的罪行的阐述绝不违背事实依据。涅恰耶夫是否真的相信伊万诺夫将要出卖秘密小组,他是否真的像陀思妥耶夫斯基所认为的那样希望通过使其追随者参与一场对一个因政治观点不同而有可能制造麻烦的人实施的犯罪来牢牢地控制他们,至今仍然是一个谜。曾任《消息报》编辑的老布尔什维克尤里·斯捷克洛夫在认真审阅研究了关于这个问题的所有文献资料之后撰写的那部卷帙浩繁的巴枯宁传记得出了与陀思妥耶夫斯基相同的结论。

为了使伊万诺夫保持沉默,斯捷克洛夫写道,涅恰耶夫要么选择被迫放弃伊万诺夫所反对的他对小组独断专行的控制,要么选择"按照其特有的恐吓欺骗方式的逻辑走向极端,杀死伊万诺夫并使小组的其余成员与一场血腥犯罪脱不了干系从而以此胁迫他们。涅恰耶夫做出了第二种选择,一方面,他所选择的行为方式在逻辑上使他身不由己,另一方面,他对自己的伟大使命执迷不悟的狂热和自信也激励着他"。[10]

彼得·韦尔霍文斯基以贵族斯塔夫罗金的朋友的身份来到作为小说背景地的某个外省的省城,他与同样富有的德罗兹多夫一家的关系也很密切。他得知斯塔夫罗金反常地与玛丽娅·列比亚德金娜秘密结婚,而且还发现丽莎·图申娜迷恋斯塔夫罗金。不管是通过威胁还是通过满足其欲望,他希望利用所掌握的这些情况控制斯塔夫罗金,然后迫使其为革命目的服务。这种策略完全符合《革命者教义问答》所确认的教义:"为了无情地进行破坏,革命者可以而且经常不得不伪装成一个与真实的自己完全不同的人置身于社会生活中。"就像彼得·韦尔霍文斯基所做的那样,这样伪装的目的是控制"大批因其地位而拥有大量财富和广泛社会关系的上流社会人士"。"必须尽一切可能利用"这些上当受骗的人,"迷惑他们,使他们落入圈套,进而通过掌握他们不可告人的秘密把他们变成我们的奴隶。这样一来,他们的权力、他们的社会关系、他们的影响力以及他们的财富就会成为取之不尽的宝藏,为我们的各项事业提供无法估计的帮助"。

彼得·韦尔霍文斯基采用同样的策略控制了省长冯·伦布克夫妇,他也利用他们为革命目的服务。彼得通过斯塔夫罗金弄到了一封写给尤利娅·米哈伊洛芙娜的推荐信,写推荐信的是"彼得堡的一位非常高贵的老太太,她丈夫是首都地位最显赫的资深权贵之一"。有传言说,彼得本人由于交代忏悔了过去的罪行并且"供出了几个名字"而得到某些身份神秘、权力巨大的政府要人的赏识。(《群魔》,第215页)对于涅恰耶夫来说,牺牲一两个同志完全符合渗入上层社会的需要;实际上,他向巴枯宁承认,出卖同志是他的"方式"的一部分。

博得尤利娅·米哈伊洛芙娜的好感后,彼得怂恿这位喜欢与"自由主义"思想眉来眼去的轻浮女士相信,她在他的帮助下可以攀上最令人眼花缭乱的社交界的顶峰,同时还能把俄国从灾难之中拯救出来。"揭露颠覆国家的阴谋,得到政府的嘉奖,踏上锦绣前程,用'仁慈'感化年轻人从而使他们悬崖勒马——这些梦想一个挨着一个躺在她那异想天开的头脑中"。(《群魔》,第352页)《革命者教义问答》宣称,革命者应当与各种自由主义者合作,"按照他们的计划开展秘密活动,假装盲目地追随他们",但其实是要迫使他们让步,以便能够"利用他们在国内引起动乱"。完全遵照这些要求,彼得控制了尤利娅·米哈伊洛芙娜为给本省家庭女教师募捐而举办的目的单纯的盛大慈善联欢会,将其变成一场向政府表示抗议的疯狂闹剧。

彼得对付愚钝、糊涂的德裔俄国人省长冯·伦布克的策略是用不同的手段直接达到同样的目的：他利用尤利娅·米哈伊洛芙娜的影响力并且通过满足冯·伦布克的文学虚荣心来控制后者。彼得还为省长扮演密探的角色；他鼓动冯·伦布克严厉镇压什皮古林工厂工人中出现的骚动并且责怪省长在履行职责时"过于软弱"和"宽容"。"可这必须用有效的老办法来处理，"彼得轻快地对犹豫不决的冯·伦布克说，"应当用鞭子抽他们，每个人都抽；那样问题就解决了。"《革命者教义问答》中的一段内容证明彼得变成"有效的老办法"的鼓吹者自有他的道理，该书要求革命者"为一切灾难和罪恶推波助澜，这最终必定将使民众忍无可忍，逼迫他们揭竿而起"。这还可以与巴枯宁和涅恰耶夫撰写的两本小册子联系起来。据说这两本小册子是"留里克王朝后裔与贵族革命委员会"散发的，它们宣扬最极端的保守观念，目的在于煽动右翼寡头反对沙皇政权。它们同样可能促使彼得与那位提出与斯塔夫罗金进行决斗的退役上校加加诺夫建立了友谊，后者从军队退役的部分原因是沙皇颁布的解放农奴"诏书使他突然感到自己个人受到了侮辱"。小说意味深长地说，加加诺夫这个人物"属于在俄国仍然残存的那一部分奇怪的贵族，他们极其珍视自己纯正、古老的血统"（也就是说，他们是"留里克王朝的后裔"）。

148

五

　　我们还可以在巴枯宁-涅恰耶夫宣传品或者另一些很容易把它们与十九世纪六十年代激进分子的宣传鼓动联系起来的文献资料

中发现《群魔》的其他所有政治-意识形态特征的来源和相似之处，即使是那些极其夸张因而似乎不可信的特征。

彼得·韦尔霍文斯基雇用逃犯费季卡担任革命决定的执行者生动地体现了《革命者教义问答》所提出的(其实相当愚蠢的)建议：革命者必须"与凶猛好斗的绿林世界"联合起来，绿林好汉是"俄国唯一真正的革命者"。在对俄罗斯民间传说中可怕的强盗进行这种荒唐的美化的同时，巴枯宁-涅恰耶夫宣传品充满了令人毛骨悚然的教唆煽动和世界彻底毁灭的末日景象。

> 我们必须全力以赴地进行破坏，持续不停，决不松懈，加快速度，直到现存社会体制被毫无保留地彻底消灭为止……
>
> "毒药，匕首，绞索。……在这场斗争中，革命使一切手段变得神圣。"

彼得·韦尔霍文斯基只是重复了这一段话，他大声说："我们应当公开宣称要搞破坏。……为什么？为什么？因为这是一个非常迷人的好主意！……每个行动不力的'小组'都会有其用武之地。我将在这些小组给您找来一些跃跃欲试的帮手，他们乐于动刀动枪并为有此荣幸感激涕零。……世界将会发生前所未有的剧变。"(《群魔》，第428页)

149　　在巴枯宁-涅恰耶夫宣传品中，最令人震惊的莫过于其否定一切的态度，没有什么将会证明它希望实施的恐怖活动有理由正当的明确目的或目标。这种绝对的目的在本质上没有任何确定的合理性，它在历史上不可能实现，因此，必须继续隐藏在拯救未来的模糊概念中。我们看到，"既然现在这一代人本身已经受到他们一直不满的那些令人憎恶的社会状况的影响,那么,这一代人并不适于进行建设。建设属于将在变革的时代形成的那些纯洁的力量"。这种否定态度有助于解释彼得·韦尔霍文斯基为什么非常明确地与希加廖夫那一类**整天**为建立未来的社会秩序忧心忡忡的"社会主义者"划清界限;也有助于解释彼得这个真正的革命者为什么只是全力以赴地进行破坏现有道德-社会规范的活动。

"但是,"他对斯塔夫罗金说,"现在必须让一两代人堕落;由于可怕、卑鄙的堕落,人变成了可恶、残忍、自私的禽兽。……我不是自相矛盾,我只是在反驳那些慈善家和希加廖夫的理论,不是反驳我自己!我是个恶棍,不是个社会主义者!"(《群魔》,第428页)应当提到的是,马克思和恩格斯充分肯定了陀思妥耶夫斯基这样区分的正确性;巴枯宁-涅恰耶夫宣传品也成了他们用来把巴枯宁及其追随者开除出第一国际的武器之一。他们严厉地写道:"为了用无政府主义取代道德,这些进行全面破坏的无政府主义者想使一切陷入道德失范状态,他们把资产阶级的不讲道德做到了极致。"[11]

彼得·韦尔霍文斯基在维尔金斯基"生日晚会"上的表现充分显示了他对社会主义和社会主义理论不屑一顾的冷漠态度;这种态度反映了巴枯宁-涅恰耶夫宣传品的某种不变的基调:"在我们看来,扭扭捏捏、过分谨慎地组成秘密团体而不追求任何显著的实际效果只不过是一场儿童游戏,既可笑又可恶。"彼得的话说得比较圆滑,但并没有掩饰他对社会主义思想难以形容的厌烦。

"'先生们,你们要知道,'他稍稍抬起了目光,'依我看,所有这些书籍,傅立叶的,卡贝的,所有这些关于"劳动权利"的论著以及希加廖夫的理论都是艺术消遣——都可以像小说一样写出它个十几万部。'"(《群魔》,第412页)

我们可以发现,彼得完全重复了到处散发的巴枯宁-涅恰耶夫宣传品谈论同一话题时的那种轻蔑的嘲讽语气。"在斯坚卡·拉辛时代的阿斯特拉罕,"一份传单写道,"社会平等的理想目标在瓦西里·乌索姆组织的哥萨克团体中以一种无与伦比的方式实现了,它比傅立叶的法伦斯泰尔优越,也比卡贝、路易·勃朗和其他博学的社会主义者设计的制度优越,甚至比车尔尼雪夫斯基的合作社都优越。"

六

即使没有人指责陀思妥耶夫斯基歪曲涅恰耶夫事件,也总是有人指责他在《群魔》中对俄国激进革命运动的总体描写使人对其产生了错误的印象。涅恰耶夫在十九世纪六十年代的激进组织中无疑是一个孤立现象,他的马基雅维利主义行为方式(尽管在各地已初露端倪)也与其他重要的激进知识分子组织大相径庭。然而,陀思妥耶夫斯基实际上从未试图给人造成别的印象。

彼得·韦尔霍文斯基与其秘密组织的成员和支持者之间是一种不断斗争的关系,目的是要压制他们的反对意见并克服他们的不信任感。没有人在会议上真正同意韦尔霍文斯基的观点,但他软硬兼施利用他们的虚荣心和好奇心迫使他们服从:为了听他传达他声称自己代表的那个无所不能的组织发来的神秘"信息",大家同意"奋勇向前"。在谋杀沙托夫前夕,就连韦尔霍文斯基小组的核心成员也对已经发生的事情——火灾,几起杀人案,骚动和混乱——感到惊慌失措,因此,他们决定,除非韦尔霍文斯基给他们一个"明确的解释",否则的话,他们将"解散五人小组……并'为宣传他们自己的思想'另行创办一个新的'建立在民主和平等基础上'的秘密组织"。(《群魔》,第 554 页)希加廖夫在最后一刻原则上拒绝与杀人发生任何关系;维尔金斯基甚至在杀害沙托夫的过程中也没有停止他的抗议。显然,无论陀思妥耶夫斯基如何讽刺他们的为人,"五人小组"的成员并不相信不道德的行为方式和普遍的破坏是医治病入膏肓的俄国社会秩序的灵丹妙药。

使《群魔》招致批评最多、激起公愤最大的人物是希加廖夫,陀思妥耶夫斯基在笔记中最初用瓦·亚·扎伊采夫的名字称呼这个人物。激进派时事评论员扎伊采夫在同行中以极端的人种优越论及其根据社会达尔文主义为黑人奴隶制进行拙劣的辩护而著称;他认为,如果没有奴隶主的保护,黑色人种将在生存竞争中被消灭。希加廖夫也是一名真诚的民主激进分子,令他非常沮丧的是,最终他也赞成由一个无所不能的激进分子精英阶层"奴役"民众。"我被我自己的论据弄糊涂了,我的结论与我最初的原始思想截然相反。我从无限自由出发,达到的却是无限专制。"(《群魔》,第 409 页)一位读过他的手稿的"瘸子教师"解释了他的思想,其生物学基础显而易见。"希加廖夫建议……把人类分成不均等的两部分。百分之十的人享有绝对的自由以及支配另外百分之九十的人的无限权力。其他人必须完全放弃个性,可以说他们因此变成了一群动物,然后,在无条件服从的情况下,经过一系列改造成为单纯的原始人,有点像伊甸园的亚当夏娃。"(《群魔》,第 410–411 页)

人们猜测,也许陀思妥耶夫斯基在这里只是放任自己随意进行充满讽刺意味的想象,所以,关于希加廖夫通过选育社会主义人种创造"人间天堂"的计划可能并没有什么原始资料。的确,没有发现扎伊采夫留下过这种原始资料;但是,我们**可以**在彼·尼·特卡乔夫的文章里看到这样的内容。特卡乔夫曾经是陀思妥耶夫斯基主编的《时代》杂志的撰稿人,他还在一八六九年与涅恰耶夫一起在彼得堡的大学生中煽动骚乱。与深受社会达尔文主义影响的扎伊采夫一样,特卡乔夫也认为,只有在一个完全平等的社会里才能实现社会正义。但是,他写道,这种平等"绝不能与政治、法律甚至经济平等混为一谈";相反,它意味着"以接受同样的教育并且享有同样水平的生活为前提的**机体生理学**意义上的平等"。(着重体为本文作者所加)在特卡乔夫看来,这种平等是"人类生活的最终目标,也是唯一可能达到的目标……是历史和社会进步的最高标准"。[12]当彼得·韦尔霍文斯基惊呼"希加廖夫[因为]发现了'平等'所以是个天才"时,陀思妥耶夫斯基肯定是在以戏仿讽刺特卡乔夫。

> 伟大的智者无法避免成为暴君,他们总是作恶多于行善。……西塞罗总要被割掉舌头,哥白尼总要被剜出眼珠,莎士比亚总要被乱石砸死——这就是希加廖夫理论!奴隶必定是平等的:没有专制绝没有自由或平等,但是,畜群里一定有平等,这就是希加廖夫理论!"(《群魔》,第 424—425 页)

我们可以用更多的实例继续这一论证,这些实例与其说来自涅恰耶夫事件,不如说来自那个时期全面的社会历史。例如,显然是受到俄国民间传统——无论多么仇恨地主阶层,俄国农民具有服从沙皇的传统,这种传统促使俄国历史上的所有农民暴动领导人宣称自己是有权获得皇位的合法沙皇——的启发,彼得制订了使斯塔夫罗金摇身一变冒充皇位觊觎者伊万皇太子以夺取政权的疯狂计划。十九世纪六十年代的激进分子利用了这一传统但收效甚微,尤其是在波兰人起义反抗俄国统治期间;所以,陀思妥耶夫斯基的笔记中有一段调侃这种尝试的内容。不过,已经提供的证据应当足以说明陀思妥耶夫斯基采用的是常规手法,因此,通常对他的指责肯定过于极端。

《群魔》在政治层面上没有任何凭空捏造的内容(在文化层面上 152 同样也没有,尽管本文没有论述这个问题)。陀思妥耶夫斯基或者戏剧性地表现涅恰耶夫小组本身"虚幻"的梦想和希望,或者选择同样极端并且具有道德争议的类似事件将其纳入他的画卷。就这样,他成功地创作了有史以来描写道德困境以及最崇高的原则可能走向反面的最杰出、最令人难忘的作品。我们最近从索尔仁尼琴的作品中了解到,这些最崇高的原则仍然影响着"革命"的命运。

注释

[1] 亨利·詹姆斯,《关于小说家的笔记》(纽约,1914),第113页。

[2] 费奥多尔·陀思妥耶夫斯基,《群魔》(康斯坦丝·加尼特英译;纽约,1936)。我的引文来自这个版本。

[3] M.古斯,《陀思妥耶夫斯基作品的主题思想和人物形象》(莫斯科,1962),第356页。

[4] 欧文·豪,《救赎政治学》,转引自《陀思妥耶夫斯基批评文集》(勒内·韦勒克编辑;新泽西州恩格尔伍德克利夫斯,1987),第62、64页。

[5] 费奥多尔·陀思妥耶夫斯基,《作家日记》(圣巴巴拉和盐湖城,1979),第142页。

[6]《陀思妥耶夫斯基书信选》,第369页。

[7] 亚历山德罗·曼佐尼，《论历史小说》(桑德拉·伯曼英译；内布拉斯加州林肯，1984)。这是曼佐尼的《论历史小说》(1850)的英译本，译者写了一篇很有价值的序言。曼佐尼创作的《约婚夫妇》(*I Promessi Sposi*)是最佳历史小说之一。

[8]《陀思妥耶夫斯基书信选》，第340页。

[9]《米哈伊尔·巴枯宁书信集》(M. 德拉戈马诺夫编辑，玛丽·斯特龙贝格法译；巴黎，1896)。巴枯宁的大部分书信最初都是用俄文写的，但是，他直接用法文写了这封信。我自己把它译成了英文。

[10] 尤里·斯捷克洛夫，《米哈伊尔·亚历山德罗维奇·巴枯宁，生平事迹》(四卷；莫斯科，1916–1927)，第三卷，第491–492页。斯捷克洛夫在这一卷收录了《革命者教义问答》的文本(第468–473页)。我引用的巴枯宁-涅恰耶夫宣传品的所有内容也是在这一卷的有关章节中(第418–550页)找到的。

[11] 马克思和恩格斯是第一国际委派的涅恰耶夫事件调查委员会成员。该委员会的调查报告被收入他们的全集，见《马克思恩格斯全集》(三十九卷；柏林，1956–)，第十八卷，第396–441页。我的引文见第426页。

[12] 转引自文图里，《革命的根源》，第399页。

第十二章　探讨《作家日记》

一

对于普通的西方读者来说,陀思妥耶夫斯基这个名字容易使人联想到一个备受人生折磨濒于疯狂的天才形象,他因其半疯癫的心灵所产生的奇思妙想而创作了几部富有梦幻力量的小说。人们通常根本不会把陀思妥耶夫斯基与从事平凡的新闻时事评论工作这种事情联系起来。然而,陀思妥耶夫斯基一生用了大量时间撰写这一类文章;更重要的是,在独自撰稿并编辑出版《作家日记》(一份独一无二的一个人的月刊)的那几年间,他成为有史以来出现在俄国公众生活中的最成功的时事评论员。《作家日记》获得了前所未有的订户数量,而且引起了前所未有的公众反响。实际上,据一位见多识广的观察者——陀思妥耶夫斯基的好友,对俄国文化生活具有敏锐洞察力的叶连娜·A.施塔肯施奈德——说,《作家日记》对他晚年获得的巨大声望的贡献远远超过其他任何单一因素。叶连娜在她非常私密的日记中写道:“给陀思妥耶夫斯基带来声望的不是他服苦役,不是《死屋手记》,甚至不是他的长篇小说,至少主要不是这些小说,而是他的《作家日记》。正是《作家日记》使他在全国闻名遐迩,使他成为年轻人的导师和偶像,是的,而且不仅是年轻人,他也是因海涅所说的'可恶的'问题而苦恼的各界人士的导师和偶像。"[1]

乍看起来似乎有点奇怪的是,陀思妥耶夫斯基这位伟大的创作艺术家在其创作生涯的巅峰期竟然编撰出版个人月刊(《作家日记》在他创作《少年》与《卡拉马佐夫兄弟》之间的那一段时间出版并在完成《卡拉马佐夫兄弟》之后复刊)。但是,与西欧各国相比,文学作品与报刊文章之间的界线实际上在俄国始终不是那么固定不变。十九世纪六十年代激进民主派的主要发言人尼古拉·车尔尼雪夫斯基明确解释了情况为什么会是这样。陀思妥耶夫斯基激烈反对车尔尼雪夫斯基的思想,但是,在这个问题上,他想必同意车尔尼雪夫斯基的看法:

> 在文化知识和社会生活已经发展到高水平的国家,不同的脑力劳动之间存在着分工——如果可以这么说的话;然而,我们[俄国人]只知道一种脑力劳动,那就是文学。……就目前的情况而言,[俄国]文学实际上包含了民众的全部文化生活,因此,它承担着其他国家可以说由其他脑力劳动专门负责承担的责任。……狄更斯在英国讲述的事情不光是他们这些小说家在讲,哲学家、法学家、政论家、经济学家等也在讲。在我们这里,除了小说家之外,没有人谈论构成他们小说主题的那些话题。[2]

当然,造成这种状况的原因是沙皇政府对所有关于社会-政治问题的讨论进行严厉的审查(在米哈伊尔·戈尔巴乔夫最近宣布推行**公开性**政策之前,实行更严厉的管控)。只有在文学作品和文学评论中才能讨论这种问题;因此,与其他国家相比,俄国小说甚至诗歌在更大的程度上成为公众表达的舆论工具。在大多数情况下,俄国作家感到自己是在身不由己地执行一项重要的公共任务,不仅仅是在说出个人对于世界的看法。于是,他不再把自己的公民职责与艺术家的使命截然分开;很难在十九世纪早期和中期的俄国文学界找到与福楼拜或马拉美艺术态度相当的作家——这些法国作家把艺术创作当作人生的最高目标,认为人类的所有其他活动都是从属或无关紧要的。因此,身为俄国作家,从小说家转变为时事评论员和报刊撰稿人并对他那个时代的重大公共问题发表看法,陀思妥耶夫斯基没有任何不协调的感觉,当年的托尔斯泰和现在的索尔仁尼琴同样没有这种感觉。所以,用前面提到的那些看法看待陀思妥耶夫斯基非常荒唐,即,他只是一个由自己的内心生活创造出来的天才并且完全沉迷于自己的幻想。因为陀思妥耶夫斯基的小说浸透了他那个时代的社会-文化生活现实,我们只有全面理解了他与这种现实的关系以及他对这种现实的看法,才能真正理解他的小说。为了达到这个目的,《作家日记》不可或缺;因此,应当对其进行更深入的了解和更广泛的解读。

二

陀思妥耶夫斯基几乎从文学生涯之初就开始为报刊撰稿。在　155

处女作长篇小说《穷人》(1845)发表使他突然从默默无闻一跃成为文坛名人后不久,他为当地的《圣彼得堡报》写了四篇小品文挣得一些额外的收入。小品文只不过是有一定篇幅的专栏文章,以自由随意的风格写成,谈论一些读者感兴趣的话题。陀思妥耶夫斯基这些早期的文章令人非常满意地符合要求,它们描写彼得堡的生活和景色,勾勒种种典型的社会现象,评论最新的文化动态。一切似乎都是随手拈来,东拼西凑;但是实际上,陀思妥耶夫斯基所扮演的角色——悠然地漫步彼得堡街头,与读者谈论出现在他眼前的各种事情的**闲逛者**——也使他能够旁敲侧击地发表大量严肃的社会评论。这些早期文章的手法和风格其实在很大程度上预示了《作家日记》的手法和风格;因此,创办《作家日记》只是使陀思妥耶夫斯基与自己过去的一段生活恢复了联系。

众所周知,陀思妥耶夫斯基因为(有证据证明)参与了革命密谋活动于一八四九年①被逮捕,然后被流放到西伯利亚的一个苦役营里服了四年苦役。这四年的苦役生活对他未来的人生和文学生涯产生了无法估量的影响,他后来在《作家日记》的一篇重要文章所说的"我的信仰重生"正是从这一时期开始的。不过值得注意的是,陀思妥耶夫斯基还从一名老练的新闻记者的视角看待他在苦役营的经历。在俄国,以前没有人写过一本描写苦役营生活和那里的囚犯——他们大部分来自俄国农民阶层——的书。尽管自己艰难度日而且给其余生带来痛苦的癫痫也在苦役营里第一次发作,陀思妥耶夫斯基仍然抽空在一个用纸片装订的小笔记本上草草记下了农民的方言俗语和重要概念,这些笔记将会使他想起他亲眼所见、亲

---

① 原书误为"1848"(一八四八年)。

耳所闻的那些故事和事情。结果,他最终写出来的关于这几年苦役营生活的《死屋手记》不是一部小说而是一系列新闻特写,它们第一次打开了苦役营围栏上锁的大门,使俄国公众深入内部了解了苦役营里的生活。陀思妥耶夫斯基用这本书开创了俄国文学的一个非主流传统,这一传统包括像契诃夫的《萨哈林岛》那样揭露丑闻的作品,索尔仁尼琴最近也以他那部举世震惊的《古拉格群岛》为这一传统做出了令人钦佩的巨大贡献。

一八六○返回俄罗斯的欧洲部分之后,陀思妥耶夫斯基立即加入了激烈的报刊竞争。他与哥哥米哈伊尔一起先后创办并编辑了《时代》和《时世》杂志,这两份杂志以俄国人所谓"厚"杂志的开本版式出版,既刊登文学作品,也刊登涉及当局允许讨论的社会-政治生活中那些最紧迫的问题(相比而言,当年**允许**讨论的问题之多令人吃惊)的文章。按照法律规定,因为曾经是一名罪犯,陀思妥耶夫斯基的名字不能在杂志的刊头出现;但是,作为非正式的杂志主编,他审阅了所有稿件,并且经常在他认为必须澄清某个观点或者明确杂志的立场时以不署名的编者按形式予以点评。他自己的重要作品(《死屋手记》,《被侮辱与被损害的》,《地下室手记》)也在这两份杂志上发表,这大大提高了它们的名气和对读者的吸引力。另外,陀思妥耶夫斯基还写了许多关于文学话题和当时人们普遍感兴趣的问题的文章,显示了他作为辩论家的技巧和力量。

正是在为《时代》杂志撰写的文章里,陀思妥耶夫斯基开始表达一些社会-政治观点,这些观点后来在《作家日记》中随处可见,他的表达也更富有激情和启示性。在这里,他第一次公开表达了他的信念,即,西方世界注定要毁灭,而俄国未来的使命是在一种全人类的新的世界秩序中调解欧洲民族主义的冲突。希望拯救世界绝非陀思妥耶夫斯基的创造性思想，我们可以发现，当俄国人在很久以前设想雄心勃勃的俄罗斯帝国可能对世界－历史产生的重大影响时，有人提出了这种希望。亚历山大·科瓦雷指出，早在十九世纪二十年代就有人表明，俄罗斯将创造"**自己的**文明，这是一种更高级、更完美的文明，同时它[将]成为整个西方历史发展的顶峰"。[3]同样的救世思想后来出现在维萨里昂·别林斯基的一些文章里。别林斯基是十九世纪四十年代俄国最重要的文学批评家和时事评论员，他盛赞陀思妥耶夫斯基的处女作长篇小说是一部杰作并对陀思妥耶夫斯基以及整个俄罗斯文化产生过巨大的个人影响。但是，即使陀思妥耶夫斯基是从别林斯基和其他人那里接受了俄国负有拯救全人类的使命的思想，他在《作家日记》的版面上对这种思想激情似火的宣扬或生动有力的支持也无人可比。

157　　　陀思妥耶夫斯基对撰稿办刊的爱好不仅表现在他作为编辑、批评家和评论员始终不渝的热情上，而且表现在他一八六三年撰写并由《时代》杂志分期发表的精彩的系列游记（《冬天记录的夏天印象》）中。这些游记传达了一八六二年春夏之交他首次游历欧洲的"印象"；它们的风格和要义预示了《作家日记》。陀思妥耶夫斯基本人直接站在游记的前景，他没有装出客观或者见多识广的样子，而是描述他对每个俄罗斯人似乎应当顶礼膜拜的欧洲文明的"奇迹"频繁产生的不敬反应。这些"奇迹"之一是一八五一年伦敦世界博览会，它在专门为此建造的占地十九英亩的水晶宫中举行，展出的内容包括被认为体现了欧洲文明的辉煌的科学技术成就。陀思妥耶夫斯基在题为"巴力"①的一章里描写了欧洲文明的种种景象，明

---

①　巴力（Baal）是《圣经·旧约》中被诅咒的肉欲邪神。

确地将其比作世界末日降临。因为在他看来,被誉为欧洲文明的顶峰和决定性成就的那些事情只不过是古老的肉欲之神的物质主义战胜了曾经激励欧洲人的精神准则(基督教信仰)。他写道,"你会觉得现在做到了——做到并且完成了——某件具有决定意义的事情"。已经完成的是欧洲文明的生命周期,除了为人类提供了失去道德理想或更高目标的所谓"富裕社会"之外,欧洲文明没有对人类做出任何贡献。陀思妥耶夫斯基将在《作家日记》中继续用这种目光看待欧洲及其在世界历史中所起的作用。

像所有俄国人一样,陀思妥耶夫斯基对欧洲的负面印象只是他对祖国的正面感情的反面;他在《冬天记录的夏天印象》中也不忘告诉读者这种感情是什么。在关于巴黎的一章——这一章的内容使人联想到(就像马克思和恩格斯十三年前在《共产党宣言》中所说的那样)让法国资产阶级感到恐惧的社会主义幽灵——里,陀思妥耶夫斯基表明自己决不反对建立一个以"博爱"为基础的社会的社会主义理想。在曾经是一名激进的人道主义者的陀思妥耶夫斯基看来,这种社会至少比"巴力"主宰的社会要好,而且肯定要在某种道德理想的激励下才能建立。但是,西方人不可能建立一个这样的社会,陀思妥耶夫斯基解释说,这是因为"博爱"不可能人为产生;它必须是一种存在于某个民族或文明的社会-文化灵魂深处的自然天性。西欧人不但对"博爱"不感兴趣,他们反而建立了一种以极端个人主义和自我扩张的利己主义原则为基础的文明;这种文明毁灭了实现社会主义梦想的所有希望。

陀思妥耶夫斯基写道,只有在一个"相互关爱的需求是人性的一部分"的民族中才能实现"博爱",在那里,人们"不是天生具有这种需求,就是历经千百年使其成为一种民族特征"。陀思妥耶夫斯基没有必要为他最初的那些读者点明他在这里所指的是俄罗斯民族，尽管"野蛮粗鲁和愚昧无知在他们当中根深蒂固，尽管被奴役了几百年并且遭受外族入侵"，但是，俄罗斯民族体现了这种"博爱"的天性。这种观点在十九世纪四十年代或多或少会被认为是一种斯拉夫派的偏见；不过，到了一八六三年，各种政治派别的俄国人已经开始改变看法，逐渐接受斯拉夫派把农民理想化的观点，认为农民社会的制度习俗建立在民族的"博爱"天性的基础上。不仅是陀思妥耶夫斯基，就连革命家亚历山大·赫尔岑也接受了这种观点；当陀思妥耶夫斯基后来在《作家日记》中简要描述他构想的人们自愿组成的和平共处的社会的概念时，他使用了赫尔岑首创并在左派青年中流行的"俄罗斯式社会主义"这个术语。[4]

三

《时代》杂志被查禁和《时世》杂志的破产停刊暂时中止了陀思妥耶夫斯基的报人生涯；在十九世纪六十年代剩余的时间里，他全身心投入了小说创作，对于俄罗斯文学和世界文学来说，这是一件幸事。他在这一段时间接二连三地创作了《罪与罚》、《白痴》和《群魔》。然而，在此期间他从未放弃最终重返期刊出版领域的念头；甚至在埋头创作《罪与罚》时，他还给朋友弗兰格尔男爵写信说，"我想出版一份期刊，但不是杂志。对读者有益又能盈利。也许明年我就可以着手进行"。[5] 为了躲避债主追债，陀思妥耶夫斯基被迫流亡国外生活了四年（一八六七至一八七一年），这肯定增强了他出版这份刊物的渴望。我们从他第二任妻子的日记以及他的书信中了解到，流亡国外期间，因为都是夜间写作，他把白天的大部分时间用来从头到尾认真阅读俄文报纸，然后思考他所看到的似乎层出不穷的各种新闻事件的意义。"在每一期报纸上，"他在一封信中写道，"您都会不经意地看到关于最真实的令人惊奇的事件的报道。在我们作家看来，它们是荒诞离奇的；这就是人们不关心这些事件的原因，然而，它们就是我们的现实，因为它们都是**事实**。谁来使它们引起注意，谁来说明它们的真相并把它们记录下来？它们每时每刻天天发生，所以根本不是**例外**。……我们就这样让种种现实从我们的眼皮底下溜走了。"（着重体是原有的）[6]

陀思妥耶夫斯基甚至把对这个问题的想法写进了《群魔》。在小说的开头，时乖命蹇的丽扎韦塔·尼古拉耶芙娜——她迷恋具有强烈优越感的自我主义者斯塔夫罗金并最终成为后者压倒一切的虚荣心的牺牲品——不经意产生了出版一本独一无二的公报或年鉴的想法，于是请求同样时乖命蹇的沙托夫帮助她实现这个计划。她没有打算显然也不可能收集所有材料，而是要求编辑们"仅限于选择或多或少具有当前俄国民众道德生活特征的事情。……每件事情都要体现某种观点、某种特殊的意义和目的，总体上体现全面考察这些真实发生的事情将给人们带来启示的某种思想。……可以说，它将展示一年来俄国国内道德、精神和社会生活的风貌"。丽扎韦塔在这里提出的无疑是陀思妥耶夫斯基本人心中的计划，在这个计划的驱使下，他后来出版了《作家日记》——不过是以月刊而非年鉴的形式出版的。

一八七一年陀思妥耶夫斯基从欧洲回国后，《作家日记》雏形初现，当时《群魔》已经完成，他重操旧业再次担任杂志编辑。他接受了梅谢尔斯基公爵所拥有的《公民》周刊主编的职位,公爵是一名不入流的小说家,也是皇室名声相当不好的亲信。陀思妥耶夫斯基非常认真地履行他的主编职责,甚至每周都去印刷厂审查杂志最后的校样;他还在需要填补空白时写了许多杂记。周刊刊登的外交事务评论大部分是由他写的,至少有一个《作家日记》文集的俄文版本收入了这些评论的选辑。不过,这些文章严格说来并不是《作家日记》的一部分,尽管"作家日记"这个名号首先出现在《公民》周刊上。陀思妥耶夫斯基给一个不定期发表他的署名文章的专栏取名"作家日记",这个专栏很快就成为《公民》周刊吸引读者的主要看点之一。《作家日记》文集收入的一八七三年的文章全都发表在这份周刊上,它们具有后来独立成刊的《作家日记》的基本雏形。陀思妥耶夫斯基的专栏立即获得了成功,就连《公民》周刊的政治对手、激进民粹派的主要代言人尼·康·米哈伊洛夫斯基谈到它时也不吝赞美之辞。

但是,由于个人和意识形态方面的原因,陀思妥耶夫斯基很快就感到《公民》周刊主编的职位对他来说负担沉重,尽管有利于改善自己的经济状况。梅谢尔斯基没有像最初许诺的那样授予陀思妥耶夫斯基自主编辑权;而且公爵本人的文章——陀思妥耶夫斯基不仅必须刊登这些文章,还要经常纠正它们的文理语法错误——对现实问题采取了超出陀思妥耶夫斯基愿意接受的限度的极端保守立场。此外,小说的创意也再次出现在陀思妥耶夫斯基的脑海中,因此,他在写给亲戚朋友的信中抱怨,铺天盖地的编辑工作使他不可能写小说。于是,他在大约一年以后辞去《公民》周刊的职务,接着动笔创作下一部小说《少年》,一八七五年,《少年》陆续在刊物上发表。就在这一年,他开始为出版自六十年代中期以来一直梦寐以求的《作家日记》搜集素材。当年十二月,他向主管新闻出版事务的政府机构申请出版这份刊物的许可。他说,"我希望用它讲述身为一名俄国作家我亲身体验的所有感受,讲述我所见、所闻和所阅读的一切"。这份刊物将每月出版一期,每份售价二十戈比,订阅每年两卢布即可。陀思妥耶夫斯基精力充沛、踏实肯干的第二任妻子这时已经组建了一个出版发行他的小说的家庭公司,于是,陀思妥耶夫斯基夫妇成为这份新刊物的唯一拥有者和独家出版商。《作家日记》的创刊号于一八七六年一月出版,这份刊物很快就取得了每期销售八千本的业绩,它的巨大成功为陀思妥耶夫斯基在其人生的最后五年(他于一八八一年去世)过上相对富裕的生活奠定了基础。

四

汇编成集的《作家日记》是一本一千多页的书,其中讲述了许许多多令人眼花缭乱的事情。本文的简要介绍几乎不可能论及其涉猎广泛的方方面面,只能为未来的读者列举一些说明其内容丰富多彩的迹象。对读者有益的也许是向他们推荐一些《作家日记》的阅读方式,一些可供选择的阅读指南,就像阅读一本"不明就里"的现代派小说一样,读者可以按照这些方式或指南阅读《作家日记》来丰富充实关于陀思妥耶夫斯基的知识并满足特定的品位和兴趣。

第一条也是最容易想到的阅读路径是在陀思妥耶夫斯基插入《作家日记》的各种短篇小说之间穿行。他坚持不懈遵循的编辑原则之一是尽可能为读者提供多样化的内容;他不想让读者只能固定不变地阅读与时事话题有关的文章。因此,他在一八七三年的"作家日记"专栏中就发表了风格奇异的讽刺小说《豆子》①,新刊的创刊号(一八七六年一月号)又发表了更著名的《基督圣诞晚会上的小男孩》②。两个月后,《作家日记》一八七六年三月号刊登了特写《百岁老太太》,描写一位老太太在去看望她的一个与子女一起住在丈夫经营的店铺后面的孙女或者重孙女时平静安详去世的情景。一八七六年十一月号发表了更加雄心勃勃的《温顺的女人:虚构的故事》,这是陀思妥耶夫斯基人生后期的短篇小说杰作。这篇小说的内容全部都是一位丧妻的丈夫在死去的妻子灵前守夜时的内心独白,他的妻子手捧一尊圣像从窗口一跃而下自杀了。最后,《作家日记》一八七七年四月号发表了《一个荒唐的人的梦:虚构的故事》,这是陀思妥耶夫斯基尝试创作的第一篇也是唯一一篇描写另一个星球上的生活的乌托邦小说(同样是一篇令人难以忘怀的杰作!),当"地球"人把自我意识引入另一个星球之后发现这个星球上的田园诗般的天堂生活受到污染败坏时,它变成了反乌托邦小说。

非常值得把沿着这条路径阅读当作一种首要的方式推荐,原因是,只要把视线偏移一点环顾四周,就能看到意想不到的迷人景色。因为我们在《作家日记》中更容易追踪陀思妥耶夫斯基把当时**真实发生的各种各样的事情**——报纸日常报道的某些轰动一时的事件——变成他的艺术创作素材的过程。例如,就在《温顺的女人》发表之前的一个月,陀思妥耶夫斯基写文章评论了最近引起他注意的两起自杀事件,其中一起是"一个年轻的女裁缝**手捧一尊圣像**从窗

---

① 《豆子》("Бобок")又译《劈劈啪啪》。
② 原书误为"'A Christmas Tree and a Wedding'"(《圣诞晚会与婚礼》)。

口跳了下去"。(着重体是原有的)报纸的报道把这起自杀归咎于经济原因("她根本找不到谋生的工作");然而,引起陀思妥耶夫斯基注意的显然是手捧圣像这个细节,它把绝望自杀的罪过与极度的虔诚结合在一起。他写道,"手捧圣像在自杀事件中还是一种前所未闻的奇怪特征!这是一次歉疚、自卑的自杀"。显然,这个细节激发了陀思妥耶夫斯基的想象力并且被他用在作品中;于是产生了这一篇令人心碎的小说,最终再现了一个完全失去了圣像所象征的爱的世界的凄凉景象。就这样,陀思妥耶夫斯基以完全虚构的描述对平庸乏味的报纸新闻作出了反应;但是,他始终认为,这种反应保持了这一"离奇"事件内在含义的"真实性",尽管除了手捧圣像自杀之外,其他细节都是虚构的。

另一条引人入胜的阅读《作家日记》的路径是追寻陀思妥耶夫斯基本人的人生经历;在这里,读者会发现自己与陀思妥耶夫斯基的所有传记作者同行。因为《作家日记》是他们所依据的主要原始资料来源之一,它充满了对陀思妥耶夫斯基的过去以及塑造其人生的那些重大事件的回忆。对于《作家日记》最初的俄国读者来说,它的吸引力很大程度上就在于陀思妥耶夫斯基使他们产生了被允许与一位同时代的伟大人物亲密相处的感觉。同样的道理也适用于那些希望通过出自陀思妥耶夫斯基本人笔下的第一手资料更多地了解他的读者。

这条路径的起点是第二期《作家日记》(一八七六年二月号),我们在这一期看到的陀思妥耶夫斯基是一个小男孩在父亲贫瘠的"庄园"的小树林里闲逛,采摘坚果和浆果,以一种人们不会指望在他的小说中看到的情调享受大自然。"我平生没有像喜欢这片小树林那样喜欢过别的东西,我喜欢树林里的蘑菇和野果,昆虫和小鸟,还有小刺猬和松鼠；我特别喜欢树叶腐烂散发出来的潮湿气息。"这一段回忆被插入关于陀思妥耶夫斯基后来一段生活的框形叙事中，我们很快将会回到那个时期。不过，我们现在可以回到一个月之前，看看他评述俄国动物保护协会成立十周年纪念活动的文章。这篇文章逐渐进入对十七岁的陀思妥耶夫斯基①与哥哥米哈伊尔一起在父亲的陪同下（完全违背他的意愿！）离开莫斯科去圣彼得堡军事工程专科学校求学途中发生的一件往事的回忆。

兄弟两人早在小时候就暗下决心要当作家，陀思妥耶夫斯基当时还在"忙于构思一部描写威尼斯生活的小说"。（这时我们可以跳到《作家日记》一八七六年六月号②，这一期刊登了陀思妥耶夫斯基为乔治·桑逝世所写的感人悼词，特别提到他在十六岁时就读过她的描写威尼斯生活的长篇小说《海盗》。）不过，重要的是当他们在途中停下来更换马车的驿马并且吃一点东西时，他透过驿站的窗户看到的事情。一名政府信差乘坐马车尘土飞扬地疾驰而来，他冲进驿站喝了几杯伏特加，然后跑出去跳上一辆新换的马车，赶车的也是一名新换的农民小伙子。政府信差例行公事，他开始机械地挥拳猛击马车夫的后脑勺，随着马车夫以同样的节奏扬鞭抽打拉车的驿马，马车从视野中消失了。"这一令人憎恶的情景毕生留在我的记忆中"，陀思妥耶夫斯基写道；他还认为自己四十年代后期（他参与革命活动的时期）的那些"最豪放、最狂热的幻想"与这种关于统治阶层随意、冷酷地对农民施暴的痛苦而难忘的记忆有关。

---

①　原文（the seventeenth-year-old Dostoevsky）如此。陀思妥耶夫斯基去圣彼得堡军事工程专科学校求学时实际上还不到十六岁。

②　原书误为"the May number"（五月号）。

　　我们可以在《作家日记》一八七七年一月号和一八七三年《作家日记》专栏发表的两篇著名文章——《老一代人》和《一个当代谎言》——里继续追踪陀思妥耶夫斯基的人生经历。一八七七年文章的开头讲述了他探望当时卧病在床奄奄一息的涅克拉索夫的情况，这位著名诗人在四十年代是陀思妥耶夫斯基的朋友，但后来由于意识形态原因与他渐行渐远。这次探望唤起了他们对早年一起度过的那一段时光的回忆，涅克拉索夫当年把《穷人》的手稿拿给别林斯基看，于是，陀思妥耶夫斯基一夜成名。这些生动感人的回忆已经成为俄国文学史上的经典篇章，阅读它们不可能不感受到陀思妥耶夫斯基在其文学生涯的那个灿烂辉煌的春天浑身焕发的青春活力和亲身体验的春风得意。此外，陀思妥耶夫斯基对别林斯基形象的描绘充满了他曾经怀有的敬畏之情，但是，随着时间的流逝，他的敬畏之情逐渐变成了对这位激情四射的俄国激进派教父的强烈敌意。

　　对别林斯基的态度的变化表现在另外两篇文章里，它们虽然是三年前写的，描述的却是陀思妥耶夫斯基与别林斯基稍后一段时间的关系。我们在这里看到别林斯基向他这个年轻的门徒灌输"未来'新世界'的各种**真理**并且宣传即将到来的共产主义社会的完美**神圣**"。（实际上，陀思妥耶夫斯基并不像他自我描述的那样是一个在社会-政治问题上单纯天真的人；但他准确地描述了别林斯基在历史上所起的作用。）在《老一代人》这篇文章里，别林斯基对基督的批判使年轻的陀思妥耶夫斯基心烦意乱乃至几乎伤心落泪——不是因为陀思妥耶夫斯基虔信宗教，而是因为他的空想社会主义理想把基督美化成人类社会重生的神圣先驱。在这两篇文章里，我们还看到别林斯基对陀思妥耶夫斯基的影响在几年之后所产生的可以预料的后果——这位年轻作家与他的彼得拉舍夫斯基小组同伴正在

163

谢苗诺夫校场等待行刑队执行枪决。不过,他们内心坚强经受住了考验没有被打垮。"但是,判定我们有罪的所谓案情,影响我们心灵的那些思想观念,我们认为不仅不需要为之忏悔,它们甚至使我们得到净化——成为殉道者,我们将因此得到极大的宽恕。"

　　幸运的是,死刑并没有执行,这只是因为沙皇尼古拉一世希望借此显示他的权力和宽宏大量;陀思妥耶夫斯基和彼得拉舍夫斯基小组的其他成员被流放到西伯利亚服苦役,然后充军。就在被解送鄂木斯克苦役营——他将在那里度过四年——之前,我们再次看到关押在托博尔斯克集中中转监狱里的陀思妥耶夫斯基。托博尔斯克的几位十二月党人——十二月党人是人数不多的一些受到进步思想影响的贵族军官,他们在二十五年前试图阻止尼古拉一世登基——的妻子和女儿设法安排了与新来的一批政治犯的会见,尽量给后者以慰问。"她们为即将开始新的人生旅程的我们祈祷;她们画着十字为我们祝福并且送给我们每人一本《新约全书》——这是苦役营允许囚犯阅读的唯一一本书。"(陀思妥耶夫斯基没有提到我们从其他资料来源得知的一个细节,即,每本《新约全书》的封皮里都藏着十卢布纸币。)但是,《作家日记》对这一旅程的描述并没有到此结束;我们可以跟随陀思妥耶夫斯基直接走进苦役营,阅读《作家日记》的一段至关重要的内容。由于某种原因,他在那部一八六一年使他再次蜚声文坛的苦役营回忆录《死屋手记》中略去了这一段内容记述的事情。这是一段框形叙事,包括我们前面提到的他对童年的回忆,在《作家日记》一八七六年二月号上以《农夫马列伊》为题发表。

　　陀思妥耶夫斯基在这里绘声绘色地描述了苦役营里的农民囚犯所表现出来的残忍野蛮和道德败坏使他产生的震惊和恐惧的最

初反应。他亲眼所见、亲耳所闻的情景和喧闹令人极其反感，以致
"两天［复活节］假期期间发生的所有这些事情把我折磨得筋疲力尽
几乎快要病倒了"。可是，当陀思妥耶夫斯基在营房外面散步时听到
一名波兰政治犯对他说"**我恨这帮土匪**［Je hais ces brigands］！"——
这表达的正是陀思妥耶夫斯基自己的反应——以后，他对俄罗斯同
胞的情感认同战胜了对他们的厌恶。他回到营房躺在自己的铺位
上，前面已经提到的在小树林中闲逛的童年记忆从潜意识中浮现出
来；随之他又想到了"农夫马列伊"，马列伊是他父亲的一个农奴，曾
经仁慈地安慰过他这个小男孩。"那是在空旷的田野里的一次单独
相遇，也许只有上帝从天上看见了一个粗犷、野蛮、愚昧的俄国农
奴——当时他甚至没有预感到他会获得自由——心中可以充满多
么细腻的近乎女人一般的柔情。"对"农夫马列伊"的回忆彻底改变
了陀思妥耶夫斯基与农民囚犯的关系，他再也不会简单地用知识阶
层那种厌恶的目光看待他们——"因为他们可能也是马列伊；因为
我无法看透他们的内心"。从这一刻起，《作家日记》通篇都将热情
洋溢（而且不加批判）地表达高度赞扬俄国农民以及俄罗斯民族性
的观点。

五

这只是两条可供选择的阅读路径；还可以推荐许多路径，比如
说，从陀思妥耶夫斯基是一位文学批评家的角度阅读《作家日记》；
但是，详细推荐更多的路径将过度增加本文的篇幅。如果让我用几

句话总结一下《作家日记》的另外两个方面，反而可能有助于读者理解它对陀思妥耶夫斯基的重要性及其某些更大的含义。

一八七六年四月，陀思妥耶夫斯基给一位认为他在《作家日记》中讨论相对肤浅的问题是浪费时间和才华并对此表示遗憾的朋友回信说，这种担忧实在是风马牛不相及。对他来说，文学创作与编撰《作家日记》并不冲突；实际上，他认为后者是为创作下一部小说做准备的一个必不可少的步骤。"这是因为，"他写道，"我在准备创作一部内容丰富的长篇小说［未来的《卡拉马佐夫兄弟》］时要潜心进行特别深入的研究，不是深入研究现实——因为我对现实已经非常熟悉——而是研究当前的各种特殊情况。"[7] 由此看来，在刊名中使用"日记"这个词不只是一种广告策略；它涉及刊物的实际用途和功能之一，即，《作家日记》是一位处于酝酿艺术构思的创作准备阶段的作家的笔记本。事实上，所有熟悉《卡拉马佐夫兄弟》的读者都可以在《作家日记》发表的各种文章里一次又一次看到这部伟大作品的题旨和主题在逐渐成形。

《作家日记》用大量篇幅讨论了虐待儿童这个问题，尤其是在前几期中；陀思妥耶夫斯基还特别关注与虐待儿童有关的庭审案件。在伊万·卡拉马佐夫控诉上帝的世界——这个世界听任无辜的儿童遭受残忍无理的折磨——的长篇大论中，许多细节来自审判这些案件时所揭露的事实。此外，陀思妥耶夫斯基对庭审过程的仔细审视以及他对法律语言的分析和戏仿很可能赋予他在小说中大量描写庭审场景的灵感。德米特里·卡拉马佐夫的辩护律师费秋科维奇提出的许多论点正是陀思妥耶夫斯基在《作家日记》的文章里驳斥的那种论点；费秋科维奇这个人物也是以当时最成功的辩护律师之一弗·达·斯帕索维奇为原型，后者在《作家日记》中受到陀思妥耶夫斯基的点名抨击。在执着地认为罗马天主教是一种世界政治力量的论述中,在专门讨论"招魂术"——即通灵现象,当时在俄国被人热议——的文章里,在他经常提到的基督在旷野受到试探的典故和《新约全书》"把这些石头变成面包"的经文中,大量内容预示了宗教大法官的传说。

对于现代读者来说,《作家日记》最过时的内容可能是大量关于一八七五至一八七六年间巴尔干半岛的斯拉夫人反抗土耳其统治的起义的文章,这种反抗在一年后俄国向土耳其宣战时达到高潮。陀思妥耶夫斯基的《作家日记》帮助宣传了政府中的主战派的观点(亚历山大二世最初反对积极干预),对于形形色色为援助巴尔干斯拉夫人而发起的志愿者运动也起了某种促进作用,自愿前往巴尔干半岛参战的志愿军队伍包括正规军军官和许多左翼民粹派青年。俄土战争爆发后,陀思妥耶夫斯基的刊物大肆渲染俄军的胜利而且淡化忽略俄军的失败。俄国人在这个问题上群情激昂,而托尔斯泰却在《安娜·卡列尼娜》的第八部分对俄国志愿军表达了某种非常悲观的看法,因此,他受到《作家日记》(一八七七年七月至八月号)的猛烈抨击,尽管陀思妥耶夫斯基同时对他这部小说大加赞扬(难以确定陀思妥耶夫斯基的真实想法)。

无论如何,陀思妥耶夫斯基对这位强大的竞争对手的抨击包含了 166 对托尔斯泰说教式风格的巧妙戏仿,他的戏仿妙趣横生,以致让人无法略过不提。在讨论托尔斯泰这部小说的主要人物列文通过与一个农民交谈立即获得了信仰的情节时,陀思妥耶夫斯基断言,列文很快就会再次失去信仰;他还讽刺地模仿了托尔斯泰笔下的主要人物如何经常说服自己放弃固有的信念(基蒂是列文年轻的新娘):

基蒂出去散步绊倒了。她怎么一下子绊倒了。如果她绊倒了，那就意味着她不应当绊倒；很明显，她是由于某种原因绊倒的。既然是这样，一切显然都取决于完全可以确定的规律。如果情况是这样的话，那就意味着科学管控着一切。那么，天意何在？它起什么作用？人的责任是什么？如果没有天意的话，我怎么可能相信上帝？如此等等。画一条直线然后可以无限延伸。（《作家日记》，第 792 页）

《作家日记》中的这些文章显示了陀思妥耶夫斯基作为一名狂热的沙文主义者和战争鼓吹者最令人讨厌的姿态[8]；因此，有些批评家宁愿在显示出这一面的陀思妥耶夫斯基与基督式的梅什金公爵和圣徒佐西马长老的创造者之间画一条清晰的界线。但是，除非意识到陀思妥耶夫斯基认为（或觉得）一面鼓吹战争以促进俄国的国家利益与一面把基督教爱与宽恕的价值观念奉为最高道德准则之间并不矛盾，否则的话，我们就无法理解他。因为，只有通过俄国战胜它的敌人并且扩大俄罗斯的影响，这种价值观念才能盛行全世界。对基督真正的信仰只有在俄国和俄罗斯民众当中才得以保持；所以，俄国注定要通过为全人类创造一种世界新秩序来主持重建真正的上帝的王国。

浪费笔墨批评陀思妥耶夫斯基虚妄的幻想没什么意义，毕竟，他自己深知，就像相信上帝一样，这种幻想也是一种非理性信仰。不过，重要的是我们要明白，在表达这种信仰时，陀思妥耶夫斯基所表达的绝不只是一个天才异常的思想意识。恰恰相反，他表达的始终是可以迅速得到众多读者回应的观点。可以最好地证明这一论断的是，一八八〇年六月八日他在莫斯科为普希金纪念碑揭幕举行的那场著名的纪念活动上发表的演说受到雷鸣般的欢呼。这篇演说很快就被《作家日记》（一八八〇年八月号）刊出；它慷慨激昂地利用普希金的作品为其提供的例证全面总结了陀思妥耶夫斯基关于俄罗斯崇高的救世使命的思想并且断言，正是普希金的天才——他吸收转化他所受到的来自不同文化的多种影响的才能——象征地表明了俄罗斯未来在人类命运中所起的作用。

"我声音洪亮，充满激情，"当天晚上他写信告诉妻子，

> 当我最后讲到人类的**大团结**时，集会大厅完全陷入了歇斯底里的状态。在我结束演说以后——我无法向你描述人们如何兴奋得大喊大叫：听众中素不相识的人们流泪，哭泣，互相拥抱，他们**发誓要做更好的人，今后不要相互仇恨而要相互关爱**。……我在演说中夸了屠格涅夫一句，他也含着眼泪冲过来拥抱我。……我试图逃到侧廊去，但是，人们从大厅蜂拥而来，主要是女士。她们亲吻我的手，不让我独自一人待一会儿。大学生们也跑了进来，其中一个泪流满面歇斯底里发作跌倒在我面前，失去了知觉。[着重体是原有的][9]

关于这场活动的其他记述证实了陀思妥耶夫斯基描述的准确性，即，他的演说引起了一场只能被称为歇斯底里大爆发的混乱。

如果说陀思妥耶夫斯基的思想能够引起如此广泛的强烈反响，原因就在于这些思想甚至触动了那些进步人士和社会主义者的潜意识情感，尽管人们预料他们可能在某种程度上反对陀思妥耶夫斯基过分夸张的意识形态。身为《作家日记》出版时逐渐成熟起来的自由知识分子的一员，Д. Н. 奥夫夏尼科-库利科夫斯基撰写了他那

部至今仍然无出其右的《俄国知识分子史》(1911),他在书中富有见地地分析了《作家日记》产生的影响:

> 在《作家日记》的读者中,七十年代的进步知识分子无疑占据了显著的位置。关于民众,关于民众与上层社会的关系,他们在这份刊物中发现了许多与他们相似的思想感情。当然,他们不可能接受陀思妥耶夫斯基的斯拉夫派观点,不可能接受可以被称为陀思妥耶夫斯基"方案"的那些结论,但是,他们恰恰把在民众当中宣传社会主义思想的努力取得成果的可能性建立在陀思妥耶夫斯基关于俄国民众具有高尚品质并在人类未来获得新生的过程中负有崇高使命的基本"信念"的基础上。……陀思妥耶夫斯基以非常坚定的信心和充满力量的真诚阐述这种"信念",以致他的宣讲无意中(?)起了火上浇油的作用。尽管抵制欧洲社会主义学说并且反对向民众宣传这种学说,陀思妥耶夫斯基同时"积极……鼓励支持的年轻人当中的那种思想感情体系正是我国社会主义者产生革命幻想的心理基础。[10]

因此,陀思妥耶夫斯基最极端、最牵强的救世思想与他那个时代的俄国思想主流和社会-政治现实并非格格不入;尽管陀思妥耶夫斯基所憎恶的一切在俄国取得了胜利,他的祖国也发生了巨大的变化,这种思想至今仍在持续产生影响。在奥夫夏尼科-库利科夫斯基发表上述评论三十多年以后,我们看到知识渊博,并不敌视苏联政权的 E. J. 西蒙斯对《作家日记》的评论,他说,"如果用共产主义代替[陀思妥耶夫斯基所说的]东正教使命,用世界革命代替他关于对抗欧洲的泛斯拉夫战争的概念,那么,他的整个立场与现代苏联的立场将惊人地一致"。[11]现在看来这并不像乍看起来那么令人意外,就连陀思妥耶夫斯基本人似乎也预见到了这一点。(请看《作家日记》一八七六年六月号发表的文章《我的悖论》,他在这篇文章里认为,西方思想在俄国的那些最狂热的信徒往往倾向于极左,他们最终也想摧毁现有的西方文明——以此证明他们在内心深处无论如何都是货真价实的俄国人!)当奥夫夏尼科-库利科夫斯基谈到尽管陀思妥耶夫斯基与当时的俄国左派对所设想的"方案"的说法不同,但他们共同的"信念"的"心理基础"完全相同时,他基本上不也是这个意思吗?另外,当索尔仁尼琴最近在哈佛大学(一九七八年)毕业典礼上发表演说告诉吃惊的美国听众他们的道德品质不如俄国民众,因为后者经受了更多苦难从而使精神得到了升华时,我们不是再次听到了陀思妥耶夫斯基的声音吗?索尔仁尼琴难道不是在重复陀思妥耶夫斯基过去提出的指责吗:西方文明已经失去了道德理想,它为获取巨大的金钱和物质利益出卖了灵魂?

169

无论如何,尽管陀思妥耶夫斯基这些"自相矛盾"的思想可能令人不快,可能让我们感到不舒服,我们似乎并没有听到它们的结论。如果我们想要深入了解塑造了我们面对的这个世界大国的文化的"心理基础"的话,如果我们想要理解那个令人困惑的事实——无论接受还是反对苏联现行制度的俄国人都用大致相同的语气,都从大致相同的道德角度谈论西方文明——的话,我们为寻求启示所能采取的最好的方法就是阅读陀思妥耶夫斯基的《作家日记》。从这个角度来看,《作家日记》丝毫不失其作为一份不同寻常的文献资料的重要性,它不仅启发我们了解过去,而且启发我们认识现在,可能还像陀思妥耶夫斯基深信的那样,它启发我们展望未来。

注释

[1]《同时代人回忆陀思妥耶夫斯基》,第二卷,第 307–308 页。

[2] 转引自理查德·派普斯,《旧政权统治下的俄国》(纽约,1974),第 278–279 页。

[3] 亚历山大·科瓦雷,《十九世纪初期俄罗斯的哲学和民族问题》(巴黎,1929),第 209 页。

[4] 当然,赫尔岑与陀思妥耶夫斯基对这个术语的理解有很大差异;但是,两人都接受俄罗斯的民族特性与"社会主义"具有某种特殊的相似性的观点。关于赫尔岑对这个术语的使用,见安杰伊·瓦利茨基,《斯拉夫主义论争》(希尔达·安德鲁斯-鲁谢斯卡英译;伦敦,1975),第十六章。

[5]《陀思妥耶夫斯基书信集》(阿·谢·多利宁编辑;四卷;莫斯科,1928–1969),第一卷,第 424 页。

[6] 同上,第二卷,第 169–170 页。

[7] 同上,第三卷,第 206 页。

[8] 陀思妥耶夫斯基的另一个令人不快和尴尬的姿态是他的反犹倾向,不幸的是,这一点在《作家日记》中显而易见。戴维·I. 戈尔茨坦在关于这一主题的最佳著作《陀思妥耶夫斯基与犹太人》(得克萨斯州奥斯汀,1981)中精彩地论述了这个问题。但是,正如我在为该书所写的序言中表明的那样,我的观点与戈尔茨坦的严厉批评及其总体而言完全合理的谴责有一些细微的差别。

陀思妥耶夫斯基的反犹倾向是普遍的仇外心理和大俄罗斯沙文主义的一部分,这使他几乎不可能承认其他族群有什么优点和美德。尽管如此,他显然对有人认为他反犹——至少是在公开场合——感到尴尬和不安,因此煞费苦心地(在《作家日记》一八七七年三月号上撰文)明确否认众多犹太读者来信对他提出的指责。戈尔茨坦倾向于认为他公开否认自己反犹是一种策略,所以不足为信;但我愿意假定陀思妥耶夫斯基是无辜的,而且愿意认为他在这个问题上可能比戈尔茨坦所承认的更自相矛盾。毕竟,值得注意的是,尽管同时含有各种各样恶意的影射,但是,陀思妥耶夫斯基的《犹太人问题》这篇文章最后呼吁并浮想基督徒与犹太人和睦相处,这与呼吁集体屠杀犹太人还是不可相提并论。

[9]《陀思妥耶夫斯基书信集》,第四卷,第 171–172 页。

[10] Д. Н. 奥夫夏尼科–库利科夫斯基,《俄国知识分子史》(三卷;圣彼得堡,1909–1911),第二卷,第 205 页。

[11] 欧内斯特·J. 西蒙斯,《陀思妥耶夫斯基:成为一名小说家》(伦敦,1950),第 253 页。

第十三章 陀思妥耶夫斯基：现代意义与历史意义

　　约翰·琼斯的陀思妥耶夫斯基研究专著个人色彩非常浓重，风格非常独特，也非常具有挑战性。[1]琼斯对陀思妥耶夫斯基有他自己的具体看法，他对他认为的一些经常被用来评价他特别喜爱的这位作家的错误观点不屑一顾（当然，他不是喜爱陀思妥耶夫斯基的所有作品，因为，除了顺便提及之外，他根本不愿意把《白痴》包括在陀思妥耶夫斯基的作品之内，他说《白痴》"矫揉造作，歇斯底里，虚妄夸张，令人作呕，枯燥乏味"）。这种语言风格传达了琼斯的某种自信；而且他在发表否定意见时像发表肯定意见时一样自信。

　　人们通常认为陀思妥耶夫斯基是一位生活在十九世纪中期的俄国作家；他像巴尔扎克、狄更斯等同时代作家一样按照现实主义的常规写作，当然也有他自己无与伦比的独创性；他深切关注人的情感、人的心理以及他生活的那个世界和时代的社会问题。因为他描写的是俄国人的生活，他塑造的人物同样受到终极道德价值观念和宗教信仰问题的困扰。但是，按照琼斯的说法，所有从这些方面

研究陀思妥耶夫斯基作品的人都没有"做对"（这是他喜欢使用的表
述之一），因而制造了大量"废纸"。如果想要做对，就得另辟蹊径。

　　琼斯认为，我们必须关注当代文学，必须关注他所说的陀思妥
耶夫斯基的作品"提前散发出来的二十世纪的气味"（在琼斯看来，
嗅觉似乎是一种十分重要的批评技能），他在《穷人》中嗅到了这种
气味，而且觉得这种气味在《双重人格》中"更强烈"。在《双重人
格》中，戈利亚德金先生既要确认又要否认自己的身份，这部中篇小
说"预示了塞缪尔·贝克特作品中某种**突变**的令人心悸、令人兴奋
的理智主义"；随着小说情节的发展，"我们发现我们逐渐深入了二
十世纪"。让琼斯着迷的是陀思妥耶夫斯基与现在的这种关联，他
感觉，把《双重人格》与卡夫卡笔下的布拉格联系起来比与果戈理笔
下的圣彼得堡联系起来实际上更有"启示性"。

　　于是，琼斯果断地使陀思妥耶夫斯基"现代化"，而且只从这个
角度解读他的作品。人们用其他方式阅读陀思妥耶夫斯基作品的
现实状况让琼斯感到非常不安，他甚至说俄国与西方之间有一个歪
曲陀思妥耶夫斯基作品的真正含义，至少也是歪曲其独创性的真正
特点的"阴谋"。对于陀思妥耶夫斯基的作品，俄国与西方以各自不
同的方式"避免谈论它们的内容，也不赞许其中的寓意"，因此，双方
都拒绝"重点关注这个毕其一生努力探求真理以警世人的人"。这
部论著开头几页的内容似乎预示着它要讨论陀思妥耶夫斯基作品
的技巧和形式，也许还要进行文体分析。尽管琼斯利用可以找到的
苏联（科学院）新版《陀思妥耶夫斯基全集》的不同译本做了大量准
备工作并与译者进行了一系列纳博科夫式的争论，但是，他自己的
兴趣实际上并不像他的说法所暗示的那样在美学方面。如果他对
形式和技巧有一点点关心的话，那也只是因为他认为可以利用它们

171

证实他的直觉,即,陀思妥耶夫斯基**其实**描写的同样是他在他喜欢的一些现代作家的作品中看到的那种变幻莫测、反复无常、玄奥诡异的让人捉摸不定的世界。因为"陀思妥耶夫斯基的描写脱离了那种仍然可以确定的语境,所以在地球上的客观世界与人类失重的心路历程之间没有给我们留下中间地带和桥梁"。

当具体运用这些观点讨论陀思妥耶夫斯基的作品时,它们必定产生一些极不寻常的解读。《穷人》被亚历山大·赫尔岑认为是俄罗斯文学的第一部社会主义小说,而且**对不起**琼斯的是,它通篇体现了普遍存在于十九世纪四十年代俄国年轻的自然派作家作品中的怜悯主题,但是,突然间,《穷人》变成了一篇关于无处可去、无地自容的人物的深奥的寓言,这部作品"真正的争议点是前瞻性:戏剧性的混乱状态和无力感,双重情节(反复自动隐身),空白(丢失的信件等),陀思妥耶夫斯基将毕生探寻的没有原创者的资源"。按照琼斯的说法,这些都是为了使人物和情节疏离虚构的"现实"世界并使人物滞留在"出于本能的心路历程"中而采用的技巧,标志着陀思妥耶夫斯基"出于本能的现代性"特征。

同样的质变性解读出现在琼斯讨论陀思妥耶夫斯基的下一部重要作品《双重人格》时,这部作品是"关于一个毫无意义地忙来忙去的人的故事,讲述了他的一段没有来龙去脉的经历,既无前因也无后果,关注的不是思想而是**赤裸裸的**(голый)欲望"。只要记得可怜的戈利亚德金先生,熟悉《双重人格》的读者也许就难以认同琼斯对这部作品的形容。《双重人格》精心描写了戈利亚德金先生在等级社会中的从属地位,他却不顾一切地试图闯入一场故意**不邀请**他参加的生日晚会,结果因为在一个完全以驯顺服从为社会规范的世界里无法承受反抗的冲动给他带来的精神负担而陷入了幻觉环生的疯狂状态。但是，在琼斯看来，"当戈利亚德金先生付钱给马车夫漫无目的地闲逛时，《双重人格》一下子就变成了一篇具有加缪的时代精神而且更接近萨特的形而上的荒诞寓言"。好吧，既然我们已经逐渐接受了所有解读都是"误读"的观点，琼斯为什么不这样解读？

172

　　当然，琼斯不安地意识到，这与我们对陀思妥耶夫斯基及其所关心的事情的认识完全背道而驰。因此，他满不在乎地把**这种认识**斥为"幼稚的基督教信仰和课堂上的社会主义的大杂烩"而一概予以否定，并且认为这样做实际上是把陀思妥耶夫斯基从那些贬低其天才的人手中拯救出来。因为，只要不去关注他挑选出来的那些形而上学悖论和身份辨认笑话（如果我们直接忽略它们的**上下文含义**，就很容易找到这些内容），"我们就把一个绝世天才变成了另一个在文学界比较常见的十分杰出的伟大作家"。

　　但是，琼斯并非始终如一地坚持这种严格的划分，他发现陀思妥耶夫斯基不仅"提前"在"形式"上，而且"通过想象力预见到当代媒体人和恐怖分子这种伪精英，他也同样预见到当代麻木、迷信的民众，预见到我们的享乐主义、冷漠无情、理智的破坏行为以及公共场合毫无意义的噪声：所以，在第一次看见自动唱机上的投币孔——你可以往里面投钱买清静——时，我对这种疯狂、可怕的幽默感的反应是惊呼：'啊，陀思妥耶夫斯基！'"因此，尽管陀思妥耶夫斯基的作品与他本人生活的那个社会的关系非常无聊，它们与当代社会的关系却是具有"预言性"的；而琼斯对两个社会之间是否存在着某种关联从来也不感兴趣。更认真地看待"幼稚的基督教信仰和课堂上的社会主义"也许能让他明白是什么培养出了陀思妥耶夫斯基的预言才能。

琼斯这本书大致按照时间顺序讲述陀思妥耶夫斯基的文学生涯，反复讨论他的作品，因为琼斯认为他的作品之间没有真正的区别。同一种贝克特式的情感完全控制了它们，而最重要的就是这一点；人生经历并没有实质性改变陀思妥耶夫斯基，只是提供了多种多样新的素材，使他能够充实已经确定的文学架构。这决不是一种有创见的观点，陀思妥耶夫斯基的作品在主题和人物类型方面当然具有贯穿始终的连续性。但是，当琼斯在关于《群魔》的那一章谈到陀思妥耶夫斯基"毕生都在写同一部小说"时，他把这种观点发挥到极致。更加出人意料的是，他评论说，十九世纪四十年代开始文学创作后，"陀思妥耶夫斯基一路倒退，无意中写的是十九世纪的小说"，这含蓄地贬低了陀思妥耶夫斯基后期那几部重要长篇小说的价值。在陀思妥耶夫斯基所写的这些小说中，他的人物开始"找到［狄更斯、巴尔扎克笔下］与他们同时代的各国小说人物的共同点"，从而失去了其更加抽象和深奥的早期作品所特有的那种陀思妥耶夫斯基式的独创性。按照琼斯的说法，"你可以大致确定"梅什金乘坐火车到达彼得堡的叙事基调"属于哪个年代"；但要"品味'假如我确实知道这意味着什么，可这又会通往何方'的含义呢？——你无法品味"。

173　　琼斯对他所关注的四部重要作品（《地下室手记》、《罪与罚》、《群魔》和《卡拉马佐夫兄弟》）的探讨都是从这个角度出发的，他在探讨中不停地寻找可以说明"没有人具有，也没有任何作品产生过陀思妥耶夫斯基无穷无尽的创造魅力"的场景和细节。与其说他提出了什么新的阐释，不如说他提供了一系列批注和点评，他总是相当巧妙而且坚持不懈地围绕着这些批注和点评表达他对陀思妥耶夫斯基的世界的感知。由于陀思妥耶夫斯基作品的某些方面符合琼斯的看法,他也的确直接影响了琼斯认为他所"预示"的那些现代作家,因此,琼斯的评论绝非无的放矢。他相当令人信服地说明贝克特如何借鉴《双重人格》的一段评述妙趣横生。令人比较遗憾的是,不喜欢《白痴》使琼斯没有讨论陀思妥耶夫斯基笔下与贝克特的黑色喜剧最有缘分的一个人物,即,身患肺结核的学生伊波利特。伊波利特在《白痴》中始终处于快要病死的状态,同时自己也出尽了洋相。

　　有人希望(至少本文作者希望)琼斯写一本直接论述陀思妥耶夫斯基与贝克特和法国存在主义的关系的书——鉴于他总是多次重复自己的说法,写成一篇长文更好。这肯定将使他得以向世界展示他的陀思妥耶夫斯基,而且使他不会陷入他所遇到的历史合理性和准确性之类的麻烦。他的著作的问题不是对陀思妥耶夫斯基的现代解读(这是批评家正当的工作),而是使人难免产生以下看法:相对于那些花费时间穷思竭想真实的陀思妥耶夫斯基说了些什么、阅读些什么、思考些什么、感觉到什么的平庸学者,琼斯在某种程度上让我们看到了**真正的**陀思妥耶夫斯基——**因为不朽改变了他**。琼斯没有必要用这种理由证明他的解读是正确的,只要他自信地说明他这部著作是一名现代作家的个人看法(可以说是仿效简·科特的莎士比亚研究专著而写的《我们当代的陀思妥耶夫斯基》),人们就不难接受其中的观点。因为装腔作势地说他为我们解读的陀思妥耶夫斯基是陀思妥耶夫斯基作品的真正含义只能被认为很不准确而且完全不合常理,这反而令人遗憾地使人更难认识到琼斯根据自己的见解提出的那些观点的真正价值。琼斯经常通过突出陀思妥耶夫斯基作品中的某些元素来阐明陀思妥耶夫斯基与现代性的关系,而且帮助我们理解陀思妥耶夫斯基的文学追随者如何吸收他的思想(尽管也会被分解简化和断章取义)。

《陀思妥耶夫斯基最新批评论文集》没有把历史上的陀思妥耶夫斯基与使其作品成为现代文学主流的一部分的那种风格混为一谈。[2]这本文集包括八篇很有价值的论文,其中六篇由英国斯拉夫文化研究者撰写,另外两篇由美国斯拉夫文化研究者撰写,它们严肃讨论了陀思妥耶夫斯基的世界的方方面面,读后使人受益匪浅。这些论文没有忽视他与现代性的关系,无论是从文学还是主题的角度。斯图尔特·R.萨瑟兰令人信服地阐述了陀思妥耶夫斯基的几部重要长篇小说戏剧性地表现的那些主要伦理道德问题如何影响了英美分析哲学而不只是影响了天真的存在主义者。实际上,陀思妥耶夫斯基的小说对这些问题的处理与彼得·斯特劳森爵士①等人对相同问题的论述有重要关系。同样,克里斯托弗·派克具有启发性地全面总结评述了形式主义者和结构主义者对陀思妥耶夫斯基的探讨,他谈到了各种各样的批评家(朱莉娅·克里斯蒂娃②,娜塔莉·萨罗特,阿兰·罗布-格里耶,米歇尔·布托③),他们把陀思妥耶夫斯基奉为"先驱,因为他描写的分裂的现实社会具有现代性,因为传统世界和权威的崩溃,因为他笔下的人物具有'新的'心理特征"。

不过,其中两篇最有价值的论文专心致志地分析了历史背景下

---

① 彼得·弗雷德里克·斯特劳森爵士(Sir Peter Frederick Strawson, 1919-2006),英国哲学家。

② 朱莉娅·克里斯蒂娃(Julia Kristeva, 1941-),出生于保加利亚的法国哲学家、文学批评家、符号学家、精神分析学家、小说家和女权主义者。

③ 娜塔莉·萨罗特(Nathalie Sarraute, 1900-1999)、阿兰·罗布-格里耶(Alain Robbe-Grillet, 1922-2008)和米歇尔·布托(Michel Butor, 1926-2016)均为法国新小说派小说家。

的陀思妥耶夫斯基。有人可能会认为,这种分析早已被做到了无以复加的程度;但是,他与他那个时代的关系在许多方面其实仍然没有得到比较充分的研究。原因之一是,尽管正在陆续出版的苏联科学院新版《陀思妥耶夫斯基全集》编辑精良而且最近也有一些非常优秀的著作(例如 B. C. 涅恰耶娃撰写的两部关于陀思妥耶夫斯基主编的杂志的研究专著)面世,但是,苏联学者几乎不能触及陀思妥耶夫斯基与当时的俄国激进主义的复杂关系。关于陀思妥耶夫斯基的文学批评具有极大的破坏性以致不能公开发表,所以,苏联学者宁愿进行其他方面的研究。这种状况使《〈罪与罚〉与激进思想》这一类论文显得特别有价值。德里克·奥福德的这篇论文准确地认定拉斯柯尔尼科夫的理论是可以在车尔尼雪夫斯基和皮萨列夫的著述中发现的那些思想的产物,而不是像苏联学者愿意认为——从而使他们更容易按照苏联本国的传统说法解读这部小说——的那样源于各种西方资产阶级思想。

　　另一篇类似的论文同样令人感兴趣,它就是谢尔盖·哈克尔的《〈卡拉马佐夫兄弟〉中佐西马长老的布道》。这篇论文研究了陀思妥耶夫斯基在包含佐西马长老的回忆和劝诫的"俄罗斯修士"的几个章节中提到的那些宗教著作,而且分析了陀思妥耶夫斯基所描绘的佐西马长老在多大程度上符合东正教教规这个问题。哈克尔关于这个相当生僻的题材的知识非常渊博,他认真严谨地探讨了问题。他的结论是,陀思妥耶夫斯基只是在一定程度上按照传统的原型描绘,被他用来当作榜样的"显然不是出自叙利亚沙漠或俄罗斯**隐修院**(пустынь)的教士",而是雨果的《悲惨世界》中的那位可敬的米里埃尔主教。哈克尔还旁征博引地证明,即使在坚称自己赞成宗教价值观念的同时,陀思妥耶夫斯基也不愿把这种价值观念与东正教信仰的具体概念联系起来;他认为,东正教的概念表明的"只是自然神秘主义"。这篇第一流的论文提出了关于陀思妥耶夫斯基的信仰的基本问题,我们也许应当认为,与任何积极的理解相比,陀思妥耶夫斯基对上帝和基督的信仰更加接近消极神学,就像新教神学家爱德华·图尔奈森多年以前所认为的那样。[3]另外几篇论文也都非常值得一读,这本文集还包括一份实用的一九四五至一九八一年间用英文出版的陀思妥耶夫斯基研究著作的参考书目。

加拿大历史学家韦恩·道勒所著《陀思妥耶夫斯基,格里戈里耶夫与保守的故土主义》一书不是专门论述陀思妥耶夫斯基的,而是论述了一种思潮,这一思潮与陀思妥耶夫斯基的名字联系在一起,而且主要是由他在六十年代初期主编的两份杂志《时代》和《时世》宣传倡导的。这一思潮被称为**乡土主义**(почвенничество),道勒将其译为"故土主义"。[4]俄语 почва 这个词的本义是"土壤",附带还有"基础,根基或立足点"的含义;"故国"并不包含在这个词的意思内,只是表明这一思潮总体上的某种意义,因为它具有强烈的爱国倾向,呼吁俄国文学和文化摆脱外国思想和价值观念的束缚,从故国的土壤中汲取营养。在当今世界各国(包括苏联)的文化领域变得非常引人注目的"寻根"一百多年以前就作为一个口号和纲领首先出现在陀思妥耶夫斯基主编的杂志上。

这一思潮的三个最著名的人物是阿波隆·格里戈里耶夫、陀思妥耶夫斯基本人和尼古拉·斯特拉霍夫。斯特拉霍夫是陀思妥耶夫斯基昔日的"朋友",也是其首部传记的作者之一,他在陀思妥耶夫斯基去世后给托尔斯泰写过一封诋毁陀思妥耶夫斯基的信。格里戈里耶夫经历了大起大落的多彩人生,他是一位有天赋的诗人和批评家,不幸染上严重酗酒的民族恶习,过着一种狂放、混乱的生活。两名苏联评论家认为,他为陀思妥耶夫斯基提供了关于德米特里·卡拉马佐夫的一些灵感[5];德米特里这个人物喜欢狂饮并且总是在紧要关头诗兴大发似乎使他们的假设具有了某种合理性。亚历山大·勃洛克在二十世纪初把格里戈里耶夫的诗歌编辑成集;尽管非常小心谨慎,苏联学术界也重新开始关注他的文学批评,直到最近才多少将其视为具有历史意义的珍贵文献。[6]不过,他肯定是十九世纪中期最优秀的文学批评家;尽管由于公众舆论转而关注为支持革命进行政治宣传的所谓文学评论,他在有生之年几乎没有取得什么众所周知的成就,但是,作为一名具有洞察力的俄罗斯文化的阐释者,他的价值逐渐开始得到承认。

176

　　道勒这本书利用丰富的资料详细叙述了格里戈里耶夫的文学生涯及其早年与《莫斯科人》杂志的那些年轻编辑的合作。《莫斯科人》是一份坚定支持俄罗斯爱国民族主义的陈腐过时的刊物,五十年代初期,在担任主编的历史学家米·彼·波戈金把它暂时交给一群年轻作家以后,杂志获得了新生,这些年轻作家包括格里戈里耶夫以及剧作家奥斯特洛夫斯基和小说家阿·费·皮谢姆斯基。格里戈里耶夫就是在这几年间逐渐形成了对于陀思妥耶夫斯基来说非常重要的那些思想,不过,道勒可能夸大了这位批评家使小说家陀思妥耶夫斯基受益的程度。毫无疑问,陀思妥耶夫斯基接受了格里戈里耶夫的一些模式和观念。但是,与其说这些模式和观念使陀思妥耶夫斯基形成了自己的观点,不如说它们使他能够从俄罗斯文化的哲学角度表达他根据自己在西伯利亚的亲身经历以及他在那里的信仰"重生"而独立产生的那些直觉和看法。

　　乡土主义通常被认为是斯拉夫主义的一个变种,事实上也的确如此;但是,这种说法同样适用于赫尔岑的"俄罗斯式社会主义",后者也与**乡土主义**极其相似。道勒精辟地阐明,"故土主义思潮"与东正教斯拉夫主义的区别在于它接受了彼得大帝的西方化对俄罗斯文化进行的改造;在斯拉夫派对其神话和田园诗般的过去恋恋不舍的那一片被安杰伊·瓦利茨基称为"古老的乌托邦"的土地上,**乡土派**期待着受过教育的阶层与农民结合形成一个对西方启蒙思想和仍然存于俄国社会本原的基督教道德价值观念兼容并蓄的新的民族。他们还通过抵制黑格尔关于全人类将会朝着唯一的方向发展——我们现在称之为现代化——的进步思想把自己与俄国西方派区分开,谢林关于历史进程的"普遍相对主义"思想对他们更有吸引力,这种思想的含义是,每个民族都可以独立自主地摸索自身内在的发展规律,不必成为某种涵盖天下的世界精神的一部分。

  乡土派在哲学上是唯心主义者,他们努力摆脱唯物主义和功利主义对绝大多数俄国知识分子所产生的那种影响,他们明白,唯物主义和功利主义学说是社会-政治革命纲领不可分割的组成部分。尽管**乡土派**反对革命(陀思妥耶夫斯基认为,即使想象革命可能也完全是自欺欺人),但他们绝不是自负的保守派,他们支持政府的所有改革措施,而且赞成通过农民村社和地方自治机构实行自治。他们还努力捍卫艺术家不受车尔尼雪夫斯基、杜勃罗留波夫和皮萨列夫之类激进派代言人所施加的政治压力的影响独立创作的自由。不过,道勒指出,说"他们反对俄国的所谓'谴责文学'"不是事实;至少就陀思妥耶夫斯基而言不是事实,他明确表示了支持"谴责文学"的态度。他们认为俄罗斯文化卷入了欧洲(凶猛的利己主义者)与俄罗斯(温顺的基督徒)的民族特征和道德价值观念之间的斗争——普希金经历并决定了这场斗争的结局;而关于文化类型的这一观点肯定对俄罗斯民族的想象力产生了持久的影响,尽管**乡土主**

义当时的政治影响力几乎为零。也许只是在当前，**乡土主义**才有了一些政治后果；因为陀思妥耶夫斯基的天才使**乡土主义**思想保持了强大的生命力，所以我们仍然可以在索尔仁尼琴这一类作家的作品中发现它们。

　　就我所知，道勒这本书无疑是最精辟、最全面的关于**乡土主义**思潮的论著，对于阐明陀思妥耶夫斯基思想背景的一个重要方面做出了杰出的贡献。道勒深谙俄罗斯文化史，他还将"故土主义思潮"置于更广阔的欧洲保守主义的背景下；他认为**乡土主义**是对现代化所形成的压力的一种反应，就像俄国激进主义也是对此的反应一样。除了几处错误（陀思妥耶夫斯基后来在《群魔》中戏剧性描述的一八六二年春天那一场"文学-音乐"晚会与其说证明了"知识分子之间的合作心态"，不如说是左派的一场示威活动）之外，这本书的主要问题是有所疏漏。如果道勒把**乡土主义**与赫尔岑这种左派——而不是斯拉夫派的变种中间派——非常相似的思想演变进行更广泛的对比，就会大大提高他的论述的价值。因为他确实深刻地认识到，俄国左派和右派的政治口号几乎没有任何意义，当我们从欧洲的角度观察时，两派的基本看法非常接近。

　　我们可以引用他自己的部分结论结束本文，这一段结论概述了使他能够不偏不倚地撰写一部论著从而避免出现那种简单地认为**乡土派**只是一些保守的蒙昧主义者——他们当中碰巧有一位伟大的作家——的常见错误立场。道勒写道：

　　　　主要由尼古拉一世统治末期城市文化迅速发展而产生的社会上独立的知识分子关注缓慢的现代化进程所导致的俄国思想-社会生活的紧张局势。他们用俄国与西方这一隐喻概括他们面对的紧张局势。知识分子中的激进派和保守派的观点不仅具有共同的浪漫主义和空想社会主义思想根源，而且都强烈反对个人主义价值观念和机械安排社会生活，他们认为这些都是西方资产阶级社会的特征。因此，两派最终都鼓吹非常相似的集体主义或公社制的社会目标。（《陀思妥耶夫斯基，格里戈里耶夫与保守的故土主义》，第182页）

事实正是如此；所以，多一点关于这种至关重要的趋同性的论证就更好了。

注释

[1] 约翰·琼斯，《陀思妥耶夫斯基》（伦敦，1983）。

[2]《陀思妥耶夫斯基最新批评论文集》（马尔科姆·V. 琼斯和加思·M. 特里编辑；剑桥，1983）。

[3] 爱德华·图尔奈森，《陀思妥耶夫斯基》（基思·R. 克里姆英译；伦敦，1964）。

[4] 韦恩·道勒，《陀思妥耶夫斯基，格里戈里耶夫与保守的故土主义》（多伦多，1982）。

[5] В. Г. 谢利特连尼科娃和 И. Г. 亚库什金，《阿波隆·格里戈里耶夫与米佳·卡拉马佐夫》，载《语文学》，（一九六九年）第一期，第13-24页。

[6] 列·格罗斯曼的《三个同时代人》（莫斯科，1922）包括一篇具有高度鉴赏力的文章。更近一点，Б. Ф. 叶戈罗夫的《阿波隆·格里戈里耶夫——批评家》一文进行了充满敬意的深刻分析，见《国立塔尔图大学学报》，（一九六〇年）第九十八期，第194-215页。

第十四章　陀思妥耶夫斯基与欧洲浪漫主义

　　像狄更斯一样，陀思妥耶夫斯基也是自己的作品的朗诵者，他的 朗诵声情并茂，给听众留下深刻的印象；他通常还是俄罗斯诗歌杰出的口头诠释者。他经常应邀在公众集会上朗诵，最喜欢朗诵的诗歌之一是普希金的《先知》。一八八〇年在莫斯科为普希金纪念碑揭幕举行的纪念活动中，陀思妥耶夫斯基的演说使听众如痴如狂群情激昂，他在演说中就朗诵了这首诗①；听众高喊他就是普希金这首诗所描述的先知。当然，陀思妥耶夫斯基几乎不可能认为自己是任何宗教意义上的先知。但是，在把自己的创作称为"幻想现实主义"或"更高级"的现实主义时，他肯定包括了能够预见未来世事变迁的创作的这种潜在价值——这就是为什么每当报纸上报道的新闻证实了他在小说中描写的人物和想法时，他总是感到由衷的高兴。

　　无论如何，自从陀思妥耶夫斯基去世后，他就有了"先知"的称

---

　　① 事实上，陀思妥耶夫斯基不是在发表他的著名演说的集会上，而是在这次活动的最后一场纪念会上朗诵的《先知》。

号,这个词经常出现在关于他的书籍的标题中,例如德米特里·梅列日科夫斯基所著《俄国革命的先知》。亚历克斯·德扬在他的论著的标题中没有使用**先知**这个词,不过,这并没有什么不妥。[1]因为他的论题的要旨是,陀思妥耶夫斯基**是**我们大家生活在其中的"激情时代"的先知,在这方面只有波德莱尔可以与他相提并论。德扬断言,对陀思妥耶夫斯基作品的"正确——也就是说,利用我们事后的认知——解读提供了关于欧洲文明正在逐步瓦解的最深刻、最全面的描述,并且预言了一个恐怖时代、一个兰波所说的**刺客时代**的到来"。(《陀思妥耶夫斯基与激情时代》,第5页)

于是,《陀思妥耶夫斯基与激情时代》在提出类似观点的著作中占据了一席之地,这些著作认为陀思妥耶夫斯基本质上是一种体现了他那个时代(并且预言了我们这个时代)的弊病的文化征兆而不是一位从事文学创作的作家。两者永远不可能截然分开,尤其是在俄罗斯,我也无意暗示应当把它们截然分开;但是,我们仍然应当在两者之间保持某种平衡。陀思妥耶夫斯基本人在与激进派评论家尼古拉·杜勃罗留波夫的论战中坚持认为,品质低劣的文学作品即使作为社会-政治宣传品也不起作用;虽然这种论点过于理想化,但是,它至少表明,在热情地参与讨论时代和国家的道德-社会问题时,陀思妥耶夫斯基并没有把对艺术的关注排除在外。

因此,德扬断言陀思妥耶夫斯基"完全不关心小说创作的细腻手法"(他翻阅过陀思妥耶夫斯基的笔记本吗?)并且说"他依赖本能反应和直觉而不是依靠精心构思"进行创作没有任何根据。当然,如果德扬愿意承认陀思妥耶夫斯基知道自己在干什么,他就难以声称他的观点"大致说明了陀思妥耶夫斯基那些松松垮垮的庞然大物是如何产生的,让人看到它们在很大程度上具有内在的连贯性,源于某种迄今为止仍然可疑的统一的创作愿景"。从来没有人用亨利·詹姆斯形容托尔斯泰小说的短语("松松垮垮的庞然大物")描述风格完全不同的陀思妥耶夫斯基的作品;实际上,俄国最优秀的批评家——米哈伊尔·巴赫金只是其中一个典型代表——非常正确地认为,他们两人对于小说艺术的运用以截然相反的方式达到了极致。滥用这个短语暴露了德扬几乎根本不关心陀思妥耶夫斯基作品的实际品质并使人怀疑,他或许已经成为他所谴责的文化弊病的受害者,也就是说,他用可以产生令人震惊的效果的"激情"代替了精细的价值分析。

　　幸运的是,陀思妥耶夫斯基的小说"艺术"被迅速地一带而过,这本书接着开始认真讨论它真正的主题。这一主题被德扬作为卷首引语引用的娜杰日达·曼德尔施塔姆那一段根据敏锐观察发表的非常准确的言论所定义。为什么"十九世纪对人道主义、自由和人权的赞颂"直接导致了"二十世纪的恐怖",为什么二十世纪发生的"反人类罪行超过了以前的所有时代"? 借助波德莱尔和陀思妥耶夫斯基,德扬尝试回答这个重大问题;所有记得欧文·白璧德那本(仍然非常值得一读的)《卢梭与浪漫主义》和／或了解 T. S. 艾略特从他过去的老师白璧德以及夏尔·莫拉斯等法国古典主义传统的捍卫者那里继承的反浪漫主义倾向的人也许对德扬的回答耳熟能详。就我们所知,德扬并没有直接受到这种现已过时的思潮的影响;但是,通过思考娜杰日达·曼德尔施塔姆提出的那个令人困窘的问题并在过去一个半世纪的文化史中寻求答案,他似乎得出了许多结论。

　　德扬认为,罪魁祸首是我们在欧洲浪漫主义作品中可以看到其影响的那种价值观的崩溃。可以肯定的是,只有从马里奥·普拉兹带有偏见的观点出发,才会认为欧洲浪漫主义是一种"浪漫的痛苦"。[1] 无视人们为在各个民族不同类型的浪漫主义之间划清界限
181 而进行的一切努力,并且忽略(贝内代托·克罗齐很早以前有力地
驳斥普拉兹时所指出的)那个简单的事实,即,在一种浪漫主义具有
道德虚无主义特征的同时,另一种浪漫主义可以整合重建社会,德
扬把复杂的浪漫主义运动当作文明崩溃的征兆视为一个整体。无
论十八世纪多么动荡而且冲突不断(毕竟,那是**老实人**和**拉摩的侄
子**生活的年代),它仍然让人感到具有稳定的世界秩序和"整体目
标"——这是德扬委婉的说法,使用**宗教**这个词也许让他有点担心。
十九世纪起步伊始就身负法国大革命所造成的历史创伤,它只能梦
想已经失去的确定性并且试图在想象中恢复它。因此,浪漫主义是
一种关于"堕落的当今社会"、关于时间的短暂和消逝、关于某种**世
纪病**的感受,这把浪漫主义作品的主人公变成了不适应社会的人,
促使他们努力通过为感受而寻求感受以减轻他们本身的不安全感。
"激情体验是浪漫主义文化所产生的最重要的概念。"

德扬非常轻松地运用这种观点讨论波德莱尔,这位诗人在各种
缓解生活之无聊乏味的体验("饮酒、作诗或行善积德,一切随你。
但这使你陶醉吗?")中寻求逃避。然而,即使有这样一位似乎完美
地例证了"激情"综合征的作家,人们很快就开始觉得这个词的含义
过于宽泛和模糊,主要表达了一种笼统的概念,以致无法充分满足
进行富有启发性的文学批评的需要。

"激情"可以是**仅仅**存在于感官层面的体验的全部内容,也可以

---

[1] 马里奥·普拉兹(Mario Praz, 1896-1982),出生于意大利的文学艺术批评家,研究英国文学的学者,最著名的著作是《浪漫的痛苦》(1933)。

是同时具有某种精神内涵的体验的一部分。我们看到，波德莱尔"通过思考自己下地狱的可能性而兴奋，逐渐进入任何刺激都起作用的状态；就像海洛因成瘾者逐渐爱上导致他们自我毁灭的针头一样。我们的主人公逐渐变得困惑迷茫，结果完全失去了评价他所体验的感受的能力"。（《陀思妥耶夫斯基与激情时代》，第43页）最后这句话虽然对于海洛因成瘾者也许可以说是千真万确，但它几乎不能用于正在思考"自己下地狱的可能性"的波德莱尔；自我毁灭可能在两者身上都会发生，不过，深知自己邪恶显然不同于完全不分善恶。这是德扬的关键词的一个根本缺陷，这一缺陷使他不由自主地抹杀了至关重要的善恶之分。

德扬这本书主要是从西方浪漫主义提供的视角专门讨论陀思妥耶夫斯基的小说，而且随意选择了波德莱尔作为西方浪漫主义的典型代表。陀思妥耶夫斯基也对**拥挤的城市**着迷和恐惧，他令人印象非常深刻地将其作为背景衬托小说人物所遭受的社会苦难以及他们所陷入的孤立无助的绝望处境。德扬没有详细论述把陀思妥耶夫斯基对彼得堡的描写与普希金过去的作品（《青铜骑士》和《黑桃皇后》）和安德烈·别雷未来的《彼得堡》联系起来的独具风格的俄国象征主义，而是把注意力集中在城市这个道德沦丧和天然社群解体的发生地——我们看到巴尔扎克和狄更斯的作品通常描写的也是这种地方。可能是本土爱国主义促使德扬选择陀思妥耶夫斯基一八六二年短暂游览伦敦作为他把握这一主题的决定性时刻，他声称，伦敦"似乎使陀思妥耶夫斯基第一次把目光聚焦在城市的形象上"。其实根本不是这样；陀思妥耶夫斯基的处女作长篇小说《穷人》(1845)把彼得堡当作一种毁灭人性的环境有效地加以利用，由果戈理的彼得堡故事和法国**生理素描**（关于巴黎社会的速写随笔）

182

派生的俄国文学自然派的所有作家也以同样的方式利用这座城市。陀思妥耶夫斯基游览伦敦的所见所闻证实了他对可怕的工业化和西方"进步"的所有预感,他认为这是唯物主义造成的后果,而十九世纪六十年代的俄国激进派也在鼓吹唯物主义;不过,这并没有对他的作品中的城市形象产生决定性的影响。

现代城市是理性主义、唯物主义和功利主义之类"新的思想观念"的发源地,陀思妥耶夫斯基憎恶这些思想观念,从六十年代初期开始,他在一部又一部作品中抨击它们。德扬用一系列章节专门讨论这种抨击,他选择了陀思妥耶夫斯基作品中的一些人物和主题,通过着重指出它们与至今仍然严重困扰着我们的某些问题的关系,阐述了这些人物和主题的道德-社会含义。由于令人无法忍受地限制人的自由,社会管控导致地下人的愤怒反抗。《罪与罚》中的拉斯柯尔尼科夫和卢任揭示了坚持金钱至上的功利主义道德准则所产生的令人深恶痛绝的道德后果。《白痴》中的梅什金公爵和《少年》中的韦尔西洛夫同样感到与社会格格不入。这些新的思想观念所造成的社会混乱在《群魔》中被淋漓尽致地表现出来,《卡拉马佐夫兄弟》则暗示了这种混乱无处不在。

在以一种(虽然有点重复但)令人感兴趣的方式总结了陀思妥耶夫斯基对现代社会做出的反感诊断之后,德扬接着提出了更有争议的论点,即,由于他们正在失去生活的"整体目标",陀思妥耶夫斯基笔下的人物转而寻求富有"激情"的生活。他在一个专门讨论人物的行为所表现的"富有激情的生活方式"的章节里阐述了这一论点,这种"生活方式"包括无端作恶,赌博,受虐,希望时间消失,最终是放浪形骸。陀思妥耶夫斯基笔下的这种或者那种典型人物随心所欲地沉迷于这些分散精力的事情;但是,不能把他们的行为的意义简单地归结为对

"激情"的渴望。我们再次回头去看波德莱尔与海洛因成瘾者的异同，由于陀思妥耶夫斯基笔下的人物明显受到良心谴责因而怀有负罪感，同样的问题更加尖锐地呈现出来。例如，说斯维德里盖洛夫和斯塔夫罗金这些放荡者"没有身份感，所以不会自责和内疚"根本不正确。如果情况是这样，他们对自己所犯下的可怕罪行的记忆为什么困扰着他们？就这样，这种论点使德扬一再误读陀思妥耶夫斯基。

183

　　更严重的是，它导致德扬指控陀思妥耶夫斯基本人就是他描写的所有那些可怕行为的"实施者"。（德扬会把同样的推论用于莎士比亚的《泰特斯·安德洛尼克斯》或《李尔王》吗？）提出这种令人不快的指控的原因好像是，如果可以认为陀思妥耶夫斯基暗中赞成他表面谴责的那些行为，那就比较容易断言，他在描写"富有激情的生活方式"时确实混淆抹杀了所有道德界限。例如，德扬指责陀思妥耶夫斯基不能说明有益的苦难（即道德苦难）与因痛苦产生的受虐快感之间的区别，尽管他在《地下室手记》的结尾讽刺的正是这种无能，在这部作品中，堕落的地下人试图为他羞辱妓女丽莎的行为辩解，他在沉思中想到，受苦受难"对她有益"。在引述了陀思妥耶夫斯基亲自给某个人物的受虐行为贴上"痛苦的利己主义"标签（从而暗示这种痛苦与源于忏悔和谦卑的非利己主义痛苦之间有明显的区别）的一段话之后，德扬断然得出结论，陀思妥耶夫斯基已经到了"不再能区分善与恶以及快乐与痛苦"的地步。

　　然而，这种观点只能依靠非常狭隘和片面地解读陀思妥耶夫斯基来维持，或者更确切地说，根本不是解读他的作品，而是断章取义地进行带有倾向性的随意阐述。

　　好在德扬不安地意识到了这个问题，书中也有一段内容暴露了这一点。他写道：

当然,陀思妥耶夫斯基现在认为必须无条件地接受苦难,受苦受难提供了一种净化心灵进而变得高尚的方式,这种观点是他的基督教抽象哲学体系的组成部分。他的人皆有罪的观点是其文化困境的基督教解决方案的基础。他请求我们每一个人在力所能及的范围内忍受一点基督为我们大家承受的苦难。……如果不把接受苦难和人皆有罪这一主题思想放在首位,那就是对陀思妥耶夫斯基思想——**这与我们的分析没有直接关系**——的一个基本要素的不可原谅的歪曲。[着重体为本文作者所加](《陀思妥耶夫斯基与激情时代》,第 177 页)

德扬在这里向我们承认,他只是没有把陀思妥耶夫斯基的世界中表明其充分意识到善恶有别的所有元素考虑在内,因此并不存在混淆善恶的危险。

德扬这本书的价值在于展示了陀思妥耶夫斯基与西方浪漫主义那些在道德方面比较可疑的因素毋庸置疑的联系,他还深刻地分析了在文化发展的过程中高度重视激情并且赋予其绝对价值——如今这种情况确实存在的话——的道德-精神风险。然而,陀思妥耶夫斯基既不是萨德侯爵,也不是兰波和洛特雷阿蒙;既不是达达主义者,也不是未来主义者和超现实主义者;德扬完全被他的论题冲昏了头脑。所以,他试图把现代文学史上这位最有力地反对道德虚无主义的伟大作家变成道德虚无主义的暗中鼓吹者的论点必定将因其缺乏说服力并且令人遗憾地具有误导性而遭到否定。

注释

[1] 亚历克斯·德扬,《陀思妥耶夫斯基与激情时代》(伦敦,1975)。

第四部分　激进主义的困境

第十五章　尼古拉·车尔尼雪夫斯基：俄国的乌托邦

一

　　如果有人问起对俄国社会影响最大的十九世纪俄罗斯小说是 哪一部，俄国以外的读者很可能会在文学三巨头的作品中选择：屠格涅夫的《父与子》，托尔斯泰的《战争与和平》，还是陀思妥耶夫斯基的《罪与罚》？这些小说肯定是人们想到的答案之一；然而，这只是证明了外国人对俄国文化的无知，俄罗斯文学作品风靡世界仍然没有消除这种无知。可以当之无愧地享有这一殊荣的小说不是它们，而是尼古拉·车尔尼雪夫斯基的《怎么办？》——西方读者几乎没有听说过这本书，读过的人就更少了。但是，可能除了《汤姆叔叔的小屋》之外，没有任何现代文学作品可以在对人类生活的影响和创造历史的力量方面与《怎么办？》相提并论。因为车尔尼雪夫斯基这部小说所提供的最终导致俄国革命爆发的情感动力远远超过马克思的《资本论》。

《怎么办?》的第一期连载刊登在激进派杂志《现代人》的一八六三年四月号上。十九世纪下半叶它被两次译成英文,它的英译本在英美绝版了五十多年。不过,这两个早期的英译本之一最近(一九八六年)重新出版了,凯瑟琳·福伊尔为它写了一篇精彩的序言;另外,一个由迈克尔·卡茨用目前比较流行的英语翻译的新的注释版译本也刚刚面世。[1]于是,美国读者又可以阅读一部对俄罗斯文学和俄国政治感兴趣的人不能忽视的作品了,因为车尔尼雪夫斯基这部小说对随后几代俄国激进分子的影响——尤其是对列宁本人的影响——仍然可以从如今领导着共产主义世界的那些人的态度和行为中看出来。

188　　车尔尼雪夫斯基这部小说的地位和影响不必等到未来就能确定。俄罗斯文学作品中有大量证据可以证明它的影响力;我们也许可以从陀思妥耶夫斯基小说的字里行间搜集一些最早的证据,在察觉当时俄国文化的重大动向方面,他具有无人可比的天赋。陀思妥耶夫斯基在《怎么办?》发表后立即意识到它的重要性,并且试图在《地下室手记》中抵消它的影响。十年后,他的小说《群魔》中的一段内容证实《怎么办?》具有令人吃惊的说教力量。

年迈的四十年代一代自由派理想主义者斯捷潘·特罗菲莫维奇·韦尔霍文斯基努力揣摩信奉虚无主义的儿子彼得·韦尔霍文斯基令人困惑的心态,他只能从虚无主义的源头——车尔尼雪夫斯基——寻求启示。小说叙述者前去看望这位老人,他写道:"桌上放着一本打开的书。那是车尔尼雪夫斯基的《怎么办?》。……我意识到,他已经读过这部小说并且正在**研究**它,唯一的目的是从'尖叫者'的这本'教义问答'中预先了解他们的论点和方法,以便在与他们不可避免的冲突来临时,做好把他们驳得体无完肤的准备。"陀思妥耶夫斯基继续根据准确的史实加以补充，并不打算把车尔尼雪夫斯基这部当时已成"教义问答"的小说束之高阁的彼得·韦尔霍文斯基讥讽地表示，愿意给他孤陋寡闻的父亲带来"更好的"书。

　　二十年后，从俄国政治光谱的另一端，我们可以援引格·瓦·普列汉诺夫那部重要的车尔尼雪夫斯基研究专著第一版（1890）中对《怎么办？》的一些评论。"谁没有反复阅读过这部名著？"这位俄国的马克思主义之父、其年轻的追随者弗·伊·列宁长期崇拜的偶像问道，"谁没有感受到它的吸引力？谁没有在它有益的影响下变得更加纯洁，更加优秀，更加坚强，更加勇敢？谁没有被主要人物纯洁的道德情操所感动？谁在阅读这部小说后不对自己的生活进行反思，不严厉审查自己的努力和追求？我们都从这部小说中汲取了道德力量并且获得了对于美好未来的信念。"[2]这一段情绪激动的评论显示了车尔尼雪夫斯基对激进分子产生的情感影响，不过，即使是普列汉诺夫，当时仍然可以接受《怎么办？》存在明显的艺术缺陷的看法。今天，《怎么办？》在苏联出版发行了成百上千万册之后，没有任何苏联批评家敢于暗示它绝不是一件纯粹洁净的文学珍品。

　　但是，无论东方与西方对车尔尼雪夫斯基这部作品的文学价值的判断可能存在多大差距，所有人都会欣然同意，它得以发表的过程是一出关于失误犯错的令人瞠目结舌的喜剧。车尔尼雪夫斯基一八六二年七月因为受到煽动颠覆活动的指控被逮捕，在接受调查和审判期间，他在狱中开始创作这部小说。身陷囹圄断绝了他通过巧妙地撰写"指桑骂槐"的文章——这些文章表面上谈论的是国外的事情，但总是从某种角度表达他对俄国事务的看法——进行宣传的可能性，于是，他决定效仿伏尔泰、狄德罗、孟德斯鸠和卢梭这些法国百科全书派作家，用小说传播他的思想。因此，他请求彼得保罗要塞的司令官戈利岑公爵准许他写一部小说,他声称已经收到《现代人》杂志为这部小说预付的稿费。

乐于助人的公爵批准了他的囚犯的请求,车尔尼雪夫斯基立即满怀热情投入了创作。小说第一部分提交狱方审查后,审查者迅速翻阅了一遍,他只看到一个似乎无害的爱情故事,所以给书稿盖上了可以发表的印章,然后将其转送书报审查机构。书报审查官可能有一点文学鉴别力;但是,面对戈利岑公爵的放行,他觉得没有必要与书稿或者自己的良心过不去,于是就让流程继续进行,把书稿交给《现代人》杂志的编辑、著名诗人尼·阿·涅克拉索夫发表。涅克拉索夫的私生活相当忙乱,他很快就把这部珍贵的书稿遗落在一辆出租马车上,又在圣彼得堡警察局的官方公报上刊登寻物启事失而复得。就这样,俄国警察尽职尽责地亲手使俄国文学史上这部最具颠覆性的小说免遭湮灭的命运。

<h2 style="text-align:center">二</h2>

这部小说最初受到的对待可能会使读者对不幸审查书稿的监狱司令官产生极大的同情,他想必不得不为疏忽失察放行书稿付出高昂的代价。的确,小说第一部分似乎没有什么颇具争议的内容。车尔尼雪夫斯基首先通过描写一起诡异的自杀事件立即引起读者的兴趣,这起自杀事件具有非常奇怪的特征,营造出一种充满悬念的气氛。接着,他回溯了洛普霍夫医生失踪的过程,最后发现医生采用了一种不同寻常(但相当麻烦)的方式抗议俄国人对离婚普遍

持有的陈腐态度。洛普霍夫的做法是假装自杀从人们的视野中消失，以使妻子可以合法地与另一个人结婚。不过，这件事情很久以后才真相大白。首先描写的自杀事件激起读者的好奇心之后，小说大致按照时间顺序讲述了洛普霍夫和他的妻子薇拉·帕夫洛芙娜·罗扎利斯卡雅的人生经历。

　　在小说的第一部分，对他们人生经历的讲述围绕着薇拉与俄国专制家庭令人窒息的禁锢的抗争进行。薇拉守寡的母亲打算违背她的意愿强迫她嫁给一个富人。洛普霍夫是兼任薇拉弟弟家庭教师的一名年轻的医学院学生，他爱上了薇拉并且带她离家出走使她摆脱了母亲的奴役。因此，《怎么办？》似乎只是又一部探讨错综复杂的"女性问题"的俄国小说，这种小说在十九世纪六十年代初期数不胜数；当局并不认为它们对沙俄帝国的稳定构成什么重大威胁。但是，车尔尼雪夫斯基虽然像所有俄国激进分子一样确实关心女性的解放，他在他的小说中仍然利用这个问题下了更大的赌注。"女性问题"只是一种用来描述六十年代一代年轻"新人"的思想观念的方便的工具，据说这一代"新人"按照车尔尼雪夫斯基本人的伦理哲学的戒律生活。

　　车尔尼雪夫斯基一八六〇年在一篇题为《哲学中的人本主义原理》的文章中阐述了这种伦理哲学，它在俄国报刊上引起了一场充满火药味的激烈论战。令人十分好奇的是，尽管这篇文章的标题来自费尔巴哈，车尔尼雪夫斯基鼓吹的道德戒律却排斥费尔巴哈所强调的利他主义和互相团结，赞成源于边沁和穆勒的功利主义的"理性利己主义"。不过，就像穆勒本人一样，车尔尼雪夫斯基所说的"利己主义"是一个术语而不是实际行为。因为车尔尼雪夫斯基要使自己和读者相信，虽然每个人都想以某种由自身最大的利益所支

190

配的方式行事,但是理性最终证明,最无私和最利他的行为才最符合自身的利益(尽管理性严格禁止把"无私"和"利他"当作人的行为的**理由**)。功利主义者以前在文学作品中出现过,最著名的是狄更斯小说中的那些伪善的反面人物,他们用一大堆边沁的术语美化他们的投机行为。但是,一名俄国作家——更令人不可思议的是,他还是一名俄国空想社会主义者!——仍然把英国功利主义当作其小说正面人物的金科玉律,并且试图表现这种金科玉律对他们的生活产生了有益的影响。

当洛普霍夫决定带薇拉离家出走时,他的行为准则面临第一次考验。最初,他只是打算帮她找一份家庭教师的工作并在自己获得医学学位后与她结婚;但是,在现实证明这不可能而薇拉所承受的压力也变得越来越难以忍受之后,为了使薇拉不再继续受苦,他放弃了前程似锦的学术生涯和医生职业。车尔尼雪夫斯基清楚地知道,对于道德水平低下而且玩世不恭的普通读者来说,这种行为发生在一个"利己主义者"身上可能看起来非常奇怪。于是他急忙解释说,洛普霍夫已经"认真果断地决定放弃所有物质利益和荣誉,然后从事为他人谋利益的工作,他觉得这种工作带来的乐趣是他追求的最大功利"。

结果,洛普霍夫发现放弃自己毕生努力争取的一切非常容易,甚至就像小孩子做游戏。他担心的只是这样做是否完全符合理性利己主义准则。他真的是在向敌人让步并且做出牺牲吗?洛普霍夫深思熟虑了他的决定后安慰自己说:"牺牲是一个伪概念;牺牲完全是胡说八道('сапоги всмятку')!人都是以最遂心的方式行事的。"实际上,人们认为他的行为是一种"牺牲"这个事实只不过证明利己主义无处不在。他说自己"真是一个伪君子!我为什么应当获得学位？没有文凭我就不能活了吗？通过教书和翻译,我也许会比一个医生挣得更多"。根据这种推断,忐忑不安的洛普霍夫平静下来,不再担心自己会违反理性利己主义那些可以创造奇迹的清规戒律。

婚后,薇拉和洛普霍夫按照最时新的男女权利平等的理论安排他们的生活。未经允许两人不得进入对方的房间,也不能衣着随便地出现在对方面前。他们的第一个房东困惑不解,只能断定他们属于一个新的宗教派别。车尔尼雪夫斯基显然是想以此讽刺俄国社会普遍的愚昧;但是,房东几乎击中了问题的要害,就连车尔尼雪夫斯基也没有意识到这一点。无论如何,薇拉和洛普霍夫都没有花多少时间享受"理性"同居的快乐。因为,在接受全面的社会主义教育的同时,薇拉决定创办一家缝纫合作社。

当然,这件事做起来非常简单,只须挑选"品行良好"的年轻姑娘,稍经薇拉开导后她们就能明白,无论技能如何或责任大小,平均分配利润符合每个人的利益。在一名俄国高官的法国情妇——尽管身份卑贱,这位女士仍然象征着革命的法国工人阶级所具有的一切天生的美德——的帮助下,合作社成功吸引了一批上流社会的顾客。随着时间的推移,社会主义经济学原理不可抗拒的力量使姑娘们全都认识到,使人受益的不仅是共同劳动,而且还有集体生活;对于未婚的姑娘和她们的家人来说,合作社变成了傅立叶所幻想的成熟完善的法伦斯泰尔。最后,由于一切顺利运行,合作社甚至在工作时间成为一所大学;结果,这些勤奋工作的下层社会姑娘以她们的教养、优雅和文化让顾客感到惊奇。

在理性和常识战胜陈腐的偏见这一过程中,只有一片乌云在天际升起。薇拉感觉她不再爱洛普霍夫了,尽管他们非常平静地一起

生活;但是,她的成长使她发现了自己的另一些天性,洛普霍夫已经
不能满足这些天性。性情恬淡的洛普霍夫在辛苦地工作一天后喜

192 欢独处,而活泼的薇拉喜欢歌剧和令人兴奋的社交生活;他们的婚
姻撞上这块致命的暗礁后逐渐破裂。现在最能满足薇拉需要的不
是洛普霍夫,而是他最好的朋友、国际医学界的红人基尔萨诺夫;因
此,可以预料,在这两个利己主义者之间将发生一场奇怪的放弃与
退缩的决斗。

　　洛普霍夫能够想到的最好的办法是把薇拉拱手相让:利己主义
严谨的逻辑促使他这样做,因为他知道不可能违抗天性的命令。基
尔萨诺夫如出一辙,他像亨利·詹姆斯小说中的女主人公那样一丝
不苟,也只是根据最"务实"的考量行事:他判断,拥有薇拉只会过
多地占用他的时间。没有什么能比车尔尼雪夫斯基笔下这些品行
优良的人物在使自己相信只有利己主义严谨的逻辑才能决定他们
的行为时的严肃认真更让人不由自主地感到滑稽可笑了。结果,我
们看到,洛普霍夫假装自杀以使薇拉可以与基尔萨诺夫结婚(婚姻
是对流行的偏见的某种令人遗憾但必要的妥协)。在小说的结尾,洛
普霍夫以伪装的身份再次出现,他成了美国公民并且是一名坚定的废
奴主义者。他与前妻的一个朋友兼弟子结婚;这两对夫妻比邻而居成
为最亲密的朋友,他们准备迎接一个即将到来的美丽新世界。

三

　　通过抨击婚姻的神圣不可侵犯性,同时描写薇拉·帕夫洛芙娜

与她两任丈夫之间的"理性关系"并把这种复杂的感情描写与对女性教育和社会主义合作社的宣传交织在一起,《怎么办?》在当年的第一批读者中引起了轰动。不过,小说产生轰动效应的另一个重要原因肯定是它与屠格涅夫的小说《父与子》的关系。车尔尼雪夫斯基被捕时,俄国知识界因为围绕着《父与子》进行的激烈论战陷入了阵痛;显然,车尔尼雪夫斯基从这场激烈论战所提出的问题中找到了创作灵感的出发点。

屠格涅夫这部小说在西方常常被误解为试图美化十九世纪六十年代的新一代俄国激进分子：他们强大,自信,骄傲地坚信科学和唯物主义将会扫除进步道路上的一切障碍。然而,对于屠格涅夫所描写的新人的观点及其可能形成的道德品质,新一代的看法大相径庭。结果造成激进知识分子队伍的分裂,这将对后来的俄罗斯文学和俄国社会产生重大影响。以影响力与日俱增的年轻评论员皮萨列夫为首的一派认为,无论存在什么不足,屠格涅夫笔下的巴扎罗夫体现了他们的理想,他们由此成为危险地极力证明否定和破坏本身有理的"虚无主义"的鼓吹者。但是,由聚集在《现代人》杂志周围的车尔尼雪夫斯基的追随者组成的另一派抨击《父与子》恶意地企图诽谤俄国公众心目中的新一代。

不幸的是,屠格涅夫本人经常在不同时间发表关于自己作品的相互矛盾的言论,这取决于他当时的心情以及他的对话者或听众的特性。因此,无法确定他创作这部小说的真正意图。最可靠的假设是,就像《现代人》杂志派所认为的那样,他起初是打算对无情地口诛笔伐四十年代老一代——他的作品是口诛笔伐的一个主要目标——的这份杂志进行报复。但是,在创作的过程中,对人物的同情使他身不由己;最后他把巴扎罗夫塑造成了一个比其任何意识形

193

态对手都更有个性也令人印象更加深刻的人物。

无论如何,历史记录表明,包括陀思妥耶夫斯基——屠格涅夫在一封信中说,陀思妥耶夫斯基是真正读懂《父与子》的两个人之一——在内的俄国读者大众全都认为这部作品是对年轻的激进分子的控诉。《父与子》甚至还没有发表,关于屠格涅夫根据一年前刚刚去世的年轻评论家尼·亚·杜勃罗留波夫经过恶意丑化的形象塑造了小说主要人物巴扎罗夫的谣言就在激进派的圈子里不胫而走。尽管屠格涅夫后来多次否认这一指控,但他始终无法摆脱在俄国左派圈子里已经根深蒂固的这种怀疑。

另一方面,比较保守的社会群体盛赞这部作品对激进派的极端主义给予了恰到好处的还击。严密监视文学界动向的俄国秘密警察甚至在一份报告中写道,《父与子》"对舆论产生了有益的影响"。在他们看来,屠格涅夫"给我国年轻的革命者打上了'虚无主义者'这个刺眼的烙印",因而从根本上"动摇了唯物主义学说并且削弱了其代言人的影响力"。[3]鉴于出现了这种局面,车尔尼雪夫斯基在《怎么办?》中着手为那些被屠格涅夫贴上"虚无主义者"标签的人塑造他认为更加真实的形象一点也不令人意外。

通常颇有见地的 E. H. 卡尔评论道,车尔尼雪夫斯基这部作品"与其说是反击《父与子》,不如说是自豪地承认它的指责"。[4]恰恰相反,车尔尼雪夫斯基笔下的"新人"——杜勃罗留波夫这样称呼年轻的一代(《怎么办?》的副标题就是"新人的故事")——根本不是巴扎罗夫那样的虚无主义者;他们的目的绝不只是绝望地否定和破坏死气沉沉、行将灭亡的旧世界。这些"新人"的生活具有非常明确的建设性内容,也就是车尔尼雪夫斯基本人生搬硬套费尔巴哈的唯物主义和决定论、边沁的功利主义与空想社会主义至善论的稀奇古怪的大杂烩。而车尔尼雪夫斯基正是为了论证这一套理论具有解决社会和人类生活所有重大问题的神奇功力才写这部小说的。

实际上，车尔尼雪夫斯基在小说结尾波澜不惊地解决复杂纠结的爱情难题显然是为了与屠格涅夫对类似主题的处理形成十分鲜明的对比。艺术目的明确的屠格涅夫通过使巴扎罗夫坠入情网揭示他的思想观念难以摆脱人性的局限。巴扎罗夫的唯物主义思想没有为迷恋使他第一次感受到的困惑、暴怒和内心的虚弱等一系列难以言表的痛苦留下空间。只有追求奥金佐娃夫人失败才能打击他膨胀的虚荣心并且削弱他的自信。车尔尼雪夫斯基为他的男女主人公勇敢地接受了这种爱情的挑战并且论证"理性利己主义"可以战胜过时的浪漫主义激情所造成的微不足道的烦恼，甚至没有偶尔的隐痛。对于"新人"——他们同样是出身于下层社会的医生，各个方面的外部特征都与巴扎罗夫相似——来说，这种小事不会再带来什么问题。屠格涅夫企图证明情况并非如此只不过显示他不实事求是，而且让人们看到老迈的四十年代一代浪漫主义者特别不理解"新人"的性情。

四

除了一般性地论证理性利己主义可以解决道德难题之外，车尔尼雪夫斯基这部作品还有另外两个方面具有重要的历史意义。一个是职业革命家拉赫梅托夫这个人物。拉赫梅托夫在浪漫情节的主线中并没有扮演重要角色，但车尔尼雪夫斯基仍然忍不住用一定的篇幅详细描述了这个革命超人,在眼前这个混乱的"非理性"社会中,拉赫梅托夫是他的人类理想的最高典范。我们饶有兴趣地看到,尽管车尔尼雪夫斯基不断抨击浪漫主义文学传统,他自己却运用各种文学技巧努力使拉赫梅托夫具有罗宾汉、恰尔德·哈罗德和年轻的洛金伐尔①那样的魅力。

首先,拉赫梅托夫不是一个地位低下的平民百姓——根本不是! 他是一个俄国最古老的贵族世家的后裔而且非常富有。在这个问题上,车尔尼雪夫斯基几乎不费吹灰之力就使他的小说符合唯物主义决定论。例如,薇拉·帕夫洛芙娜只能吃惊地感叹,她在少女时期堕落的生活环境中保持了心灵的道德纯洁性是个"奇迹"。可是,车尔尼雪夫斯基却让拉赫梅托夫以完全违背科学的方式自觉地突破自然法则。"无论土质多么恶劣,"他指的是拉赫梅托夫的贵族出身,"都会有一点可以长出苗壮的禾苗的土壤。"实际上,越是着意塑造拉赫梅托夫的高大形象,车尔尼雪夫斯基越是把他的**各种**哲学信条抛到九霄云外。因为拉赫梅托夫完全是一个具有自我约束力的奇人,他"坚定的意志"生动鲜明地驳斥了车尔尼雪夫斯基在理论上对人性中存在着"意志"的否定。

拉赫梅托夫十六岁来到圣彼得堡上学,他只是又一个来自农村的天真善良的少年;但是,从走进首都的那一刻,他开始了令人敬畏的成长。当他遇见基尔萨诺夫时,后者宣讲的社会主义思想像晴天霹雳一样震撼了他。"他泪流满面,他打断对方的话大声诅咒一切应当灭亡的东西,大声为所有必定永生的事物祝福。"我们看到,在

---

① 洛金伐尔(Lochinvar)是英国作家沃尔特·司各特所著长诗《玛密恩》的主人公,他在一个姑娘即将被迫嫁给她所讨厌的人的紧要关头把她解救出来。

俄国小说中，各种各样的思想能够使之如痴如狂的不只是陀思妥耶夫斯基笔下的人物。因为在这次偶遇后，拉赫梅托夫一口气读了八十二个小时的书（车尔尼雪夫斯基非常精确地进行了计算），直到筋疲力尽瘫倒在地板上才停止。这标志着他脱胎换骨的时刻，接着，他迅速超越了他的启蒙老师。

离开大学并且动用自己的财产秘密资助贫困的大学生以后，他来来往往于地域辽阔的俄国各地从事贸易。作为伏尔加河上的一名船员，他取得了俄国哈克贝里·芬恩①的传奇地位，他的豪迈壮举在大河上下传颂；回到圣彼得堡以后，他实际上成了一个革命的苦行僧。他戒酒戒色放弃个人幸福，不吃任何最底层的农民家里没有的东西，最后，他还睡在一张钉满铁钉的床板上磨炼自己的忍耐力。所有这一切都是为了证明，当激进分子要求在政治上解放女性并且停止对她们的性别歧视时，当激进分子要求"充分享受生活"时，他们不是为了"满足我们个人的欲望，不是为了我们自己，而是为了全人类"。

拉赫梅托夫像巴扎罗夫一样生硬、粗鲁和高傲，但没有人抱怨他不拘礼节，因为这不是针对个人的。拉赫梅托夫显然是在从事地下革命工作（小说委婉地称之为"别人的事情，或者说……与他个人没有特别关系的事情"）；他根本没有时间顾及琐细的社交礼仪。他以数学般的精确制订自己的时间表，认为可以随意干涉安排别人的生活，完全是一个满足于自行其是的怪物。换句话说，拉赫梅托夫是一个全心全意地献身革命的巴扎罗夫，具有不可动摇和不可征服的毅力，甚至失去了巴扎罗夫仅存的一点自我怀疑的品质和人类的

196

---

①　原文误为"Mike Finn"（迈克·芬恩）。

意识,这种品质和意识使巴扎罗夫仍然得到人们的同情。然而,一旦开始赞颂拉赫梅托夫,车尔尼雪夫斯基几乎无法控制自己,就像超越普通平民百姓一样,拉赫梅托夫也超越了薇拉及其追随者。车尔尼雪夫斯基向读者保证,拉赫梅托夫这样的人"凤毛麟角",但是,他们使人类的生活生机勃勃欣欣向荣;没有他们,人类的生活将会变得死气沉沉继而日趋腐朽没落。

<h1 style="text-align:center">五</h1>

车尔尼雪夫斯基不仅描述了他当前的人类理想,而且还让他的读者展开想象力的翅膀飞向未来,尽情享受社会主义黄金时代的快乐。他在薇拉·帕夫洛芙娜灿烂辉煌的第四个梦中设想了这种乌托邦。在这里,车尔尼雪夫斯基以拉梅内、巴朗什等人那种十九世纪三十年代法国社会浪漫主义的伪启示录风格描绘了人类进化的恢宏场景。无论是巴比伦性感的异教女神阿斯塔特,还是希腊体貌美丽迷人的阿佛洛狄忒,或者中世纪骑士崇拜的贞女形象,都不能与具有薇拉·帕夫洛芙娜的特征的现代爱情女神相媲美。"如果你想用一个词说明我是什么,"这位新的女神说,"这个词就是'权利平等'。没有它,肉体享受、美的乐趣就变得无聊,阴郁,可鄙;没有它,就没有纯洁的心灵;肉体贞洁是荒谬的。"(《怎么办?》,第377页)

然而,这位新的女神——卢梭的《新爱洛绮丝》首先预告了她的君临——的出现只是未来世界的前奏,在未来的世界里,美德将创造人间天堂。车尔尼雪夫斯基满怀深情地用大量篇幅详细描述了这座空想社会主义天堂,我们没有必要在这里赘述。只要这样说就行了：人间变成了一个万紫千红的花园；最底层的工人过上了与古代帝王一样舒适快乐的富裕生活；人的激情不会遭到践踏或被无视；人类在精神和肉体上已经被改造成一种其美丽、品德和智慧超越了所有最伟大的文明时代的生物。

这种幻想的一个细节值得我们更详细的论述,因为它已经——通过陀思妥耶夫斯基——成为人们非常熟悉的一个象征。这个细节就是车尔尼雪夫斯基描述的那一座幸运的乌托邦居民居住的灯光柔和、铝制家具闪亮的奇迹般的钢铁-玻璃建筑：

> 一座建筑,一座巨大的建筑,就像只有在大都市才能看到 197 的建筑一样巨大——哦,不,现在世界上没有一座建筑像它这样宏伟。它矗立在田野、草地、花园和树林中间。……这是什么? 这是什么风格的建筑? 现在没有这样的建筑；没有,不过,有一座建筑预示了它,就是矗立在西德纳姆山上的那座宫殿,一座钢铁-玻璃建筑,全部用钢铁和玻璃建成。……钢铁和玻璃的表面只是作为外壳包裹着建筑；它的每一层都被宽阔的走廊环绕。……但是,一切都是那么富丽堂皇！ 这里是钢精家具,那里也是钢精家具,窗户之间装饰着巨大的镜子。地板上也铺着地毯！ ……到处还摆放着热带植物和鲜花。整个建筑就是一个巨大的冬宫。(《怎么办?》,第 378-379 页)

车尔尼雪夫斯基提到矗立在西德纳姆山上的那座"宫殿"把这座建筑与举办一八五一年伦敦世界博览会的著名的水晶宫联系起来；当然,这也是陀思妥耶夫斯基在《地下室手记》中所抨击的那座

"水晶宫"。甚至还在车尔尼雪夫斯基这部小说发表之前,陀思妥耶夫斯基就已经把水晶宫当成了一种象征。一八六二年夏天游历欧洲期间,水晶宫让他不寒而栗,他认为水晶宫形象地展示了他感到正在暗中腐蚀欧洲人生活的没有灵魂的物质主义的胜利。他在一八六二至一八六三年冬天①所写的《冬天记录的夏天印象》中描写了大批游客从世界各地蜂拥而来瞻仰水晶宫,认为这象征性地体现了现代人向巴力掌控的肉欲和物质力量的臣服。难以确定车尔尼雪夫斯基在创作他的小说期间能否看到《冬天记录的夏天印象》;但是,我们完全可以理解,陀思妥耶夫斯基将把《怎么办?》对水晶宫的礼赞视为向他本人的观点提出的直接挑战。

实际上,只有在准确地理解车尔尼雪夫斯基的乌托邦的基础上,我们才能真正客观公平地看待陀思妥耶夫斯基的观点。我们应当记住,车尔尼雪夫斯基的乌托邦不仅是运用"理性"解决各种社会问题,它还包括对陀思妥耶夫斯基已经拒绝接受而且很快就会以非常激烈的言辞再次予以抨击的物质主义的不折不扣的神化。在车尔尼雪夫斯基的乌托邦中,物质短缺不复存在,另外,由于所有欲望都被认为合情合理,人们可以毫无阻碍、毫不心虚地满足任何爱好需求。在车尔尼雪夫斯基看来,这使每个人都能随心所欲做他喜欢做的事情;而在陀思妥耶夫斯基看来,这意味着人完全成为他的欲望和冲动的玩物。他将不必再在善恶之间进行选择,因而也将放弃精神自主的人格,这种人格正是由必须做出善恶选择的需要和进行善恶选择的能力构成的。

198　　　在陀思妥耶夫斯基看来,这种完全随心所欲的乌托邦就是被物

---

① 原文误为"the winter of 1863"(一八六三年冬天)。

质彻底奴役——而且他深信，人性决不会接受这种奴役。如果"理性"意味着一个人不再有机会感受包括选择在内的**精神**自由，那么，人就会发疯并且只是为了证明他有这样做的自由而毁灭这个世界。不过，陀思妥耶夫斯基对车尔尼雪夫斯基的抨击发表以后起初并没有引起人们的注意（只有讽刺作家萨尔蒂科夫-谢德林注意到对《怎么办?》的内容的简洁戏仿），而且几乎一直到世纪之交都没有受到人们的重视。它没有动摇车尔尼雪夫斯基在激进思潮中已经获得的权威地位。

六

　　现在应当非常清楚，车尔尼雪夫斯基这部小说是一个由多种成分混合拼凑的稀奇古怪的大杂烩，它愚蠢自负的天真令人愤怒，它热诚坦率的信念让人感动。没有什么比这更鲜明地体现了仍然激励着十九世纪六十年代俄国那些"现实主义者"和"利己主义者"的根深蒂固的浪漫主义和多愁善感的理想主义精神。毫无疑问，车尔尼雪夫斯基这部荒唐的小说取得巨大成功的原因在于它能打着"科学"和"务实"的旗号挖掘这些潜在的情感需求。所有证据一致证明，《父与子》遭到决定性的挫败，因此，成为激进青年的榜样的不是巴扎罗夫，而是薇拉·帕夫洛芙娜、她的两任丈夫和拉赫梅托夫。

　　克鲁泡特金公爵在他的《一个革命者的回忆录》中写道，年轻一代觉得巴扎罗夫"太冷酷，尤其是对待年迈的父母太冷酷，最重要的是，我们指责他似乎忽视了身为公民的责任。俄国的年轻人不可能对屠格涅夫的主人公完全消极的生活态度感到满意。肯定个人权利同时否定一切伪善的虚无主义只是成为更高尚的男人和女人的第一步,这种男人和女人同样是自由的,但是,他们为伟大的事业而活着。就像车尔尼雪夫斯基在他那部缺乏艺术性的小说《怎么办?》中所描写的那样,他笔下的虚无主义者看到了他们自己更美好的形象"。[5]

因此,在整个十九世纪后期,开明进步的俄国人都试图按照车尔尼雪夫斯基提供的模式安排他们的情感生活并且或多或少地取得了成功。大学里的学生团体和俄国流亡者社群还模仿薇拉·帕夫洛芙娜的缝纫合作社建立了数不清的合作社。令人遗憾的是,这些合作社的结果并不总是同样令人高兴。然而,最重要的是,拉赫梅托夫的榜样为方兴未艾的地下革命活动提供了灵感。[6]

这个榜样是一个严守纪律、勇于献身的革命者;一个不惜残忍地对待自己和他人的冷酷无情的功利主义者,但他却被对人类的爱所激动,因为担心削弱自己的意志,还要把这种爱决绝地压抑在心里;一个为了革命舍弃个人生活的铁石心肠的领导人,而且因为只是把自己当作工具,所以觉得同样可以随意地利用他人——总而言之,这是一个从《怎么办?》的字里行间健步走出来的具有布尔什维克心理特征的理想人物,在欧洲的社会主义思想中找不到这种心理特征的任何根源。正是车尔尼雪夫斯基这个俄国神父的儿子和俄国神学院的毕业生最初在俄国宗教非神化倾向的圣徒偶像化模式与英国功利主义冷酷无情的算计之间进行的这种影响深远的融合,形成了布尔什维克的本质特征。[7]

我们已经提到普列汉诺夫赞赏车尔尼雪夫斯基这部小说,而列宁同样对它赞不绝口。二十世纪初期与列宁非常熟悉的尼古拉·

瓦连京诺夫说,哥哥亚历山大一八八七年被处决后,列宁开始读《怎么办?》,因为他知道这是哥哥特别喜欢的书籍之一。"我不是用了几天而是用了几个星期阅读它。读完之后我才真正理解它的深刻含义。这是一部终生激励你的作品。"[8]列宁的妻子克鲁普斯卡雅也在回忆录中告诉我们:"我惊讶地看到他专心致志地阅读[车尔尼雪夫斯基]这部小说,他还注意到了小说最微妙的内容。"[9]因此,列宁借用《怎么办?》作为他最著名的小册子之一的标题并非偶然。

　　列宁采用《怎么办?》这个标题的部分原因无疑是为了在他的读者脑海中引起鼓舞人心的联想。不过,这个标题与列宁精明的头脑有意表达的思想肯定也有某种灵犀相通,因为他在这本小册子里突破了工人阶级的民主政党符合革命需要的西方革命思想,转而强调必须由一批专门策划革命活动的职业革命家完全控制并且领导革命斗争。拉赫梅托夫在这里战胜了卡尔·马克思——因此,车尔尼雪夫斯基这部小说与列宁的布尔什维克理想之间具有明显的历史师承关系。我们只能猜测拉赫梅托夫在今天的俄罗斯是否仍像一百年前那样具有相同的魅力;鉴于最近有人告诉我的情况,我们有充分的理由相信,他对读者(至少是对青少年读者)的吸引力并没有减弱。而且上帝知道,在世界的另一些地方,他的形象仍然光彩夺目;此时此刻,在某些国家,他正受到人们的崇拜和模仿!

注释

　　[1] 尼古拉·车尔尼雪夫斯基,《怎么办?》(N.多尔和S.S.斯基捷尔斯基英译,凯瑟琳·福伊尔作序;密歇根州安阿伯,1986)。不过,重版的这个译本仍然保持了译者的少量删节。由威廉·G.瓦格纳注释的迈克尔·R.卡茨的译本(纽约州伊萨卡,1989)可以看到原作的全貌。本文引用的仍然

是美国第一版多尔和斯基捷尔斯基的译本(纽约,1886)。

[2]《普列汉诺夫哲学著作选集》,第四卷,第159-160页。

[3] 转引自亨利·格朗雅尔那部不可或缺的研究专著《伊万·屠格涅夫与他那个时代的政治-社会潮流》(巴黎,1954),见第314页。

[4] 这是卡尔为佳酿版《怎么办?》(纽约,1961)所写的序言中的一句话,见第xii页。

[5] 彼得·克鲁泡特金,《一个革命者的回忆录》(纽约州加登城,1962),第197-198页。

[6]《怎么办?》的影响绝不仅限于俄国。苏联学者喜欢引用它在东欧产生的煽动性作用为例,而我的同事爱德华·J.布朗已经使人们注意到它对我国也产生了影响。"因歌曲和传说而著名的美国无政府主义运动领袖埃玛·戈德曼在她纽约的公寓里为年轻姑娘——她们可能任性不易管教,但无论如何都贫穷无助——建立了一个缝纫合作社,她的合作社直接以薇拉·帕夫洛芙娜的合作社为榜样。……另外,戈德曼的同伴亚历山大·贝克曼在一八九二年残酷的霍姆斯特德罢工期间刺杀钢铁大王亨利·克莱·弗里克时使用的化名是……拉赫梅托夫。"见爱德华·J.布朗将在(一九八九年)《俄罗斯评论》上发表的文章《完全依赖……寻求现实的俄国批评家》。

[7] 伊琳娜·帕珀诺对车尔尼雪夫斯基这部小说进行了颇有创见的分析,她娴熟地剖解了小说对这种世俗化的宗教主题的运用,见伊琳娜·帕珀诺,《车尔尼雪夫斯基与现实主义时代》(加州斯坦福,1988),尤其是第三章。

[8] 尼古拉·瓦连京诺夫,《遇见列宁》(保罗·罗斯塔和布赖恩·皮尔斯英译;伦敦,1968),第64页。

[9] 见《亲属缅怀列宁》(莫斯科,1956),第202页。

第十六章　反对父辈的子辈

　　尤金·兰珀特所著《反对父辈的子辈》的书名取自屠格涅夫那
部小说名著,小说的俄语标题是«Отцы и дети»,其他语言大都译为
《父与子》。[1]这部小说杰作在今天看来仍然像当年创作时一样生动
宜读,它描写了一八五八年前后爆发的两代人之间关于俄罗斯文化
的冲突。冲突的一方是在浪漫主义文学和德国唯心主义哲学思想
基础上形成的四十年代的老一代,他们在政治上是自由派或者赞成
空想社会主义。屠格涅夫小说的主人公巴扎罗夫属于六十年代的
新一代,他们喜欢现实主义文学作品而不喜欢浪漫主义文学作品,
他们推崇后起的果戈理而不欣赏普希金;他们的哲学导师往好里说
是费尔巴哈,最糟糕的还有福格特、摩莱肖特和比希纳①这种三流唯
物主义学者;他们坚决反对自由派所主张的任何形式的改良主义。

---

　　① 卡尔·福格特(Karl Vogt, 1817-1895),德国自然科学家。雅各布·摩莱肖特
(Jacob Moleschott, 1822-1893),荷兰生理学家。路德维希·比希纳(Ludwig Büchner,
1824-1899),德国医生和生理学家。这三位自然科学家均为科学唯物主义的鼓吹者。

两代人的对立标志着俄国文化史上的一个决定性时刻,实际上也标志着最终使得共产主义在俄国获胜的革命浪潮的兴起。

由一位熟悉精通俄国原始资料的西方文化历史学家撰写一部关于这一时期的客观冷静的研究专著将会具有极其重要的意义和价值。俄国一直没有出现关于这一主题的新作(涅斯托尔·科特利亚列夫斯基的优秀论著《解放农奴前夕》出版于一九一六年,而且只写到一八六一年为止);另外,因为这场冲突所涉及的问题与当今苏联的意识形态仍密切相关,当局不可能容许本国公民撰写任何被普遍认为符合要求的著作。兰珀特这本书并没有声称要对这一时期进行全面的研究,尽管如此,它包括三篇内容非常丰富的关于六十年代一代俄国激进派领军人物——尼古拉·车尔尼雪夫斯基、尼古拉·杜勃罗留波夫和德米特里·皮萨列夫——的重磅文章。此外,这些文章前面还有长篇导论,简要介绍他们的著述和影响的历史-文化背景。因此,兰珀特触及了十九世纪六十年代初期和中期的所有重大问题,从而对关于这一主题的研究做出了可喜的贡献,使十分稀缺的用西方语言写成的翔实可靠的专著又多了一部。不过,随着讨论的继续进行,认为它不能完全令人满意的原因也将变得显而易见。

202 　　这一时期最重大的历史事件是亚历山大二世解放农奴,这一事件最终发生在一八六一年二月。人们普遍认为解放农奴给农民带来了过重的赋税,没有得到农民认为理应属于他们的全部土地也让农民非常失望。因解放农奴后的状况而理想破灭使六十年代一代反对沙皇政府发起和主导的一切改革。正是从这时起,俄国激进分子开始对自由派与现存政权达成的任何妥协表现出无情的敌意。兰珀特恰当地强调了激进派领袖对他们所认为的背叛解放农奴运动行为的愤怒;他还坚决反对维克托·列昂托维奇等学者的观点,列昂托维奇在他的《俄罗斯自由主义史》中认为,激进派断绝了俄国向立宪政体和平发展的可能性。

当然,我们无法确定俄国是否会走上这一条发展道路。可是,为了证明这种希望没有根据,兰珀特有意过分夸大十九世纪六十年代农民反对沙皇统治的倾向。他在《反对父辈的子辈》的第一章里极力反对下面这种"人们普遍接受的观点",即,尽管伴随着农奴解放出现了农民骚动,但是,对于沙皇这个准超凡人物,俄国农民仍然虔诚地保持着崇敬。他举出一八六三年春天的别兹德纳村暴动作为例证,那里的农民拒不接受解放农奴法令的条款并且不再为地主干活儿。这种局面最终迫使政府动用武力镇压,造成相当大的人员伤亡;这也导致激进知识分子第一次公开举行反对亚历山大二世的抗议活动。

兰珀特讲述这一事件时没有提到暴动领导人——一个名叫安东·彼得罗夫的读书识字的农民——向他的追随者保证,"沙皇会在适当的时候派一个年轻人来这里。年轻人将满十七周岁,右肩佩戴金色肩章,左肩佩戴银色肩章"。[2] 据信,这位沙皇"真正的"钦差将随身带来真正的解放农奴诏书;因此,整个暴动应当是遵照沙皇的旨意进行的,在农民看来,地方官员和地主背叛了沙皇。俄国激进分子更喜欢忽视农民效忠沙皇的这种证据,要不然就是偶尔发布一些伪造的"真正的"诏书,企图利用农民效忠沙皇的心理以沙皇的名义煽动农民暴动。

通过这样修饰掩盖事实,兰珀特给人造成的印象是,激进分子六十年代希望发动一场反对沙皇统治的革命的想法得到史料的支持。另一方面,许多绝非保守派的俄国人——例如赫尔岑和屠格涅夫——认为,激进分子的这种希望是一种妄想,而立即取得社会进步的唯一希望在于沙皇政府正在实施的各种改革,尽管他们承认这些改革存在缺陷而且并不彻底。兰珀特完全可以毫无顾忌地表明在道德上难以认同后一种看法，所以宁愿支持激进分子决不妥协的立场；但是，这与自以为是地声称对事实不那么乐观的判断没有道理并且指责做出这种判断的人闭眼不看"现实"是两回事。既然整个十九世纪中期强硬派激进分子试图发动一场反对沙皇的农民革命的所有努力都可悲地失败了，那么，与他们相反的判断看来似乎是正确的。

从根本上来说，正是基于对眼前政治形势的判断，两代人产生了分歧；因此，只有根据这种根本的政治分歧才能理解十九世纪六十年代那场文化冲突为什么充满了火药味。令人十分好奇的是，在用大量篇幅说明解放农奴所造成的经济-社会形势后，兰珀特完全没有将其用于关于三个重要人物的文章。鉴于俄国的书报审查要求用哲学、文学批评或历史掩饰关于政治的争论，兰珀特没有从阐述政治观点的角度解读他们的作品，而是试图用这些激进分子的著述呈现"激进思想"的意义。这导致在过于相信这些意义的同时又对它们表示怀疑。通过努力从这些作者在报刊上发表的（大部分）主题文章中总结出某种总体概念框架，兰珀特把他们的著述放在一种使其弱点令人非常尴尬地暴露出来的语境中。另一方面，由于基本上并不认为他们是在为发表某种被禁止发表的观点而不断斗争的条件下写作的政论文章作者，他没有公正地评价他们作为宣传鼓动者的精湛技巧，也没有恰当地指出他们的著述在反映那些思想基本定型的俄国知识分子的希望和梦想方面的重要性。

兰珀特这三篇文章最精彩的部分总是每一篇文章前面的内容。他首先简要地介绍每位主人公个人生活中发生的最重要的事情；他对事实直白的描述轻松有趣令人愉快。竭力为革命圣徒编造纯洁无瑕的金色传奇的苏联学者总是把这些激进派领军人物的个人生活描绘成一幅富有启示性的图画，并且掩盖一切可能玷污他们的神圣形象的事情。并非出于任何揭露隐私的低级趣味，兰珀特为苏联学者的描绘补充了车尔尼雪夫斯基令人意外地对妻子出轨逆来顺受、杜勃罗留波夫悲伤绝望的放浪形骸以及皮萨列夫是个自大狂并且患有精神分裂症等内容。暴露这三个人的人性弱点和无力解决个人问题非但不会降低我们对他们的评价，反而会使我们更加敬佩他们在难以置信的困难条件下进行思想-政治斗争的英勇行为。

车尔尼雪夫斯基无疑是三个人中影响最大而且最重要的人物，因此，兰珀特恰如其分地对他进行了最广泛的论述。在全力投入新闻时事评论工作之前，唯有车尔尼雪夫斯基花费时间和才能撰写了诸如他的硕士论文《艺术对现实的审美关系》以及《哲学中的人本主义原理》之类相对经过思考的著作（尽管后者只是一本广泛的书评）。这些著作补充了十九世纪六十年代激进分子贫乏的思想武器库；但是，很难说它们本身有什么深刻或者独到的见解。车尔尼雪夫斯基的"哲学"是一种结合了边沁的功利主义并以对革命意志完全自相矛盾的诉求为极限的非常天真幼稚的伪科学唯物主义和决定论。兰珀特竭尽全力把这种大杂烩美化成一种值得尊重的思想，而且以进行比较的方式借助斯宾诺莎、爱尔维修和马克思的名字表示过分的敬意。然而，他最终不得不承认，车尔尼雪夫斯基的思想令人难以想象地粗糙和褊狭。"他使用了大量子虚乌有的所谓科学论断支持他的唯物主义阐述，"兰珀特写道，"而且他还像恼怒的女中学生使用'讨厌''下流'这些词语那样使用'抽象''荒唐'或是'魔幻'之类意思含混不清的攻击性词汇拒不承认令人尴尬的事实。"这非常准确地传达了人们从车尔尼雪夫斯基的大量所谓"哲学"著述中得到的印象。

尽管不断提出这种激烈的批评,兰珀特仍然勇敢地坚持认为,车尔尼雪夫斯基具有重要思想家的地位。显然,他这是敬佩车尔尼雪夫斯基是个勇敢正直的人,并且赞同其在十九世纪六十年代的政治立场,这种敬佩和赞同使他令人遗憾地把道德意图与思想成就混为一谈。按照兰珀特的看法,尽管"他[车尔尼雪夫斯基]的观点'表面'大都粗糙而且源于错误的概念",但其"'核心'包含着某种人们必须考虑的深刻的道德-思想感受"。兰珀特认为,这个"核心"就是车尔尼雪夫斯基充满激情的人道主义和他把人类视为一个整体的愿望;因此,他的唯物主义,他天真幼稚的现实主义认识论和原始粗糙的功利主义都是为了使人从形而上抽象的冷血动物回归有血有肉的人的状态。为了证明这一点,兰珀特指出了一些赞美颂扬"人"的语句,例如,"在整个可以感知的世界中,人是至高无上的存在"。

然而,这一类语句只不过是费尔巴哈和黑格尔左派的陈词滥调,是马克思最终为其打上最独特的烙印的那个时代的硬通货。兰珀特非常清楚,车尔尼雪夫斯基是费尔巴哈的狂热崇拜者,他甚至引用了车尔尼雪夫斯基晚年的自述,车尔尼雪夫斯基承认自己始终是费尔巴哈的"忠实追随者"。不过,兰珀特认为,"车尔尼雪夫斯基正确地怀疑,在把人提升到神的地位的过程中,费尔巴哈忽略了眼前他所熟悉的真正的人;他用一个关于人或人类的抽象概念代替了具体的人"。这是马克斯·施蒂纳和卡尔·马克思分别以各自的方式对费尔巴哈提出的批评;但是,人们可能想知道,兰珀特在什么地方发现车尔尼雪夫斯基也提出了这种批评。他没有提供引文,而且我们有充分的理由相信,就算认真仔细地翻查过,兰珀特也不可能找到支持他的说法的原文。即使存在这样的原文,它仍然不能证明车尔尼雪夫斯基的"人道主义"找到了以任何真正具有重要意义的概念表达的方式。认识这种"人道主义"可以帮助我们了解车尔尼雪夫斯基思想的潜在动力,但这不会把他的哲学弱点变成优点。

尽管不断进行这种令人恼火的特殊辩护,偶尔还会使用在道德上诋毁对手的策略,但是,对于作为哲学家、历史学家和政治经济学家的车尔尼雪夫斯基,兰珀特的文章在大多数情况下都不失公平地合理描述了他的观点。对于作为美学家的车尔尼雪夫斯基,我们却不能同样说他的描述公平合理。车尔尼雪夫斯基的《艺术对现实的审美关系》是"社会主义现实主义"的源头,确立了艺术家必须从属于"生活",也就是说,从属于社会斗争的需要。"对于那些刚刚开始研究生活的人来说,"车尔尼雪夫斯基在经常被人引用的一段文字中写道,"科学和艺术[诗歌]是一本**手册**;它们是为学生阅读原始资料准备的,然后可以被不时地当作参考书。"面对这种毫不含糊的断言,兰珀特的说法读来令人惊讶,他说车尔尼雪夫斯基这本书"不足以证实[他]把艺术变成了一种宣传工具[并]使说教成为一种艺术——或反艺术——教条的观点"。恰恰相反,我们很难找到任何比刚才引用的车尔尼雪夫斯基的那句话更直截了当地主张艺术应当首先具有说教功能的观点。

兰珀特再次以车尔尼雪夫斯基信奉"人道主义"为由为其辩护,将其美学观点置于与浅薄乏味的"为艺术而艺术"的学说——这种学说主张艺术与人和人类生活脱离关系以避免受到任何污染和刺激——斗争的背景下。车尔尼雪夫斯基及其追随者确实进行了这种斗争;但是,人们希望兰珀特先生以某种多少带有批判性的眼光看待他们的论点。他应当记得车尔尼雪夫斯基的艺术观点的一些反对者的名字,他们是屠格涅夫、托尔斯泰、陀思妥耶夫斯基、列斯科夫、冈察洛夫和皮谢姆斯基。这些人当中有没有人认为艺术非常

206

"纯粹"所以不能与现实生活有任何关系,或者认为"艺术洞察力来自超自然的启示而不是来自生活感受"? 根本没有! 真正的问题不是艺术是否应当关注生活,而是艺术的**价值**是否取决于它所信奉的特定的政治学说。在车尔尼雪夫斯基的文学评论文章里偶尔(不是经常)可以发现一段赞成更开放的立场的内容;但是,他主编的《现代人》杂志却采取了完全根据政治观点评价作家的死硬政策,对作品不符合他们狭隘的功利主义艺术功能观念的所有作家进行无情的口诛笔伐。兰珀特毫无保留地赞扬的正是这种传统,今天俄国的年轻一代正在努力摆脱的也是这种传统。

与论述车尔尼雪夫斯基的文章相比,兰珀特严守"意识形态"的态度对他论述杜勃罗留波夫的文章的影响更大。车尔尼雪夫斯基至少还为直接讨论重大思想问题进行了一些努力;而杜勃罗留波夫只是接过已经被他过度简化的总体概念,尽管他在运用这些概念时确实显示出车尔尼雪夫斯基根本无法企及的飞扬的文采和出众的讽刺才智。杜勃罗留波夫是一名政治小册子作者,他尖锐犀利、振奋人心的文字可以与大师的辩术相媲美;可是,尽管兰珀特进行了深入认真的论述,他的文章的内容也难以使读者明白杜勃罗留波夫之所以重要而且影响巨大的原因。"关于杜勃罗留波夫确切的社会思想,"兰珀特承认,"我们可以讨论的不多。无论如何,不能按照任何已知的经济和政治理论解释它们。"关于一位其著述帮助塑造了这一代人的社会-政治理想的作家,这种评论几乎没有什么意义。而当兰珀特对杜勃罗留波夫的具体思想发表看法时,都是一些让人听着难受的陈词滥调。"只有在具体的情况下,在个人和历史条件下,价值才能最后体现出来;因此,他认为,所有道德观念都是在个人和历史条件下形成的。"

问题是，只有根据杜勃罗留波夫努力塑造的新人形象才能理解他的著述的真正力量。杜勃罗留波夫塑造了一种铁石心肠、讲求实际、不感情用事、冷静坚定的革命者形象，他确信，这种新人将会重塑俄国社会。他对四十年代老一代贵族自由主义知识分子道德弱点的破坏性攻击成功地彻底摧毁了他们的信誉和影响力。由于兰珀特的分析仅仅局限在杜勃罗留波夫的文章若隐若现的基本概念——这种基本概念其实根本不存在——上，他没有发现这些文章具有影响力的奥秘。此外，尽管他称赞杜勃罗留波夫偶尔表现出文学批评家的洞察力并不错，但他没有提到，在一些最著名的文章（例如评论奥斯特洛夫斯基的《大雷雨》的那篇文章）里，杜勃罗留波夫歪曲原著明确的本义以符合他的宣传意图。[3]

兰珀特论述皮萨列夫的态度可以说大致相同。十九世纪六十年代中期，在杜勃罗留波夫去世以及车尔尼雪夫斯基因被流放到西伯利亚而沉默之后，皮萨列夫的文章独占鳌头。皮萨列夫最初也是车尔尼雪夫斯基的追随者；但他从一开始就给人留下不同于其导师的利己个人主义的特殊印象。车尔尼雪夫斯基假装倡导"利己主义"，但是，他立即通过证明（或试图证明）"理性利己主义"意味着与人类同胞的需求一致限定他所倡导的利己主义。皮萨列夫更多地从字面意思上理解个人主义，他还反对**任何**凌驾于个人之上的权威，无论来源是什么。兰珀特指出了皮萨列夫众所周知的原生态尼采主义倾向并且正确地评论道："他是一个知识分子和具有不同见解的人，不是一名阶级斗争的战士和道德预言家，甚至不是一个革命者。"最重要的是，皮萨列夫不像车尔尼雪夫斯基和杜勃罗留波夫那样相信"人民"正直善良而且具有革命潜力，因此，他宁愿把希望寄托于没有阶级色彩的知识分子——他形象地称之为"有思想的无产阶级"——的领导地位。

兰珀特对皮萨列夫的观点进行了又一次精彩的剖析,间或承认这些观点本身几乎没有什么价值。兰珀特指出,"皮萨列夫的大部分科学知识都是陈旧甚至早已过时的";他的大部分其他知识同样也可以这么说——当然,关于俄罗斯文学的知识除外。兰珀特也没有告诉读者,他所说的皮萨列夫"著名的寓言作品《蜜蜂》"完全是从卡尔·福格特那里抄袭的。[4]这些情况都无法解释皮萨列夫为什么具有足以取代聚集在《现代人》杂志周围的车尔尼雪夫斯基和杜勃罗留波夫的追随者的影响力。皮萨列夫参加了一八六三至一八六五年间发生的(被陀思妥耶夫斯基称为)"虚无主义者内部的教派分裂"的激烈论战并取得胜利。兰珀特简要描述了这场充斥着辱骂的论战的过程,为了解释皮萨列夫的胜利,他只能说,"年轻人热情地急于选择立场并且愿意接受经过洗练加工的美好事物和伟大思想[?],因此,他们大都支持论点更加简明洗练的皮萨列夫一方"——这种解释没有多大说服力。

无论如何,皮萨列夫所向披靡是因为,年轻一代到这时已经对他们的导师早先寄予"人民"的希望不再抱有幻想。激进分子曾经满怀信心地期待在解放农奴的过渡期结束后的一八六三年春天爆发一场当局无法控制的人民起义;但是,这种事情没有发生。另外,事实证明农民根本不接受激进分子直接向他们发出的干扰破坏当局镇压同一年爆发的波兰起义行动的呼吁。就像杜勃罗留波夫那些文章的真正意义已经被改良还是革命这个问题所涵盖一样,皮萨列夫的影响也可以归因于他坚持认为知识分子未来只能依靠自己采取行动。佛朗哥·文图里在《革命的根源》中指出,可以从十九世纪六十年代中期以后开始在俄国激进派运动中出现的各种雅各宾主义思潮和密谋活动中看到皮萨列夫影响的痕迹。

对兰珀特论述杜勃罗留波夫和皮萨列夫的态度进行这些点评与其说是提出一些批评，不如说是表示某种遗憾：尽管兰珀特这本书有它的优点，但离读者需要的关于十九世纪六十年代俄罗斯文化的研究专著还有差距。不过，可以让人对兰珀特合理地提出批评的内容往往是在他放任自己的同情心使他失去知识分子的判断力的地方；因此，他这本书的最大问题也许是，没有给予激进分子的对手发表观点的公平机会。激进分子在政治问题上可能是正确的（他们肯定对解放农奴的经济后果做出了正确的判断）；但是，这并不意味着他们在哲学、道德和美学问题上也总是正确的。

实际上，就像轻蔑地对待车尔尼雪夫斯基的哲学论敌（尤尔克维奇）那样，兰珀特似乎不时地暗示，激进派的敌对势力利用哲学辩论质疑激进派哲学的价值或正确性。但是，兰珀特非常清楚，这种观点意味着停止一切客观公正的思考。兰珀特显然是一个非常诚实而且具有独立见解的作者，所以他在理论上不会赞成这种观点，然而，他似乎经常为了省事漫不经心地把它当作一项著书立说的原则。不管原因是什么，这都使他对主题的论述带有严重的倾向性。

注释

[1] 尤金·兰珀特，《反对父辈的子辈》（伦敦，1965）。

[2] 文图里，《革命的根源》，第 215 页。

[3] 请参阅马修森，《俄国文学作品中的正面英雄人物》，第 79 页。兰珀特看来并不熟悉本书第六章所讨论的这部优秀论著。

[4] 阿尔芒·科卡尔，《德米特里·皮萨列夫与俄国虚无主义思想》（巴黎，1946），第 168 页。科卡尔这部第一流的研究专著鲜为人知。

第十七章　极端的理想主义者：米哈伊尔·巴枯宁

一

米哈伊尔·巴枯宁以革命无政府主义之父闻名于世，他像一只预示风暴的海燕一样在十九世纪欧洲历史的天空中飞翔，有生之年成为一个传奇人物。从那时起，他沉迷于发表激烈、极端的煽动性言论并且预言一个完全自由同时实现了绝对的社会正义与和谐的新世界将在现有旧世界被一场毁灭一切的革命浩劫彻底摧毁之后出现，对各种政治异见团体产生了长久不衰的激励作用。一九六八年春天巴黎社会动乱期间，本文作者亲眼看见巴黎大学文理学院的墙上（用德语原文）书写着巴枯宁最著名的口号："Die Lust der Zerstörung ist auch eine schaffende Lust！"（**破坏的激情也是一种创造激情！**）此外，巴枯宁在人生后期以敏锐的感觉坚决反对他所说的"集权社会主义"，也是由于这个原因，他的思想始终对追随者具有吸引力。

　　阿瑟·门德尔的确曾经告诉我们，他撰写自己的巴枯宁研究专著[1]的原因是，他认为 E. H. 卡尔用英文撰写的另一部巴枯宁传记——它以怀疑的态度精彩地描述了巴枯宁的生平——"没有足够认真地论述巴枯宁对自由的贡献"。从门德尔这句话我们可以断定，他即使不是巴枯宁的信徒，至少也在一定程度上钦佩巴枯宁；他觉得卡尔颇具嘲笑讽刺意味的描写对巴枯宁不够公平。人们疑惑不解的是，读过卡尔那部传记的人怎么可能真的以为巴枯宁对西方民主传统所理解的"自由"感兴趣。不管怎样，在本意是要纠正卡尔的过程中，门德尔自己的研究使他发生了一百八十度大转变。现在他认为，卡尔那部传记以及其他关于巴枯宁的研究专著（此类著作数量繁多，包括最终受到斯大林迫害的老资格布尔什维克尤里·斯捷克洛夫撰写的权威的四卷本巴枯宁传记）没有"足够认真地论述他[巴枯宁]对自由的威胁"。

　　是什么导致了这种情感与理智的急剧转变？看来，在深入查找关于巴枯宁生平的原始资料的过程中，门德尔发现巴枯宁言行不一，而且发现他关于自由的崇高愿景与他同样表现出来的对阴谋诡计的兴趣爱好明显南辕北辙，这些发现可能使门德尔感到震惊。巴枯宁热衷于设想如何构建独断专行的小团体，这种隐藏在阴暗中的小团体将对它们煽动或者它们能够掌控的革命暴动行使绝对控制权。就在痛斥"集权"控制第一国际的同时，巴枯宁一直在为这种秘密小团体设想各种各样的方案，不过，他主要是纸上谈兵，这些方案只存在于他雄心勃勃的幻想中。更糟糕的是，他始终准备无所顾忌地与他人（例如那个因为谋杀一名无辜的大学生而使陀思妥耶夫斯基产生了创作《群魔》的灵感的臭名昭著的谢尔盖·涅恰耶夫）一道,不惜采取无论多么可怕和卑鄙的手段以便达到他的所谓革命目的。[2]我们可以推断,使门德尔转而反对他以前以某种赞许的目光看待的巴枯宁的原因是他发现了这个人的阴暗面。

所以,门德尔为自己设定的任务是,解读巴枯宁迷人、混乱、充满个人魅力和自相矛盾的性格和人生。为了破解巴枯宁人格异常的秘密,门德尔求助于精神分析。精神分析不再像过去那样流行,因此,他对自己使用精神分析的分类进行了一些辩解;不过,他提出了根据这种方法探讨巴枯宁的充分理由。首先,巴枯宁是众所周知的性无能;其次,他对性事显然有种病态的反感,同时又对一个同胞姐妹产生乱伦的迷恋——他承认这种迷恋存在,同时也因深恶痛绝而避之唯恐不及。流放西伯利亚期间,他在四十三岁时娶了一个十七岁的年轻姑娘,然后与她一起平静地生活到人生尽头,其间她与一个意大利情人生了三个孩子,而她的这个情人也是巴枯宁的好友和经济资助人。在对政治真正产生兴趣之前,作为一个年轻人,他早期的"破坏"活动主要是给父母以及另一些亲戚朋友为他们的女儿出嫁所做的努力捣乱,还使一个同胞姐妹与丈夫分居。

门德尔正确地认为,对于巴枯宁生活的这些方面,应当给予比它们通常受到的更多的重视,他还根据一种复杂的理论分析它们,这种理论包含了与标准的关于俄狄浦斯情结的精神分析学说相结合的对自恋的最新看法。我们没有必要跟随他深究那些他也承认高度根据猜想推测的细节;不过,他在最后一章简明扼要地总结了他得出的结论。他写道,巴枯宁"最初完全抵制任何与性和'肉欲'有关的东西","后来他把这种全面抵制转向了社会,因为社会无法摆脱地与这个具有俄狄浦斯情结的令人憎恶的'肉欲'世界——直接(性,婚姻)或者间接(权力,责任)——相互关联。最后,为了掩饰恐惧、软弱和无能（并且得到心理补偿），他把它们转变成与之相反的东西"（《米哈伊尔·巴枯宁：启示之源》，第 419 页）——即，转变成门德尔认为根本无益而且总是导致灾难的极端革命理论和由极其强大但子虚乌有的秘密团体控制的幻想世界。

在我看来，对巴枯宁的这种看法肯定有助于比以前的描述更清晰地阐明他的人生的某些方面，对于理解这个神秘而张扬的人物是一种宝贵的贡献。今后研究巴枯宁不可能忽视门德尔所提出的阐释，而且他充分证明，研究巴赫金的心理困境可以富有启发性地揭示他摆脱不了关于重建混沌天堂的幻想的"根本原因"。不过，同时我也认为，门德尔似乎过于倚重他的论点，希望把巴枯宁人生和行为的**每一个**方面都解释成他个人的自我"心理治疗表演"反复产生的强迫性冲动。如果情况是这样的话，那就难以解释巴枯宁的巨大影响力；门德尔也意识到这种影响力造成了一些问题。"尽管［巴枯宁］展现他的梦想和梦魇主要是为了治愈自己直至恢复精神正常（而且肯定像所有精彩的表演一样经历了梦寐以求的宣泄），但是，无数出于某种原因寻求类似的自我欺骗的其他人急切地误以为这些梦想和梦魇是现实的客观写照或是严肃的社会改革方案，并且相应采取了行动。"（《米哈伊尔·巴枯宁：启示之源》，第 423 页）

这一段话只是回避了个人与其所处时代的关系这一心理传记的关键问题，并没有尝试以适当的方式解决它。症结在于门德尔最初的假设，即，由于对令人难堪的性生活"现实"病态地避之唯恐不及，巴枯宁的行为已经与真正的问题毫不相关。然而，事实真的是这样吗？他意识到他没有明说的"接受现实"总是正常合理的这种精神分析假设的全部社会含义了吗？例如，他认为巴枯宁拒绝遵循惯例从军以及拒绝子承父业绝对是心理异常的证据。但是，这难道不是意味着我们有充分的理由认为巴枯宁不愿为尼古拉一世效命，也不愿成为一个靠农奴供养的过着舒适惬意生活的俄国地主吗？另外，尽管巴枯宁坚持不懈地努力阻止他人结婚肯定与他自己的性无能有关，然而，如果所论及的一些女性不觉得她们是在合法地出卖肉体的话，他还会为阻止别人结婚下这么大的气力吗？门德尔没有提出这些问题，因此，他似乎把他通过精神分析确定的"成熟"和"正常"的心理类型等同于不假思索地接受当时既有的社会-政治规范——当然，他不是故意这样做的。

在门德尔对巴枯宁的思想-哲学演变的讨论中，我们可以发现同样的简化倾向。尽管门德尔在引用了一些浪漫抒情的文字后确实说过，"就像看到巴枯宁人格的方方面面一样，我们[在其中]看到了时代的情绪"，但他认为巴枯宁采纳各种深奥抽象的哲学观点只是对自己的个人问题的回应。可是，他很快就忘记了这方面的问题，所以，他对巴枯宁从费希特到谢林，然后再到黑格尔和黑格尔左派的思想演变进行精神分析相关性研究时没有觉察到，巴枯宁的思想历程与俄罗斯文化四十年代一代的许多其他成员完全相同，没有做任何异乎寻常或者特立独行的事情。这就是为什么巴枯宁的著名文章《德国的反动》受到热烈欢迎并被誉为把德国的形而上学与法国的革命激情融为一体的经典之作。他再一次与"时代的情绪"合拍，因此，**仅仅**根据精神分析学说分析他（无论这种分析多么有道理）使我们无法非常充分地解释他的影响。

我们同样想知道，根据以十九世纪后期欧洲关于人类行为的假设为基础的心理学，巴枯宁的许多性格特征在多大程度上看起来是"反常的"，比如说，他在依靠朋友慷慨资助生活的同时却不愿意为了挣钱弄脏自己的双手，这只是因为他实际上是一个俄罗斯贵族——对于俄罗斯贵族来说，依靠辛勤劳动养活自己简直是不可想象的——吗？另外，我们还可以在更广泛的意义上把巴枯宁视为一种典型的俄罗斯现象：组织秘密团体暗中从事阴谋活动是迫于国家的社会状况而形成的一种俄罗斯传统，因此，门德尔断定巴枯宁违反了马克思和第一国际制定的"规则"似乎变得无关紧要。俄国在巴枯宁的有生之年并没有出现过欧洲那种工人阶级运动，所以，如果认为他热衷于组织秘密团体只是因为他的方式"脱离"政治斗争的"现实"，那就是忽略了他是俄国社会形势的产物。他的无政府主义产生于一个就连最忠诚的斯拉夫主义者也可能宣称国家的存在——尽管这令人遗憾地是必要的——将不可避免地成为邪恶的某种根源的国度。

门德尔这本书的主要缺点是，他不愿考虑巴枯宁的内心动力以某种方式与其所处时代的社会-文化和政治"现实"相互作用的可能性，他还拒绝接受精神分析之外的任何一种解释。不过，尽管没有设法克服心理传记这种体裁的先天缺陷，他仍然为我们提供了一部按照自己限制的条件深入研究巴枯宁的专著。

注释

[1] 阿瑟·P.门德尔，《米哈伊尔·巴枯宁：启示之源》（纽约，1981）。

[2] 请参阅本书第十一章的论述及其列举的巴枯宁与涅恰耶夫共同散发的宣传品实例。

第十八章　亚历山大·赫尔岑:《谁之罪》

　　　亚历山大·赫尔岑在俄国国外最著名的身份是《往事与随想》的作者,以赛亚·伯林爵士恰如其分地指出,这部光芒四射的回忆录是描述十九世纪中期欧洲进步和激进政治运动的最佳著作之一。它的文学品质也与最伟大的俄罗斯小说不相上下。赫尔岑是一位目光无比敏锐的观察家,还是一位机智幽默的怀疑论者和讽刺作家(他经常被称为俄罗斯的伏尔泰)。年轻时他也是俄国文化生活的中心人物。后来,他流亡欧洲,因为在伦敦建立了第一家自由俄罗斯印刷所、创办了为他那舆论受到扼杀的祖国发出自由之声的刊物《钟声》并且撰写了一系列著作(它们主要是以与朋友和对手进行想象的对话或通信的形式写成,作为对始终困扰着现代文明的那些关键问题的评论,一点也不缺乏新鲜感和力量),他成为国际知名人物。赫尔岑的作品把贵族阶层对资产阶级价值观念的深恶痛绝(他是一个非常富有的贵族的儿子,虽然不是婚生的,接受的仍然是贵族教育)与向往自由、平等和社会正义的民主意识结合起来。这两种元素形成一种令人非常感兴趣而且极具个人色彩的组合,同时赋予赫尔岑一个观察现代社会的独特视角。

　　赫尔岑年轻时曾尝试进行纯文学创作,他写出了至今仍在俄罗斯文学中占有重要的一席之地的长篇小说《谁之罪?》。[1]《谁之罪?》创作于十九世纪四十年代中期俄国文学自然派兴起之时,这一流派的年轻作家应当全都受到果戈理的小说《外套》的影响,这意味着他们是在继续果戈理这篇小说及其讽刺杰作《死魂灵》所包含的人道主义诉求。《谁之罪?》毫不留情地描写了俄国外省腐化堕落、冷酷无情的社会生活和死气沉沉的精神世界,它更多受惠于《死魂灵》而不是以圣彼得堡为背景的《外套》。尽管缺乏果戈理那种使其得以塑造人间怪物群像的疯狂怪诞的风格,但是,因为赫尔岑的小说人物更加接近普通人,他对俄国民间德行的描写也许更加令人沮丧。普通人偶尔也能表现得慷慨大度。

214

　　《谁之罪?》的核心内容是一场涉及神圣婚姻关系的陷入困境的爱情。小说前半部分讲述了柳博尼卡·涅格罗娃和德米特里·克鲁茨费尔斯基这两个不幸的人的相遇和结婚,前者是一个地主与他的女奴的私生女,后者是一个家境极其贫寒的外省医生的儿子。一位路过的显贵对年轻的克鲁茨费尔斯基产生了好感,这使他得以去莫斯科大学念书。大学毕业以后,克鲁波夫医生为克鲁茨费尔斯基谋得了涅格罗夫家的家庭教师职位。克鲁波夫医生是赫尔岑自我的化身,在赫尔岑的其他作品中也出现过,他是某种幻灭的唯物主义人生观的代言人,这种人生观与浪漫主义和理想主义格格不入,充满无可奈何的悲观情绪;不过,克鲁波夫医生总是努力在所剩不多的可能范围之内表现得优雅、体面和正直。柳博尼卡与克鲁茨费尔斯基相爱并决定结婚,涅格罗夫祝福他们,他很高兴不用嫁妆就能把柳博尼卡嫁出去。但是,克鲁波夫医生感到不安,他警告克鲁茨费尔斯基,柳博尼卡实际上是个个性很强的人("她是一个心高气傲的姑娘,人们还没有意识到她的力量"),而克鲁茨费尔斯基则"像德国少女一样多愁善感"。尽管不祥的预感从一开始就笼罩着这场婚姻,两人仍然结为夫妻。

赫尔岑不是纯粹的小说家,他也没有打算在传统的意义上讲故事。《谁之罪?》的各个章节是一系列在风格上与他后来的自传性回忆录具有明显亲缘关系的随笔素描,夹叙夹议地描述了社会背景以及人物的性格特征;小说的情节来自生活,几乎没有什么戏剧性场景。赫尔岑自称是为笔下的人物写"传记",他还颇为自豪地说,作为叙述者,"我免不了为介绍人物的生平而离题万里"。因此,讲述了柳博尼卡和克鲁茨费尔斯基的故事后,他在接下来的几个章节里把注意力从他们身上彻底移开,完全集中在弗拉基米尔·别利托夫的人生经历上。别利托夫是第一个著名的"多余人",这种人物类型在十九世纪四十年代的俄罗斯小说中随处可见,而陀思妥耶夫斯基《群魔》中的那个残阳夕照的斯捷潘·特罗菲莫维奇·韦尔霍文斯基则使"多余人"的形象达到极致。

别利托夫是当地一个富有的地主家族的后代,母亲农奴出身,父亲令人意外地娶了她,以表示要为以前的虐待行为赎罪。赫尔岑严厉抨击了别利托夫敬爱的母亲让他接受的教育,她聘请了一名人们可以在俄罗斯小说中看到的那种无可挑剔但令人难以忍受的瑞士家庭教师——他们具有新教徒的诚实正直和普鲁塔克倡导的公民美德——向别利托夫灌输高尚的清规戒律,并且用完全不适合俄罗斯人生活的各种理想激励他。结果,尽管别利托夫进入俄国政府部门时满怀帮助同胞的热情,可是,面对这个不义、贪婪、禽兽的狡诈大行其道的泥潭,他很快就退缩了;然后,他专注于医学、绘画等各种替代的事情,但没过多久就放弃了,因为这些事情不能满足他真正的需求。赫尔岑明确指出,他真正的需求是可以从事某种有益而且有效的政治活动。"对于一个满腔热情的人来说,世界上最有吸引力的事情莫过于在公众事务和创造历史方面发挥作用。任何曾经心怀这种梦想的人都会因为从事其他活动而自暴自弃。"赫尔岑这些话无疑说的是自己的情况,他是在预测自己的人生。

　　正是瑞士家庭教师约瑟夫先生把这种梦想植入他的学生心中,从而使后者不适宜在俄国生活——也不适宜在任何其他地方生活。别利托夫这个想方设法排解心中"幽怨"的俄国"多余人"在欧洲各地进行了往往是徒劳的漫游后,偶然与老师再次相遇,他决定为实现自己的抱负做最后一次荒唐的努力:他要返回家乡竞选首席贵族这个纯属礼仪性的职位。但是,他那些贵族同乡打心眼里看不起这个欧洲化的废物和浪子,所以,他根本没有任何机会。克鲁波夫医生轻率地介绍他认识了克鲁茨费尔斯基夫妇,因为都无法适应卑鄙庸俗的环境,他与柳博尼卡同病相怜,于是,不可避免的事情发生了:恶毒的流言蜚语开始传播,传到了心地善良、时乖命蹇的丈夫耳朵里。在被别利托夫充满激情地亲吻了一下之后,柳博尼卡日渐憔悴,新的爱情和对痛苦的克鲁茨费尔斯基的怜悯使她左右为难。在小说的结尾,别利托夫再次逃到欧洲无聊、无谓地活着,柳博尼卡的身体"急剧衰弱",而克鲁茨费尔斯基"克服了悲伤",终日饮酒并向上帝祷告。这是《叶夫根尼·奥涅金》的结尾的新版本,不过,放弃不再是责任战胜欲望和激情的证明;这是一种注定导致所有相关人士绝望和死亡的牺牲。

　　自从《谁之罪?》发表以后,它的标题提出的问题引起了汹涌如潮的评论,小说精彩的英译本译者迈克尔·卡茨是得克萨斯大学奥斯汀分校的俄语教授，他在英译本的序言中简要介绍了各种各样的评论。俄国批评界——尤其是十九世纪六十年代以后的俄国批评界——强调说，赫尔岑认为最终应当负责的是社会泥潭；肯定会有大量证据使俄国批评界这种强调貌似合理。因主人与农奴的关系而几乎不可避免地发生的无数残酷的事情；完全没有最基本的自由；看不到情况得到重大改善的任何希望——赫尔岑毫不留情地所阐明的这一切不容忽视。但是，赫尔岑不是一个宿命论者，因此，他同时相信人类具有创造自己命运的力量。

216   尽管同情别利托夫，但是，就像对涅格罗夫一家以及另一些愚昧落后的外省居民口诛笔伐一样，赫尔岑也以大致相同的笔调对别利托夫冷嘲热讽。当别利托夫伸手去拿一本拜伦的《唐璜》而没有像他起初打算的那样专心阅读"介绍亚当·斯密的英文小册子"时，赫尔岑显然是要说明，他的主人公更喜欢消遣而不是求知。另外，克鲁波夫医生严厉地告诉别利托夫，如果他感到自己的生活百无聊赖，那是因为他从来不必挣钱谋生。这正是导致十九世纪六十年代的激进派评论家认为不值得给予"多余人"（他们当时把赫尔岑本人也包括在内）丝毫同情或关心的根本原因。赫尔岑并不认为别利托夫和其他"多余人"只是他们所处的社会环境的孤独无助的受害者；这使一些反对俄国批评界强调环境因素的美国学者通过强调人物自身的责任来回答小说标题提出的问题。

迈克尔·卡茨认为两种极端的论点都不符合小说的本意，而这也是我的看法。使这部小说在当时不同凡响的恰恰是赫尔岑对俄国社会泥潭的多方面理解，他不愿随意给出答案。但是，毫无疑问，他同情所有像别利托夫、柳博尼卡、克鲁茨费尔斯基和克鲁波夫医生那样在感情上无法接受身边存在的不公义的人，他们在某种程度上仍然保持着对一个更加美好和幸福的世界的向往,在这个世界里,赫尔岑所谴责的许多东西将不复存在。尽管对别利托夫持怀疑态度,赫尔岑仍然在一段关键的叙述中清晰地表明了对他的看法:

> 尽管具有成熟的思想,他[别利托夫]并不是一个真正的成年人。总之,在出生三十多年以后,现在他像一个十六岁的男孩儿一样**刚刚准备**开启自己的人生,根本没有注意到正在打开的大门不是角斗士进入角斗场的大门,而是把他们的尸体抬出去的大门。"当然,别利托夫本人对此负有很大责任。"我完全同意您的看法,虽然别人认为有些人的缺点胜过所有优点。
> (《谁之罪?》,第187-188页)

赫尔岑当然是这些"别人"中的一员,他既能清醒地评价别利托夫,也能发现他的"缺点",他的缺点源于他没有实现的政治理想,胜过其他人的优点。人们对契诃夫笔下的理想主义者也会产生许多同样的感觉,正如纳博科夫所说,这是一些永远做不成好事的好人。

　　虽然《谁之罪?》关于爱情的情节乍看起来不像社会-政治主题那么重要,但它实际上为赫尔岑的愿景增添了一个复杂的元素。赫尔岑当时受到法国圣西门主义的影响,这个思想流派宣扬"为情欲恢复名誉"而且找到了乔治·桑这个强有力的文学代言人。乔治·桑的作品在俄国很受欢迎并且产生了大量模仿之作,赫尔岑的《谁之罪?》通常也被包括在内。但是,尽管他这部小说往往被认为是对法律-宗教桎梏——这种桎梏把不幸福的夫妻束缚在不合适的婚姻中——的抗议,尽管人们可以在赫尔岑的日记中看到建议"解放两性关系"的内容,《谁之罪?》并没有回避这种建议付诸实施可能造成

217

的道德困境。

　　毕竟,没有人责怪柳博尼卡比她出于爱情自愿嫁给的克鲁茨费尔斯基个性更强,也没有责怪她在别利托夫身上发现了她钦佩敬慕而忠实的丈夫所缺乏的"天才"品质。因为别利托夫和柳博尼卡要想实现他们理想的爱情,克鲁茨费尔斯基必定将被无情地牺牲;但是,克鲁茨费尔斯基没有做过什么应当遭受这种命运的事情,而柳博尼卡是一个非常善良的人,她不可能毫不内疚地抛弃他。赫尔岑明白,人的良心是与这种或者那种社会公德习俗的"合理性"几乎无关的必然存在。当赫尔岑后来发现自己的妻子与他的密友、激进的德国诗人格奥尔格·赫尔韦格有染时,尽管他思想开放,但还是被他受到的背叛深深伤害。正是因为他能够凭直觉预见到这种反应,他的小说至今仍被认为是严肃的文学作品,表现的不是车尔尼雪夫斯基后来在《怎么办?》中奉为金科玉律的那种幼稚的看法。在车尔尼雪夫斯基的小说中,婚姻的缔结与解除无忧无虑地平静进行,完全成了彼此互行方便的事情。

　　十九世纪六十年代,作为一种类型人物的"多余人"——至少是以贵族自由主义者形象出现的"多余人"——在俄罗斯文学中逐渐过时。陀思妥耶夫斯基在《群魔》(1871–1872)中以斯捷潘·特罗菲莫维奇·韦尔霍文斯基这个人物为"多余人"取得最后一个重大的文学成就;屠格涅夫《处女地》(1877)中的涅日丹诺夫的文学高度和深度都无法与之相提并论。尽管产生"多余人"的社会阶层不再占据突出的地位,但是,"多余人"所体现的社会-文化主题仍然持续不断地反复出现在俄罗斯文学作品中。如何在不丧失灵魂的情况下适应丑恶以及似乎永远无法改变的俄国社会生活现实?激进分子的回答是,不惜自我牺牲与政权进行英勇的斗争。他们认为这个政权是万恶之源;他们坚信,消灭它就能一劳永逸地解决问题,特别是因为灵魂毕竟只是资产阶级的一种幻觉。可是,人们惊奇地注意到,尽管自从赫尔岑写出《谁之罪?》以来俄国发生了巨大的变化,别利托夫的一个具有其所有弱点——意志薄弱,反复无常,优柔寡断,不切实际——的后人仍然作为主人公出现在可以说是当代最伟大的俄国小说《日瓦戈医生》中。尤里·日瓦戈集别利托夫的性格与克鲁波夫医生的职业于一身而且还是一位诗人,他在一个由那些坚持不懈地为消除俄罗斯文化中所有残留的尊重"多余人"的痕迹而斗争的激进分子的后人打造的社会里继续坚守精神(包括宗教)的价值。而且,由于为人们提供了了解俄国社会现实的线索,他丝毫不失其光彩或象征意义。

218

注释

[1] 亚历山大·赫尔岑,《谁之罪?》(迈克尔·卡茨英译并编辑;纽约州伊萨卡,1984)。

第十九章 "俄罗斯式社会主义"的诞生

亚历山大·赫尔岑无疑是十九世纪俄国激进主义早期领导人中最有同情心和最有趣的人物,也是唯一一个其著作对革命运动的影响超越了地域或历史的人。别林斯基的文学批评对其他领域没有什么重大意义,尽管他的著述在激起人们关注俄国思想-文化问题方面具有不可否认的重要性;巴枯宁的激烈言论和阴谋手段除了使我们深入了解了他古怪的性情也没有为我们提供任何新的洞见。随后的六十年代一代俄国激进分子的情况相同。他们的领导人车尔尼雪夫斯基和杜勃罗留波夫是异常勤奋的新闻时事评论员,撰写了大量评论文章(还有诗歌和小说);但是,他们涉及各种各样主题的著述只有宣传鼓动的作用,没有任何超越时代和地域局限性的价值。赫尔岑是唯一一位其著作使他有资格与十九世纪那些伟大的俄罗斯小说家平起平坐的正宗激进派人士;他最重要的著作是《往事与随想》,这部自传性回忆录也许是十九世纪世界各地出版的同类书籍中最伟大的作品,作为人生和时代的画卷,与卢梭的《忏悔录》和歌德的《诗与真》齐名。

鉴于赫尔岑的重要性以及全世界对俄罗斯文化的普遍兴趣,对于只懂得几种欧洲主要语言的读者来说,可供阅读的关于他的文献著作非常少。当然,有大量关于赫尔岑的俄文著作,但是,特别出色的法文著作只有(拉乌尔·拉布里撰写的)一部,尽管现在有点过时;令人惊讶的是,我想不起一部有关的德文著作;E. H.卡尔的《浪漫的流亡者》长期以来一直是唯一一部可以找到的长篇英文专著。[1]卡尔这本书的大部分内容生动有趣地描写了赫尔岑流亡欧洲期间复杂紊乱的私生活,只是浮光掠影地触及思想文化和政治背景(尽管我们可以通过收集在《俄国思想家》中的以赛亚·伯林爵士那些热情洋溢、见解深刻的文章粗略地了解这些背景[2])。不过,一九六一年出版的马丁·马利亚那部学识精深、内容广泛、见解高明的《亚历山大·赫尔岑与俄罗斯式社会主义的诞生》以令人印象深刻的权威性改善了这种状况。因此,马利亚没有为我们提供一部完整地研究赫尔岑的专著而是选择把他的论述截止于一八五五年(他的论述实际上停止在一八四八年,然后他用总结性的一章补充论述了剩余的几年)更加让人感到遗憾。正如书名表明的那样,马利亚感兴趣的是"俄罗斯式社会主义"的诞生,而首先提出"俄罗斯式社会主义"的是赫尔岑;所以,他的著作结束在赫尔岑关于这个问题的最重要的思想基本成型之时。[3]

可是,使我们能够更深入地了解俄罗斯文化的自相矛盾的莫过于赫尔岑与下一代激进分子的冲突,这种冲突反映在《往事与随想》的部分内容及其后期(致巴枯宁的)《写给一位老同志的信》等著作中,它构成了陀思妥耶夫斯基的《群魔》这一类文学作品的背景。《群魔》的灵感与《写给一位老同志的信》一样完全来自同一起涅恰耶夫密谋杀人事件;因此,如果马利亚像对赫尔岑早期的思想那样详细地描述其晚期的思想演变,那他将会大有作为。尽管如此,关于马利亚在他所选择的时间范围内对赫尔岑的论述,我们肯定无可抱怨。令人钦佩的是,他不仅熟悉俄国资料,而且通晓社会主义的早期历史和民族主义的兴起,更加难能可贵的是,他还精通思辨复杂的德国唯心主义。他的文笔优美有力,有时是名副其实的雄辩。他这本书肯定是现有的关于具有决定意义的十九世纪上半叶俄国文化史的最全面、最可靠的英文论著之一。

赫尔岑具有细微变化的思想发展过程基本上是整个俄国四十年代一代的思想发展过程。身为一个富有的俄国贵族的私生子,赫尔岑从小受到充满悲怆的自由意识的席勒戏剧的熏陶,普希金的某些诗歌以及一八二五年举行起义阻止尼古拉一世登基而失败的十二月党人为自由发出的呐喊也激励了他。赫尔岑和他的朋友尼古拉·奥加廖夫在一八二七年或一八二八年爬到莫斯科郊外的麻雀山上立下著名的誓言,当时他们还是十几岁的少年;他们发誓要把人生献给与专制暴政的斗争并且不惜为人类的利益牺牲自己的生命。这些行为非常幼稚、浪漫而且**狂热**,但是,他们始终信守自己的诺言,事实证明,他们青春立誓之时是俄罗斯历史上的一个重要时刻。

赫尔岑在莫斯科大学——当时那里是满目荒凉中的一片光明和知识的绿洲——接受了自然科学学科教授偷偷讲授的流行一时的谢林唯心主义。不过,甚至早在这个时期,他已经是一个对圣西门主义的法国新型社会主义感兴趣的圈子的中心人物。赫尔岑在被流放期间暂时克制了关注社会政治问题的热情,接着他又全神贯注于宗教神秘主义;但是,在乔治·桑和皮埃尔·勒鲁——他们的社会主义思想具有强烈的神秘主义和宗教意识色彩——的影响下,他重新关注这些问题。他在四十年代初期接触到黑格尔的思想,经过与信奉民族主义的莫斯科斯拉夫派和信奉自由主义的西方派这两个群体的长期辩论,他最终确定了自己的立场。赫尔岑个人与两个阵营都有往来,不过,他最好的朋友均为西方派人士;最后他与斯拉夫派断绝了关系,因为他们虽然开明地希望适度接受言论、出版和思想自由这一类西方文明的产物,但归根结底仍然拥护专制统治和正统观念。

不过,赫尔岑接受了斯拉夫派的以下观点:俄国的农民**村社**以通过**村民会议**完全实行民主管理并且定期重新分配土地的方式实现了欧洲社会在诸如傅立叶的法伦斯泰尔之类乌托邦幻想中追求的理想。他与反对他的无神论也不赞成他把民众理想化的西方派人士的辩论使他认识到,欧洲文明本身内在的问题——欧洲文明的俄国辩护者和崇拜者反映了这些问题——成为实现他所向往的完全自由的美丽新世界的障碍。从纯粹的历史角度看,马利亚这部著作最有独创性的一个方面是,他论证了与西方派人士的辩论对赫尔岑的影响使其倾向于相信欧洲文明无法摆脱几百年来与资产阶级个人主义、私有财产和中央集权国家千丝万缕的联系。到一八四七年流亡欧洲的时候,他这种信念已经变得非常坚定;而一八四八年革命的失败只不过证实了他已有的感觉。这一系列影响产生了赫尔岑的兼具救世情怀和民族性的"俄罗斯式社会主义",以俄罗斯和农民村社为基础的俄罗斯式社会主义将在贵族阶层中的激进进步人士的引导下为世界指明通向未来社会主义乌托邦的道路。到十九世纪八十年代马克思主义兴起时,成为俄国民粹派运动意识形态的正是这种俄罗斯式社会主义。

马利亚没有仅仅满足于从文化史的角度令人难忘地展现这些

事件的面貌;他还试图巧妙地运用他所谓的"社会心理学"方法"解释"它们。他把自己的方法与卡尔·曼海姆和马克斯·舍勒①以及十九世纪二十年代初期离经叛道的新黑格尔主义者卢卡奇·格奥尔格的方法联系起来;但是,尽管列举了这些令人敬畏的权威,他的基本想法却非常简单,关注的也是心理而不是社会。"本书的主要论点是,"马利亚写道,"民主理想在俄国不是由对民众艰难处境的直接反思产生的,而是通过一些相对享有特权的个人的自省产生的,由于沮丧失望,他们从自己的个人尊严意识归纳出人类尊严的理想。"(《亚历山大·赫尔岑与俄罗斯式社会主义的诞生》,第 421页)这种论点也不仅仅被用来解释俄国的情况,因为马利亚据此认为他论及的**所有**重要的思想运动——德国唯心主义和法国空想社会主义以及俄国吸收应用两者的思潮——本质上都是这种"补偿性思想观念",只有从其所表达的沮丧失望才能充分理解它们,而它们的客观价值几乎为零。他断言,正是这种沮丧失望所产生的心理动力解释了俄国激进主义好大喜功、决不妥协、完全沉溺于不切实际的乌托邦空想的原因。

当然,这种似乎主要受益于卡尔·曼海姆的观点很有道理;但是,马利亚以严谨的逻辑和某种坚持不变的一致性对这种观点的运用使他的视角缩小产生了畸变。首先,这导致他描绘了一幅在我看来完全失真的画像,与赫尔岑这个人的真实形象大相径庭。因为一切均源于其"自我"的沮丧失望,可怜的赫尔岑变成了一个怪物,自负虚荣、追逐私利以及对权力或"公认"(无论这实际意味着什么)的需要支配着他的一举一动。马利亚似乎从来没有问过自己,为什么

---

① 马克斯·舍勒(Max Scheler, 1874–1928),德国哲学家和社会学家。

有人会把他对个人尊严的需要"归纳"成一种普世理想,然后又用自己的一生为实现这种"归纳出来的理想"而奋斗。在做出"归纳"与没有归纳的人之间是否存在着某种个人品质的本质区别,在描绘前者的形象时是否可以只当这种区别不存在? 几乎不许赫尔岑表现出一瞬间的真诚、宽容和同情心,甚至不许他有任何纯粹出于本能的行为;因此,如果我们把他真实的生活和行为与他那个时代和俄国的社会规范对照,这种连续不断的曲解就会立即变得非常荒谬。

马利亚的方法整体上其实体现了某种使其让人非常难受的残忍的自负,这源于他傲慢地确定他已经"看出来"赫尔岑合乎理性的意识形态结构是为掩饰其行动无力和徒劳无功精心设计的。马利亚一再向我们解释俄国的情况实际上多么令人绝望和难以忍受,而且把这归因于他所认定的事实:当"真正的"问题是为绝大多数人争取基本的公民权利时,俄国知识分子却醉心于艺术、唯心主义哲学、宗教和诸如女性解放之类无关紧要的问题。但是,在向我们说明知识分子逃避现实是"不可避免的"以后,马利亚忍不住轻蔑地对他们冷嘲热讽并且不断责备赫尔岑没有面对现实的勇气和"认清现实"的能力。为了充分说明这一点,他在关于赫尔岑流放的那一章举了一个例子,当时赫尔岑在宗教和共济会的神秘主义中寻找避难所,同时还把与未来的妻子进行意境崇高的通信当作一种避免彻底绝望的手段。"由于受到流放造成的挫折感的影响,"马利亚评论道,"他的爱情达到了形而上的水平。因此,在面对逆境时,娜塔莉与天意、上帝、天使、天堂以及其他所有可以想象的神秘力量的结合必将把他从绝望中拯救出来。整个恋情最荒谬的一点可能是,上帝居然关心前途莫测的亚历山大的幸福。"(《亚历山大·赫尔岑与俄罗斯式社会主义的诞生》,第173页)在书中并不罕见的这种讽刺语

223

气与叙述的语境极不相宜;马利亚应当牢牢记住,即使是一名社会心理学家,对一个落魄的人幸灾乐祸也有失身份。

然而,马利亚的理论方法最令人遗憾的后果也许是其暗自设定的"现实"观所造成的。艺术,思辨哲学,宗教,个人的人生问题——在他看来这些都是"政治的升华",是俄国知识分子由于对现实无奈而走进的死胡同。于是,"现实"就成了按照英美模式定义的务实主义政治概念;所以,无论有意还是无意,马利亚使人产生的印象是,从事或者关注任何其他思想-文化活动都是一种"逃避"。但是,尽管他一直因为赫尔岑这样"逃避现实"而对其颇有微词,人们仍然不免认为,正是这一类逃避使赫尔岑成为阴森昏暗的俄国革命狂人画廊中的一个具有独特魅力的人物。

六十年代一代激进分子也像马利亚一样完全从政治角度看待"现实",当然,他们有不同的政治见解;他们还更加自觉地认为人类精神生活中的所有与政治无关的爱好和需求都"毫无价值"。在激进分子的重要人物当中,只有赫尔岑不愿把人政治化,而把人政治化的观念给整个俄国文化带来了非常惨痛的后果。就像马克思(尽管他始终无法把浪漫唯心主义和伟大的艺术纳入他的历史唯物主义思想体系)的情况一样,通过深度参与马利亚不断嘲讽并强烈反对的那些浪漫的"逃避",赫尔岑也对神圣的个人感情和必不可少的美给予了类似的尊重。现代人物象征性的重要相遇是《往事与随想》中记述的赫尔岑与朱塞佩·马志尼的相遇,赫尔岑说他试图使这位伟大的革命鼓动家相信莱奥帕尔迪抒情诗的痛苦呐喊对人类具有重要意义但没有成功。赫尔岑既能意识到并且说明人类为极端激进的政治主张所付出的惨重**代价**,也能意识到并且说明这种政治主张出现在俄国的必然性;这使他具有了我们在他那一代的伟大小说家身上也能发现的温情、宽容和人性,但是,被赫尔岑称为"易怒的人"的随后一代激进分子显然缺乏这些品质。

在我看来,马利亚对赫尔岑身上这些浪漫因素完全否定的评价造成了他的方法难以避免的最严重的曲解。但是,无论马利亚的强调和阐述有什么局限性,都无损他这部第一流研究专著的基本价值。

注释

[1] E. H. 卡尔,《浪漫的流亡者》(波士顿,1961)。

[2] 以赛亚·伯林爵士,《俄国思想家》(纽约,1978)。

[3] 马丁·马利亚,《亚历山大·赫尔岑与俄罗斯式社会主义的诞生》(马萨诸塞州剑桥,1961)。

第二十章 论列斯科夫

尼古拉·列斯科夫在英语世界是一位相对鲜为人知的俄罗斯小说家，但他可能是完全被文学三巨头屠格涅夫、托尔斯泰和陀思妥耶夫斯基（以及紧随其后排在第四位的冈察洛夫）的光辉遮蔽的那一批优秀的俄罗斯散文作家中最出色的一位。不时有人好心地提醒我们，俄罗斯小说不仅仅是由文学巨匠的那些令人无法抗拒的作品组成的。列斯科夫最近也更加有名了，至少对于那些关注当代文学批评的人来说是这样，因为瓦尔特·本雅明的名气越来越大，如今，人们在讨论散文小说理论时经常引用和提到他那篇关于讲故事的作家列斯科夫的评论文章。随着休·麦克莱恩经过多年的不懈努力完成的那部研究列斯科夫的里程碑式的著作出版，对俄罗斯文学感兴趣的人再也没有道理对这位才华横溢的作家的文学生涯和作品保持无知的状态了，他的小说使人"感受到"他那些更伟大的同时代作家基本没有触及的范围广阔的俄国人的生活。[1]

列斯科夫通过直接接触对俄国下层社会有了充分了解。他年轻时做过居住地刑事法庭的书记员。后来他为管理着许多富有的俄国地主的庄园的英国姨父亚历山大·斯科特工作,作为商务代表在面积辽阔的俄国各地到处奔走。列斯科夫说,这些年的经历为他提供了大量感受观察的机会,由此得到的印象素材体现在他的长短篇小说中;值得注意的是,他是以针对人们关注的时事话题撰写揭露丑闻的文章开始其写作生涯的。与许多作家不同,他起初并没有打算创作小说或诗歌;甚至没有任何证据可以证明,他早年怀有文学抱负。

列斯科夫的作品始终贴近俄国社会严峻冷酷的现实及其平淡无奇的本质。即使缺乏他那些伟大的同胞作家的想象深度和思想广度,他的作品也以描写逼真和理解深刻弥补了这种不足,它们描写的俄国社会与经常出现在十九世纪最著名的俄罗斯小说中的思想家和精英的社会完全不同。列斯科夫在他的杰作《大堂神父》和《被打上封印的天使》中亲切感人地分别描写了外省的神职人员和虔诚狂热的旧礼仪派教徒(后一篇小说还有一段值得称赞的讨论圣像绘画的内容,这是向公众介绍这门艺术的最早的文字之一),就像描写一个喜欢冒险的农奴最后进了修道院的流浪汉小说《着魔的流浪人》一样,这些小说开辟了俄罗斯文学的新天地。

列斯科夫是个骄傲、热情、易怒的人,他在一生中与几乎每一个认识的人都发生过争吵,而且与俄罗斯文学的各种思潮和运动进行过论战。这也在某种程度上显示了他强烈的独立性,他拒绝向任何流行的思想习俗卑躬屈膝。列斯科夫撰写的关于著名的一八六二年圣彼得堡火灾的文章引起了与他有关的最广为人知的争论,使他在一生的大部分时间里受到激进分子的排斥。由于圣彼得堡发生的一系列火灾在时间上与杀气腾腾地号召消灭皇室及其所有拥护者的《青年俄罗斯》宣言的传播大致吻合,民众普遍认为是激进分子纵火,并且怀疑大学生一般都同情人们认定的纵火犯。列斯科夫发表了一篇旨在保护大学生的文章,要求警察如有纵火的证据就应当公布罪犯的姓名,以便消除对无辜者的怀疑。

猛一看,这似乎是个无害的要求;但是,列斯科夫实际上使纵火具有了某种可信性,而且好像还要求警察针对激进分子进行调查,这足以使他成为一个引人注目的人物。麦克莱恩对列斯科夫经常抱怨这次文字狱影响了他的文学生涯嗤之以鼻。的确,它没有使列斯科夫停止写作,只是使他不得不在无名的二流刊物上发表作品因而感到被不公平地剥夺了得到更广泛的认可的机会并且失去了固有的读者。即使是一个心理更加平衡的人很可能也会愤愤不平;因此,否认列斯科夫有权抱怨似乎有点不近人情。事实上,激进分子对他的仇恨一直持续到现在:麦克莱恩写道,列斯科夫与当时的激进分子的纷争"使他成为永远被怀疑的对象",即使时至今日,他的作品在苏联出版的也只是经过删节的版本。

麦克莱恩这本书无疑是一项重大的学术成就,它肯定是最近出版的关于俄罗斯作家的令人印象最深刻的英文著作之一;它可能也是世界上现有的最全面地研究列斯科夫的专著。该书序言中的一段话具有启发性地总结了麦克莱恩关于这个有争议的主题的基本观点:

> 尽管[列斯科夫]在六十年代初期短暂地与激进思想眉来眼去,但他仍然基本上是一个自由主义者和渐进主义者,他认为应当在现行体制内进行改革而不是将其摧毁重新开始。从哲学上讲,与他的许多同时代人不同,他对某种切实可行的世界观的追寻并没有把他引向西方的世俗主义和社会主义,而是

使他回归某种基督教信仰,这种信仰最初多少与正统东正教信
仰一致,但是后来演变成一种最终与托尔斯泰的理念结合起来
的彻头彻尾的"新教"道德主义。列斯科夫热诚地相信文学具
有道德说教的力量,他还确信,只有通过提高个人的道德标准
而不是对社会体制修修补补才能实现人类状况的持久改善。
(《尼古拉·列斯科夫和他的艺术》,第 viii 页)

关于后面这一点,我们可以补充说,他与陀思妥耶夫斯基和托尔斯
泰的看法一致,也与仍然体现在索尔仁尼琴作品中的俄罗斯传统完
全一致。

　　这一段引语几乎没有谈论作为作家的列斯科夫,但是,麦克莱
恩密切关注风格和主题,而且勇敢地设法解决如何把列斯科夫作品
复杂的语言效果传达给外行这个难题。列斯科夫的许多作品采用
民间故事的形式,依赖主要通过语言的微妙变化所显示的叙事语气
和态度。这是他的作品翻译起来非常困难的一个原因,也是为什么
即使认真地进行翻译,他的作品的译本也会损失很多东西的原因。
列斯科夫其实不是一位长篇小说作家:他最好的作品都是中短篇小
说,他的长篇作品通常结构混乱——只是把一些传说轶事平铺直叙
地拼凑在一起,有时是以很不自然的笨拙方式。

　　我们只能称赞麦克莱恩学识渊博而且勤奋努力,但是,至少以
我的审美来看,他对列斯科夫作品的评论解读不是那么令人满意。
让人感到奇怪的是,尽管投入许多精力尽量为列斯科夫赢得我们的
好感,他却似乎经常因为总体贬低列斯科夫的人生观和主导价值观
而破坏自己的努力。问题在于弗洛伊德使麦克莱恩确信,列斯科夫
频繁描写基督徒的博爱与宽容只是表明他不知道人类真正的行为

动机是由力比多产生的;因此,身为批评家,他经常感到有必要说明列斯科夫在这个问题上的幼稚无知。作为例证,下面是他对《大堂神父》的一段评论:

> 维多利亚时代的读者看到人们在卑贱的处境中表现出来的无瑕的爱情和圣徒般的美德……总是容易两眼湿润。然而,弗洛伊德使二十世纪的读者不再天真,他们大概看出了隐蔽在幻想中的自我放纵。皮宗斯基的性别认同混乱使人们难以认为他的母性[他收养了一个孤儿]纯粹出于基督徒的善心,图别罗佐夫对这些"贫贱兄弟"的赞美[他是一个神父]似乎也过于降尊纡贵而不太真诚。(《尼古拉·列斯科夫和他的艺术》,第 184 页)

情况也许是这样的,但是人们可能认为,这不是欣赏列斯科夫独特之处的方式。列斯科夫描写的往往是**义人**、圣徒和做出自我牺牲的人,而且竟然能够使我们在一定程度上相信他们是真实的人,可能存在于现实生活中——狄更斯等人根本做不到这一点,尽管这受到麦克莱恩的诟病。把弗洛伊德学说当作人类行为动机和人类情感领域的唯一权威性指导理论用来探讨文学是盲人摸象。哈姆雷特不只是体现了俄狄浦斯情结,皮宗斯基和图别罗佐夫也不仅仅体现了性别认同混乱和降尊纡贵的优越感——至少在我看来,列斯科夫是一位足以使我们信服的优秀作家。

注释

[1] 休·麦克莱恩,《尼古拉·列斯科夫和他的艺术》(马萨诸塞州剑桥,1977)。

参考资料

（根据原书注释整理）

Aleksandr Solzhenitsyn: Critical Essays, ed. John B. Dunlop, Richard Haugh, and Alexis Klimoff (Belmont, Mass., 1973)

Aron, Raymond, *Le Spectateur éngagé: Entretiens avec Jean-Louis Missika et Dominique Wolton* (Paris, 1981)

Bakhtin, Mikhail, *Problems of Dostoevsky's Poetics*, ed. and trans. Caryl Emerson, intro. Wayne C. Booth (Minneapolis, Minn., 1984)

——, *Problems of Dostoevsky's Poetics*, trans. R. William Rotsel (Ann Arbor, Mich., 1973)

Barooshian, Vahad D., *Russian Cubo Futurism, 1910-1930* (The Hague, 1974)

Berlin, Sir Isaiah, *Russian Thinkers* (New York, 1978)

Brown, Edward J., "So Much Depends... Russian Critics in Search of Reality", *Russian Review* (1989)

Carr, E. H., *The Romantic Exiles* (Boston, 1961)

——, "Was Dostoevsky an Epileptic?", *Slavonic and East European Review* 9 (December 1930)

Charbonnier, Georges, *Entretiens avec Claude Lévi-Strauss* (1961; reprinted, Paris, 1969)

Cherniavsky, Michael, *Tsar and People* (New York, 1961)

Chernyshevsky, Nikolay, *What Is to Be Done?*, trans. N. Dole and S. S. Skidelsky (New York, 1886)

——, *What Is to Be Done?*, trans. N. Dole and S. S. Skidelsky, intro. by Kathryn Feuer (Ann Arbor, Mich., 1986)

——, *What Is to Be Done?*, trans. Michael R. Katz, annotations by William G. Wagner (Ithaca, N. Y., 1989)

Clark, Katerina and Holquist, Michael, *Mikhail Bakhtin* (Cambridge, Mass., 1984)

Coquart, Armand, *Dmitri Pisarev et l'idéologie du nihilisme russe* (Paris, 1946)

Correspondence de Michel Bakounine, ed. M. Dragomanov, trans. Marie Stromberg (Paris, 1896)

Crankshaw, Edward, *Tolstoy: The Making of a Novelist* (New York, 1974)

Culler, Jonathan, *Structuralist Poetics* (Ithaca, N. Y., 1975)

de Jonge, Alex, *Dostoevsky and the Age of Intensity* (London, 1975)

Dostoevsky, Fyodor, *A Collection of Critical Essays*, ed. René Wellek (Englewood Cliffs, N. J., 1987)

——, *Diary of a Writer*, (Santa Barbara and Salt Lake City, 1979)

——, *The House of the dead*, trans. Constance Garnett (New York, 1954)

——, *The Possessed*, trans. Constance Garnett (New York, 1936)

——, *Selected Letters of Fyodor Dostoevsky*, ed. Joseph Frank and David I. Goldstein, trans. Andrew McAndrew (New Brunswick, N. J., 1987)

Dostoevsky, F. M. (Достоевский, Ф. М.), *Pisma* («Письма»), ed. A. S. Dolinin (А. С. Долинин), 4 vols. (Moscow, 1928-1969)

F. M. Dostoevsky v Vospominanyakh Sovremennikov («Ф. М. Достоевский в Воспоминаниях Современников»), ed. A. S. Dolinin (А. С. Долинин), 2 vols. (Moscow, 1964)

Dowler, Wayne, *Dostoevsky, Grigor'ev and Native Soil Conservatism* (Toronto, 1982)

Egorov, B. F. (Егоров, Б. Ф.), "Apollon Grigoriev—Kritik" ("Аполлон Григорьев—Критик"), *Uchenie Zapiski Tartuskogo Gosudarstvennego Universiteta* 98 (1960)

Ehre, Milton, *Oblomov and His Creator* (Princeton, N. J., 1973)

Ellison, Ralph, *Shadow and Act* (New York, 1972)

Erlich, Victor, *Russian Formalism*, 3rd ed. (New Haven, Conn., 1981)

Fedorov, G., "K biografii F. M. Dostoevskogo" («К биографий Ф. М. Достоевского»), *Literaturnaya Gazeta* («Литературная Газета») 25 (June 18, 1975)

Fedotov, Georgey P., *The Russian Religious Mind*, 2 vol. (Cambridge, Mass., 1946-1966)

Frank, Joseph, *Dostoevsky: The Seeds of Revolt, 1821-1849* (Princeton, N. J., 1976)

——, *Dostoevsky: The Stir of Liberation, 1860-1865* (Princeton, N. J., 1986)

——, *The Widening Gyre* (New Brunswick, N. J., 1963)

Freud, Sigmund, *Complete Works*, vol. 21th, trans. James Strachey (1961)

——, *Letters of Sigmund Freud*, selected by Ernst L. Freud, trans. by Tania and James Stern (New York, 1960)

Friedman, Melvin, *Stream of Consciousness: A Study in Literary Method* (New Haven, Conn., 1955)

Georgin, Robert et al., *Jakobson*, Cahiers cistre no. 5 (Lausanne, 1978)

Goldstein, David I., *Dostoevsky and the Jews* (Austin, Tex., 1981)

Granjard, Henri, *Ivan Tourguénev et les courants politiques et sociaux de son temps* (Paris, 1954)

Grossman, L. (Гроссман, Л.), *Tri Sovremennika* («Три Современника») (Moscow, 1922)

Grossman, Leonid, *Balzac and Dostoevsky* (Ann Arbor, Mich., 1973)

Gus, M. (Гус, М.), *Idei i Obrazi F. M. Dostoevskogo* («Идеи и Образи Ф. М. Достоевского») (Moscow, 1962)

Hansen-Löve, A. A., *Der Russische Formalismus* (Vienna, 1978)

Herzen, Alexander, *Who Is to Blame?*, trans. and ed. Michael Katz (Ithaca, N. Y., 1984)

Howe, Irving, *Decline of the New* (New York, 1970)

——, *A Margin of Hope* (New York, 1982)

Jakobson, Roman, *Essais de linguistique générale*, trans. Nicholas Ruwet (Paris, 1963)

——, *Language in Literature* (Cambridge, Mass., 1983)

——, *Questions de poétique*, trans. various hands and ed. Tzvetan Todorov (Paris, 1978)

——, *Selected Writings* (The Hague, 1978)

——, *Six Lectures on Sound and Meaning*, trans. Joth Mepham (Cambridge, Mass., 1978)

——, *Studies in Child Language and Aphasia* (The Hague, 1971)

——, *Verbal Art, Verbal Sign, Verbal Time* (Minneapolis, Minn., 1985)

Jakobson, Roman and Jones, Lawrence G., *Shakespeare's Verbal Art in Th'Expence of Spirit* (The Hague, 1970)

Jakobson, Roman and Pomorska, Krystyna, *Dialogues* (Cambridge, Mass., 1983)

James, Henry, *Notes on Novelists* (New York, 1914)

Jones, John, *Dostoevsky* (London, 1983)

Kaganskaya, Mariya (Каганская, Мария), "Shutovskoi Khorovod" ("Шутовской Хоровод"), *Sintaksis* 121 (1984)

Koyré, Alexandre, *La Philosophie et le problème nationale en Russie au debut du XIX siècle* (Paris, 1929)

Kropotkin, Peter, *Memoirs of a Revolutionist* (Garden City, N. Y., 1962)

Lampert, Eugene, *Sons Against Fathers* (London, 1965)

Lepschy, Giulio C., *A Survey of Structural Linguistics* (London, 1970)

McLean, Hugh, *Nicolai Leskov: The Man and His Art* (Cambridge, Mass., 1977)

Malia, Martin, *Alexander Herzen and the Birth of Russian Socialism* (Cambridge, Mass., 1961)

Manzoni, Alessandro, *On the Historical Novel*, trans. Sandra Bermann (Lincoln, Neb., 1984)

Marx, Karl and Engels, Friedrich, *Werke*, 39 vols., (Berlin, 1956-)

Mathewson, Rufus W., Jr., *The Positive Hero in Russian Literature* (Stanford, Calif., 1975)

Medvedev, P. N. and Bakhtin, M. M., *The Formal Method in Literary Scholarship: A Critical Introduction to Sociological Poetics*, trans. Albert C. Wehrle (Baltimore, Md., 1978)

Mendel, Arthur P., *Michael Bakunin: Roots of Apocalypse* (New York, 1981)

Miller, Orest and Strakhov, Nikolay (Миллер, Орест и Страхов, Николай), *Biografia, Pisma i Zametki iz Zapisnoi Knizhki F. M. Dostoevskogo* («Биография, Письма и Заметки из Записной Книжки Ф. М. Достоевского») (St. Petersburg, 1883)

Mirsky, D. S., *Pushkin* (New York, 1963)

Nabokov, Vladimir, *Lectures on Russian literature*, ed. and intro. Fredson

Bowers (New York, 1980)

——, *Nikolai Gogol* (Norfolk, Conn., 1944)

New Essays on Dostoevsky, ed. Malcolm V. Jones and Garth M. Terry (Cambridge, 1983)

Ovsyaniko-Kulikovsky, D. N. (Овсянико-Куликовский, Д. Н.), *Istoria Russkoi Intelligentsii* («История Русской Интеллигенций»), 3 vols. (St. Petersburg, 1909-1911)

Paperno, Irina, *Chernyshevsky and the Age of Realism* (Stanford, Calif., 1988)

Phillips, William, *A Partisan View* (New York, 1983)

Pipes, Richard, "Narodnichestvo: A Semantic Inquiry", *Slavic Review* 23, no 3 (September, 1964)

——, *Russia Under the Old Régime* (New York, 1974)

Pisarev, D. I. (Писарев, Д. И.), *Literaturnaya Kritika* («Литературная Критикиа»), 3 vols. (Leningrad, 1981)

Plekhanov, G. V. (Плеханов, Г. В.), *Izbrannye Filosofskie Proizvedeniya* («Избранные Философские Произведения»), 5 vols. (Moscow, 1956-1958)

Reminiscences of Lenin by His Relatives (Moscow, 1956)

Representative essays, ed. Alban K. Forcione, Herbert Lindenberger and Madeleine Sutherland (Stanford, Calif., 1988)

Rieff, Philip, *Freud: The Mind of the Moralist* (Chicago, 1979)

Schmidl, Fritz, "Freud and Dostoevsky", *Journal of the American Psychoanalytic Association* 13 (July 1965)

Seltrennikova, V. G. and Yakushkin, I. G. (Сельтренникова, В. Г. и Якушкин, И. Г.), "Apollon Grigoriev i Mitya Karamazov" ("Аполлон Григорьев и Митя Карамазов"), *Filologicheskie Nauki* 1 (1969)

Simmons, Ernest J., *Dostoevsky: The Making of a Novelist* (London, 1950)

Solzhenitsyn, Alexander, *Candle in the Wind*, trans. Keith Armes and Arthur Hudgins (Minneapolis, Minn., 1960)

——, *Letter to the Soviet Leaders*, trans. Hilary Sternberg (New York, 1974)

Spatial Form in Narrative, ed. Jeffrey R. Smitten and Ann Daghistany (Ithaca, N. Y., 1981)

Steklov, Yuri (Стеклов, Юрий), *Mikhail Aleksandrovich Bakunin, Ego zhizn i deyatelnost* («Михаил Александрович Бакунин, Его жизнь и деятельность»), 4 vols. (Moscow, 1916-1927)

Terras, Victor, *Belinsskij and Russian Literary Criticism* (Madison, Wis., 1974)

Thurneysen, Edward, *Dostoevsky*, trans. Keith R. Crim (London, 1964)

Todorov, Tzvetan, *Critique de la critique* (Paris, 1984)

——, *Literature and its Theorists*, trans. Catherine Porter (Ithaca, N. Y., 1987)

——, *Mikhail Bakhtin: The Dialogical Principle*, trans. Wlad Godzich (Minneapolis, Minn., 1984)

Troyat, Henri, *The Biography of a Divided Soul*, trans. Nancy Amphous (London, 1974)

Unpublished Dostoevsky, The, ed. Carl Proffer, trans. various hands, 3 vols. (Ann Arbor, Mich., 1976)

Valentinov, Nikolay, *Encounters with Lenin*, trans. by Paul Rosta and Brian Pearce (London, 1968)

Venturi, Franco, *Il Populismo russo*, 3 vol. (Torino, 1972)

——, *The Roots of Revolution*, trans. Francis Haskell (New York, 1961)

Voloshinov, V. N., *Freudianism: A Marxist Critique*, trans. I. R. Titunik (New York, 1973)

——, *Marxist and the Philosophy of Language*, trans. Ladislav Matejka and I. R. Titunik (New York, 1973)

Volynski, A. (Волынский, А.) , *Russkie Kritiki* («Русские Критики») (St. Petersburg, 1896)

Vossler, Karl, *Die Gottliche Komödie*, 2 vols. (Heidelberg, 1907-1910)

——, *Frankreich's Kultur in Spiegel seiner Sprachentwicklung* (Heidelberg, 1921)

——, *Medieval Culture*, trans. William Cranston Lawton, 2 vols. (New York, 1929)

Walicki, Andrzej, *A History of Russian Thought*, trans. Hilda Andrews-Rusiecka (Stanford, Calif., 1979)

——, *The Slavophile Controversy*, trans. Hilda Andrews-Rusiecka (London, 1975)

Zweig, Stefan, *Master Builders* (New York, 1939)

索 引

(索引页码为原书页码，即本书边码)

著作权合同登记号桂图登字:20 – 2023 – 224 号

图书在版编目(CIP)数据

透过俄罗斯棱镜:文学与文化随笔/(美)约瑟夫·弗兰克著;戴大洪译.—桂林:广西师范大学出版社,2024.2
(文学纪念碑)
ISBN 978 – 7 – 5598 – 6577 – 9

Ⅰ.①透… Ⅱ.①约… ②戴… Ⅲ.①陀思妥耶夫斯基(Dostoyevsky, Fyodor Mikhailovich 1821 – 1881)－文学研究－文集 Ⅳ.①I512.064 – 53

中国国家版本馆 CIP 数据核字(2023)第239976 号

透过俄罗斯棱镜:文学与文化随笔
TOUGUO ELUOSI LENGJING:WENXUE YU WENHUA SUIBI

出 品 人:刘广汉   策 划:魏 东
责任编辑:魏 东   装帧设计:赵 瑾
广西师范大学出版社出版发行
(广西桂林市五里店路9号   邮政编码:541004
网址:http://www.bbtpress.com   )
出版人:黄轩庄
全国新华书店经销
销售热线:021 – 65200318   021 – 31260822 – 898
山东新华印务有限公司印刷
(济南市高新区世纪大道2366 号   邮政编码:250104)
开本:690 mm×960 mm   1/16
印张:24.75   字数:270 千字
2024 年2 月第1 版   2024 年2 月第1 次印刷
定价:98.00 元

如发现印装质量问题,影响阅读,请与出版社发行部门联系调换。